刘操南（1917 年 12 月 13 日—1998 年 3 月 29 日）

（20 世纪 80 年代摄于杭州）

竺可楨校長簽署的國立浙江大學教師聘書（1942年）（右圖）。

文學院秘書工作聘函（下圖）。

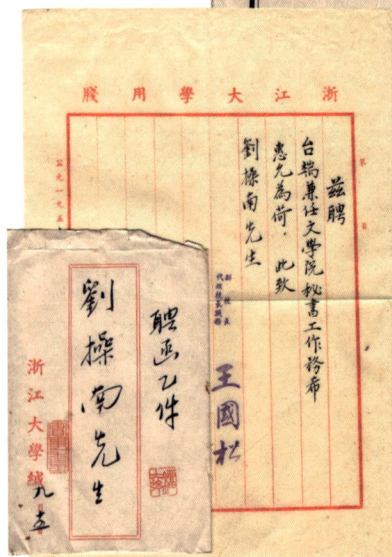

殘存的劉操南畢業留校時研究楚辭的文稿"鎦氏楚辭論文　成均樓存"（右圖）。

劉操南先生詩詞講座（1994年 11 月）。

劉操南先生學習詩詞時的劄記（1973 年）。

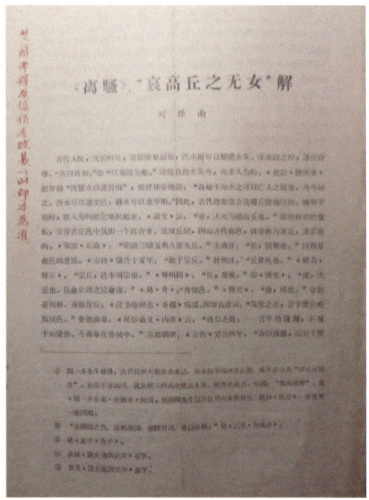

《屈原生年説》刊載於《真理雜志》1943年第1卷第3期。

劉操南先生《〈離騷〉"哀高丘之無女"解》文章。

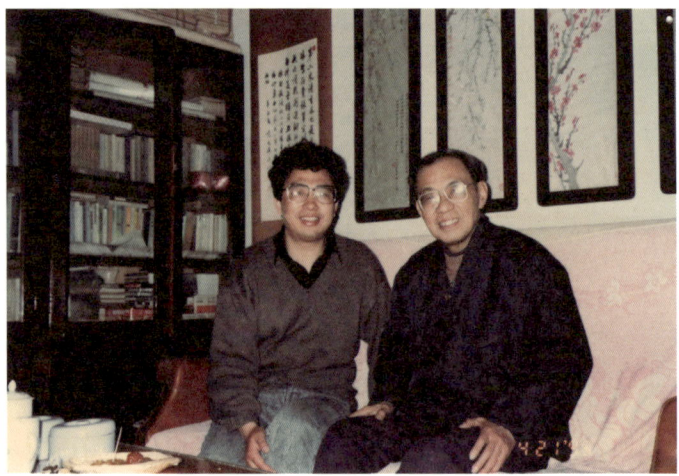

1996年攝於杭州寓所書房，左爲陳飛（《劉操南全集》主編，上海師範大學教授、博士生導師）。

照片由劉操南先生之子劉文涵教授策劃編製

受　　　浙江大學文科高水平學術著作出版基金　　　資助
　　　　中央高校基本科研業務費專項資金

劉操南 全集

楚辭考釋
詩詞論叢

劉操南 著

浙江大學出版社
ZHEJIANG UNIVERSITY PRESS

劉操南全集總目録

第一卷　《詩經》探索

第二卷　楚辭考釋;詩詞論叢

第三卷　《史記》《春秋》十二諸侯史事輯證

第四卷　《公孫龍子》箋;陳漢章遺著整理與研究

第五卷　文史論叢

第六卷　桐花鳳閣評《紅樓夢》輯録

第七卷　古代遊記選注;《紅樓夢》彈詞開篇集

第八卷　小説論叢

第九卷　戲曲論叢

第十卷　武松演義

第十一卷　諸葛亮出山

第十二卷　青面獸楊志

第十三卷　水泊梁山

第十四卷　古籍與科學

第十五卷　古算廣義

第十六卷　曆算求索

第十七卷　天算論叢

第十八卷　古代曆算資料詮釋(上)

第十九卷　古代曆算資料詮釋(中)

第二十卷　古代曆算資料詮釋(下)

第二十一卷　揖曹軒文存

第二十二卷　揖曹軒詩詞

本卷目録

楚辭考釋 …………………………………………………（1）

詩詞論叢 …………………………………………………（207）

楚辭考釋

姜亮夫署

楚辭鑒賞

離騷 …………………………………………………… （99）

東皇太一 ……………………………………………… （136）

雲中君 ………………………………………………… （142）

湘君 …………………………………………………… （145）

湘夫人 ………………………………………………… （153）

大司命 ………………………………………………… （160）

少司命 ………………………………………………… （164）

東君 …………………………………………………… （169）

河伯 …………………………………………………… （174）

山鬼 …………………………………………………… （176）

國殤 …………………………………………………… （183）

禮魂 …………………………………………………… （190）

橘頌 …………………………………………………… （191）

涉江 …………………………………………………… （195）

惜往日 ………………………………………………… （200）

自　序

　　中國詩歌優秀傳統,《詩》《騷》奠其基礎。《詩》三百篇爲中國第一部詩歌總集,《楚辭》爲中國詩歌作家文學之首。《離騷》在中國文學史上産生巨大影響,兩千多年來,衆多研究者從事輯集、注釋、考訂、評議、辨論、圖繪、紹述或再創作,累積專著四百餘部、專論兩千五百餘種、圖譜八十餘種、剳記千餘題。考鏡源流,辨章學術,蔚爲大觀,世稱"楚辭學"。近兩個世紀以來,楚辭作品陸續譯成德、匈、日、意、法、英、俄等多種文字,研讀者日增。屈原被尊重爲世界文化名人。余於楚辭,雖有愛好,實爲淺嘗。讀書審問,偶作剳記。發表論文,僅十五篇耳。然積稿已盈篋矣,未遑問世也。余於古籍詮釋,輒喜從書本到社會到自然界;再從社會、自然界到書本,反復推勘。格物窮理,重視目驗。以名物通訓詁,以古釋故,歷史地對待,繹其遞嬗之跡。蓋古籍所反映古代之社會現實,未可以今人之思想意識、生活情趣,附會而强加之。自然現象、社會現象與文藝創作,各具特色;然亦有其內在聯繫與貫通處,可以屬辭比事。聖哲往矣,其碩德懿行,尚存於社會上、古文獻中,不能割斷歷史,必須弘揚其優良傳統,爲樹立中國民族特色的社會主義文化服務。爲學所以爲人,讀《離騷》亦所以繼承屈子精神於萬一。余之《天問》《橘頌》論文,欲藉天算科技知識,以繹楚辭之義蘊。"騏驥""鷙鳥""鳩鳥"諸説,則就動物之特性,尋繹屈子之感受,以闡發其文學藝術之特色。王逸所謂:"離騷之文,依《詩》取興,引類譬喻。故善鳥香草,以配忠貞;惡禽臭物,以比讒佞。"奇文蔚起,此《離騷》之所以異於《詩》,而灌漑古代文學者也。

屈原行吟,自抒悲憤。忠不見諒於楚王,正却被讒於黨人。稍涉國事,備罹怨毒。身爲左徒、三閭大夫,而被放流。睠顧楚國,繫心懷王。有不得不説之情,有不欲明言之義,有不容恝置之分,有不忍遽白之哀。心理複雜,感情醖鬱,而修養渾厚。由是運思落墨,只能循奇險之徑,出之曲筆,托之以比興。形象思維,以顯其孤忠,使讀之者憫其苦心,贊其美政,以冀言者無罪,聞者足戒。故其爲賦,文小義遠,思緒深邃。表現之法,意内言外,雙敲雙收,實具雙重形象、雙重意思。扇面骨子,相互映襯。余草"爲衣""爲裳"説,亦欲尋《離騷》之脈絡,探屈子之幽思,而悟其形象塑造,造境之妙。挹其清芬,以示仰慕也。《惜往日》鑒賞,則爲單篇賞析,會其凄苦之情,怨毒之深,集中表現於一"惜"字。情動辭發,披文見情。讀者當於此悟入,會心不遠矣。余於楚辭,滄海揚塵。將隨閲世之深,賦詩言志,反復玩詠,冀能深入,故輯楚辭積稿,不斷修改,願於此有所得也。

大雅君子,垂而教之。

編者説明:本文據尤抄稿録編,據劉録稿附記,是爲《楚辭考釋》而作,約寫於 1990 年 10 月。

《離騷》"哀高丘之無女"解

古代人民，穴居野處，常就陵阜而居，洪水時可以躲避水災①。戰國之時，諸侯紛爭，"各以自利"②，"以鄰國爲壑"③。除自然水災外，尚多人爲的。《史記·魏世家》記智伯"決晉水以灌晉陽"，他曾狂妄地説："吾始不知水之可以亡人之國也，乃今知之。汾水可以灌安邑，絳水可以灌平陽。"因此，古代建都常會選擇丘陵地區，地勢平坦時，就人爲地把它堆積起來。《説文》云："京，人所爲絕高丘也。"諸侯所居的堂壇，又常在丘邑中築出一個高臺來，築城丘居，因而古代都邑，就常稱爲某丘，或某虛的。《家語·正論》："能讀三墳五典八索九丘。"王肅注："丘，國聚也。"國聚是都邑的意思。《左傳·僖公十五年》："敗于宗丘。"杜預注："丘，猶邑也。"《釋名·釋丘》："宗丘，邑中所宗也。"《釋州

---

① 聞一多先生曾説：古代民族大都住在水邊，洪水（似乎即河水）泛濫，最早辦法是"擇丘陵而處"。丘陵不夠高時，就從較遠的高處挖點土來，填得更高點，所謂"墮高堙庳"。見《聞一多全集·伏羲考》第51頁。顧頡剛先生以爲丘居與水患有關，説詳《説丘》。見《禹貢》一卷四期。

② "蓋隄防之作，近起戰國，雍防百川，各以自利。"見《漢書·溝洫志》

③ 見《孟子·告子》。

國》:"丘,聚也。"①《説文》:"虚,大丘也。崑崙丘謂之崑崙虚。"
《易·升》:"升,虚邑。"《釋文》:"虚,邱也。"②都是例釋。齊都營
丘:《漢書·地理志·齊郡》臨淄,顏師古注云:"築營之丘,言於
營丘地築城邑。"魯都曲阜:《風俗通義·山澤》云:"曲阜之地,
……言平地隆蹎,不屬於山陵也。今曲阜在魯城中。"衛都朝歌:
《左傳·定公四年》:"命以康誥,而封於殷虚。"杜注:"殷虚,朝歌
也。"狄滅衛,文公居楚丘。《左傳·僖公二年》:"諸侯城楚丘而
封衛焉。"成公徙帝丘。《左傳·昭公十七年》:"衛,顓頊之虚也,
故爲帝丘。"《爾雅·釋丘》中有若干丘名,實際就是邑名。如:
"丘,水出其左,營丘""邐迤沙丘""宛中宛丘""陳有宛丘,晉有潛
丘,淮南有州黎丘"等。可以說明古代都邑,是常在丘虚的。都
邑或稱京師。《克鐘銘》云:"王親命克遹涇東,至于京師。"古時
丘京義通。《䚘羌鐘銘》云:"喜敚楚京。"陳夢家先生云:"楚京或
是卜辭的楚京,或是曹地之楚丘。"③王念孫《廣雅疏證·釋邱》
"四起曰邱"云:"《爾雅》:京,大也。四起謂四面隆起也。……
《鄘風·定之方中》傳云:京,高邱也。《大雅·皇矣》傳云:京,大
阜也。……蓋邱、阜、陵、京對文則異,散文則通矣。"《風俗通
義·山澤》云:"《爾雅》:丘之絶高大者爲京,謂非人力所能成,乃
天地性自然也。《春秋左氏傳》:'莫之與京。'《國語》:'趙文子與
叔向游於九京。'今京兆、京師,其義取於此。"《左傳·宣公十二
年》云:"君盍築武軍,而收晉屍,以爲京觀。"竹添光鴻箋云:"《漢
書·翟方進傳》注:師古云:'京,高丘也。'此京蓋象其崇積之狀
而名。"京爲高丘。《詩·公劉》:"乃覯于京,京師之野。"朱熹注

---

① 參見《説文通訓定聲》丘字。
② 參見《説文通訓定聲》虚字。
③ 見《殷虚卜辭綜述》,第 268 頁。

云："京,高丘也。師,衆也。京師,高山而衆居也。"高丘義同京師,自應劭、朱熹以來,皆已言之。我意:《離騷》中的高丘,蓋亦暗指京師。① 《離騷》云:"忽反顧以流涕兮,哀高丘之無女。"女,戴東原説:"淑女,以比賢士。"②此義甚長。《離騷》中所説的女,是常包含這個意思的。"思九州之博大兮,豈惟是其有女。"王逸注云:"言我思念天下博大,豈獨楚國有臣(賢臣)而可止乎?""和調度以自娛兮,聊浮游而求女。"王逸注云:"言我雖不見用,猶和調己之行度,執守忠貞,以自娛樂,且徐徐浮游,以求同志也。"因此,"哀高丘之無女",就是傷郢都之無賢。或是説:感傷楚國統治集團中没有作爲的人啊。

試進而言之。《離騷》云"哀高丘之無女",屈原是借楚國習見習聞的傳説,來表達對當時楚國的現實的不滿的。宋玉《高唐賦》云:"妾在巫山之陽,高丘之阻。"余知古《渚宫舊事》卷三云:"妾在巫山之陽,高丘之岨。"《淮南子·原道訓》云:"所謂樂者,豈必處京臺、章華,游雲夢、沙邱?"《藝文類聚》引作"游雲夢,陟高丘"。③ 高丘神女,看來是那時的傳説。《離騷》此語,實際上高丘暗指郢都,無女暗指無賢,是傷郢都之無賢。高丘是雙關語,無女是影射語。借男女情愛傳説,來抒發政治憤懣,這正如

---

① 杜佑《通典》:"楚初都丹陽,爲今秭歸。"丹陽亦稱宗丘。《左傳·昭公十七年》:"楚子使然丹簡上國之兵於宗丘。"杜注:"宗丘,楚地。"顧棟高曰:"當在今湖廣宜昌府歸州境。"胡厚宣先生《楚民族源於東方考》謂:"春秋時曹衛皆有地名楚丘。楚丘即楚的故墟。"楚又有重丘、稷丘、陽丘,是楚亦曾以丘爲京或邑,可作旁證。

② 見戴震《屈原賦注》。

③ 蔣禮鴻先生告:據上文言京臺、章華,及下文"釣射鸕鶒",《太平御覽》及郭注《山海經》作"瀟湘",斷其皆爲楚地風光,決無涉及鉅鹿之沙丘之理,而以《類聚》《御覽》諸書爲確。

9

淮南王劉安所説:"國風好色","小雅怨誹",《離騷》兼而有之。也就是劉勰《文心雕龍‧辨騷》所説:"奇文鬱起,其《離騷》哉。""酌奇而不失其真,翫華而不墮其實。"這就體現了屈原藝術手法的特點。《史記‧屈原列傳》説得好:"其文約,其辭微,其志潔,其行廉。其稱文小,而其指極大;舉類邇而見義遠。"有弦外之音,空中之響。意内言外,有雙重形象。在中國文學史上,開創了新的藝術境界。

但《離騷》此語,解釋是諸説紛紜的。王逸注云:"楚有高丘之山。女以喻臣。言己雖去,意不能已;猶復顧念楚國,無有賢臣,心爲之悲而流涕也。或云:高丘,閬風山上也。……舊説高丘,楚地名也。"王説女以喻臣,反顧高丘爲顧念楚國,是正確的,惟云高丘爲閬風山上,或爲楚地名,是有問題的。朱熹注云:"《淮南子》言白水出崑崙之山,閬風山上也。"蔣驥注云:"白水出崑崙山;閬風,臺名,在崑崙山上。……高丘,即指閬風。"聞一多先生云:"哀高丘之無女,必謂巫山神女。"[1]郭沫若先生釋云:"我可憐這天國中也無美女可求。"[2]文懷沙先生釋云:"高丘,高山。此處應指閬風山。無女,沒有女人。有人以爲女是指天上的西王母,用西王母影射楚懷王。這一句的意思是慨傷縱使在天國也找不到理想的對象。"[3]陸侃如、高亨、黃孝紓三先生釋云:"高丘,即高的山丘,比喻楚國宮庭(廷)。懷王寵愛鄭袖。鄭袖和奸邪結合,排擠忠賢,弄得楚國喪師失地。楚懷王二十四年

---

① 見《聞一多全集‧離騷解詁》。

② 見《屈原賦今釋》,郭氏於譯文下,猶有注云:原文爲"哀高丘之無女",高丘指天國附近之處,因上言帝閽不爲開門,故此忽然流涕,覺天國中亦有炎涼也。

③ 見《屈原集》,人民文學出版社。

楚迎婦於秦。襄王七年,楚又迎婦於秦。這等事屈原最爲痛心。
'哀高丘之無女',正是悲哀楚懷王沒有好內助。下文求宓妃,求
娀女,求二姚,都是諷刺。"①有些説得不夠完整,有些可能是錯
的。如聞先生説"必謂巫山神女",那就縮小了這語的思想意義,
與整個《離騷》精神是不符的。

《離騷》云:"朝吾將濟於白水兮,登閬風而緤馬。忽反顧以
流涕兮,哀高丘之無女。"可以釋爲:

> 清早我打算渡過白水啊,
>
> 爬上閬風山把馬——玉龍拴好。
>
> 我忽然回首一看不禁掉下了眼淚啊,
>
> 哀傷故都沒有賢能的人。

屈原神遊到了閬風山,正想拴住他的馬匹,忽然回首看到故
都——"燕雀烏鵲,巢堂壇兮"②,悲傷朝廷沒有賢能的人——
"每一顧而掩涕,歎君門之九重"③,一陣心酸,就掉下淚來了。
看來這裏所説的高丘,指的是楚都的高丘,"游雲夢,陟高丘"的
高丘④;而不會是閬風山的。假使指的是閬風山,那麼屈原正攀
登在這山上,爲什麼還要"反顧"呢?這時屈原的心境,王夫之在
《楚辭通釋》中有所闡發:"高視遠望,冀遇卓然超逸之士,與相匹
合,同心效國;而在位者,杳無其人。雖欲與同,而不得也。"王氏
所言,是比較符合於屈原作品的實際的。

---

① 見《楚辭選》,古典文學出版社。

② 見《涉江》。

③ 見《文心雕龍·辨騷》。

④ 《鄂君啟節》車節銘文有"庚高丘"語,譚其驤先生釋爲:"故址當在今
安徽臨泉縣南",是楚另一地名,與雲夢高丘,蓋是同名異地。見《中華文史論
叢》第二輯,《鄂君啟節銘文釋地》。

　　《離騷》中所體現的屈原的思想感情，《屈原列傳》説得十分
透闢，是"睠顧楚國，繫心懷王，不忘欲反，冀幸君之一悟，俗之一
改也。其存君興國，而欲反覆之，一篇之中，三致意焉"。主要體
現了詩人的崇高的濃厚的愛國主義思想感情。這作品的情節結
構大致是這樣的。屈原自信有崇高的人格，遠大的理想；痛心於
懷王的不察中情，反而信讒言齎怒；想"濟沅湘以南征兮，就重華
而陳詞"，向神申述。可是神冷淡他，没有答覆。他便自蒼梧乘
鳳上天，想去找天帝，經歷了懸圃、咸池、扶桑、白水、閬風、春宫、
窮石和洧盤。他的扈從有羲和、望舒、飛廉、鸞皇、雷師、鳳鳥、豐
隆、宓妃和二姚。但遺憾的是天帝的守門者不准他進去，神也不
接納他。屈原在悵惘之中，騎着玉龍，攀登到閬風山上。忽然回
首看到了故都，往事不禁湧上心頭——"哀無賢士，與己爲
侣"[1]，"忽反顧以流涕兮，哀高丘之無女"：就掉下淚來了。屈原
失望之後，便向靈氛去問吉凶。靈氛説巫咸神要下來，勸他離開
故鄉。屈原爲了遠遊自疏，又到了崑崙、天津、西極、流沙、赤水、
不周和西海。可是正當他霎時娛樂的時候，又一次看到了故鄉，
他不能再走了。只好歎道："既莫足與爲美政兮，吾將從彭咸之
所居！"在《離騷》中，屈原一則説："豈余身之憚殃兮，恐皇輿之敗
績。"再則説："怨靈修之浩蕩兮，終不察夫民心。"正是："睠顧楚
國，繫心懷王"；"一篇之中，三致意焉"。這種生活態度，屈原是
始終不渝的。因而，在他的作品中也是常有反映的。《哀郢》中
説："羌靈魂之欲歸兮，何須臾而忘反；背夏浦而西思兮，哀故都
之日遠。"《抽思》中説："惟郢路之遼遠兮，魂一夕而九逝；曾不知
路之曲直兮，南指月與列星。"就是這個意思。因而司馬遷讀到
《離騷》《天問》《哀郢》，"悲其志"，被他偉大的品格深深地感動

----

　　[1]　見《屈原賦注》。

了。所以《離騷》中的"反顧高丘",是"睠顧楚國",或說"瞻望郢都"。聯繫屈原的風格及整個《離騷》的精神是符合的。

"高丘""故宇""舊鄉",在《離騷》中指的都是郢都。"高丘"解作"故宇",或是"舊鄉",在《楚辭》中,除《離騷》外,猶有例證可尋的。劉向《九嘆·逢紛》云:"聲哀哀而懷高丘兮,心愁愁而思舊邦。"王逸注云:"心愁思者,念高丘之山,想歸故國也。"《惜賢》云:"望高丘而歎涕兮,悲吸吸而長懷。"王逸注云:"遙望楚國,而不得歸。心爲悲歎,涕出長思也。"《思古》云:"還顧高丘,泣如灑兮。"王逸注云:"顧視楚國,悲戚泣下,如水灑地也。"高丘皆指楚國[①],是不能解作閬風山的。懷念故宇,在《楚辭》中,屈原除言高丘、故宇、舊鄉外,有時就是直說楚都的。《哀郢》云:"惟郢路之遼遠兮,……至今九年而不復。"《抽思》云:"惟郢路之遼遠兮,魂一夕而九逝。"在《九嘆》中,劉向寫屈原的志德,在"故都""南郢""舊鄉"等詞彙上也有襲用的。如《逢紛》云:"登逢龍而下隕兮,違故都之漫漫。思南郢之舊俗兮,腸一夕而九運",《怨思》云:"歸骸舊邦,莫誰語兮",《憂苦》云:"悲余心之悁悁兮,哀故邦之逢殃"等,也可說明是和高丘的意義相通的。

(原刊《杭州大學學報》1963 年第 2 期)

編者説明:本文據原刊並參代抄稿録編。

---

① 惟《楚辭》中,如東方朔《七諫·哀命》"哀高丘之赤岸兮",與《九章·悲回風》"上高巖之峭岸兮"相似,高丘疑非地名。

《離騒》劄記二則

一、"蘭""蕙"説

蘭爲王者之香,生於幽谷,不以無人而不芳。疏不露幹,密不簇枝,綽約作態,窈窕逞姿。迎風泣露,瑩然可愛,儜立凝思,若不勝情。至若朝暉微照,净植階除,則灼然騰秀,亭然露奇。是以淑人君子,媛女狡童,挹其清芬,高其情操,以爲定情之禮,或作佩帨之飾。《荀子》所謂:"民之好我,芬若椒蘭。"《家語》亦云,"與善人居,如入芝蘭之室"也。

《詩·鄭風·溱洧》云:"溱與洧,方涣涣兮,士與女,方秉蕑兮。女曰:'觀乎?'士曰:'既且!''且往觀乎?'洧之外,洵訏且樂。維士與女,伊其相謔,贈之以芍藥。""溱水和洧水,正在盈盈地流啊。男的和女的,正拿着芳香的蘭花啊。女的説:'去看吧。'男的説:'已經去過了。'(女的説)'姑且再去看看吧?'洧水的外邊,真的喧嘩而且熱鬧,男的和女的,他們互相在開着玩笑,把鮮豔的芍藥贈送着。"《毛傳》:"蕑,蘭也。"此詩寫士女拿着蘭花求愛。蘭蕙在《楚辭》中反映習見,約略分三類。《招魂》云:"光風轉蕙,氾崇蘭些。"此寫朝暾晨熹之時,微風吹動着蘭蕙之叢。崇蘭,根據《毛詩陸疏廣要》解釋,爲蘭草的一種。("蘭之種甚多，如竹蘭，石蘭，伊蘭，崇蘭，風蘭，鳳蘭，尾蘭，玉柱蘭，珍珠蘭之類，不可枚舉。"）《九歌·少司命》云："秋蘭兮麋蕪，羅生兮堂下；綠葉兮素枝，芳菲菲兮襲予。"此寫空間清淨之室，蘭草環生於堂下，翠色，芳香襲人。《九歌·湘君》云："薜荔柏兮蕙綢，蓀橈兮蘭旌"，"桂棹兮蘭枻"。《九歌·湘夫人》云："桂棟兮蘭橑"，"疏石蘭兮爲芳"。此寫蘭花用以爲旌，爲橑，爲芳（防：屏風）。《九歌·雲中君》云："浴蘭湯兮沐芳。"此寫煎煮蘭草，爲湯沐浴。古時沐浴輒用蘭湯。《夏小正》云："五月畜蘭，爲沐浴也。"《楚辭》説蘭，一般從花草爲人服務角度説蘭，爲禮品，爲裝飾，爲庭園佈置，爲沐浴藥劑；然讀《離騷》，屈原借蘭以喻自我鍛煉，自我修養，"其志潔，故其稱物芳"（《史記·屈原列傳》），却有另外一番意境。奇文蔚起，不能不贊賞此爲屈原之藝術創造。《離騷》云："扈江離與辟芷兮，紉秋蘭以爲佩。"陳本禮《屈辭精義》云："蘭芳秋而彌烈。君子佩之，所以象德。篇中香草取譬甚繁，指各有屬。此則首喻己之博采衆善，以爲修飾也。"《離騷》云："余既滋蘭之九畹兮，又樹蕙之百畝。"陳本禮意謂：願君用芳。初念先從培樹説起，述從前培植人，述拔茅連茹，而衆君子皆進，以期共爲美政。觀此兩事，屈原以蘭爲佩，滋蘭，樹蕙，其意亦豈止於滋蘭、樹蕙以蘭爲佩乎？《離騷》又云："蘭芷變而不芳兮，荃蕙化而爲茅。""余以蘭爲可恃兮，羌無實而容長。"陳本禮曰："變者氣味漸移，化者形類頓改。"然則屈原所謂蘭芷不芳，蕙化爲茅，明喻暗示，指桑罵槐，其意亦豈止於花草之變質乎？屈原與楚同姓，爲三閭大夫，嘗預事於屈、昭、景三姓子弟教育。欲施美政栽培子弟，當爲其所關切，詎知宗室子弟，不能遂其心願，砥柱中流，或者潔身引避。而慢惕淫靡，排擊美政，干進不休，蘭不可恃，無實容長。椒蘭不能卓然自立，爲國家有用之器。屈原傷之，令尹子蘭因而聞之大怒，是則屈原之言蘭蕙，實有所指。從一個形象聯繫到另一個形象，雙敲雙收，雙重形象，包含雙重意思。這樣的創作方法，王逸《章句》所謂："《離騷》之文，依《詩》取興，引類譬喻，故善鳥香草，以配忠貞，惡禽臭物，以比讒佞。"至其藝術風格，王逸又謂："其詞温而雅，其義皎而朗。"文辭典雅，意義明朗。《史記·屈原列傳》所謂："其文約，其辭微，其志潔，其行廉，其稱文小而其指極大，舉類邇而見義遠。其志潔，故其稱物芳；其行廉，故死而不容自疏。"讀《離騷》者，當循此理，理解分析。其寫蘭蕙，可作一例。或以爲佩，或滋之樹之，或傷無實。所喻不同，而其所言之目的，爲實施善政則一。此數事也，自前後藝術表現結構視之，則又曲折變化，見其移步换形之妙。劉勰《文心雕龍·辨騷》云："自風雅寢聲，莫或抽緒。奇文鬱起，其《離騷》哉！"從《離騷》對於蘭蕙的運用、反映上看，比之《詩經》從寫蘭起興，衍爲借喻蘭之意象，《離騷》確是有着一個飛躍的發展。

二、"爲衣""爲裳"説

屈原行吟，自抒悲憤，忠不見諒於楚王，正却被讒於黨人。稍涉國事，備罹怨毒。身爲左徒、三閭大夫，而被放流，睠顧楚國，繫心懷王。有不得不説之情，有不欲明言之義，有不容恝置之分，有不忍邃白之哀，運思落墨，只能循奇險之徑，出之以曲筆，托之以比興，形象思維，顯其孤忠，使讀之者憫其苦心，贊其美政，以冀言者無罪，聞者足戒，故其爲賦，文小義遠，度越恒流，迥絶千古。

《離騷》云："製芰荷以爲衣兮，集芙蓉以爲裳。"屈原以芰荷爲衣，芙蓉爲裳，寥寥數語，却塑造了一個鮮豔、皎潔、清香的人物形象。芰指菱，即菱，绿色。芙蓉即荷花，紅色。嵇含《南方草木狀》云:"陵(菱)生水中,實兩角,或四角。一名芰。《離騷》曰:'製芰荷以爲衣兮,集芙蓉以爲裳。'蓋芰葉雜遝,荷葉博大,有爲衣之象,而芙蓉可緝者也。"這是藝術構思,我們姑不論菱與芙蓉能否爲衣爲裳。以芰爲衣,芙蓉爲裳爲裙。上邊綠油油,下邊紅彤彤。綠衣紅裳,色彩鮮豔;風前玉立,芳氣襲人。藝術形象,修潔精美。古人吟詩珍視彩色,唐詩云:"江碧鳥逾白,山青花欲燃。"碧海青天之中,一行白鷺飛翔,江碧顯得鳥羽更白。滿山杜鵑,青山前綴紅花,顯得花也燎原成烈火了。

文學作品藝術構思,又常以部分代表全體,觸類旁通,舉一反三。稍露端倪,餘事讓讀者自己想象,便覺詩味無窮,悠然不盡。中國戲劇藝術傳統,道具常很簡單,表現却極靈活。婺劇《三請梨花》,演樊梨花盡瘁邊防,午夜宣勞。守卒啟寨,女弁提燈,梨花執鞭,黑夜在峻嶺險崖處巡查。劇場只憑一燈一鞭,從女弁、梨花的唱詞動作中,却能深刻地充分顯示梨花的性格與精神。觀衆欣賞一燈、一鞭的高下起伏,或急或緩的舞蹈動作,心領神會,而梨花的衛國的高度責任感,深入人心。《離騷》的這幾句詩,是屈原的自我寫照,只憑一衣一裳,而其志潔行芳之品操如畫,用筆簡練明淨。這真顯示了《離騷》的民族藝術特色。

古代詩人歌頌芰荷、芙蓉,一般不是采作衣飾,進以顯示其高尚情操的鍛煉與追求,而是借以抒發男女相悅的情趣,襯托環境氣氛。前乎《楚辭》的《詩經》如是。如《詩·鄭風·山有扶蘇》曾借荷花起興。"山有扶蘇,隰有荷華。不見子都,乃見狂且。""山上有嬌豔的扶蘇,池中有美麗的芰荷。怎樣就遇不着漂亮的子都,偏偏却碰見了這傻里傻氣的憨徒。"在《楚辭》中,如《九歌·少司命》:"荷衣兮蕙帶,儵而來兮忽而逝。"這是借荷花寫少司命的神態。《九歌·湘夫人》:"築室兮水中,葺之兮荷蓋","芷葺兮荷屋"。這是環境描寫,寫巫者爲湘夫人修治清凉幽雅的華

17

居,用以顯示巫者迎接湘夫人的誠意。《招魂》:"坐堂伏檻,臨曲池些;芙蓉始發,雜芰荷些。"芰荷是南方花草。這是借故鄉風物寫楚國可愛,魂返楚國欣賞故鄉堂檻池荷的優遊生活。後乎《楚辭》的漢樂府詩云:"江南可採蓮,蓮葉何田田。魚戲蓮葉間。魚戲蓮葉東,魚戲蓮葉西,魚戲蓮葉南,魚戲蓮葉北。"這是寫大自然中蓮池魚戲的綺麗風光。《古詩十九首》云:"涉江採芙蓉,蘭澤多芳草。採之欲遺誰? 所思在遠道。還顧望舊鄉,長路漫浩浩。同心而離居,憂傷以終老。"魏曹植《芙蓉賦》云:"於是狡童媛女,相與同遊。擢素手於羅袖,接紅葩於中流。"隋杜公瞻《詠同心芙蓉》云:"灼灼荷花瑞,亭亭出水中。一莖孤引綠,雙影共分紅。色奪歌人臉,香亂舞衣風。名蓮自可念,況復兩心同。"唐李白《採蓮曲》云:"若耶溪旁採蓮女,笑隔荷花共人語。日照新妝水底明,風飄香袂空中舉。岸上誰家遊冶郎,三三五五映垂楊。紫騮嘶入落花去,見此踟躕空斷腸。"唐陳去疾《採蓮曲》云:"粉光花色葉中開,荷氣衣香水上來。棹響清潭見斜影,雙鴛何事亦相猜。"這些作品都從采蓮起興寫男女思慕、悵惘或心願難遂。宋詞中,宋李清照《如夢令》云:"常記溪亭日暮,沈醉不知歸路。興盡晚回舟,誤入藕花深處。爭渡,爭渡,驚起一行鷗鷺。"秦觀《調笑令》云:"柳岸水清淺,笑折荷花呼女伴。盈盈日照新妝面。水調空傳幽怨,扁舟日暮笑聲遠。對此令人腸斷。"歐陽修《蝶戀花》云:"越女採蓮秋水畔,窄袖輕羅,暗露雙金釧。照影摘花花似面,芳心只共絲爭亂。　　鸂鶒灘頭風浪晚,霧重煙昏,不見來時伴。隱隱歌聲歸棹遠,離愁引著江南岸。"這些作品寫景抒情,移人耳目,沁人心脾,俱爲一時瑋才。"有比較才有鑒別",作品的主題思想,以及其所顯示的作者的思想感情,靈魂深處,烹詞吐屬,看來卻不若《離騷》意境的高妙。論荷花的宋周敦頤《愛蓮說》云:"予獨愛蓮之出淤泥而不染,濯清漣而不妖,中通外直,不蔓不枝,香遠益清,亭亭净植,可遠觀而不可褻玩焉。"
"蓮,花之君子者也。"記荷的,明王象晉《群芳譜》云:"荷花生池
澤中最秀。凡物先華而後實,獨此華實齊生,百節疏通,萬竅玲
瓏,亭亭物表,出淤泥而不染,花中之君子也。"兩文贊賞花品,亦
所以寄其冲淡之懷;然與屈原之益以芰荷、芙蓉,顯其修飾愈彰,
昭質未虧,不可同日而語矣。

　　《離騷》云:"製芰荷以爲衣兮,集芙蓉以爲裳。"屈原用以塑
造自我形象,這兩句話不是抽象的,也不是孤立的,有其政治内
容。其來有自,其去有跡,積崇隆而爲泰華,衍浩瀚而爲江海,是
與其前後句、整篇及其時代生活緊緊聯繫,呼吸相通的。其前句
云:"進不入以離尤兮,退將復修吾初服。"其後句云:"不吾知其
亦已兮,苟余情其信芳。"屈原之政治見解爲何? 實施美政,是所
夢寐。"聯齊抗秦","造憲令"而"法立",輔弼楚懷王"縱則楚
王",抵制秦昭王"横則秦帝"。楚懷王曾爲合縱長,足覘有其才
識。其於屈原,"王甚任之"。但楚懷王"内惑於鄭袖,外欺於張
儀","信上官大夫,令尹子蘭",軟弱動搖。"王怒而疏屈平",媚
秦派抬頭,屈原稍欲作爲,便動輒得咎,壯志難酬。因云:"進不
入以離尤兮,退將復修吾初服。"進者,屈原所謂:"乘騏驥以馳騁
兮,來吾導夫先路。"但進不入,美政無法實施。離尤者,猶罹尤
也。屈原被逼而退,然猶堅持原來主張,"復修初服"。初服,亦
即初衷。從文字語言上説,即首章的"扈江離與辟芷兮,紉秋蘭
以爲佩"。從《離騷》結構上説,此是呼應前文。《離騷》首章,屈
原自叙生平大略,"初服"即屈原喻其治楚之初衷。屈原與"媚秦
派"戰鬥若干回合,不能取勝,然猶堅持原則,保衛美政莊嚴,繼
續戰鬥。不得已而退,復修初衷。世俗之士,往往"在山泉水清,
出山泉水濁"。經不起濁世考驗,不能保其初衷,終至同流合污。
京劇《四進士》所寫,有其典型教育意義。《四進士》寫四個進士

發誓都做清官：三個進士經不起考驗，變質墮落，遂至貪污，相互包庇；一個進士獨能砥柱中流，無所顧忌，爲民伸冤理枉。屈原最厭惡的是："蘭芷變而不芳兮，荃蕙化而爲茅。何昔日之芳草兮，今直爲此蕭艾也。豈其有他故兮，莫好脩之害也。"屈原於此，因而珍惜品格鍛煉。因云："製芰荷以爲衣兮，集芙蓉以爲裳。"然舉世混濁，屈原實難以挽回，美政追求，怕會落空。屈原云："不吾知其亦已兮，苟余情其信芳。"此"不吾知"三字，從《離騷》結構上説，自是直貫末章"國無人莫吾知兮，又何懷乎故都？既莫足與爲美政兮，吾將從彭咸之所居"。草蛇灰綫，此爲伏筆。"進不入以離尤兮，退將復修吾初服。""不吾知其亦已兮，苟余情其信芳。"前後四句，一呼一伏，説明屈原思想發展，有其内在邏輯聯繫，此"不吾知"三字，如何理解？班固曾誣屈原"露才揚己"，則屈原之"不吾知"意爲"揚己"。此實不實之辭。吾意屈原之所謂知，是熱望人之同情，理解其"美政"，而促使實施。苟不可能，楚國歷史悲劇，難以挽救，亦只仰天長歎，齎志以歿，自保"信芳"而已。出水芙蓉，去其雕飾，亭亭玉立，出污泥而不染。屈原因曰："製芰荷以爲衣兮，集芙蓉以爲裳。"這真如淮南王劉安所贊美的："蟬蜕濁穢之中，浮游塵埃之外，皭然泥而不滓，推此志，雖與日月爭光可也。"《離騷》是文學名著，屈原賦詩言志，不像散文那樣直説。其所寫"爲衣""爲裳"，當於形象思維中求之，會心不遠。今日重讀《離騷》，恍然屈原神光，剡剡活躍紙上，使人蕭然而敬，悚然而悲也。

（原刊《文學年刊》1981 年）

《九歌·河伯》説

　　董説《七國考》"河伯祠"條云："大率爲黄河之神耳。"河伯之爲河神，歷史悠久。河伯蓋由人間統治者衍變而爲天上之神者。《竹書紀年》云："殷王子亥，賓于有易而淫焉。有易之君綿臣殺而放之，是故殷主甲微假師于河伯，以伐有易，滅之；遂殺其君綿臣也。"郭璞注《山海經·大荒東經》此云：王亥時，殷主甲微向河伯借兵，攻打有易，殺其君主綿臣。王亥是殷代帝王，卜辭常見①。據此可知河伯爲殷帝王亥的諸侯。顧炎武曾謂："河伯者，國居河上，而命之爲伯，如文王之爲西伯。"②《天問》云："帝降夷羿，革孽夏民。胡射夫河伯，而妻彼雒嬪？"王逸注引傳曰："河伯化爲白龍，遊於水旁。羿見射之，眇其左目。河伯上訴天帝曰：'爲我殺羿。'天帝曰：'爾何故得見射？'河伯曰：'我時化爲白龍出遊。'天帝曰：'使汝深守神靈，羿何從得犯汝？今爲蟲獸，當爲人所射，固其宜也。羿何罪歟？'"《淮南子·齊俗訓》云："馮夷得道，以潛大川，即河伯也。"③這些記載説明河伯衍變成爲神

----

　　①　見《殷虚書契考釋》帝王第二太牙。王國維以爲王亥。即《殷本紀》冥之長子振。

　　②　見《日知録》卷二十五。

　　③　《山海經·海内北經》郭注轉引，今本《淮南子》無此語。

話中的人物。黃河爲患,自古而然,卜辭中常見州字灥字,這象水壅橫流,泛濫成災的情形。① 安陽所獲甲骨,據考古學家説,是河水衝決泛濫時遺留在沙蹟上的淤積物。這也可以看出河水爲害之烈。由於河水經常泛濫,古人常思防禦。《藏龜》九十九之四云:辛酉卜御水于□("于"下脱落)。當爲地名。這是殷人禦水或治河之卜無疑。②《史記·河渠書》云:"然河菑衍溢害中國也,尤甚。唯是爲務,故道河自積石,歷龍門。南到華陰,東下砥柱,及孟津、雒汭,至于大邳。於是禹以爲河,所從來者,高水湍悍,難以行平地,數爲敗,乃厮二渠,以引其河。北戴之高地,過降水,至于大陸,播爲九河;同爲逆河,入于勃海。九川既疏,九澤既灑,諸夏艾安,功施于三代。"降水,據胡渭《禹貢錐指》所考,即今漳河。《史記·河渠書》云:"西門豹引漳水,溉鄴,以富魏之河内。"而《漢書·溝洫志》述西門豹爲鄴令,有令名。史起譏其不知用漳水。史起爲令,遂引以溉鄴,民歌頌之。與此異。但當時常有人幻想河神作怪,因有《史記·河渠書》"沉白馬玉璧于河",《爾雅·釋天》"祭川曰浮沉",《周禮·大宗伯》"以貍沈祭山林川澤",或爲河神娶婦的記載與傳説。《禮記·禮器》云:"晉人將有事於河,必先有事於惡池。"《史記·滑稽列傳》褚少孫補《西門豹傳》云:"魏文侯時,西門豹爲鄴令。……長老曰:苦爲河伯娶婦。……民人俗語曰:即不爲河伯娶婦,水來,漂没溺其人民云。"《六國表》秦靈公八年云:"初以君主妻河。"可見黃河流域國家十分重視祭祀河神。漢武帝時,黃河在瓠子決口。武帝"悼功之不成,乃作歌曰:

　　　瓠子決兮將奈何,皓皓旰旰兮閭殫爲河!

---

① 見《殷虛文學類編》第十一。

② 見陳晉《契學概論》,上海中華書局石印本。

殫爲河兮地不得寧,功無已時兮吾山平!

吾山平兮鉅野溢,魚沸鬱兮柏冬日!

延道弛兮離常流,蛟龍騁兮方遠遊!

歸舊川兮神哉沛,不封禪兮安知外?

爲我謂河伯兮何不仁,泛濫不止兮愁吾人!

齧桑浮兮淮泗滿,久不反兮水維緩。①

　　河伯之神在漢人心目中還是占着較重的分量。《九歌·河伯》游國恩説:是歌詠河伯娶婦的,②此語有理。但"楚國南郢之邑,沅湘之間"爲何要奉祀河伯呢?"好祠"湘君、湘夫人、山鬼是容易理解的,③我們説,楚國奉祀河伯,也是有其由來和有綫索可尋的。《左傳·宣公十二年》,楚莊王敗晉師於邲,"祀于河,作先君宫,造成事而還。"《左傳·哀公六年》,楚昭王有疾,卜者説:"河爲祟",要他祀河。王云:"三代命祀,祭不越望。"没有同意。但從卜者的建議看來,楚國是可以祀河的。《吕氏春秋·侈樂篇》云:"楚之衰也,作爲巫音。"楚國是巫風盛行的國家。統治者愚昧。所祀之神必然廣泛。董説《七國考》引桓譚《新論》云:

　　楚靈王信巫祝之道,躬執羽紱,起舞壇前。吴人來攻其國,人告急,而靈王鼓舞自若,顧應之曰:"寡人方祭上帝,樂明神,當蒙福祐焉。不敢赴救。"而吴兵遂至,俘獲其太子及后妃以下。

---

① 見《史記·河渠書》。

② 見游國恩《楚辭論文集·論河伯》,高等教育出版社,1958年。

③ 《山鬼》:"采三秀兮於山間"。於山,郭沫若釋爲巫山,進而肯定山鬼就是楚國民間神話傳説的巫山神女。見郭沫若《屈原賦今譯》,人民文學出版社,1954年。

楚靈王是如此愚蠢的人。楚懷王時,有沈馬祠,是祀河神的。《七國考》引陸璣《要覽》云:

> 楚懷王於國東偏,起沈馬祠,歲沈白馬,名饗楚邦河神,欲崇祭祀,拒秦師。卒破其國,天不祐之。

又引谷永《距絶方士疏》云:

> 楚懷王隆祭祀,事鬼神,欲以獲福,卻秦師,而兵挫地削,身辱國危。

因此,推測楚懷王奉祀河伯,是合乎情理的。

編者説明:本文據代抄稿録編。

《九章·哀郢》寫作年代辨

關於《哀郢》寫作年代，明王夫之《楚辭通釋》認爲與頃襄王二十一年白起破郢之事有關。今人多尊信之。這一看法，可歸納爲三説：

一是王夫之説。認爲頃襄王二十一年白起破郢，屈原見放；到頃襄王三十年，屈原追憶始遷，寫作《哀郢》。王氏解釋《哀郢》"民離散而相失兮，方仲春而東遷"云："頃襄畏秦，棄故都而遷於陳，百姓或遷或否，兄弟昏姻離散相失。仲春紀時，且言方東作時。"又"出國門而軫懷兮，甲之朝吾以行。……楫齊揚以容與兮，哀見君而不再得"諸句云："流亡者，迫於彊鄰，棄其故都，傾國而行，如逋逃然。甲之朝，啟行之日……楫齊揚者，君臣民庶，萬艇皆發也。民不能盡遷，其留於郢者，永與楚王訣別，不得再見。"認爲這裏所反映的，是指頃襄王二十一年"秦將白起，遂拔我郢，燒先王墓夷陵，楚襄王兵散，遂不復戰，東北保於陳城"（見《史記·楚世家》）史事。屈原在這國家鼎革劇變之時，悲憤欲絶："哀故都之棄捐，宗社之邱墟，人民之離散，頃襄之不能效死以拒秦，而亡可待也。"站出來講話，力爭堅持抗戰："東遷之役，原所不欲。讒人必以沮國大計，爲原罪而譖之，故重見竄逐。其傷心悲歎者，於此爲切。"因此，得罪了楚國的統治集團，遭受第二次放逐。又在"至今九年而不復"句云："當始遷時，且謂秦難

25

稍平,仍復歸郢;至此作賦之時,九年不復,終不可復矣。賦作於九年之後,則前云仲春甲之朝者,皆追憶始遷而言之。"認爲屈原既放九年,看到楚國的統治集團,主昏、臣佞,並無振興國家之意:"深憾昏主佞臣,安於新邑,嬉遊自得,曾不知國之弱喪不可復持,則雖放逐,憂難自已也。"於是寫作《哀郢》,以寄其慘鬱佗傺之思。

二是郭沫若説。認爲屈原寫作《哀郢》,在頃襄王二十一年,並聯繫他的《涉江》《懷沙》《惜往日》諸篇,斷定屈原的死,就在這一年。郭氏在《屈原賦今譯》中説:"此篇(指《哀郢》)王船山以爲所紀乃楚頃襄二十一年(紀元前 278 年)秦將白起攻破郢都,楚東北保於陳時事,極是。"又在《屈原研究》中説:"我們請想:屈原是被放逐在漢北的。當秦兵深入時,他一定是先受壓迫,逃亡到了郢都;到郢都被據,又被趕到了江南;到了江南也不能安住,所以接連着做了《涉江》《懷沙》《惜往日》諸篇,便終於自沉了。""《哀郢》的'東遷'是在'仲春'。《涉江》'乘鄂渚而反顧兮,欸秋冬之緒風',是説秋冬的寒風還有緒餘,時令是相接的。《懷沙》説:'滔滔孟夏兮,草木莽莽;傷懷永哀兮,汩徂南土。'南行的時刻是在孟夏。《懷沙》當據蔣驥説是懷長沙的意思(《山帶閣注楚辭》)。屈原南行至長沙,由長沙再返向汨羅,故有'進路北次'之語。戴震《屈原賦注》所引的方晞原説也是很正確的。到了《惜往日》便言:'臨沅湘之玄淵兮,遂自忍而沈流。'又言'不畢辭而赴淵兮',那自然是屈原的絶筆了。據傳説屈原是死於五月五日,時令也是完全相連接的。""以上就我的考察,屈原的死是在襄王二十一年①。"認爲屈原在頃襄王六年見放漢北;當秦兵深入時,逃亡到了郢都;郢都淪陷,即襄王二十一年,又趕到了江南,寫作《哀郢》。接着又寫《涉江》《懷沙》《惜往日》等篇,就在這年自沉於汨羅江了。

三是游國恩説。他在《楚辭論文集·屈原年表》上説:"楚人既咎子蘭勸王入秦不反,屈平亦嫉之,子蘭大怒,使上官大夫短屈原於頃襄王。頃襄王怒而遷之。今以《哀郢》九年不復一語逆推之,屈原再放當在是年。蓋以《哀郢》之作,在頃襄王二十一年白起破郢之後也。"認爲"頃襄王十三年","屈原再放於陵陽";"頃襄王二一年"或稍後,"作《哀郢》以見意"②。"郢破之時,屈子再放已久,而猶不見召;乃以次年初春自陵陽西南行,泝江入湖,上沅水而達辰溆。"頃襄王二十二年屈子在汨羅江自沉了③。"黔中即屈子此行所至之地,棲息甫定,而秦兵大至,乃以是年孟夏下沉入湘,至於長沙。又踰月,赴汨羅而正命焉。"

這三説可歸納爲下表:

---

① 依郭氏之意,《哀郢》屈原作於頃襄王二十一年。《涉江》時已秋冬,接着《懷沙》是孟夏,實爲次年之孟夏自沉,傳説在五月五日,是屈原應死在頃襄王二十二年,而非二十一年。

② 游氏《屈原年表》云:"頃襄王十三年,屈原再放於陵陽。"然其《論屈原之放死及楚辭地理》云:"其再放江南,約在頃襄王之十三四年。"又云:"屈子再放,當在頃襄王十三年。"《屈子年表》云:"頃襄王二一年,作《哀郢》以見意。"又云:"蓋以《哀郢》之作,在頃襄王二十一年白起破郢之後。"語多參差。

③ 游氏在《論屈原之放死及楚辭地理》中云:"屈子或以頃襄王二十二年之春,始發陵陽而至江南也歟?"《屈原年表》云:"頃襄王二一年,乃以次年初春自陵陽西南行,泝江入湖,上沅水而達辰溆。"則屈子涉江,已歷秋冬。其孟夏下沉入湘,至於長沙。又踰月,赴汨羅而正命,當爲頃襄王二十三年,《屈原年表》係云二十二年,不免乖誤。

頃襄王 6 年：屈原被放漢北（郭）

13 年：屈原再放陵陽（游）

21 年：屈原從郢流亡，作《哀郢》（郭）

屈原再放已九年，在陵陽，作《哀郢》①（游）

21 年：屈原自沉汨羅。（實 22 年②）（郭）

22 年：屈原自沉汨羅。（實 23 年③）（游）

30 年：屈原作《哀郢》。（王）

這三説，關於屈原的放逐，寫作《哀郢》及其自沉汨羅，時間參差，並不統一。只有一點是共通的，認爲《哀郢》與白起破郢的事有關。但這一點尚有問題，值得研究。

這裏，我們可從秦楚戰事形勢，加以考察。

前 280　頃襄王 19 年：秦派司馬錯由蜀攻楚黔中，楚割漢

---

①　游氏以屈原再放陵陽，在頃襄王十三年。九年不復，而白起破郢，在陵陽，作《哀郢》。那麼《哀郢》中所説："皇天之不純命兮，何百姓之震愆。民離散而相失兮，方仲春而東遷……發郢都而去閭兮，怊荒忽其焉極。"這段話，是屈原在頃襄王十三年被放身歷的事，還是二十一年他在陵陽想象的呢？兩説按之史事文義，都不可通。

②　依郭氏之意，《哀郢》屈原作於頃襄王二十一年。《涉江》時已秋冬；接着《懷沙》是孟夏，實爲次年之孟夏自沉，傳説在五月五日，是屈原應死在頃襄王二十二年，而非二十一年。

③　游氏在《論屈原之放死及楚辭地理》中云："屈子或以頃襄王二十二年之春，始發陵陽而至江南也歟？"《屈原年表》云："頃襄王二一年，乃以次年初春自陵陽西南行，泝江入湖，上沅水而達辰溆。"則屈子涉江，已歷秋冬。其孟夏下沅入湘，至於長沙。又踰月，赴汨羅而正命，當爲頃襄王二十三年，《屈原年表》係云二十二年，不免乖誤。

北及上庸地予秦①。

前 279　頃襄王 20 年：秦派白起大舉攻楚，攻取鄢、鄧、西陵等五城②。

前 278　頃襄王 21 年：秦白起攻取郢都，焚燒夷陵，攻到竟陵，建立南郡；向南復攻取洞庭、五渚、江南，楚遷都於陳③。

前 277　頃襄王 22 年：秦派蜀守張若攻取巫及江南爲黔中郡④。

---

①　見《六國表》："秦擊我（楚），與秦漢北及上庸地。""（秦）伐楚，斬首二萬。"《楚世家》："秦伐楚，楚軍敗，割上庸、漢北地予秦。"《秦本紀》："錯攻楚，赦罪人遷之南陽。白起攻趙，取代光狼城。又使司馬錯發隴西，因蜀攻楚黔中，拔之。"

②　見《六國表》："秦拔鄢、西陵。"《楚世家》："秦將白起，拔我（楚）西陵。"《秦本紀》："大良造白起攻楚，取鄢、鄧，赦罪人遷之。"《白起王翦列傳》："白起攻楚，拔鄢、鄧五城。"

③　見《六國表》："秦拔（楚）郢，燒夷陵，王亡走陳。""（秦）白起擊楚，拔郢，更東至竟陵，以爲南郡。"《楚世家》："秦將白起，遂拔我郢，燒先王墓夷陵。楚襄王兵散，遂不復戰，東北保於陳城。"《秦本紀》："大良造白起攻楚，取郢爲南郡。楚王走，周君來，王與楚王會襄陵。"《白起王翦列傳》："攻楚，拔郢，燒夷陵，遂東之竟陵。楚王亡去郢，東走徙陳。秦以郢爲南郡。白起遷爲武安君，武安君因取楚，定巫、黔中郡。"《戰國策·秦策》："秦與荆人戰，大破荆，襲郢。取洞庭、五湖、江南。荆王亡奔走，東伏於陳。楚地方五千里，持戟百萬，君前率數萬之衆，入楚拔鄢郢焚其廟，東至竟陵。楚人震恐，東徙而不敢西向。"《韓非子·初見秦》："秦與荆人戰，大破秦，襲郢，取洞庭、五湖、江南。荆王君臣，亡走東服於陳。"

④　見《六國表》："秦拔巫、黔中。""白起封爲武安君。"《楚世家》："秦復拔我巫、黔中郡。"《秦本紀》："蜀守若，伐取巫郡及江南爲黔中郡。"

前 276　頃襄王 23 年：楚收復黔中十五邑，以爲郡，抗秦①。

　　我們從秦國向楚國軍事擴張的形勢來看，秦國的侵略楚國，掠取郢都，一向採取兩條進攻路綫。這一策略，蘇秦在見楚威王時就指出來了："秦之所害於天下莫如楚。楚强則秦弱，楚弱則秦强，此其勢不兩立；故爲王至計，莫如從親以孤秦。大王不從親，秦必起兩軍：一軍出武關，一軍下黔中。若此則鄢郢動矣。"②

　　過了二十六年，張儀出使到楚國來，威脅楚懷王，陳説秦國的外交、軍事策略，還是如此："秦西有巴蜀，方船積粟，起於汶山。循江而下，至郢三千餘里。舫船載卒……不至十日而拒扞關。扞關驚，則從竟陵已東，盡城守矣。黔中、巫郡，非王之有已。秦舉甲出之武關，南面而攻，則北地絶。秦兵之攻楚也，危難在三月之内；而楚恃諸侯之救，在半歲之外，此其勢不相及也。"③

　　楚懷王、頃襄王時代的秦楚之間的軍事戰鬥形勢，確是這樣。秦兵一軍出武關，那麼漢中、漢北、商於、上庸、垂沙、重丘以及鄧、鄢等地，都是秦國首先侵略之區。一軍下黔中，它的步驟，自然是先定巴蜀，推廣秦國的版圖，接着向楚進攻，下巫郡，攻扞關，襲西陵，攻黔中。到了這時，郢都就成爲楚國一個孤立的據點。於是更東取洞庭、五渚、江南。上下向郢都夾攻。因此，郢都淪陷，楚王只得向東北逃走。楚懷王早年當過從長。十一年

---

　　①　見《六國表》："秦所拔我江旁反秦。"《楚世家》："襄王乃收東地兵得十餘萬，復西取秦所拔我江旁十五邑，以爲郡。距秦。"《秦本紀》："白起伐魏，取兩城，楚人反我江南。"

　　②　見《戰國策・楚策一》

　　③　見《戰國策・楚策一》

曾糾合趙、魏、韓、燕五國兵或趙、魏、韓、燕、齊六國兵攻秦,從新鄭及鄢出擊攻秦到函谷關,秦兵還擊乃還。[①] 此後,秦益強大,楚國反攻失利:"秦齊共攻楚,斬首八萬,殺屈匄;遂取丹陽、漢中之地。楚又復益發兵而襲秦,至藍田大戰。楚大敗,於是楚割兩城,以與秦平。秦要楚,欲得黔中地,欲以武關外易之。"[②]

楚懷王二十八年後,形勢大變,楚國節節敗退。楚之北地,爲秦兵深入:楚懷王廿八年,秦、韓、魏、齊,敗楚將唐昧於重丘,楚兵殆於垂沙;韓、魏取得宛、葉以北,秦取韓穰。[③] 楚懷王廿九年,秦取新城,大破楚,殺楚將景缺。[④] 同時,巴蜀秦已略定。秦惠文王更元九年,即楚懷王十三年,秦將司馬錯伐蜀,定巴蜀。[⑤] 楚懷王三十年,秦進一步向楚要脅,要楚把巫、黔中之郡割讓給他[⑥]。雙綫作戰,發展到頃襄王二十一年,秦國遂派大良造白起來攻郢。"冰凍三尺,非一日之寒。"楚國郢都的淪陷,並不是孤立的、偶然事件。這是一系列的秦國的軍事侵略、疆土擴張的結果。結合當時秦楚的軍事形勢來看,郭氏説:屈原於頃襄王六

---

① 見《史記·六國表》、《楚世家》及《秦本紀》,史事稍有出入。"新鄭及鄢",語見《詛楚文》。《詛楚文》王厚之云:"以《史記》世家、年表考之……此詛爲懷王也。懷王十一年,蘇秦約從山東六國,共攻秦。楚懷王爲從長,至函谷關。秦出兵擊之。皆引而歸,齊獨後。"見《古文苑》卷一。郭沫若《詛楚文考釋》贊同楚懷王時説,惟認爲是楚懷王十七年、秦惠文王更元十三年的作品。

② 見《史記·張儀列傳》。

③ 見《史記·秦本紀》、《楚世家》、《魏世家》、《韓世家》、《田敬仲完世家》、《六國表》及《荀子·議兵篇》、《商君書·弱民》。《荀子》:"然而兵殆於垂沙,唐蔑死。"唐蔑,《史記》作"唐昧";垂沙,《史記》《商君書》作"垂涉"。

④ 見《史記·楚世家》、《秦本紀》及《六國表》。

⑤ 《史記·六國表》秦惠文王更元九年,"擊蜀滅之"。《秦本紀》:"九年,司馬錯伐蜀滅之。"

⑥ 《史記·楚世家》:"秦因留楚王,要以割巫、黔中之郡。"

年,被放漢北,屈原這時曾寫作《抽思》以抒憤懣。這就使人有所懷疑。因爲《抽思》中寫:"有鳥自南兮,來集漢北。""惟郢路之遼遠兮,魂一夕而九逝。"只見屈原由於遷謫而感傷,却不能看出屈原感到國事蜩螗、敵氛鴞張,秦兵深入的任何氣息。取游氏説:屈原在頃襄王十三年,再放陵陽。這話也有問題。因爲《哀郢》中説:"皇天之不純命兮,何百姓之震愆?民離散而相失兮,方仲春而東遷。"這些話是没法解釋屈原在頃襄王十三年時被放的事。取郭氏説,屈原在頃襄王廿一年時,從郢流亡出去,作《哀郢》;在頃襄王廿一年,實廿二年,屈原自沉於汨羅。那麽屈原經過鄂渚,直向江湘。朝發枉渚,夕宿辰陽,到了溆浦,又轉到長沙,在汨羅江自沉。這時的洞庭、五渚、江南,早已淪陷。屈原跑到淪陷區去有什麽意圖呢?是去抗秦打遊擊嗎?

在滿眼敵旗映照之下,愛國詩人屈原寫作《涉江》,應該懷有怎樣的思想感情呢?《涉江》這作品是寓有屈原濃烈的抒情氣氛的。"朝發枉渚兮,夕宿辰陽。苟余心其端直兮,雖僻遠之何傷。入溆浦余僔徊兮,迷不知吾所如。深林杳以冥冥兮,乃猨狖之所居。山峻高以蔽日兮,下幽晦以多雨。霰雪紛其無垠兮,雲霏霏而承宇。哀吾生之無樂兮,幽獨處乎山中。"在這作品中,我們只是感受到屈原放逐途中,山高林深、幽晦多雨的愁苦。這樣的思想感情,在屈原同時期的其他作品中,如《懷沙》《惜往日》所反映的:"浩浩沅湘兮,分流汨兮。脩路幽蔽,道遠忽兮。""臨沅湘之玄淵兮,遂自忍而沈流。"也是十分類似的。這就不能不使我們懷疑,説在這樣的歷史背景裏寫這作品,是把時間弄錯了。

取游氏説:屈原在頃襄王廿一年,即屈原被再放在陵陽已經九年的時候,作《哀郢》。頃襄王廿二年,實廿三年,屈原自沉於汨羅。我們知道,頃襄王廿三年時,曾收東地兵十餘萬,反攻秦國,西取秦所拔楚江旁的十五邑。頃襄王奮發有爲,這是使屈原高興的事。屈原這時在抗秦前綫，正可戮力同心，收復山河。爲什麼在《惜往日》中還要説："卒没身而絶名兮，惜壅君之不昭！""臨沅湘之玄淵兮，遂自忍而沈流。"還要去自殺呢？這樣的死，不是輕於鴻毛嗎？

取王氏之説，屈原在頃襄王三十年，作《哀郢》。這怕也是一種臆説而已。《卜居》中寫屈原既放三年，所表現的思想感情和頃襄王廿三年的歷史情況，也不符合。所以這三説，按之史實，都是站不穩的。

這裏我們可從屈原的生平，從《史記·屈原列傳》所記述的關於屈原被讒放逐諸事加以考察。姜亮夫先生在《屈原賦校注》中考云："屈子之被放，《史記》明言爲子蘭使上官大夫短屈原於頃襄王，王怒而遷之，則三年（指《卜居》：既放三年。）、九年（指《哀郢》：九年不復。）自以頃襄王時計算無疑。然屈子被絀，究當在頃襄王幾年？亦無確徵。惟屈子諫懷王不可入秦，而子蘭以爲不可絶秦歡，則子蘭與屈子修怨，在此時當已存在。……原見放逐，容在頃襄王二、三年間。加《哀郢》九年不反之數，當爲頃襄王十二年。然屈子作《哀郢》後，又涉江入辰溆。又由辰溆東出龍陽，遇《漁父》，往長沙，作《懷沙》；其秋有《悲回風》，後以五月五日，畢命湘水。則其間又當有若干時日，故略指其死期，當爲頃襄王十六、七年，則以黄文焕、林雲銘兩家之所定較爲相近云。"姜先生之説，從《史記》所叙見讒放逐，結合秦楚戰争形勢看，可謂最合情理，信而有徵。《哀郢》中説："信非吾罪而棄逐兮，何日夜而忘之。"可見屈原這次"東遷"，實是被讒放逐。《哀郢》中有："當陵陽之焉至兮，淼南渡之焉如？"陵陽古屬江南，即《漢志》丹陽郡的陵陽縣，在今安徽東南青陽縣南六十里。其地在郢都之東，屈原沿江東行，故云東遷。姜先生在《哀郢》題解上因説："此篇蓋放逐江南，止於陵陽九年後，追思初放時情事而作也。自懷王入秦不反,頃襄王立,子蘭爲令尹,上官大夫等當國,妬賢害能,蔑先王優容之意,屈子遂見放流。……故追思初放流之情事,震愆離散,宛然在目。宗邦之危如此。而己有濟世之才、匡時之情,乃九年不反,料己不能復歸,則哀郢自哀,殊不可辨矣。"説明《哀郢》自哀,不是爲着白起破郢而哀的,這見解是正確的。

　　《哀郢》自哀,非爲白起破郢而哀,這問題已經説明;但這裏還留下一個基本問題,即《哀郢》中所寫的"皇天之不純命兮,何百姓之震愆? 民離散而相失兮,方仲春而東遷"這段話,反映怎樣的歷史情況呢? 還是需要研究的。姜先生説:"此詩蓋作於頃襄初年,秦發兵出武關攻楚,大敗楚軍,取析十五城而去之時,懷王見辱於秦,兵敗地喪,民散相失,故曰:'皇天不純命。'蓋屈子再放江南之時,行將東去,而聞秦兵大入郢都,國人惶懼,宗親震悼,屈子亦遂從此時東遷。故曰:相失於家國宗黨而哀也。"這一解釋,似有問題。"取析十五城而去",事在頃襄王元年①。楚國北地,鄢、鄧、上庸,巋然無恙。即如頃襄王二、三年,秦兵也不能大入郢都,而使國人惶懼,宗親震悼。那麼這裏所反映的是怎樣的歷史情況呢? 考之史實,我看這事很可能與莊蹻暴郢的事有關②。《荀子·議兵篇》云:"故齊之田單,楚之莊蹻,秦之衛鞅,燕之繆蟻,是皆世俗之所謂善用兵者也。……楚人鮫革犀兕以爲甲,鞈堅如金石,宛鉅鐵鈹,慘如蠭蠆,輕利僄遬,卒如飄風;然而兵殆於垂沙,唐蔑死,莊蹻起,楚分而爲三四。是豈無堅甲利

---

① 見《史記·楚世家》。
② 朱熹《楚辭集注》云:"屈原被放時,適會凶荒,人民離散,而原亦在行中,閔其流離,因以自傷。無所歸咎,而歎皇天之不純其命。"按之情理,亦有可能。

兵也哉？……然而秦師至而鄢、郢舉，若振槁然，是豈無固塞隘阻也哉。"①莊蹻起義，在楚"兵殆於垂沙，唐蔑死"之後，"秦師至而鄢郢舉"之前，即楚懷王廿八年之後，頃襄王三十、三十一年之前。史學家因繫之於楚懷王廿八年②。《韓非子·喻老篇》云："楚莊王欲伐越。杜子諫曰：王之伐越，何也？曰：政亂兵弱。杜子曰：……王之兵，自敗於秦晉，喪地數百里，此兵之弱也。莊蹻蹻爲盜於境內，而吏不能禁，此政之亂也。"楚莊王，即楚頃襄王③，晉實是魏。敗於秦晉，蓋指懷王廿八年，"秦與齊、韓、魏共攻楚，殺楚將唐昧，取我重丘"而去的事，可見頃襄王時，莊蹻尚爲"盜"於境內。《呂氏春秋·介立篇》云："鄭人之下轅也，莊蹻之暴郢也，秦人之圍長平也；韓、荊、趙此三國者之將帥貴人皆多驕矣。其士卒衆庶，皆多壯矣④。因相暴以相殺，脆弱者拜請以避死。其卒遞而相食，不辨其義，冀幸以得活。"這裏又可從而瞭解莊蹻起義地點在郢都。這次暴動的場面是相當闊大的，將帥、貴人，都是望風而靡，士卒衆庶，也都被殺傷。又《韓詩外傳》卷四云："楚人……兵殆於垂沙，唐子死，莊蹻走⑤，楚分爲三四。"莊蹻暴動雖是失敗，楚國卻因此形成分裂局面。屈原見放，"容在頃襄王二、三年間"，恰與莊蹻的"暴郢"，在同一時期。那麼

---

① 《商君書·弱民》："楚國之民，齊疾而均，速若飄風，宛鉅鐵鈯，利若蜂蠆，脅蛟犀兕，堅若金石……秦師至鄢郢，舉若振槁。唐蔑死於垂沙，莊蹻發於內，楚分爲五。"此似襲自《荀子》，非商鞅所自著。《史記·禮書》亦有類似斯語，蓋皆出自《荀子》。

② 如《中國歷史地圖集》，楊寬《戰國史》皆是。

③ 見《先秦諸子繫年·楚頃襄王又稱莊王考》。

④ 壯：高誘注，傷也。

⑤ 走是逃跑，有失敗的意思。《孟子》："棄甲曳兵而走。"《秦本紀》："大良造白起攻楚，取郢爲南郡，楚王走。"俗語："落荒而走。"

《哀郢》所説："皇天之不純命兮,何百姓之震愆! 民離散而相失兮,方仲春而東遷。"很可能指這一件事的。

再説《哀郢》中的："何百姓之震愆"的百姓,是和《詛楚文》中的"欲剗伐我社稷,伐威我百牧①"的百姓意義相同。先秦時代,奴隸主同時就是宗族長。在宗族裏具有共同的始祖和宗廟,共同的姓氏、公共族産、墓地、法規和軍隊。宗族層層聯結起來,構成奴隸主的統治網。《尚書》所説的"平章百姓","百姓"就是當時許多顯貴宗族的共稱,等於"百官"②,實是統治階級。姜先生説:"百姓,即金文中之百生,蓋皆國中之受姓稱名者,即國之宗族貴戚也。"這話精當。莊蹻的階級出身是貴族。《史記·西南夷列傳》説:"莊蹻者,故楚莊王苗裔也。"又是楚國的名將。《荀子·議兵》篇説:"齊之田單,楚之莊蹻,秦之衛鞅,燕之繆蟣,是皆世俗之所謂善用兵者也。"但按他的起義性質來説卻是奴隸暴動。《慎子》佚文:"湯武非得伯夷之民以治,桀紂非得蹻蹻之民以亂也。民之治亂在於上,國之安危在於政。"③《淮南子·主術訓》:"君臣不和,唐虞不能以爲治。執術而御之,則管、晏之智盡矣;明分以示之,則蹻、蹻之奸止矣。"《齊俗訓》:"於是乃有曾參、孝己之美,而生盜跖、莊蹻之邪。"《史記·游俠列傳》:"跖、蹻暴戾,其徒誦義無窮。"《鹽鐵論·力耕》:"長沮桀溺無百金之積,蹻蹻之徒無猗頓之富。"都是把莊蹻和盜跖並舉,視爲"大盜",莊蹻顯然是個和統治階級相對立的人物。屈原是楚國的宗室——三

---

① 牧即姓。

② 《善鼎》云:"余其用各我宗子雩百姓。"吳北江云:"我宗子雩百姓,我宗子及百官也。"《沇兒鐘》云:"用盤飲酒,龢逾百姓。"百姓,百官也。《逆方彝》云:"頌啓卿寧百姓。"《臣辰盉》云:"王命士上眔史寅殷于成周,𥫣百姓豚。"于省吾云:"百姓謂百官,言祭畢錫百官以豚肉也。"

③ 《慎子》逸文,有《四部備要》據守山閣校刊本。

閭大夫,對於莊蹻這樣的暴動,屈子以宗姓之胄,則震惡之百姓,亦躬爲其中之一①。惟一般宗室,"震惡未必出亡",屈原"獨有遷謫之事",所以他却感到:"吾民將與家人離散訣別,而獨自東遷也。"②蛛絲馬跡,可能探索出一些消息的。

最後,我們還可從王逸以來的注釋,略加考察。王逸認爲屈原在《哀郢》中所涉及的放逐,是在楚懷王時。"懷王不明,信用讒言而放逐己。"這話是粗疏的。洪興祖《補注》已經糾正。《哀郢》是屈原在頃襄王時再放江南九年時的作品。洪氏之説,是正確的。洪注以後,王夫之創新説,蔣驥曾反駁他。蔣驥説:"其遷於江南,九年不復,固當在頃襄之世也。""《涉江》《哀郢》皆叙遷逐所經之地。《涉江》始鄂渚,終辰漵;《哀郢》始郢都,終陵陽。舊注皆夢夢置之。""《涉江》《哀郢》皆頃襄時放於江南所作。然《哀郢》發郢而至陵陽,皆自西徂東;《涉江》從鄂渚入漵浦,乃自東北往西南,當在既放陵陽之後,舊解合之誤矣。"探索《哀郢》《涉江》作品中所涉及旅途中地名上的相互聯繫,從而推論作品寫作的先後次序,以及作者的生活情境和思想情感的變化,《涉江》與《哀郢》"之嗚咽徘徊,欲行又止,亦絕不相侔。蓋彼迫於嚴譴,而有去國之悲;此激於憤懷,而有絕人之志,所由來者異也"。轉而指出王夫之"謂《哀郢》乃叙頃襄遷陳事,尤爲頗謬"。蔣驥在楚辭學上是有貢獻的。關於《哀郢》東遷,"記放而非徙都",游國恩在《哀郢辯惑》中對王夫之説,亦曾提出評論。

綜上所述:懷王入秦不返,屈原與子蘭修怨。頃襄王二、三年間,被讒再度放逐。屈原再放,始發於郢都,終至於陵陽。流轉江南,行吟澤畔,在頃襄王十二年左右。屈原苦於九年不復,

---

① 藉用姜亮夫先生《哀郢校注》語。
② 藉用姜亮夫先生《哀郢校注》語。

中情鬱結,乃寫作《哀郢》以寄其去國憂憤之思。自後涉江入辰溆,往長沙,約在頃襄王十六七年,屈原遂自投汨羅而死。《哀郢》所謂"何百姓之震愆",其事可能爲莊蹻暴郢。至如王夫之所首倡的《哀郢》所寫"離散相失指白起破郢",後人並從而推斷屈原卒年在頃襄王二十一、二或三年,那是不能作爲定論的。

　　編者説明:本文據代抄稿録編。

《九章·哀郢》"曾不知夏之爲丘兮"釋

　　《哀郢》:"曾不知夏之爲丘兮!"王逸注云:"夏,大殿也;丘,墟也。……曾不知其所居宫殿當爲墟也。""夏"在《哀郢》中五見,除此外,還有"遵江夏以流亡""過夏首而西浮兮""背夏浦而西思兮""江與夏之不可涉":皆指夏水。王説可疑。蒋驥《山帶閣注楚辭》云:"夏,即夏水也;在江之北。"識解新穎,很對。又云:"邱,邱陵也。……言已擯逐陵陽,不得越江而北。雖夏水化爲邱陵,且不能知;何有於郢之城闕,或者蕩爲蕪穢乎?"則稍有差違。丘非一般邱陵,乃是用它的引申義——京師。丘是京師,説詳《〈離騷〉"哀高丘之無女"解》中。這兩語可譯釋爲:還不知道夏水之傍是京師啊,怎麽可以使楚國的兩東門荒蕪呢?

　　編者説明:本文據代抄稿録編。

《招魂》"瑶漿蜜勺,實羽觴些;挫糟凍飲, 酎清凉些"箋證

"蜜",王逸《楚辭章句》作"蜜",云:"古本蜜作蜜。"因釋"瑶 漿蜜勺,實羽觴些"爲:"言食已,復有玉漿,以蜜沾之,滿於羽觴, 以漱口也。"朱熹《楚辭集注》作"蜜",云:"蜜,古本如此;今作蜜, 非是。"因謂:"瑶漿,漿色如玉者。蜜見《禮經》,通作幂,以疏布 蓋尊也。勺,挹酒器也。實,滿也。羽觴,飲酒之器,爲生爵形, 似有頭尾。羽,翼也。言舉幂,用勺酌酒而實爵也。"這兩説,朱 熹的解釋是較合乎事實的。

蜜從蟲,鼎聲。鼎,在經典中,它的異體字是較多的。《儀 禮·公食大夫禮》中有"鼎,若束若編"、"士舉鼎去鼎"和"簠有蓋 幂"諸語。鄭玄注"蜜,若束若編"云:"蓋以幂,幂巾也。今文或 作鼎。"《禮記·曲禮下》:"鞮屨素簚。"鄭玄注云:"鞮屨,無絢之 菲也。簚,覆笭也。""簚,或作幂。"《檀弓》:"布幂,衛也;綌幂,魯 也。"鄭玄注云:"幂所以覆棺上也。""幂或爲幬。"陸德明《音義》 云:"幂本又作幎。"《禮運》:"疏布以幂。"鄭玄注云:"幎,履尊 也。"陸德明《音義》云:"幂,本又作鼎。"《禮器》:"犧尊疏布鼎樿 杓。"鄭玄注云:"鼎或作幂。"《玉藻》:"君羔幬虎犆。"鄭玄注: "幬,覆笭也。"《詩·韓弈》:"鞗鞃淺幭。"毛傳:"覆式也。"孔疏: "幭,《禮記》作幦,《周禮》作幦。"《周禮·天官》有幂人。鄭玄注

云:"以巾覆物曰冪。"《儀禮·士喪禮》:"幎目用緇方二寸。"鄭玄注云:"幎目,覆面者也。"羃、冪、簚、幕、幦、幭、幎諸字與冪,《禮經》字義皆相通。從這些事例中,可以說明冪是絲或麻的織品,是巾類,是用來覆蓋器物的。古時鼎上,往往是用巾覆蓋的。故《公食大夫禮》説:"士舉鼎去鼏。"勺往往也是用冪的,故《儀禮·大射儀》説:"冪用錫若絺,綴諸箭;蓋冪加勺,又反之。"鄭玄注云:"冪,覆尊巾也。錫,細布也。絺,細葛也。箭,篠也。爲冪,蓋卷辟綴於篠橫之也,又反之爲覆勺也。"1953年7月在湖南長沙左家公山的戰國木椁墓中,有許多器物出土。其中不少器物的口上,是有薄層的絲帛蒙着的。例如,關於陶鼎,湖南省的文管會簡報是這樣説的:

> 陶鼎:大小三件,形制分兩種。其中兩件是附耳蹄足,蓋上有三彎曲紐。鼎身用絲帶交叉成十字形縛住。絲帶打結處有方塊封泥。鼎口蒙有薄層絲帛,内有肉類殘骨。另一件缺蓋,斂口,肩上有雙耳。耳向外彎。腿短呈蹄形。①

這裏可以幫助我們悠然想見古時冪勺的具體情況。朱熹的解釋是有根據的。《招魂》"瑤漿蜜勺",它的具體内容是:瑤漿是酒的漿色似玉的,勺是酌酒的勺子,蜜勺是説器上蓋着巾絹的。

羽觴,是飲酒的器物,也就是後世所稱的耳杯。戰國墓中往往有出土的。在長沙左家公山戰國木椁墓中漆耳杯曾有四件出土,都是用絲帛包裹着的,保存得很完整。杯縱徑十六公分,橫九點五公分,耳寬二公分,長十公分。裏面繪有龍、鳳、鳥形彩色

花紋。繪工精巧,鮮艷奪目①。長沙楊家灣曾出土漆羽觴二十個。有一部分已殘破。羽觴分方耳、圓耳兩種。縱長十七點三公分至十八公分,橫寬五點八公分至六公分。方耳者較大。在邊緣的裏面、外邊都有細緻的幾何圖案。其中有一個大漆羽觴,口徑長達二十四公分。兩耳殘失,裏面邊緣都繪有方、圓聯合構成的圖案。② 仰天湖竹簡第三十有 𢀖 𡧧 𡨄 𡨄,史樹青、楊宗榮考釋爲:羽觴一對。③《招魂》說"實羽觴些",就是用勺,舀出瑤漿,放在羽觴裏邊。"羽觴"朱注有誤。陳直謂"羽觴形狀,由蠡而來",楚簡有"龍觴一量,與羽觴一量,成爲對文。龍觴是畫龍文,羽觴最初疑畫鳳文。《小爾雅》云:'鱗蟲三百六十,而龍爲之長;羽蟲三百六十,而鳳爲之長。'足證羽字可以代表鳳字"。這解釋是確當的。④

凍飲就是冷飲。我國製作冷飲是由來很古的。王逸注云:"言盛夏則爲覆蠡乾釀,提去其糟,但取清醇,居之冰上,然後飲之。酒寒涼又長味好飲也。"王說很對,朱注從之。冷飲的方式:古時用一種盛冰的鑒,稱爲冰鑒。先把冰在鑒裏放好,然後把盛酒的器稱爲匜的,放在鑒裏冰上,待酒涼後取飲。酎,據《説文》:三重醇酒稱爲酎,一宿成酒稱爲醴。據《九章算術》:美酒稱爲醇酒,劣等稱爲行酒。酒是捉糟清酒,又經冷凍,故稱瓊漿。冰鑒冰酒,古時是有這種制度的。《周禮·天官·凌人》:"春始治鑒,

---

① 見湖南省文物管理委員會《長沙左家公山的戰國木椁墓》,載1954年第十二期《文物參考資料》。

② 見湖南省文物管理委員會《長沙楊家灣M006號墓清理簡報》,載1954年第十二期《文物參考資料》。

③ 見史樹青、楊宗榮《讀1954年第九期〈文參〉筆記》,載1954年第十二期《文物參考資料》。

④ 見陳直《楚簡解要》,載1957年第四期《西北大學學報》。

凡外内饔之膳羞鑒焉。凡酒漿之酒醴,亦如之。"這就是説:是用冰鑒來冰膳、冰羞和冰酒的。1955 年 5 月,在安徽壽縣西門内戰國墓中曾出土銅鑒和玉匜。銅鑒出土兩件,均高三公寸六。口徑六公寸,壁厚三公分。通體密佈雲紋。其一件的内壁上附有四個圓環。出土時裏面有匜。匜,圓形有流,似勺而無柄。出土共三件,各高五公分,長一公寸。其中有兩件是放在鑒中的①。從這鑒匜的安置情況看來,很容易體會到這就是冰鑒了。長沙仰天湖出土的竹簡第十九有 ▅ 🗌 🗌 🗌 🗌,這一鑒也很可能是冰鑒。五里牌出土竹簡有也一墨,即匜一對,這也很可能是冰鑒所用的匜。從而可以使我們悠然會見古時冷飲生活情況。《招魂》説:"挫糟凍飲,酎清涼些。"酒捉了糟是清了,凍後是涼了。這是捉了糟的清酒放在冰鑒和匜裏凍了後再飲的。無疑,這樣的飲酒,是十分講究的了。所以《招魂》形容這樣的酒是"華酌",是"瓊漿",説道:"華酌既陳,有瓊漿些!"

《招魂》説:"瑶漿蜜勺,實羽觴些;挫糟凍飲,酎清涼些;華酌既陳,有瓊漿些!"但這不是尋常的宴饗賓客,而是祭祀鬼神。《招魂》因而接着説:"歸來反故室,敬而無妨些!"那麽祭祀用靈勺凍飲,有没有史實可以作爲佐證呢? 我説,也是有些的。《禮記·禮器》説:"有以素爲貴者,至敬無文。……犧尊疏布鼎樿杓,此以素爲貴也。"這可見疏布鼎杓,是嘗用之於祭祀的。《周禮·天官·凌人》説:"祭祀共冰鑒。"冰鑒又可以稱爲薦鑒,安徽壽縣蔡侯墓中出土的銅器《蔡侯尊》中有:"台(以)乍(作)弔(叔)

---

① 見壽縣古墓清理小組《安徽壽縣戰國墓出土的銅器群記略》,載 1955 年第八期《文物參考資料》。

姬寺吁宗彊薦鑒,用亯用孝"①。可見冰鑒是可用於祭祀的。我們從壽縣、長沙戰國墓中出土的器物中有鑒、有匜、有勺、有冪,也可看見這些陳設,不僅"可羞於王公",而且是"可薦於鬼神"的。鹽勺凍飲,這是華美隆重的祭禮,也是致祀的對亡魂十分眷念與敬愛的表示,《招魂》故説:"華酌既陳,有瓊漿些!歸來反故室,敬而無妨些!"這裏所流露出來致祀的思想感情,又是十分懇摯的。

（原載《古典文學論叢》第一輯,齊魯書社 1980 年版）

編者説明: 本文據手稿並參原載、代抄稿録編。

---

① 見郭沫若《由壽縣蔡器論到蔡墓的年代》,載 1956 年第一期《考古學報》。

屈原放逐圖(並說)

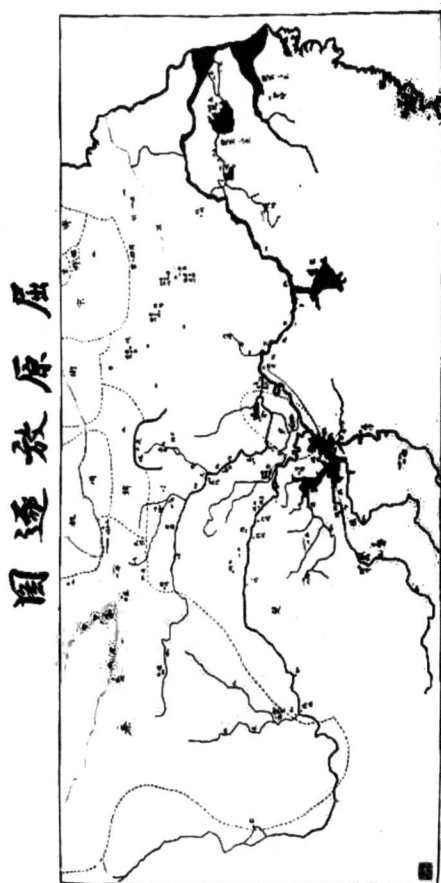

屈原放逐圖

一、屈原放逐，前後兩次：懷王時，斥居漢北；頃襄初年，遷江南。惟時賢郭沫若氏以爲屈原只頃襄時被放逐一次。郭說雖可強說《史記》，不能通釋劉向《節士篇》，恐未可信。

二、懷王時屈原斥居漢北，史籍未明言，然自來論楚辭者，自王船山《楚辭通釋》、屈復《楚辭新注》、林雲銘《楚辭燈》、蔣驥《山帶閣注楚辭》、方晞原與戴震《屈原賦注》及時賢游國恩氏《讀騷論微初集》，皆主其說。其所論述，多以《抽思》"有鳥自南兮，來集漢北"一語爲證。"有鳥"皆謂屈原自喻，惟姚姬傳及今人饒宗頤《楚辭地理考》謂"有鳥"指懷王。"北山""北姑"，蔣驥等皆以爲漢北地，惟饒宗頤氏以爲即蒲姑，齊都也。

三、屈原二次被逐，當不晚於頃襄王十年。自郢出發，東至陵陽。劉向《遠遊》："濟楊舟於會稽兮，就申胥於五湖。"由此想像，《哀郢》乃屈原被放後思郢之作。

四、屈原自陵陽返鄂渚，乘舲上沅，經枉渚至於溆浦。《涉江》一篇，乃記其事。由溆浦復折而東至汨羅，《懷沙》實其絕筆。"滄浪之水"，歷來諸說紛紜，多出於附會，此不深究。

五、《招魂》中廬江，譚其驤以爲在今湖北宜昌縣北，其說可信。

編者説明：本文據手稿録編。[1]

---

[1] 　又案：《屈原放逐圖》爲劉操南先生手繪，姜亮夫《楚辭書目五種》（中華書局 1961 年版）採用。

釋"楚辭"

"楚辭"之名,起於漢代。《漢書·地理志》云:楚屈原被讒,作《離騷》諸賦。後有宋玉、唐勒之屬慕而述之。漢淮南王安都壽春,亦招賓客著書。而吳有嚴助、朱買臣貴顯漢朝,文辭並發,故世傳"楚辭"。《漢書·朱買臣傳》云:朱買臣(受)召見説《春秋》,言"楚辭",帝甚悦之。《漢書·王褒傳》云:宣帝時,召能爲"楚辭"。九江被公,(受)召見誦讀。"楚辭"原稱騷、賦,漢代辭、賦通稱。《史記·屈原賈生列傳》云:"乃作《懷沙》之賦。""屈原既死之後,楚有宋玉、唐勒、景差之徒者,皆好辭而以賦見稱。"《漢書·藝文志》云:"屈原賦二十五篇,唐勒賦四篇,宋玉賦十二篇。"西漢以後,辭、賦分稱,使"楚辭"與"漢賦"有別。

"楚辭"之稱,其義有二:一爲詩體名,即指戰國後期屈原等人吸取楚國民間語言和民歌形式而創製的一種詩歌體裁,爲我國古代突出之作家文學;一爲總集名,爲我國古代地方性的詩歌總集名,即自西漢劉向輯集屈原、宋玉等人作品以及後人模擬之作。《詩經》爲我國第一部詩歌總集,《楚辭》來自民間,爲作家根據民間文學而再創作的作品,或爲作家作品,爲我國第一部作家文集。

楚辭稱"辭"。辭經常與詞采、詞藻、詞令、詞氣、辭章聯用，有藝術加工的意思，與自然樸素少飾之詩有別。辭的語言比詩更詩化，有美文之意。《易》曰："修辭立其誠。"子曰："辭達而已矣。"《傳》曰："言之無文，行之不遠。"又曾子曰："出辭氣，斯遠鄙背矣。"

辭，《説文》云："意内言外。"《説文》所謂"意内言外"，有其關於語辭上的特定涵義，但我們借用這一語言，可以説明一種特定樣式之文學之創作方法。"意内"指思想内容；"言外"指語言文字的表現。在我國之古代文學創作中，有的文學創作方法，在字面上是反映一個意思，透過字面在其内容上又表現一個意思。由表及裏，往往是從這一形象聯繫另一形象，從這一問題觸及到另一問題。"意内言外"，這樣的創作方法，不是單純的形象思維，而是雙重形象，雙重意思。劉勰《文心雕龍·辨騷》云："虬龍以喻君子，雲霓以譬讒邪。"虬龍、雲霓，言外，是一重形象，一層意思；君子、讒邪，意内，又是一重形象，一層意思。楚辭的創作方法就是顯示出這樣的特色。

楚辭的奠基人是傑出的作家屈原，其代表作爲《離騷》。屈原之作《離騷》，其意爲睠顧楚國，繫心懷王，不忘欲返，冀君一悟，教育宗室，存君興國。砥礪品節，實施美政。然而，忠不見諒於楚王，正却被讒於黨人。稍涉國事，備罹怨毒。身爲左徒、三閭大夫，而被放逐。使楚富强，成爲泡影。此楚歷史悲劇，屈原"忍與此終古"。剪不斷，理還亂。屈原"進不入以離尤兮，退將復脩吾初服"，有不得不説之情，有不欲明言之義，有不容惼置之分，有不忍邃白之哀。運思落墨，烹詞遣辭，只能循奇險之徑，出之以曲筆，托文以比興，形象思維，顯其苦衷，化生活真實，爲藝術真實。屈原之作《離騷》，因此鮮用政治術語、哲學術語，而多採用雙重形象創作方法，從一個形象聯繫另一個形象，意内言外,含蓄蘊藉,其味無窮,感人心肺。

楚辭這一寫作方法,用象徵筆法,藝術加工多,曲折抒寫作者的思想感情,和《詩經》的寫實筆法——比較樸素、爽朗,自是不同。它使我國古代文學,出現一個新的高峰。《辨騷》因説:"自風雅寢聲,莫或抽緒。奇文鬱起,其《離騷》哉!"創立這種文體,起決定作用,貢獻最爲巨大的,當屬屈原。《辨騷》又説:"不有屈原,豈見《離騷》?驚才風逸,壯志煙高。山川無極,情理實勞。金相玉式,豔溢錙毫。"

就文學創作寫作方法論,辭與賦有別。賦原意爲諸侯呈貢於天子的方物,把方物羅列在天子朝廷之前,極盡鋪張、排比的能事,稱爲"賦"。賦税之制,其名源此。其後,漸以文學創作上運用鋪張的一種寫作方法所形成的文體,稱爲"賦"。劉勰《文心雕龍·詮賦》因云:"賦者鋪也。鋪采摛文,體物寫志也。"賦是從鋪陳筆法發展出來的。

詩、辭、賦,是不同的文學體裁;但同爲文學藝術,自有其相通處。《詮賦》因云:"然賦也者,受命於詩人,拓宇於楚辭也。""討其源流,信興楚而盛漢矣。"又曰:"賦自詩出,分歧異派。寫物圖貌,蔚似雕畫。枇滯必揚,言庸無隘。風歸麗則,辭翦美稗。"三者自有其源流關係。

編者説明:本文據手稿録編。

《天問》對歌説

　　中國古典詩歌，它的新形式的産生，可以説都是從民間掀起的。人民群衆常常以自己的鬥争生活和它的豐富的文學藝術哺育和啟發了作家文學。在中國文學史上，出現過不少的文學高潮，它們的形成都是與民間文學所産生的巨大作用分不開的。但反過來説，優秀作家的作品也豐富和提高了民間文學。因此，民間文學與作家文學的正確關係是相互促進的。

　　《楚辭》就是在楚國民歌高度發達的基礎上所産生出來的。從《楚辭》的成就，可以看出楚歌的發達；但《楚辭》並不等於楚歌。《楚辭》又是通過偉大作家屈原的思想感情和藝術天才所創造出來的；屈原是把楚歌從内容到形式大大地提高了的。從《九歌》《離騷》《九章》等作品，我們是可以看出《楚辭》與楚歌的繼承與發展的關係的。但關於《楚辭》中的《天問》一篇，它的文學樣式的由來，我們就看得不是那麽清楚了。這裏我們却有一種聯想，這種文學樣式的由來，可能是受民間文學對歌形式的啟發或影響而創作出來的。

　　看了電影《劉三姐》，我們是可以體會到對歌形式在民間是廣泛流傳着的，爲人民所喜聞樂見。京劇中有《小放牛》，婺劇中有《牡丹對課》，這些劇目，不論它的内容或形式，我們只須稍稍

探索一下就可瞭解,都是從民間對歌提煉出來的。1961 年 10
月,我到樂清去參加浙江省第二屆民間文學座談會,瞭解到那兒
的民間對歌是十分出色的,歷史非常悠久。對歌一般在傍晚舉
行,對問對答,可以唱上一個晚上直到天亮。音響亮亢動人,有
一人主唱,被稱爲臺主或擺臺的。他先站上臺去拜了四方,先唱
幾句謙辭,邀請大家上臺質問。接着就有人站上臺來了。這個
上臺來問的,被稱爲陪臺。問辭是没有什麽範圍的,天文、地理、
歷史、人物、小説、故事,都可以問。一問一答,不論長短,都是用
詩句歌唱出來的,前後是相互協韻的。臺側放着一面大鼓。陪
臺的問辭唱了一大段後,鼓聲三通,臺主要能隨時湊合,把答辭
接唱下去,要把人家的問題一一給以滿意的答覆。答完以後,陪
臺的又繼續問下去。陪臺的不限一人,臺下的人都可以找機會
插口來問或者頂替上去,最後臺主“舌戰群儒”,大家都問不倒
他,群衆就給以彩禮,大家歡笑而歸。這是一種榮譽,是智慧的
勝利。

　　《天問》這種上天入地的追問形式,在作家文學裏是很難找
出它的來龍去脈的。那麽究竟這樣的文學樣式是怎樣掀起來的
呢? 關於《天問》的創造過程,王逸曾經説過,他説:“屈原放逐,
憂心愁悴,彷徨山澤,經歷陵陸。嗟號昊旻,仰天歎息。見楚有
先王之廟及公卿祠堂,圖畫天地山川神靈,琦瑋僑佹;及古賢聖
怪物行事,周流罷倦,休息其下。仰見圖畫,因書其壁,何而問
之,以渫憤懣,舒瀉愁思。”古代宗廟中是有圖像的。《無更鼎》銘
云:“佳九月既望甲戌,王格于周廟,灰于圖室。”徐同柏云:“圖室
即太室,謂之圖者,圖像也。”(《無更鼎》文,或作《許惠鼎》文。灰
于圖室:灰,吴侃叔釋作燔,是對的。燔灰音借。今從原文。徐
同柏説見《從古堂鐘鼎款識》)郭沫若《矢簋銘考釋》“王省武王
成王伐商圖,遂省東國圖”云:“兩圖字當即圖繪之圖。古代廟堂

中每有壁畫,此所畫内容爲武王、成王二代伐商並巡省東國時
事。"(《考古學報》1956 年第 1 期)屈原見楚廟堂壁畫是有可能
的,但王逸這一説未必可以作爲説明屈原創作《天問》的唯一與
充分的理由。恐怕在王説外,還另有條件在,那就是説,他可能
是受到民間對歌的啓發或影響。當然,我們還未找到更有説服
力的證據,只是提供出來,作爲臆説來進行探索而已。

曰遂古之初,	説:太古的時候,
誰傳道之?	(那些事情)哪一個把它傳述下來?
上下未形,	上天下地還没有成形,
何由考之?	從什麽地方去考察它?
冥照瞢闇,	晝夜還没有分清,
誰能極之?	哪一個人能理解它?
馮翼惟像,	似乎有些形象了,
何以識之?	但怎樣能捉摸它?
明明闇闇,	明的暗的,
惟時何爲?	這些現象産生的意義何在?
陰陽三合,	有陰有陽,有陰中之陽,陽中之陰,
何本何化?	這些誰是基本的,誰是從裏邊發展出來的?
圜則九重,	把黄道分成九個部分,
孰營度之?	是哪一個人來規劃的?
惟兹何功,	這樣做有什麽作用,
孰初作之?	是哪個人最先説出來的?
斡維焉繫,	把太陽月亮繫牢的繩索是怎樣繫的,
天極焉加?	天軸的一頭是擱在什麽地方?
八柱何當,	八根撑地的大柱是插在什麽地方的,
東南何虧?	爲什麽國家的東南角地有虧缺?

九天之際，	九天的邊緣，
安放安屬？	是怎樣安置的？
隅隈多有，	角落邊緣是很多的，
誰知其數？	哪個人能知道它的數字？
天何所沓，	天地在什麼地方會合起來，
十二焉分？	黃道十二次是怎樣分的？
日月安屬，	太陽月亮是怎樣繫牢的，
列星安陳？	那許多星星是怎樣排列與運行的？
出自湯谷，	太陽從黑齒國北面起來，
次于蒙汜。	歇息在蒙汜。
自明及晦，	從白天走到晚上，
所行幾里？	一共走了多少路？
夜光何德，	月亮有什麼能力，
死則又育？	暗了又亮了起來？
厥利維何，	它依靠了什麼，
而顧菟在腹？	使那兔子活在這裏面？
女歧無合，	女歧並未與人交媾，
夫焉取九子？	怎樣會生了九個孩子？
伯強何處，	老子在何處，
惠氣安在？	紫氣又在哪裏？
何闔而晦，	是什麼東西把它遮蔽而暗了，
何開而明？	又是什麼東西把它拓開而亮了？
角宿未旦，	角宿還沒有到天亮的時候，
曜靈安藏？	太陽逃到哪裏去了？
不任汩鴻，	不能擔當抵禦洪水泛濫，
師何以尚之？	大家為什麼要舉他？
僉曰何憂，	即使説沒有關係，

何不課而行之？	爲什麼不早早查他的行事來黜陟他？
鴟龜曳銜，	築堤壘土鴟龜曳銜的法術是不好的，
鮌何聽焉？	鮌爲什麼聽它潰決呢？
順欲成功，	順了水勢疏濬下流是能成功的，
帝何刑焉？	虞舜皇帝哪裏會加他刑罰呢？
永遏在羽山，	因此貶置在羽山，
夫何三年不施？	爲什麼三年不加他罪？
伯禹腹鮌，	伯禹是鮌所生的，
夫何以變化？	怎樣懂得變換堤鄣的法子爲疏導？
纂就前緒，	承繼過去的事業，
遂成考功。	於是完成了父親的功績。
何續初繼業，	爲什麼繼承先前的事業，
而厥謀不同？	法術各不相同？
……	……

從這内容看屈原在這裏一連串地提出了一百七十多個問題。這些問題牽涉面是極廣闊的，天文、地理、神話、歷史等等，看來很像是有他自身的歷史知識積聚過程的，是有些群衆集體性的成分在内的。屈原是最善於向民間文學學習而最有成效的傑出作家，他的《天問》，内容與形式均源自向民間文學學習，我們這樣説，看來也是不足爲怪的。荀子的《成相》篇，大家都認爲他是仿效民間“舉重勸力之歌”的，是鼓詞作品之祖。由於歷史上對民間鼓詞並不重視，所以並無作品傳下來。那麼，屈原向民間對歌學習，歷史上却並没有民間對歌傳下來，也是很容易理解的。從對歌形式來説，屈原寫作《天問》，只有問而無答，在形式上還不算是完整的。到了唐代柳宗元又寫了一篇《天對》，那可有問有對，這形式就更臻於完整了。《楚辭》中，另有《卜居》《漁父》兩文，也是採用問答的形式的，這兩文是以散文之氣來運韻

文之實，也許是受對歌形式影響的又一種曲折複雜的表現。這
兩文的創作，對後世的影響比《天問》就更大了。

    編者説明：本文據代抄稿録編。

楚辭講稿

甲

屈原的時代、生平及其政治鬥爭　戰國時期是兼併的劇烈時期　七國的爭奪變爲秦楚齊三國的角逐　合縱與連橫　士階層的興起　楚國的歷史情況及其發展特徵　楚之世族　屈姓世系　屈原鄉里官秩　左徒與三閭大夫問題　屈原使齊與楚外交政策上聯秦的鬥爭　屈原的放逐與楚國勢之日衰　屈原内政外交上的鬥爭——造憲令與聯齊　屈原精神不朽

屈原生長的時代正是我國歷史上春秋後期號稱戰國時代（前 403—前 221），這 180 多年間是各國兼併的劇烈時期。那時由於鐵器使用於農耕，生產力提高，隨之而起的商業也繁榮起來；也由於物資交流需要，人口集中了，大都市興起了；農村中由於荒地的開發，原來封建領主的封疆混亂了。土地私有制度建立以後，地主階級也應運而生，起而與原來的封建領主進行不調和的鬥爭。社會向前進步了，由封建社會初期進入封建社會的成熟期。

生產力發展的結果，諸侯的實力增強了，豐富的物質資源能

供給他們進行連年的戰爭。那高高在上的周天子漸漸失去了控制諸侯的權力。於是諸侯之間相互并吞，"强凌弱，衆暴寡"，大國吃小國。相互吞併的結果是到戰國時期只剩下七個國家，而其中雄霸西方的秦與東方的齊、南方的楚爲最强大，由齊、楚、燕、趙、韓、魏、秦七國的爭奪變秦、楚、齊三國的角逐。秦國自紀元前359年商鞅變法以後，國勢日盛，以後又滅掉蜀國，取得物產豐實，號稱"天府之國"的蜀地，物力更加充足，大有力量可以統一六國。自秦攻魏以來，各國諸侯無不恐懼，於是諸侯想法聯合以抗秦，稱爲"合縱"。先後凡二次：一次以楚爲首，另一次以齊爲首。但都因各國之間矛盾太深，聯盟不能鞏固，終於被秦打敗了。秦國對付六國，則採取分化政策，拆散他們的聯合，遠交近攻，各個擊破，稱爲"連橫"。

生產力發展的另一結果，是階級變動出現了"士"這一階層。他們大都是原來的統治者，而在變動中地位逐步降低。他們具有一定的知識，階級降低使他們逐步接近人民，看清社會現實，自然也有些人是沒有看清的。他們都有願望想把動亂的社會安定下來，而且朦朧地看到了當時社會發展的方向——"定於一"。他們從各個不同的角度上努力，採取了各種不同的辦法。有的暴露諷刺現狀，有的提出正面主張。那時，物質生活上升，有了便於記錄的工具，交通發達，文化交流頻繁，於是出現了所謂"處士橫議，諸子爭鳴"，學術界百花齊放的偉觀。這對屈原的思想影響是很大的。

屈原生長的楚國，在春秋初年還自稱"蠻夷"，各國也以蠻夷對待之。楚族原是祝融族的後裔，最早居住在黃河下游。殷商時代，楚族被稱作羋，與殷商曾發生過戰爭。由於受到殷商的壓迫，以後便遷徙到淮河流域。西周初，楚曾進攻到今日山東一帶，這時楚被稱作荆蠻、荆楚，楚族也自稱蠻夷。周公東征，楚族被迫南退,到周成王、康王時代,楚族又屯居在漢水和長江流域。周昭王時曾兩次南征荆楚。周夷王時,楚熊渠曾立子爲王,楚地尚不足千里,無都城和典章制度。東周以後,經過楚成王、穆王的苦心經營,勢力漸大。春秋時期,楚因地處南方,軍事比較安全。春秋中葉時,農業也使用鐵器牛耕,手工業相應發達,物産非常豐富,出産有金、木、竹、箭、龜、珠、角、鑿、皮革、羽毛等,先後滅了境内小國四十多個,辟地千里。紀元前 606 年,楚莊王曾帶兵到洛陽向周室問鼎。前 381 年吳起變法,前 334 年滅越,完成長江下游的統一。懷王時代還當起合縱的縱約長,打到過函谷關。所有這些,都説明楚國也是一個非常有爲的强大國家,可以説當時也具有統一六國的力量。但因爲楚國統治者内政外交上的腐朽無能,昭、景兩貴族勢力頑固地存在,外交上動搖不定,一次又一次地失策,故在戰争中常常吃敗仗,迅速地走向了下坡路。

屈原字平,名原,楚國的貴族,是楚王的同姓屈、景、昭三姓之一。有人説屈原是没有這人的,因爲先秦書中没有提到屈原的名字。這看法當然是片面的,甲骨文没有提到銅字,我們不能説殷商没有青銅器。自然我們説屈原確有其人,而且他的世系,還是可以查清楚的。屈姓是楚的大姓,馬苑斯據《春秋左氏傳》及杜注曾把屈家世系譜録下來,姜亮夫先生並曾稍加補充。

武王—文王—敖渚

屈瑕—屈重—屈完—屈蕩—屈到—屈建—屈生┬伯庸—屈平
└屈御寇　　　　　　　　　屈蕩—屈申└屈匄

我們能説没有屈原這人嗎?大約在紀元前 340 年左右,屈原生於湖北四川交界的秭歸縣,那裏有許多關於他的古跡。(浦江清氏根據東方朔文"平生於國兮,長於原野",以及屈原作品《哀郢》所説"去故鄉而就遠兮"的内容,認爲屈原生於當時楚國的都城郢。)他的父親據《離騷》說叫伯庸,但關於他的生平資料很少,不知道做過什麼事情。(劉向《九歎》"伊伯庸之末胄兮,諒皇直之屈原",認爲伯庸是屈原的遠祖。王任秋根據這材料,並以爲皇考是大夫祖廟之名,即太廟也。這説法一般不被採用。)

屈原在楚國的貴族中的確是偉大的傑出的人才。他說自己的品質很好,《離騷》中有説"紛吾既有此内美兮,又重之以脩能"。《史記·屈原傳》中也稱他"博聞强志,明於治亂,嫻於辭令"。他的這些才能很爲楚懷王所賞識,所以,青年時代的屈原便做了僅次於令尹的左徒,並且"入則與王圖議國事,以出號令;出則接遇賓客,應對諸侯"。懷王曾命他草擬憲令。這憲令的内容,根據屈原的思想及當時情勢看來,有變法的主張。這是内政上的一件大事,並且這對楚懷王左右那批舊貴族是不利的,所以,屈原草稿還没有寫好,與他同列爭寵的上官大夫就想奪去看看。屈原不肯給他,也不能給他,因爲這是國家的秘密事情。因此,上官大夫就懷恨在心,常在懷王面前説屈原的壞話,説屈原總是誇口説没有他,誰也辦不了法令之類的事。懷王聽信了上官的話,漸漸地不相信屈原,而且疏遠他。屈原在《惜往日》中寫道:

> 惜往日之曾信兮,受命詔以昭時。奉先功以照下兮,明法度之嫌疑。國富强而法立兮,屬貞臣而日娭。秘密事之載心兮,雖過失猶弗治。心純厖而不泄兮,遭讒人而嫉之。君含怒而待臣兮,不清澈其然否。蔽晦君之聰明兮,虛惑誤又以欺。弗參驗以考實兮,遠遷臣而弗思。信讒諛之溷濁兮,盛氣志而過之。

屈原做過三閭大夫,這是個管理督導屈、景、昭三閭的子弟,執掌管制貴族宗人的職務,也很可能由此開罪那些權貴。這樣,種種複雜的原因,使年輕有爲的屈原被懷王所疏遠了。

關於屈原的官職,有人很懷疑——左徒,這是個外交兼内政集於一身的顯要官,然而在先秦書中,不僅没有記載屈原名字,而且從未提到過左徒,連右徒也没有。楚官制散見先秦諸書的有:莫敖(左桓十一年)、令尹(左莊四年)、縣尹(十八年)、大閽(十九年)、師(僖二十二年)、大司馬(二十六年)、太師(文元年)、巫(十年)、環列之尹(文元年)、司敗(十年)、工尹、左司馬(十年)、右司馬(十年)、箴尹(宣四年)、左尹(宣十一年)、右尹(成十六年)、司徒(宣十一年)、御戎右(宣十二年)、泠人(成九年)、宫廐尹(襄十五年)、楊豚尹(十八年)、醫(二十一年)、御士(二十二年)、司宫(昭五年)、正僕(十三年)、卜尹(十三年)、中廐尹(二十七年)、監馬尹(三十六年)、鍼尹(定四年)、樂尹(五年)、門尹(哀十六年)、柱國(國策)、相國(楚策四)、新造盭(楚策一)、執珪(楚策四)、郎中(楚策四)、謁者(楚策三)。這裹没有左徒,楚没有,六國也没有,秦漢以後也没有。王逸認爲屈原的任職是三閭大夫,三閭大夫同樣不見於先秦史傳。據姜亮夫先生的考證,以爲"惟左徒一名,楚在春秋以前無可考,即戰國一代,亦僅一春申君爲之。細譯原傳,並參《左氏傳》,疑即春秋以來所謂莫敖也"。並謂"楚自魯恒公十二年之後,始有莫敖之官,直至春秋之末,屈瑕、屈重、屈完、屈蕩、屈到、屈建、屈生七世相承爲之。爲莫敖者,更無他姓人。春秋以後,載籍殘缺。屈生之後,幾世爲原,楚之官制是否全仍相襲,雖不可考,而楚無二屈,官制容有小變,不容有大更,則原世其官,本極可能"。至於三閭大夫,姜氏以爲"此與漢制之宗正似。按莽改太常爲秩宗,而以宗正屬之,莽制多摹古,宗正可并太常,則左徒或即三閭大夫之主官,而三閭爲其衆屬,大夫專掌屈、景、昭三姓者與"?姜亮夫先生提供的材料極爲重要,足以説明左徒、三閭大夫官職之性質及其相互關係,對於理解屈原生平，實是一重要關節。

懷王十二年屈原第一次使齊。劉向《新序·節士篇》說："秦欲吞滅諸侯，併兼天下，屈原爲楚東使於齊，以結強黨。秦國患之，使張儀之楚。"齊楚聯盟是秦國的大患，秦惠王爲了離間他們，懷王十六年就派張儀到楚國來進行欺騙。張儀帶了一份厚禮來到楚國，一面勾結內部媚秦的人如鄭袖、上官大夫、子蘭等，一面破壞齊楚聯盟。他對懷王說：秦國最不滿意的是齊國，而楚國却和齊國聯盟，如果能和齊絶交，秦王願意把商於六百里奉送楚國。這是個騙局，稍有眼光的人都能看穿，如陳軫當時就對懷王說：

> 秦之所爲重王者，以王之有齊也。今地未可得而齊交先絶，是楚孤也。……且先出地而後絶齊，則秦計不爲。先絶齊而後責地，則必見欺於張儀。見欺於張儀，則王必怨之。怨之，是西起秦患，北絶齊交。西起秦患，北絶齊交，則兩國之兵必至。
>
> 《史記·楚世家》

> 以臣觀之，商於之地不可得，而齊秦合。齊秦合，則患必至矣。
>
> 夫秦之所以重楚者，以其有齊也。今閉關絶約於齊，則楚孤。秦奚貪夫孤國而與之商於之地六百里。張儀至秦必負王，是北絶齊交，西生患於秦也，而兩國之兵必俱至。善爲王計者，不若陰合而陽絶於齊，使人隨張儀。苟與吾地，絶齊未晚也。不與吾地，陰合謀計也。
>
> (《史記·張儀列傳》)

屈原是很反對聯秦絕齊的,而史書上沒有記載屈原這時期的活動,可能他被疏不在位,或史書失載也有可能。

懷王絕齊以後,派人跟張儀到秦國去領地,張儀看齊、楚絕交之意不深,故意從車上跌下來,推病三月不去上朝。懷王以爲張儀還不相信他絕齊,就派人到齊國邊境去大罵齊王。張儀看騙局成功,就對楚使説"從某到某,送給楚國商於地六里"。楚使回報懷王,懷王大怒,起兵攻秦,戰於丹陽,吃了個敗仗,折兵八萬,大將屈匄被俘,漢中一帶地方也被占領了。懷王不肯甘休,調動大兵深入秦郊藍田。正在劇烈作戰時,韓、魏乘機攻入,齊國恨楚國絕交不派兵來救,懷王只好罷兵回來,重新叫屈原出來,出使齊國,重修舊好。這是懷王十七年。(按《新序》云:"原既放於外而張儀欺楚,楚王悔,復用原使齊。")

秦國看當時還沒有取得對楚勝利的條件,又怕齊楚聯合,便派人到楚講和,願意把漢中的一半退回楚國。懷王受張儀欺騙,怒氣未消,不思領地,只求把張儀送來治罪。張儀聽到這個消息,對秦惠王説:以一個張儀抵半個漢中,我難道還不去嗎?其實,他早已胸有成竹。次年,張儀到了楚國,他勾結了内奸,如上官大夫、懷王愛妾鄭袖等。他們在懷王面前替張儀開脱,説了許多欺騙的話。懷王相信了他們,終於使原被囚禁的張儀獲得自由而逃走了(見《戰國策》)。這時,屈原剛使齊國回來,聞訊面責懷王,懷王也很後悔,連忙派人追張儀,結果沒有追上。(《張儀傳》:"秦要楚欲得黔中地,以武關外易之,楚王曰:'願得張儀而獻黔中地。'儀使楚,楚用鄭袖言赦之,儀因説楚王事秦,楚王已得張儀而願出黔中地許之。屈原曰:'前大王見欺於儀,儀至,臣以爲且烹之,今縱弗殺之,又聽其邪説,不可。'王曰:'許儀而得黔中,美利也。'卒許張儀,與秦親。"其文與"世家"及"原傳"小異。)

這件事情説明當時楚國内部媚秦派的勢力是很大的,他們已把懷王爭取過去了，主張聯齊抗秦的屈原的外交路綫没法實現。此後楚國内部的政治在媚秦派手中弄得日益混亂。懷王二十年齊緡王想當合縱長，討厭楚與秦聯合，就寫書給楚王。楚王採納昭睢的意見，與齊王和好。懷王二十四年，楚國又重新投入秦國的懷抱，兩國結爲親家，與齊國的邦交也再次斷絶。懷王二十五年，和秦又有黄棘之盟。對於這樣的行動，屈原當然非常反對，其結果是他被懷王放逐。這一次放逐的地點是漢北（郎陽安陸一帶），有人以爲他這次出去可能在那兒做地方的事務，但屈原的心境是很不愉快的。他很懷念郢都，我們引他的作品《抽思》作證。

> 有鳥自南兮，來集漢北。好姱佳麗兮，牉獨處此異域。……望孟夏之短夜兮，何晦明之若歲？惟郢路之遼遠兮，魂一夕而九逝。曾不知路之曲直兮，南指月與列星。……長瀨湍流，溯江潭兮。狂顧南行，聊以娱心兮。……愁歎苦神，靈遥思兮。路遠處幽，又無行媒兮。道思作頌，聊以自救兮。憂心不遂，斯言誰告兮。

以後秦武王趕張儀到魏國，楚國昭睢等也轉移方向，主張聯齊，齊、楚重新聯合。至秦昭王立，又要求和楚和好，楚又背齊，致引起齊、韓、魏三國聯合伐楚，楚國只好將太子質到秦國求救。秦兵到，三國引去。懷王二十七年，秦大夫與楚太子鬥，太子把他殺了，逃回。懷王二十八年，秦與齊、韓、魏四國共攻楚，殺楚將唐昧，取重丘。懷王二十九年，秦又來攻，懷王召回屈原陪太子到齊國當質，齊、楚又復交，這是最後一次的復交，也是屈原最後一次使齊。懷王三十年，秦昭王和楚國王族的一個女兒結婚，就利用這關係製造更大的一次騙局，他約懷王到藍田相會，懷王準備去，昭睢諫，屈原也對懷王説："秦虎狼之國，不可信，不如無行。"而那些媚秦派，却極力主張去，如子蘭就説："奈何絶秦歡。"

懷王聽他們的話，結果一入武關，便被秦伏兵斷了後路，威脅懷王割地。懷王勿與，設法逃到趙國。趙怕秦，不敢收留他，結果被秦兵抓了回去，過了三年就客死秦國。懷王入關時，質在齊國的太子回來繼承了王位，叫頃襄王。到懷王死已是頃襄王三年，他的弟弟子蘭做了楚國的令尹。

懷王入秦，是子蘭及那批媚秦派慫恿的。懷王客死以後，楚國人民對這事很不滿，都很怨恨子蘭，屈原也同樣。這時候他可能作《離騷》（也有人主張是放逐以後寫的），或説些偏激的話，子蘭知道了大怒，就在頃襄王面前説屈原的壞話。頃襄王是個昏庸無能的國君，聽信了子蘭的話，就把屈原放逐出去了。

至此，屈原的政治生涯就完全結束了。這次放逐的地點是江南。屈原在江南走了許多地方，他的作品中所記的有夏首、龍門、洞庭、夏浦、陵陽等處，以後又朔江而上，過鄂渚，入洞庭，溯沅水，至辰陽，復折向南入漵浦，過滄浪水，眼看故國即將淪於危亡，他覺得一切都絕望了，也不能再停下去了，於是急忙地下沅水入湘，渡湘水而達汨羅，懷沙自沉。

屈原的死年，各家説法不同。游國恩以爲他活了六十六歲，郭沫若説他活了六十二歲，浦江清説他死於頃襄王十九年，近六十歲。這些話都不一定對，因爲他們唯一的根據，是屈原的作品《哀郢》寫於白起破郢或以後，即頃襄王二十一年後，事實未必是這樣的。屈原死的日子，相傳是古曆五月五日端午節，二千年來人民都在這一天在江上划龍舟，喫粽子來紀念他。

屈原的一生是戰鬥的一生，他熱愛祖國，熱愛人民，有自己偉大的政治理想，以及爲了實現這理想而與惡勢力鬥爭到底的精神。他之所以有這樣的理想這樣的精神，綜合起來有如下的兩點原因。

首先，屈原生在戰國後期，當時學術界新儒家思想占很重要的地位。屈原所接受的新儒家的思想中已含有法治的精神，這可看荀子的思想及其與屈原的關係。屈原再次出使齊國，多少受齊國稷下先生的影響。莊子是楚國的著名學者。吳起在屈原生前三十年變過法。這許多學術思想在屈原身上都發生一定的作用，再加上高度的文化修養、思想修養，給屈原以政治遠見的條件。

其次，是屈原有着生活的實感的，有真摯的感情，有符合人民利益的看法，爲人民痛苦而擔憂，正是這些熱愛祖國、熱愛人民的心給他與"黨人"鬥爭以無限的力量。

屈原的政治鬥爭主要表現在内政外交兩個方面，分别叙述如下：

一、内政方面：屈原是主張法治的。這種思想産生於戰國晚期，具體體現在屈原這樣的人物身上並不奇怪，只要看他的思想形成及他的表現就可證明。《惜往日》中提到"國富强而法立兮，屬貞臣而日娭"，可見楚國曾一度因法度修明而富强起來的。屈原也曾説"雖體解吾猶未變兮，豈余心之可懲"。體解正是吳起的下場。我們參考吳起的變法是：

> 明法審令，捐不急之官，廢公族，疏遠者，以撫養戰鬥之士……楚之貴戚盡欲害吳起。
>
> （《史記·孫子吳起列傳》）

> 昔者吳起教楚悼王以楚國之俗曰：大臣太重，封君太衆，若此則上偪主而下虐民，此貧國弱兵之道也。不如使封君之子孫三世而收爵禄，絶滅百吏之禄秩，損不急之枝官，以奉選練之士。悼王行之，期年而薨矣。吳起枝解於楚。
>
> （《韓非子·和氏》）

當然，屈原選爲憲令，主張法治也同樣引起楚國舊貴族的痛恨。具體表現在上官大夫奪憲令,屈原不與,就盡力排擠他這件事情上。屈原的兩次放逐,就是鬥爭失敗的結果。但他是不屈服的,他説:"亦余心之所善兮,雖九死其猶未悔。"

除法治外,屈原對選擇人才也有正確的見解。他在《離騷》中曾説:"苟中情其好修兮,又何必用夫行媒。説操築於傅巖兮,武丁用而不疑。吕望之鼓刀兮,遭周文而得舉。寧戚之謳歌兮,齊桓聞以該輔。"對於用人,他主張着重於才能,不要光從出身考慮。他自己也培養了許多人,《離騷》中説:"余既滋蘭之九畹兮,又樹蕙之百畝。畦留夷與揭車兮,雜杜衡與芳芷。冀枝葉之峻茂兮,願竢時乎吾將刈。"但很可惜,所培養的這些人都變質倒向敵人方面去了。《離騷》中又説:"蘭芷變而不芳兮,荃蕙化而爲茅。何昔日之芳草兮,今直爲此蕭艾也。"這是屈原非常痛心的,這也説明了楚國舊勢力的强大。

二、外交方面:這是屈原與權貴們最具體的意見分歧點。屈原是主張聯齊抗秦的,這是符合人民利益的,而權貴們却怕秦國而一味媚秦。他們之間鬥爭的焦點是爭奪懷王。結果懷王却被他們爭奪去了,懷王聽他們的話,絶齊親秦。屈原極端地痛恨那批"黨人"的阿諛取容的態度。他説:"衆皆競進以貪婪兮,憑不厭乎求索。羌内恕己以量人兮,各興心而嫉妒。"又説:"固時俗之工巧兮,偭規矩而改錯。背繩墨以追曲兮,競周容以爲度。"他對於動搖不定的懷王也給以正義的斥責:"初既與余成言兮,後悔遁而有他。余既不難夫離別兮,傷靈修之數化。"又説:"怨靈修之浩蕩兮,終不察夫民心。"而對頃襄王就乾脆罵他爲"壅君"。

屈原在内政外交上的鬥爭,雖然都失敗了,自己也遭到放逐,但他對於自己的理想還是堅持不屈的。他説:"余固知謇謇之爲患兮,忍而不能舍也。"又説:"寧溘死以流亡兮,余不忍爲此態也。"他很可以到各國去的;但是,愛祖國愛人民的心使他不忍離開。他説："願摇起而横奔兮,覽民尤以自鎮。"又説："長太息以掩涕兮,哀民生之多艱。"他曾想到死,他説死也要死在故土:"鳥飛返故鄉兮,狐死必首邱。"他真是愛戀着楚國的一草一木。他的精神正如他自己説的"秉德無私,參天地兮"。他一生的鬥爭事業,愛人民,愛祖國,堅强、熱情、理智、愛恨分明等等,都是我們學習的榜樣。

乙

楚辭産生的歷史社會條件　　所謂楚辭和它的文學特色　　巫風給楚辭以豐厚的素材與氣派　　士人説辭的素養給楚辭以靈活的寫作技巧　　中國文學的優良鬥爭傳統"小雅"的怨誹,以及屈原的政治理想、政治鬥爭及其不幸遭遇所賦與楚辭的影響及其深刻的思想内容

楚辭是楚國的文學作品,主要是中國偉大詩人屈原的作品。楚辭的産生,當然有它具體的社會生活物質條件,那就是當時的社會存在——屈原與楚國腐朽的統治集團的政治鬥爭。這是第一性的存在,楚辭不過是這一内容表現爲文學的一種樣式而已。但屈原的政治鬥爭,在文學的表現上,所以採楚辭這一文學樣式來體現他的思想感情,而不採取旁的,這有其文學發展的自身的規律和楚辭這一文學樣式所以産生的歷史社會條件。

什麼叫做辭?《論語》説:"出辭氣,斯遠鄙倍矣。"辭有一種比較文雅的意思。戰國時代,士大夫在國際間辦外交,朝聘會盟的時候,很注意講話,即所謂"辭令"。後世行文有所謂"詞采""詞藻",這辭都包含有用一種象徵的筆法曲折地來表達或抒寫作者心中或外在的事物的意思。這説明辭與一般的文章不同。淮南王劉安稱贊《離騷》説:"《國風》好色而不淫,《小雅》怨誹而

不亂，若《離騷》者，可謂兼之矣。"這話的含義至少包含這一種看法，《離騷》是通過男女情愛的抒寫來寄託它的政治怨憤的。這種表現方法，實際也就體現了辭的特徵。楚辭，就是楚人之辭，在當時説是最能發揮這一特徵的文學作品。

在楚辭出現以前，楚國的地方民歌，都是包含有這一特點的，如《子文歌》《楚人歌》《越人歌》《徐人歌》《接輿歌》《孺子歌》《庚癸歌》等。

> 今夕何夕兮，搴舟中流。今日何日兮，得與王子同舟。
> 蒙羞被好兮，不訾詬恥。心幾煩而不絶兮，得知王子。山有木兮木有枝，心悦君兮君不知。
>
> （《越人歌》）

> 滄浪之水清兮，可以濯我纓；滄浪之水濁兮，可以濯我足。
>
> （《滄浪歌》）

當然，楚辭的特質，並不盡於用比較文雅的辭及其表現於創作手法上而已。

楚人所作詩歌，作爲文學體裁及書名最早稱於西漢。《漢書·朱買臣傳》説：朱買臣善"言楚辭"，大家都知道他。又《王褒傳》説：九江被公能"誦讀"楚辭，知名當世。可見西漢初（前140至前49）包括屈原、宋玉等作品的楚辭專集已經面世了。司馬遷應該是看過這集子的。西漢末年，劉向曾編過一部楚辭，他把東方朔、莊忌、淮南小山、王褒和他個人的作品《九歎》加進去，内容擴大了。後漢王逸又依舊集附入自己的作品《九思》，著《楚辭章句》，這是最早的楚辭注本。宋朱熹作《楚辭集注》，又把唐宋人的摹擬作品放進去，稱爲《楚辭後語》。

楚辭的文學特色，首先是它的具有楚民族的風格氣派。這表現在它的"書楚語"（如些、只、羌、謇、蹇、紛、侘傺、汩、搴、莽、懰、詠、軑、遭、靈），以自己鄉土的方言白話作爲新的詩歌語言；還表現在它的"紀楚地""名楚物"（如九疑、洞庭、沅、湘、澧等楚國山水；漢北、郢、夏首、鄂渚、辰陽、溆浦、蒼梧等楚國地名；茝、荃、宿莽、申椒、菌桂、留夷、揭車、薜荔、胡繩等楚國物産），以自己的風俗山川表達楚民族的心理狀態和鄉土感情；也表現在它的繼承着祭歌巫音的浪漫色彩（除《九歌·招魂》等巫術祭歌當然具有這種色彩外，如《離騷》的神話場面，《天問》的羅列神話，《九章》《離騷》的比喻美人香草等等），飽含着獨特而奇妙的幻想氣氛。其次，是它的以形象的語言貫串楚聲韻律的巨大體裁。楚調長腔不同於雅頌的四言，歌句長短，逐情變化，以及用些、兮等虛辭轉制上下兩句。其巨大篇幅超越過去的一切短歌。抒情中含有故事，表現的語言多於叙述。尤其重要的是它體現着富有正義感的志士的不幸遭遇和深刻的悲憤情調。此種悲憤情調是通過對國家、對鄉土、對人民的愛，對腐敗政治的反對，對自己政治理想和道德觀點的堅持而表現出來的。總之，楚辭是含有極其强烈的地方色彩、政治色彩和民間文學色彩的創造性的詩歌文學。（參考逯欽立主編《古典文學講授提綱》，東北師大交流教材）

楚辭是一種新的文體，自有它的寫作上的特點，我們一讀楚辭就感覺四言體的《詩經》時代已過去了。説明楚辭是不同於《詩經》樣式的詩篇，而且，就寫作技術上應該説是進一步的。

就抒情詩這一角度説，《詩經》的描寫往往是樸素的，較爲直接地爽快地抒寫作者自己的思想感情的起伏變化，楚辭就往往通過形象的比擬——特別是借巫的自言自語或巫與神的對唱來體現作者的間接的細膩的曲折地複雜的思想感情，更曲折來反映社會生活。如《詩經》中寫戀愛的感情有這樣的抒寫——

　　　　子惠思我，褰裳涉溱。子不我思，豈無他人。狂童之狂
也且！

　　　　你好意想起了我，就提起衣裳跑過溱水來。你不想念
我了，難道就沒有旁的人嗎？你這傻瓜中的傻瓜啊！

　　楚辭的寫作方法是完全不同了，它是以神的生活來寫人，以
人的生活來寫神，有神的生活，也有人的生活，就《九歌·湘君》
一篇來說吧，它是通過男巫的歌唱，祭歌的形式，湘夫人神對湘
君神的思念曲折地來抒寫兩性間的戀情。

　　湘君全文（略）
　　湘君全文譯（略）

　　全篇寫可望而不可即的相思。從希望、懷念到失望，又從失
望轉到期待之情。一會兒敘事，一會兒抒情，作者感情忐忑不
安，文字結構便表現爲一波三折，拆整爲散，從零亂中看出美麗。
全篇通過象徵比喻的筆法，把作者的思想感情、生活體驗曲折的
表演出來。從這裏我們可以體會楚辭這一抒情詩的形式的獨特
風格。楚辭爲中國古典的抒情詩的發展開闢了新的道路。

　　楚辭這一獨特風格的形成是與楚巫風分不開的。"昔楚南
郢之邑，沅湘之間，其俗信鬼而好祀，其祀，必使巫覡作樂歌舞，
以娛神。"楚辭中的《九歌》《招魂》《大招》都是與祭祀舞歌直接有
關係的。而屈原的作品，如《離騷》《九章》，也都是吸取民間的神
話和巫教藝術作爲素材，用以表現或曲折地抒寫内心憤鬱的。
屈原上天下地的冥遊，這宏偉的想象力，巫教藝術應該可以說是
給了他極大的啓發的，所以也是與巫風有直接關係的。

　　楚以好巫尚祀著稱。懷王當時由於拒秦的軍事失敗，從而
加強巫鬼祭祀，發展了巫風，這自然有其安定人心的政治目的，
從巫風祭祀的本身來說，也自有其宗教意義的。但從楚辭這一

文學作品所體現的内容看並不局限於此。相反的,它只是借寫神來寫人,所以它的内容倒不能説是純宗教的。屈原"管理公族譜牒""主持宗廟祭祀",在生活上他熟悉這些東西。因此他有條件採取的這些東西,也是楚人民所熟悉的,喜見樂聞的,屈原用來表達自己的思想感情,能使他的思想感情爲更多的人所理解接受。所以巫風的存在,並非給楚辭以限制,而是給楚辭以豐厚的素材與風格特點。這可以説是楚辭産生的重要歷史條件之一。

春秋戰國之世,士階層興起。當時統治階級都依賴士人來鞏固他們的統治地位,養士就成爲當時的社會風氣。由於内政外交上的需要,獻詩諷諫的傳統以及他們用口辯來博取統治者的信賴,使他們重視了"辭"的特點和表達作用。晏嬰就是以"習辭""辯於辭"名聞各國。

> 晏子將使楚。楚王聞之,謂左右曰:晏嬰,齊之習辭者也。今方來,吾欲辱之。何以也?左右對曰:爲其來也,臣請縛一人,過王而行。王曰:何爲者也?對曰:齊人也。王曰:何坐?曰:坐盜。晏子至。楚王賜晏子酒。酒酣,吏二縛一人詣王。王曰:縛者曷爲者也?對曰:齊人也,坐盜。王視晏子曰:齊人固善盜乎?晏子避席對曰:嬰聞之,橘生淮南則爲橘,生於淮北則爲枳。葉徒相似,其實味不同。所以然者何?水土異也。今民生長於齊不盜,入楚則盜,得無楚之水土,使民善盜耶?王笑曰:聖人非所與熙也,寡人反取病焉。

> (《晏子春秋·内篇》)

鄒忌、稷下先生淳于髡以"辭"獲政治地位,以辭進行諷諫。

　　威王八年,楚大發兵加齊。齊王使淳于髡之趙,請救兵,齎金百斤,車馬十駟。淳于髡仰天大笑,冠纓索絕。王曰:先生少之乎?髡曰:何敢?王曰:笑豈有説乎?髡曰:今者,臣從東方來,見道旁有穰田者,操一豚蹄,酒一盂而祝曰:甌窶滿篝,污邪滿車,五穀蕃熟,穰穰滿家。臣見其所持者狹,而所欲者奢,故笑之。於是齊威王乃益齎黄金千鎰,白璧十雙,車馬百駟。髡辭而行。至趙,趙王與之精兵十萬,革車千乘。楚聞之,夜引兵而去。威王大説。

　　　　　　　　　　　　　　　　　　(《史記·滑稽列傳》)

　　美麗詼諧的説"辭",就逐漸形成時髦的藝術辯説和一種新的文學體裁。我們説先秦散文的發達,作品的豐富多彩,這是與當時士人説辭的影響是分不開的。士人説辭,刺激與啟發了作者的思想,從文學的角度説,就是啟迪了作者的創作方法。散文如此,詩歌也是如此。楚辭的開創者屈原和宋玉他們就是"嫻於辭令"和"好辭以賦見稱",原來都善辭令的。抒情詩由短篇發展爲汪洋恣肆的長篇,這自然與當時士人説辭的影響是分不開的。在屈原的作品中,像《卜居》《漁父》這種散文式的韻文,顯然是受散文影響、説辭影響更爲直接的。當然,曲折地精細地從作品内容觀察,這種影響是隨處可見的。所以説士人的説辭給楚辭以靈活的寫作技巧,這也是楚辭產生的重要歷史條件之一。

　　當然,楚辭的產生,它是與中國文學的優良傳統割不斷的。

　　就屈原的作品説,不論它在思想感情的内容上,還是在文學體裁的形式上,與《詩經》的關係都是十分密切的。《橘頌》《天問》在形式上顯然是承繼與發展《詩經》四言體這一詩歌體制的創作。從内容上,屈原作品所包含强烈的人民性的一面是與《詩經·小雅》的政治諷刺詩的傳統不能分割的,《小雅》的政治諷刺詩主要作品是產生在西周末的時候,那時社會情勢與屈原所處的時代有相同之點——外族侵入，内政腐敗，人民生活異常痛苦，整個社會秩序混亂。這樣《小雅》中所表現出的思想情感很容易使屈原引起共鳴，從而向它學習，吸收它的精華作爲滋養，來鍛煉自己的品操並豐富創作内容，從而繼承與發展它的優良傳統，所以楚辭的産生，特別是偉大詩篇《離騷》的産生，決不是偶然的。

西周末，内政腐敗，統治者無力抵抗外患，外族步步侵入，擾亂人民生活，引起整個社會動蕩不安。西周的外患在北方有獫狁、鬼方。獫狁、鬼方在昭王時一度逼近鎬京，形勢非常危急。南方的荆蠻也很猖狂，昭王因征伐而死在漢水。東方的徐夷、淮夷曾聯合東方九夷渡過黄河，聯合攻打西周。到夷王時，犬戎入侵，成爲當時西周的主要外患。厲王被逐後，宣王雖曾一度中興，攻打犬戎、獫狁，但這並不能挽救西周的危亡。到了幽王，終於在内政極端腐化的情況下，申氏和犬戎聯合進攻幽王。結果，幽王被殺在驪山之下，西周從此結束。

但是這一歷史社會現實，並没有引起當時統治者的重視。幽王時，連年發生旱災，統治階級不但不想法消治災難，減輕人民痛苦，而且仍舊加重對人民的剥削。正像《小雅·十月之交》所説：

> 燁燁震電，不寧不令。百川沸騰，山塚崒崩。高岸爲谷，深谷爲陵。哀今之人，胡憯莫懲。

這是一幅多麽可怕的圖畫，但是統治階級並不對這些現象有動於衷，幽王及其整個統治集團生活腐化到極點。幽王爲了討好他的愛妾褒姒，甚而不惜把國防要事——烽燧來當作開玩笑的工具。

在這種亂世動蕩情勢下，有一些士大夫開始感到悲哀，一些有正義感的知識分子對現象產生不滿,開始抨擊當時社會的政治。他們感到這樣下去,整個國家以及他們的階級將會被消滅,於是他們大聲疾呼,要求改良政治,要求統治者注意人民疾苦,減輕人民痛苦。這樣就産生了所謂《小雅》的政治諷刺詩。雖然這些詩的作者的目的是爲了緩和階級矛盾,是爲了挽救他們的階級的滅亡,所謂"《小雅》怨誹而不亂",但是他們要求積極抵抗外敵,減少人民痛苦,這在客觀上是符合人民願望的,因而這種詩也是有人民性的。

《小雅》的作者雖然是屬於貴族的士大夫,但他們大多是有正義感的。他們正視現實,對統治階級腐化、墮落、暴戾感到不滿,甚至憤怒,大膽地指責他們。

> 皇父卿士,番維司徒。家伯維宰,仲允膳夫。聚子内史,蹶維趣馬。楀維師氏,豔妻煽方處。

差不多把整個統治集團都攻擊了。他們把政治搞得一塌糊塗,誤了國家大事。在《北山》一詩中,作者更用對比的方法塑造了正邪兩種對立的人物形象,從而來揭露、批判與抨擊統治階級中那些醜惡的嘴臉。

詩人們最關心的是祖國的安全,在外患頻仍的時候,表示無限的憂慮,對當時統治者的不積極抵抗感到憤慨,大聲喊着:"國既卒斬,何用不監?"(《節南山》)統治者是這樣膽怯,在敵人面前發抖,敵人尚未來就準備逃走了。

> 皇父孔聖,作都于向。擇三有事,亶侯多藏。不憖遺一老,俾守我王。擇有車馬,以居徂向。

> (《十月之交》)

作者是帶着諷刺、惋惜、憤怒等種種情緒來寫的。

詩中也寫了人民生活的痛苦狀況,天災人禍,弄得民不聊

生。詩人一方面說："昊天不傭，降此鞠訩。昊天不惠，降此大
戾。"說天災給人民帶來了莫大災難。但另一方面，作者更查究
並指出這"人禍"的根源，一切災難都是由於政治不良而產生並
嚴重起來的。"式月斯生，俾民不寧。憂心如醒，誰秉國成？不
自爲政，卒勞百姓。"(《節南山》)因此，他們呼喊："天方薦瘥，喪
亂弘多。民言無嘉，憯莫懲嗟。"向統治階級提出了血淚的控訴。

詩中也指出了社會的不平："佌佌彼有屋，蔌蔌方有穀。民
今之無禄，天夭是椓。哿矣富人，哀此惸獨。"(《正月》)這些詩
句，有力地喊出了人民心中要説的話。作者以人道主義精神替
人民呼吁，這是《小雅》的精華，也是人民性表現得最强烈的
地方。

雖然，詩人們暴露了許多統治階級内部的醜惡，指責了統治
者，但他們還是對統治者抱有希望，希望能改善政治，富强國家。
他們作詩的目的就是爲了"式訛爾心，以畜萬邦"。他們苦口婆
心地勸導統治者："君子如屆，俾民心闋。君子如夷，惡怒是違。"
(《節南山》)雖然如此，他們還是感到悲哀，統治者是不會理解他
們的忠言的，反而壓抑他們。他們"憂心如惔，不敢戲談"。在封
建統治下，言論是不會自由的。他們覺得："謂天蓋高？不敢不
局。謂地蓋厚？不敢不蹐。維號斯言，有倫有脊。哀今之人，胡
爲虺蜴。"他們爲此感到彷徨痛苦。

以上是《小雅》政治諷刺詩的主要內容。在這些詩中反映出
一個動蕩的即將崩潰的社會狀況。詩人反映了人民的痛苦，牽
掛祖國的安全，因此，這些詩中存在着人民性，表現出了我國文
學優良的傳統。

作爲北方文學的《詩經》，它不但流傳在中原的許多國家，成
爲貴族士大夫朝聘會盟的禮歌，成爲外交的工具，而且也流傳到
楚國去。楚國在春秋戰國時，是一個後起之國。在春秋時，它還

很閉塞落後，文明程度不及中原的國家；因此在春秋時，中原國家是看不起它的。但不久，楚國很快興起，生產力迅速發展，國家統一富強，與北方諸大國爭起盟主來。隨着生產力的發展，物質文明也得到提高。從《招魂》中就可看到當時的建築、衣飾、飲食等都有相當成就。在文化上，楚國接受了中原文化的灌溉，在楚國也像中原國家那樣背誦《詩經》，引用《詩經》。如昭王七年引詩："普天之下，莫非王土；率土之濱，莫非王臣。"(《小雅·北山》)從《小雅》與《離騷》的内容思想情感的比較中，是可看出它們兩者存在着一定的關係的。

楚國到了懷王以後，國家逐漸衰落，政治也腐敗起來，而新舊兩種勢力——新興的地主階級和没落的貴族領主的鬥爭更加尖銳。這兩種勢力的鬥爭表現在楚國的外交上，就形成了兩條不同的外交路綫——一條是聯齊抗秦，另一條是投降秦國。鬥爭的中心人物就是屈原和代表封建領主的媚秦派如子蘭、上官大夫、靳尚等。懷王開始時則動摇不定，以後終於隨着媚秦派投降了秦國。屈原在内政上主張改革政治，傾向法治，所謂行"憲令"，也就是實行《離騷》中常提到的美政。在外交上，他認爲必須聯合齊國，抵抗秦國，這種政策完全爲了楚國的利益。但在鬥爭中屈原却失敗了。屈原在失望、痛苦、憤怒中結束了他的一生。屈原的一生是一個歷史的悲劇。

屈原熱愛祖國，熱愛人民，同情人民的生活苦難。他眼看楚國在媚秦派的擺佈下衰弱下去。他在極度的悲哀與痛苦中，以他特殊的文學才能，唱出了胸中的憤懑，留下了萬古長存的偉大的詩篇——《離騷》。

在《離騷》中作者强烈地表現出他對祖國的忠貞，也表示他對人民苦難生活的關懷。屈原一生的鬥爭就是爲了使楚國富强起來。他造了憲令，這樣，就得罪了貴族領主，歷盡折磨，但他仍爲着政治理想而鬥争。他説:"豈余身之憚殃兮,恐皇輿之敗績。"爲了國家,不顧個人的得失,甚至個人的生命:"余固知謇謇之爲患兮,忍而不能舍也。"這裏表現了屈原的偉大高貴品質。故鄉是如此的黑暗,烏煙瘴氣,靈氛勸告他離開,出外去走走:"思九州之博大兮,豈惟是其有女?曰:勉遠逝而無狐疑兮,孰求美而釋女?何所獨無芳草兮,爾何懷乎故宇?"但是他猶豫,故鄉雖然黑暗,他却還是留戀着,依依不舍。後來,他雖然聽了靈氛巫咸的話,離開這個黑暗的地方出外遠遊,然而不久,他:"忽臨睨夫舊鄉;僕夫悲余馬懷兮,蜷局顧而不行。"他的心永遠與故鄉連在一起。在尾聲中他雖説:"國無人莫我知兮,又何懷乎故都?"這不過是氣憤話,一直到死,他還是懷念着祖國。

與愛祖國愛人民同時,在《離騷》中他對那些追逐利禄、隨波逐流的小人,表示極端的憎恨。在《離騷》中,作者一方面表示了自己的正直,另一方面暴露了世俗的醜惡,在對比中更顯出屈原人格的崇高偉大。

屈原出身於貴族階級,最熟悉貴族階級内部的醜惡,因此,在《離騷》中能大量地深刻地暴露貴族階級的醜惡腐化。圍繞在懷王周圍的一堆人,他們争權奪利,猜忌、嫉妒、勾心鬥角,正像《離騷》中所説:"衆皆競進以貪婪兮,憑不厭乎求索;羌内恕己以量人兮,各興心而嫉妒;忽馳騖以追逐兮,非余心之所急。"這些人互相吹捧,阿諛逢迎,無視法規:"固時俗之工巧兮,偭規矩而改錯;背繩墨以追曲兮,競周容以爲度。"在這個世界上是非是不分的,正義是被壓制的。"蘇糞壤以充幃兮,謂申椒其不芳。"屈原被壓迫得透不過氣來。他憤憤地説:"時曖曖其將罷兮,結幽蘭而延佇。世溷濁而不分兮,好蔽美而嫉妒。"他警告這些不走正路的小人,總會遇到倒霉的時候:"惟黨人之偷樂兮,路幽昧以險隘。"爲了苟生偷安,投降秦國,終究會使國破人亡。

屈原在《離騷》中咒罵了子蘭、上官大夫等人，但對楚懷王還抱着希望。他仍忠於楚懷王，他認爲他的美政不能實現，還是因爲懷王受了他們的讒惑，"荃不察余之中情兮，反信讒而齏怒"。他一方面埋怨懷王"初既與余成言兮，後悔遁而有他"，"傷靈修之數化"，另一方面，他又對懷王進行苦口婆心的勸告。他以歷史上的故事警告懷王，希望懷王能夠看前人之鑒而走正路。他說："彼堯舜之耿介兮，既遵道而得路。何桀紂之猖披兮，夫唯捷徑以窘步。"他告訴懷王："皇天無私阿兮，覽民德焉錯輔。夫維聖哲以茂行兮，苟得用此下土。"

然而屈原婉轉淒切的訴怨，苦口婆心的勸告，並未打動統治者的心，他失望了。"雖放流，睠顧楚國，繫心懷王，不忘欲反，冀幸君之一悟，俗之一改也。其存君興國，而欲反復之。一篇之中，三致志焉。然終無可奈何，故不可以反，卒以此見懷王之終不悟也。"但屈原還是保持着堅強不屈的鬥爭精神。在《離騷》中，作者還沒有完全絕望，還存在堅強的意志。他一方面要堅持"朝飲木蘭之墜露兮，夕餐秋菊之落英。苟余情其信姱以練要兮，長顑頷亦何傷"。另一方面他堅決表示"雖體解吾猶未變兮，豈余心之可懲"，"寧溘死以流亡兮，余不忍爲此態也"。他表示要爲自己的政治理想鬥爭到底，誓死不妥協。這種爲真理而不顧自己生命的堅決鬥爭精神爲後世人所贊美和學習。

與其說，《離騷》的情調是淒切、婉轉、纏綿，不像《小雅》那樣露骨痛快，那毋寧說，《離騷》的思想情感要比《小雅》深刻得多。在那種看起來婉轉的形式中包含着作者強烈的感情。這種內在灼熱的感情時而衝破這種婉轉的形式而噴薄出來，像火山爆發，轟然若雷鳴。《離騷》中這種強烈感情，常震動讀者心弦。所以這樣，由於作者強烈的愛、深刻的恨。作者有着那種"志潔行芳"的氣質。

　　另一方面,在《離騷》中表現出來的那種豐富的幻想、纏綿的情調,這與當時風行在楚國的巫風有關。任何一個時期的文學作品除接受上一時期文學傳統外,更重要的是受有當時人民精神生活的影響,當時民間流傳的文學形式的影響,與時代的脈搏交織互動。巫歌的情調內容影響了《離騷》,在文學形式上,屈原是接受了民間文學形式,加以改造。但從歷史的角度上説,《離騷》是承繼了《詩經》的優良傳統,概括自己時代的精神面貌,而發展到的一個頂點。

丙

　　釋辭　楚辭的結集　屈原賦二十五篇的考訂　《九歌》的現實主義精神與人民性　晚年作品中《哀郢》《涉江》《抽思》《懷沙》諸詩的愛國思想　《漁父》《卜居》中所刻畫的屈原形象

　　賦由辭中衍出,漢世辭、賦名詞通用。屈原楚辭的作品——《懷沙》,《史記》稱作"懷沙之賦"。《漢書·藝文志》稱"屈原賦二十五篇",都稱賦而不稱辭。這些在今天,我們都稱爲辭,而別於漢人之賦。

　　最早編集楚辭的可能有兩人:一是西漢淮南王劉安。《漢書》説他"受詔集楚辭",他曾爲《離騷》作傳,《史記·屈原列傳》中曾引過他的話,所以很可能他是編楚辭的第一人。一是西漢劉向。他曾"校中秘書",編集楚辭,恐在此時。王逸《楚辭章句》云:"劉向典校經書,分爲十六卷。"劉向再編楚辭,楚辭的內容便大體定型了。

　　後漢王逸做章句,附上自己的作品一兩篇,這就成了流傳到今天的最早本子。魏晉時代,陸璣、曹植等都很注意研究《離騷》,把它作爲文學作品讀。齊梁以後,風氣漸衰,漢以來是以楚聲來讀楚辭,這聲調也漸失傳。宋代洪興祖是研究楚辭的大家,著作《楚辭補注》,曾微引宋代所能見到的本子十餘種,録其異文。朱熹作《楚辭集注》,反切與異文,大都同洪興祖注,可能這時諸書,朱熹也同時看到,不一定朱熹引用洪注。洪、朱研究楚辭,基本上是承繼王逸章句之學,屬於王逸系統。

《漢書·藝文志》屈原賦二十五篇只有講篇目總數,沒有舉出二十五篇名。《史記·屈原列傳》,只説"余讀《離騷》《天問》《招魂》《哀郢》,悲其志"。又提到"懷沙之賦",沒有總體説他有哪些作品。因此屈原賦到底是哪二十五篇,後世便成了問題。王逸的《楚辭章句》本是以《離騷》、《九歌》十一篇、《天問》、《九章》九篇、《遠遊》、《卜居》、《漁父》共二十五篇,爲屈原所作,篇數與《藝文志》相符,把《招魂》作爲宋玉的作品。但這和司馬遷的説法有些違背。(參看游國恩著《楚辭概論》107頁)關於這二十五篇的配合,後來討論的人便意見紛歧不一。這裏主要的不同是《遠遊》《招魂》的問題,有的把《遠遊》提出來,《招魂》放進去,有的把《招魂》提出來,《遠遊》放進去。到今天還是有這兩種看法,像郭沫若的《屈原賦今譯》是屬於前者,姜亮夫先生的《屈原賦校注》是屬於後者。

這裏我們約略地將屈原賦二十五篇考察一下。

《離騷》是屈原的作品,這是斷無疑問的。漢時著録的如《史記·屈原列傳》,司馬遷《報任少卿書》,《漢書·司馬遷傳》,劉向《新序·節士篇》,《漢書·賈誼傳》,《風俗通·六國篇》,主張都是一致的。關於"離騷"的名詞解釋,從來也異説紛紜,大率是望文生訓,這裏也附帶説一説。

> 離騷者,猶離憂也。(《史記》)
>
> 離,猶遭也;騷,憂也,明己遭憂作辭也。(班固《離騷贊

序》）

離別也，騷愁也。（王逸《章句》）

《漢書·揚雄傳》載雄旁《惜誦》以下至《懷沙》一卷，名曰畔牢愁。牢愁，古疊韻字，同在幽部。韋昭訓爲"牢騷"。後人常語謂發洩不平之氣爲發牢騷，蓋本於此。牢愁、牢騷與離騷，古並以雙聲疊韻通轉。

離騷乃是楚國當時的曲名。按《大招》云："楚勞商只"。王逸曰："曲名也"。按勞商與離騷爲雙聲字……故勞即離，商即騷。（參看游國恩《楚辭概論》）據《爾雅》："大琴爲離"，騷與操音近義同，可能是楚語之訛，故離騷即琴操。（參看蔣錫全《楚辭注釋》）郭沫若以爲游國恩解牢愁，"牢愁與離騷，古並以雙聲疊韻通轉"講得最好，但認爲"離騷、勞商是楚國的一種曲名，好象是楚國先有了這種曲，而屈原又才來按譜作他的離騷一樣，我覺得有點不大圓滿"。（郭沫若《屈原研究》27頁，群衆出版社）我同意這一看法。《離騷》是屈原發抒牢愁之作。

其實《離騷》這一作品，何以題稱《離騷》？這一解釋，不僅説明這一作品的名詞，而且涉及顯示這一作品的主題思想。《史記·屈原列傳》云："王怒而疏屈平……故憂愁幽思而作《離騷》。"司馬遷所説，是在説明屈原在怎樣的境遇和心緒中寫作《離騷》的。劉向《新序·節士篇》説："屈平放逐於外，乃作《離騷》。"這話司馬遷也曾説過："屈原放逐，乃賦《離騷》。"班固《漢書·賈誼傳》云："屈原，楚賢臣也，被讒放逐，作《離騷賦》。"漢應劭《風俗通·六國篇》云："懷王佞臣上官、子蘭，斥遠忠臣，屈原作《離騷》之賦。"由此可見，屈原是在美政不得實施，被讒放逐時，寄其幽思，寫作《離騷》的。

《屈原列傳》説："離騷者，猶離憂也。"司馬遷"離騷"只解釋一個騷字，騷作憂講。意思是説：《離騷》是屈原在被放逐離別時抒寫的憂愁之作。王逸《楚辭章句・離騷經序》云："離，別也。騷，愁也。經，徑也。言己放逐離別，中心愁思，猶依道徑以諷諫君也。"王逸的解釋與司馬遷説基本符合，但加進了一些東西。司馬遷和王逸對於《離騷》命題的解釋，我認爲是正確的，這樣的解釋，説明了《離騷》的主題思想。《離騷》實際是屈原爲了美政不得實施，被讒放逐，痛苦憂思而寫作的。這裏顯示了屈原深厚的愛護楚國的愛國主義思想。班固説："離，猶遭也；騷，憂也，明己遭憂作辭。"班固的解釋，認爲屈原是爲辯明自己受到不幸遭遇感到痛苦而寫作的。這個看法與班固認爲屈原爲人露才揚己是一致的。這是對屈原寫作《離騷》的歪曲，也是對屈原爲人的一種侮辱，應該説是錯誤的。顏師古説："離，遭也；憂動曰騷。遭憂而作此辭。"顏師古也是不能正確理解、對待屈原的。他的看法與班固是符合的。這兩種看法，粗看來有些人以爲無關宏旨，滑過去了，實際是反映兩種不同而且對立的觀點。前面一種應該贊揚，後面應該否定。

近人游國恩又立新説，認爲《離騷》是琴曲之名。看來有其根據，實際上從來也沒有這樣長幅的琴曲的。這個解釋，脱離了作品的思想內容，是不能説明問題的。

《離騷》中説："余既不難夫離別兮，傷靈修之數化。"屈原稱楚懷王爲靈修，意味着懷王已逝。宣示不難離別，這是屈原在回憶嚮懷王進諫時，會遭到放逐的禍害，但他不考慮，也不怕。這裏點出離字。《離騷》又説"哲王又不悟"，哲王當指頃襄王。哲王不悟，頃襄王對他更不客氣。最後《離騷》："又何懷乎故都？"自是屈原遭到放逐，這是點題，屈原放逐，抒其幽思，不言而喻。從作品看，《離騷》命名及其主題思想，自以司馬遷解釋爲是。

《九歌》一共是十一篇，目次是《東皇太一》《雲中君》《湘君》《湘夫人》《大司命》《少司命》《東君》《河伯》《山鬼》《國殤》《禮魂》。聞一多説首篇是迎神曲，末篇是送神曲，故是九篇。或説末篇《禮魂》太短，不成篇，故作十篇。郭沫若以爲這《九歌》和《九辯》一樣，並不是數目有九。《九歌》和《九辯》都是夏啟王的歌曲，《離騷》説：“啟九辯與九歌兮，夏康娱以自縱。”《天問》篇：“啟棘賓商，九辯九歌。”《山海經》的《大荒西經》也説：“夏后開上三嬪於天，得九辯與九歌以下。”郭璞注引《歸藏啟筮》：“昔彼九冥，是與帝辯同宫之序，是爲九歌。”可見《九歌》和《九辯》都是因九冥而得名。

《九歌》的作者，王逸《楚辭章句》以爲是屈原：

> 《九歌》者，屈原之所作也。昔楚國南郢之邑，沅湘之間，其俗信鬼而好祠。其祠必作歌樂鼓舞以樂諸神。屈原放逐，竄伏其域，懷憂苦毒，愁思沸鬱，出見俗人祭祀之禮，歌舞之樂，其詞鄙陋，因爲作《九歌》之曲，上陳事神之敬，下見己之冤結，托之以風諫。故其文意不同，章句雜錯，而廣異義焉。

朱熹的《楚辭集注》對於這種説法稍稍改正一下，説是本來有那樣的神曲，因爲“文詞鄙俚”又不免有“褻慢荒淫”的地方，屈原放逐後把它刪改。這話總的來説，我想是對的，《九歌》原是民歌，經過屈原的加工修改，但不一定是屈原放逐以後改作，很可能是屈原在做三閭大夫時修改的。又王逸往往用比喻的觀點來讀楚辭，常常説什麽什麽比擬什麽什麽，不免爲經生氣所籠罩，每一件事件機械地説成忠君愛國，不免附會。朱熹比王逸好些，但對《九歌》的解讀也不能避免這一弊病。《九歌》的作者問題到胡適之才提出了異議：“《九歌》與屈原的傳説絶無關係，細看内容，這九篇大概是最古之作，是當時湘江民族的宗教歌舞。”(《讀楚辭》)陸侃如、游國恩都受了影響，把這一説法加以擴充，實際是難以令人信服的，郭沫若曾加以答辯。

《天問》一篇，司馬遷首先認爲是屈原作的。郭沫若根據篇末"何試上自予，忠名彌彰"一句，推定它是在襄王時被放逐於漢北以後，是在《悲回風》之後，《哀郢》之前所作。但胡適之却説"《天問》文理不通，見解卑陋，全無文學價值，我們可以斷定爲後人雜湊起來的"（《讀楚辭》），這荒謬議論是應當嚴屬駁斥的。《天問》是中國文學史上一篇極重要的作品。

《九章》的目次據王逸本是《惜誦》《涉江》《哀郢》《抽思》《懷沙》《思美人》《惜往日》《橘頌》《悲回風》。班固的《離騷贊序》説："至於襄王復用讒言，逐屈原在野，又作《九章》賦以風諫。"王逸説：《九章》者，屈原之所作也。屈原放於江南之野，思君念國，憂心罔極，故復作《九章》。"《九章》是屈原作品，但也有幾篇後人疑心不是屈原作的，今人何其芳採取其説，這恐怕只是獻疑而已。《九章》的命名與《九歌》《九辯》等不同，並不是屈原所自稱的。《史記》引到的有《漁父》《懷沙》《天問》《招魂》《哀郢》，只説《哀郢》《懷沙》，可見《九章》之名，是後人定的。《漢書·揚雄傳》上説："（雄）又旁《惜誦》以下至《懷沙》一卷，名曰畔牢愁。"也還没有用《九章》的名字。朱熹説："後人輯之，得其九章，合爲一卷，非必出於一時之言也。"這話最當。這輯録大抵出於劉向父子，因爲恰好是九篇，所以仿《九辯》《九歌》之名，名曰《九章》。

這九篇的次序，郭沫若以爲《橘頌》最早，其餘八篇先後該是《悲回風》《惜誦》《抽思》《思美人》《哀郢》《涉江》《懷沙》《惜往日》。郭氏所排的篇目次序，基本上我認爲是正確的，但這些篇的寫作時代還是存在問題的。郭氏認爲屈原只是在頃襄王時被放逐一次，因此這八篇都是襄王六、七年以後的作品。《哀郢》的寫作，郭氏是贊許王船山的頃襄王二十一年白起帶秦兵破楚郢時的哀傷之作説的。總的來説，這兩點現在還不能作爲定論或結論。我倒還是同意那個看法，屈原在懷王時曾被放逐過一次，因爲這看法是《史記》與劉向《新序·節士篇》上所説可以統一，否則像郭氏把《史記》"放"作爲"放浪"而不作"放逐"講，《史記》雖勉强講得過去，與《節士篇》却有衝突。我想劉向不應該誤解《史記》的文字。《哀郢》照王逸、洪興祖及朱熹的説法，都應該看作頃襄王時放逐江南後追念郢都之作，這比較合理。由於這一點不同，郭氏在翻譯《哀郢》時存在着誤解或矛盾。一、"哀故都之日遠"郭翻譯爲"可憐殘破的都城日益迢遞"，原文並無"殘破"的意思，而當時的郢也還並没有"殘破"。屈原的哀傷，是哀被逐而離故都的迢遠，並不是哀其殘破。二、"曾不知夏之爲丘兮，孰兩東門之可蕪。"王船山説："國既東遷，江漢之間人民失次，舊時井疆夷爲邱墟，故都城闕草萊荒蕪，則州土平原又何足以舒憂乎？"這注解對原文是有誤解的。原文實際明明是疑問惋惜責難的口氣，意思是説："難道不知道高樓大屋是可以變爲廢墟的嗎？哪裏可以使兩東門荒蕪了呢？"宮殿城闕，象徵着國家，他的意思是指責當時昏庸的人説，對國家就毫不珍視顧惜了嗎，讓國家顛覆了嗎？國家就傾覆了嗎？郭從王説，譯文寫作："竟不知都城宮殿已成廢墟，還問哪兩座東門化作荒蕪。"這顯然是誤解的。把"夏之爲丘"的"爲"字，解作"是"字，"可蕪"解作"已蕪"，這是不合適的。三、"發郢都而去閭兮，怊荒忽其焉極？"郭譯作："從郢都出發，離開了家園，心中無主，不知要走到何年？"是的，從郢都出發。原文："忽若去不信兮，至今九年而不復？"郭譯作："想到我遭受讒言而被疏遠，未回郢都是足已有九年。"是的，放逐以後，九年没有回郢都。那什麽時候回郢都呢？現在在郢都還是不在郢都？到底他的腳立在什麽地方，這一矛盾郭先生是很難解釋的。我們説屈原放逐最晚應該不會晚於頃襄王十年左右，而《哀郢》應該是屈原離郢放逐到江南時追念離郢而作，所以篇中最後兩句説："信非吾罪而棄逐兮,何日夜而忘之?"《涉江》《懷沙》是蟬聯而下的,因爲所走的地域是相沿接的。不過這作品不一定是白起破郢時作,而應該説是較前的。

《遠遊》《卜居》《漁父》三篇,陸侃如、游國恩、郭沫若(《屈原》《楚辭概論》《屈原研究》)都認爲不是屈原作的。但也不一定,有人仍認爲是屈原作的。如姜亮夫《屈原賦校注》中的主張,説以爲《遠遊》中有神仙家語,但神仙家語並不是屈原一定不能説或不會説的。屈原前的莊子他就説過許多話,《遠遊》很像莊子中的《大宗師》,莊子是楚人,屈原可能受他影響的。有人説《遠遊》中與司馬相如《大人賦》類似的地方很多,但誰抄誰這是很難説的。武進錢名山讀《遠遊》有詩云:"飲瀣餐沆意自哀,三閭情種非仙才。遠遊已到青雲上,猶爲家鄉雪涕來。"我們讀《遠遊》中這樣的句子:"涉青雲以泛濫遊兮,忽臨睨夫舊鄉。僕夫懷余心悲兮,邊馬顧而不行。思舊故以想象兮,長太息而掩涕。"這與《離騷》的"忽臨睨夫舊鄉。僕夫悲余馬懷兮,蜷局顧而不行"的眷念故宇的思想感情是統一的。

《招魂》司馬遷説是屈原的作品,王逸却説是宋玉作的,説宋玉招屈原的魂。從它"所敘的宮庭居處之美,飲食服御之奢,樂舞遊藝之盛",像是一個君王才相稱,所以不像是屈原作的。林雲銘、蔣驥(《楚辭燈》《山帶閣注楚辭》)説屈原自招,也不像,理由同前。郭沫若以爲是屈原悼楚懷王而作,這説法是好的。

屈原賦的次序我們約略編排可能是這樣:《橘頌》《天問》《九歌》《悲回風》《惜誦》《抽思》《思美人》《卜居》《漁父》《離騷》《招魂》《哀郢》《涉江》《懷沙》《惜往日》。

《九歌》是楚辭的一個重要內容。《九歌》十一篇,分別祭祀八種神。首篇《東皇太一》是祭祀天地的總神,是一篇迎神曲,最後一篇是送神曲。《雲中君》祭雲神,《湘君》《湘夫人》祭祀水神,

《大司命》《少司命》祭司命運神,《東君》祭日神,《河伯》《山鬼》祭河神、山神,《國殤》祭爲國捐軀的亡靈。從它的思想內容來說,《九歌》主要是古代情歌,是古代男女社會生活的折光,內容極爲豐富,感情極多變化,通過祭歌形式曲折地表演出來。《九歌》導源於民間,這種體制不論從它的內容還是形式來說,在新中國成立前在某些地域大體上還是在廣泛流行的。道士拜簽、發符、請將、上表到最後大拜送,送別諸神。祭了許多神,總神是玉皇大帝,齋事中有唱有念有誦,歌辭配合音樂及舞蹈動作進行。在這些歌辭裏面就有不少的民間情歌及樂曲。可惜這一份寶藏,很少人作爲遺產來發掘、潤色、研究、分析。

這裏我們舉《湘君》《山鬼》《少司命》《國殤》作爲例示來說明。

《湘君》是一篇情歌,是由一位女巫自言自語並歌唱。《湘君》是一篇祀神歌,是由女巫代表湘夫人來迎接湘君、祭祀湘君。詩中感情由熱烈的希望、懷念到失望,以及由失望到期待,曲折地反映着人間失戀的感情。詩中有優美動人的情辭,纏綿傷悲。但在失望的情趣中,並未放棄對美好生活的追求和熱愛。這裏表現了人民思想感情中獨特的美麗多彩的一面。這作品經過偉大詩人屈原的潤色,憑着對人民深摯的愛和他的高尚優美的品操,《九歌》所體現出來的感情更細膩允貼,藝術水平達到了頂點。

《湘君》中作者塑造了一個十分真摯的少女形象,表現了她綽約多姿、靈心善感、十分美好的内心生活。開始她希望着期待着"令沅湘兮無波,使江水兮安流"。美麗地想象着,久盼不見,她吹着排簫,嗚嗚咽咽地抒發她内心的焦慮與深沉的想念。她東西南北地尋找,划着飛龍之舟,跑遍了水之涯,天之角。她的侍女爲她的赤誠所感動了,抑不住悲傷地掉下眼淚來,眼淚縱橫，掉得很多。她反復地低吟着過去，細細回味咀嚼"心不同兮媒勞，恩不甚兮輕絕"。這與其說是怨言，毋寧説是愛之深；與其説是責怪湘君的無情，毋寧説是她感覺自己還没有做得"恩甚"。湘君的無情，並未引起她的惱恨，她反而把玉飾投入江中，表示她的誠意。她想要採杜若香花通過湘君的侍女來轉送給他，表示更大的恭敬。她想得這樣細膩周到，進一步地表現了她的善良性格。這樣深摯善良而充滿纏綿悲傷的情感，引起數千年來人們深深的共鳴。

在《湘君》中充滿着深摯善良而又無限憂鬱纏綿的感情，在《湘夫人》和其他篇中也都是明顯地表現出來。這種感情在《山鬼》中得到進一步的發展，顯得更加悲涼憂鬱了。

《山鬼》是位女山神，她披着薜荔的披肩，繫着女蘿的帶子，含睇微笑，赤豹拖她車乘，文狸做她的侍從，坐着辛夷香木的車子，揭起一株桂旗，她折下芳馨的草木，想送給她自己的相知，來慰藉自己的惆悵。這詩把女子燕婉求婚的感情籠罩在陰深憂鬱的氣氛裹。

> 若有人兮山之阿，被薜荔兮帶女蘿。既含睇兮又宜笑，子慕予兮善窈窕。乘赤豹兮從文狸，辛夷車兮結桂旗。被石蘭兮帶杜衡，折芳馨兮遺所思。余處幽篁兮終不見天，路險難兮獨後來。表獨立兮山之上，雲容容兮而在下。杳冥冥兮羌晝晦，東風飄兮神靈雨。留靈修兮憺忘歸，歲既晏兮孰華予？采三秀兮於山間，石磊磊兮葛蔓蔓。怨公子兮悵忘歸，君思我兮不得閒。山中人兮芳杜若，飲石泉兮蔭松柏。君思我兮然疑作。雷填填兮雨冥冥，猨啾啾兮狖夜鳴。風颯颯兮木蕭蕭，思公子兮徒離憂。

全詩浸透着一種悲涼憂鬱的情調，女子的美麗與全詩暗淡的情調互相映襯，"月明風緊十三樓，獨自上來獨自下"，更顯得淒苦。這種低沉憂鬱的歌唱，不能不說是當時人民在痛苦生活的重壓下一種折光的反映。這種情感在《九歌》中幾乎占主要的地位，這不是偶然的。這反映了時代的精神，反映了當時整個時代的特徵。戰爭紛亂的生活，在人民的生活和内心上，都打下了沉重的烙印。於是這種代表時代特徵的情感就這樣曲折地反映在《九歌》中，也正因爲如此，《九歌》一直爲人民所喜愛。

但是最痛苦的生活，不會中斷人民對美好生活的熱愛和追求。人民本質上是樂觀的。就是在《湘君》《湘夫人》《山鬼》這些篇中，雖然充滿着悱惻纏綿淒凉的情調，但仍是期待和追求美好的生活與真摯的愛情，不過這種傾向不是作品的主要表現而已。這種傾向在《少司命》中也是明顯的，《少司命》中顯然也有一些失意的句子："望美人兮未來，臨風怳兮浩歌。"但整個基調是明朗的、愉快的。

詩中創造了這樣一幅美麗的戀愛圖畫。少司命是位女神。她穿着荷花製成的衣裳，繫着蕙花的帶子。她的車蓋是用彩色繽紛的孔雀翎毛做的，插着一面翡翠羽毛的旗幟。在滿堂美人中間，她是最美麗的，她含睇一笑對蓀看了一看就傳了情了，以後忽即忽離，在天國一同遊玩，在咸池洗洗澡，在陽光下曬曬頭髮，有時與蓀坐着車子一同逍遥。蓀啊一手舉長劍，一手扶愛人，他們永遠是青春年少。《少司命》是《九歌》中永遠惹人愛憐的一朵獨特無比的鮮花。

因而《少司命》的寫作方法，也與《湘君》不同。《少司命》是神巫兩人對唱來展開故事情節的，這形式是由於這樣的内容來決定的。

（女巫唱）

秋蘭兮麋蕪，羅生兮堂下。綠葉兮素枝，芳菲菲兮襲予。夫人兮自有美子，蓀何以兮愁苦？

（神唱）

秋蘭兮青青，綠葉兮紫莖。滿堂兮美人，忽獨與余兮目成。入不言兮出不辭，乘回風兮載雲旗。悲莫悲兮生別離，樂莫樂兮新相知。

（女巫唱）

荷衣兮蕙帶，儵而來兮忽而逝。夕宿兮帝郊，君誰須兮雲之際？

（神唱）

與女沐兮咸池，晞女髮兮陽之阿。望美人兮未來，臨風怳兮浩歌。

（女巫唱）

孔蓋兮翠旍，登九天兮撫彗星。竦長劍兮擁幼艾，蓀獨宜兮爲民正。

這種戀愛的描寫細膩而動人，給人以衷心的喜悦，佈置的場合又是那麼優美恬静。"連理枝頭儂與汝，千花百草從渠許"，這是古情歌的絶調。

"情詞之變，萃於《九歌》"，《九歌》所抒寫人民的思想感情是極爲複雜的，它錯綜地抒寫了人民愛情中的歡樂和痛苦、期待和追求。在抒寫人民愛情生活的另一面，《九歌》又出現了一篇歌頌爲祖國戰鬥而犧牲的戰士的頌歌——《國殤》。這一作品的出現是有重要的歷史意義的。

《國殤》這一作品，描寫了古代車戰交鋒的戰鬥場面，歌頌了那些在激烈的戰鬥中爲國捐軀的戰士。對他們的勇武剛毅的鬥志、寧死不屈的精神以及勇敢奮戰的情景，都作了熱情贊頌，通過作品也深刻地表達了屈原的可貴性格和愛國主義的情感。（參考傅慶升"提綱"）

> 操吴戈兮被犀甲，車錯轂兮短兵接。
> 旌蔽日兮敵若雲，矢交墜兮士爭先。
> 凌余陣兮躐余行，左驂殪兮右刃傷。
> 霾兩輪兮縶四馬，援玉枹兮擊鳴鼓。
> 天時墜兮威靈怒，嚴殺盡兮棄原埜。

作品一開頭就把我們帶入戰火紛飛、短兵相接、戰鬥最緊張的圖景中。面前是成群如雲的敵人，在衆寡懸殊的情況下，戰士們仍是奮身上前和敵人格鬥。就這樣，戰鬥急遽地發展，奔向高潮，到最激烈的場面。當戰鬥到最後只剩下幾個人時，他們仍喊着"嚴殺盡兮棄原埜"的激昂呼號，接着詩人讚美道：

> 出不入兮往不反，平原忽兮路超遠。
> 帶長劍兮挾秦弓，首身離兮心不懲。
> 誠既勇兮又以武，終剛強兮不可凌。
> 身既死兮神以靈，魂魄毅兮爲鬼雄。

詩人熱忱和悲壯的禮讚，把我們帶到更高的藝術境界。"出不入兮往不反，平原忽兮路超遠"，這是如何地表現了詩人沉痛和悼念的心情啊，幾乎像流水一樣的深長。我們面前似乎浮現這樣的場面：這些戰士離了自己親愛的家鄉，路遠迢迢地走上戰場，爲祖國獻出了自己的生命。詩人這裏充滿着内心的激動和深刻的同情，我們幾乎可觸摸到詩人熱愛祖國熱愛人民的赤心。這是詩人給予戰士的最崇高的禮讚。

《國殤》正面地描寫戰爭，可以說是空前的。《詩經》寫軍容的詩句也很多，如"蕭蕭馬鳴，悠悠旆旌"，如"戎車嘽嘽，嘽嘽焞焞，如霆如雷"，但都沒有像《國殤》戰陣的雄壯闊大。後世像李賀《雁門太守行》："黑雲壓城城欲摧，甲光向日金鱗開。角聲滿天秋色裏，塞上燕脂凝夜紫。半卷紅旗臨易水，霜重鼓寒聲不起。報君黃金臺上意,提攜玉龍爲君死。"應該是受楚辭的創作方法影響的,所以杜牧序賀集説:"少加以理,奴僕命騷可也。"

可是《國殤》的歷史意義還不僅於此,《詩經》中也有一些反映對外戰争的詩歌,如《六月》《常武》《江漢》,這些詩自然都有人民性,但這些詩性質都是屬於武士的功勳詩,借抗敵鬥争的勝利來頌美封建王朝的君臣。《詩經》中也有一些是兵士自己的歌唱,但一般是反映着他們的痛苦遭遇的。《國殤》的作者是把普通的士兵作爲捍衛國家唯一的力量來寫的。唯一的鬥士,是英雄,是神靈。在古代死一個奴隸、一個農奴等於死一匹馬、一條狗,不能算什麽的。可是在屈原的筆下,他是怎樣塑造他們的呢?屈原愛祖國愛人民,並由此而看出了人民的力量,把他們放到歷史上應有的地位。從這裏我們可以看出《國殤》的思想性、藝術性都達到了頂點。

再順便説一説《招魂》。

《招魂》即"奏九歌而舞招"的招舞,也就是九招或大招,相傳是舜樂。據《史記》:《招魂》是屈原作的。内容保留着巫風的特徵,可能是屈原據舊作改編的。開始巫唱:

> 朕幼清以廉潔兮,身服義而未沫。主此盛德兮,牽於俗而蕪穢。上無所考此盛德兮,長離殃而愁苦。

隨之,有段對話:

> 帝告巫陽曰:"有人在下,我欲輔之。魂魄離散,汝筮予之。"巫陽對曰:"掌夢上帝,其命難從。若必筮予之,恐後之謝,不能復用。"巫陽焉乃下招曰:"魂兮歸來!去君之恒幹,何爲乎四方些?舍君之樂處,而離彼不祥些。"

下面歷陳東、南、西、北、上天、幽都的凶險:

魂兮歸來！東方不可以托<u>些</u>……魂兮歸來！南方不可以止<u>些</u>……魂兮歸來！西方之害，流沙千里<u>些</u>……魂兮歸來！北方不可以止<u>些</u>……魂兮歸來！君無上天<u>些</u>……魂兮歸來！君無下此幽都<u>些</u>……魂兮歸來！入修門<u>些</u>……

隨後分段地描寫了故居的宮室、鋪設、飲食、歌舞的華盛和賓士女狎戲的快樂，以誘使魂歸來。最後殿以亂詞：

亂曰……目極千里兮，傷春心，魂兮歸來，哀江南！

丁

《離騷》中屈原崇高品德、愛國熱情及其政治理想的體現　長篇抒情詩的巨著

《離騷》是屈原的代表作品，是我國最早的一篇絢麗多彩的長篇抒情詩。全篇 373 句，計 2490 字，是利用祭歌形式來寫的抒情詩。首先叙他的祖先、他的生平，次叙他的名字。他自信有崇高的人格、豐贍的學識。他隨以堯舜、三后的耿介和純粹，對照來說明桀紂的窘步。他痛心於懷王的不察中情，反而信讒齎怒，直陳自己的美德，批判時俗的醜陋，感到獨困於此時，只好伏清白以死直了。以後，女嬃批評他，他不聽，想"濟沅湘以南征，就重華而陳詞"，向神發了許多牢騷，列舉許多神和人的故事來說明他自己的思想。神沒有答覆，於是他便自蒼梧（神山）乘鳳上天，想去找天帝。他經過的地方是懸圃、咸池、扶桑、白水、閬風、春宮、窮石和洧盤。他的扈從有羲和（日神）、望舒（月神）、飛廉（風神）、鸞皇、雷師、鳳鳥、豐隆（雲神）、宓妃、二姚。但是天帝的守門者不准他進去，神也不接納他。他失望之後，便從靈氛卜吉凶。靈氛傳達了巫咸神的意思，要他離開故鄉。他為了遠逝

以自疏,便又到了這些地方:崑崙、天津、西極、流沙、赤水、不周和西海。正當他媮樂的時候,忽然他看到了故鄉,於是他的僕人悲哀了,馬也走不動了,他也不能再走了。他只好歎道:"已矣哉,國無人莫我知兮,又何懷乎故都?既莫足與爲美政兮,吾將從彭咸之所居。"

這篇長詩,描述了屈原悲慘痛苦的遭遇和他對邪惡不妥協不屈服的鬥爭精神,深刻地揭露了楚統治集團的腐朽醜惡和社會現實溷濁動蕩的面貌,體現了屈原愛護國家、關懷人民生活、同情人民疾苦的崇高心靈和美好理想。《離騷》的光輝思想和高度的文學藝術獨創性是我國文學遺產中不可多得的一塊瑰麗的美玉。在公元前 4 世紀,我國就有這樣的長篇傑作,實在是值得我們自豪的。

《離騷》在中國文學史上的光輝成就,首先是它創造了文學上浪漫主義與現實主義非常諧和地結合在一起的範例,有崇高的理想,真摯熱烈的感情,同時又真實地反映了當時的社會面貌。《離騷》就其精神實質上說更多的是現實主義,但就其表現形式上說却有着很濃厚的浪漫主義。之所以這樣說,因爲《離騷》的精神是反映了屈原所處時代——楚國末期社會的真實情況,楚王昏庸,聽信讒言,貴族官僚非常腐敗,卑鄙無恥,毫無操守。楚國存在着兩種不同的政治主張,兩個不同人生態度的派別。一是以屈原爲代表的愛國者,他們做人是光明磊落、正大無私的;另一是那些貴族官僚,他們所求的是個人的私利與竊據高位,爲了達到這個目的不管什麽勾當都做得出。這兩個派別是不能調和的,必然展開激烈的鬥爭。但在當時歷史社會條件下——楚王昏庸、謇謇爲患,在從俗浮沉的情況下,屈原終於失敗,反映了楚國舊勢力還相當强大的真實情況。同時《離騷》也給我們塑造了一個非常崇高的愛國者的光輝形象,鼓舞人們在對奸邪瑣小的鬥爭中增強維護正義的決心與勇氣，至今對我們人格陶冶上仍有不滅的美學價值。

在《離騷》中，作者的想象跟陶潛在《桃花源記》這類作品上的想象是不同的。《桃花源記》作者，由於對現實社會的不滿，運用自己的想象創造出一個與現實社會相反的美好世界。作者用"男女往來種作""秋熟靡王稅""黃髮垂髫，並怡然自樂"的美好世界來否定現實社會。而《離騷》雖乘龍駕鳳，騰雲駕霧，上天過水，但却沒有給我們創造出比現實社會好一些的社會，沒有創造出叫人們值得去追求的理想社會的某些形象。在《離騷》中浪漫主義手法的運用也不同於後世的一般文學作品，像《孔雀東南飛》《梁山伯與祝英臺》之類在訴述悲劇故事的同時，最後用"鴛鴦""化蝶"來表示團聚，鞭策了現實，同時也曲折地表現了人民的美好願望。但這不能說是《離騷》的缺點，這正是作者深刻地真實地寫出他自己的思想感情的地方。他的不同於一般的寫法，是有他的內在原因的，作者一再去國不成，寫天上也一樣黑暗，這一切都是爲了表現作者對楚國無限眷戀的心情。他並不想離開楚國，他也從未意識到離開楚國，在這個世界上會找到一個理想的國度。天下烏鴉一般黑，在當時的歷史混亂時期，這種感覺應該說是真實的。作者在歷史的重壓下，雖然他有崇高的理想，偉大的人格，却很難通過較爲具體的生活形象來表現。從總的精神上說，《離騷》除了關於對當時楚王的批判外，最主要的是以他的實際行動影響我們、感化我們去做一個真正的人。因此我們說《離騷》總的精神是現實主義的。《離騷》這種現實主義精神是通過許多具有濃厚的幻想的情節表現出來的，這給作品渲染上了極強烈的浪漫色彩。

就《離騷》的表現手法講，最突出的是全文通過巫師來表現屈原的自我形象，用舊的修辭學名詞來說是比、興、賦夾雜着進行的。這是屈原吸取了楚民歌巫歌風格以及《詩經》的優良傳統而創造出來的具有獨創性的形式。《九歌》中巫歌特色最顯著，有各種巫神形象出現，而《涉江》《哀郢》等只是採用巫歌的腔調，在形象塑造上已脫離了巫的演唱形式。《離騷》是兼有兩者的特色，借用了巫的形象，但唱的内容完全是作者自己的思想感情了。這巫只是個軀殼，是套子罷了。從文藝創作發展過程上說，在這裏我們約略地也可看出屈原潤色《九歌》在先，接着寫作《離騷》，而《哀郢》《涉江》《懷沙》等篇寫作在後了。比興方法是民歌特色，今天流行在民間的一些歌謠還保有這種特色。我們推測當時楚民歌中不會没有這種比興方法，特别巫人們是喜歡用暗語一類的表現手法的。自然我們相信屈原不會不受到《詩經》的影響，《離騷》的表現手法，不會只受楚民歌的影響的。

由於楚俗巫官文化及民歌比興作法的影響，《離騷》中就出現了許多離奇的情節，乘鳳上天，叩帝關求神女，用美人香草來修飾詞句、美化形象等。

《離騷》中的草木、美女、神靈，作爲一個形象來寫，有時是擬人化的，表現了作者的看法，寄託了作者的思想感情，有時是歌頌，有時是諷刺。這應該説是曲折地、複雜地反映現實的，這就是屈原用旁敲側擊的方法來説明他心底的某些鬱積，應該是有所指的。在後世的古典文學創作中往往出現一種影射的創作方法，這一方法在古典文學中是有它的特殊地位的，是被運用得較爲普遍的。我們很有理由這樣理解，在《離騷》中也曾運用過這種方法加以説明的。不過假如我們簡單地、機械地套用這種方法來解釋《離騷》中的所有詞句形象、來説明某些是影射什麼，某些暗示什麼，是很難説通的，牽強附會是會矛盾百出的。所以我們對於這一方法的運用是有限度的，並且處理得應該靈活一些。

總的來説，作者是把自己設想成一個巫，這巫代表一個女子跟楚王有着愛的關係。由於楚王聽信了讒言，使自己受到排擠，感情惡化。於是這女子以無限哀怨憤慨的心情訴説了自己的品操，可是楚王却那麽昏庸，他的周圍的侍女又是那麽腐敗卑鄙，想重修舊好是不可能了。幾次想離開算了，可是心裏却又丢不開，於是走出去想向重華訴説中情，因爲在楚國已没有人能瞭解她了。當一個人内心非常痛苦的時候，多麽需要人能瞭解她同情她，給她出主意啊。舜帝便啟示她到天帝那裏去，可是天上也跟人間一樣黑暗。當她想再往前走時，却又想到自己不能去，因爲楚王面前没有賢德的女子幫助他，照顧他。

關於《離騷》的寫作時代，郭沫若的看法是比較正確的。據郭沫若説是寫在懷王囚秦和懷王死於秦後之年間，人民反秦情感加强，反秦派在輿論支持下稍抬頭。但秦勢力迅速膨脹，頃襄王受秦威脅，認賊作父。在頃襄王六、七年間，國策方面發生了變動，一定又引起抗秦派與降秦派間的争論，屈原不會不和降秦派正面衝突。頃襄王大怒，於是把他放逐了。《離騷》可能就是這一時期的作品，這個意見是符合作者的經歷與作品精神的。林庚説《離騷》是屈原被懷王疏遠期間的作品，這一説法是不很妥當的。從作品本身看來，《離騷》中的思想感情是無比憤激的，其中也隱含着深沉的哀怨。作者對楚王的昏庸、權臣的腐敗卑鄙都看得很清楚，這是個溷濁的世界。這種感情應該是長期鬱結着的，也非屈原被楚懷王疏遠時就能形成的，應該是較長期地觀察官僚們的作爲之後的本質的總結。關於屈原寫作《離騷》的時期，太史公所提供的史料，就有一些互相矛盾，引起了人們思想上的混亂。在《屈原列傳》中，司馬遷一方面説"王怒而疏屈平"，於是屈原憂愁幽思而作《離騷》，則屈原寫《離騷》似乎在楚懷王初疏遠屈原時。但後來懷王死於秦，接着寫屈原的幽憤，令尹子蘭聞之大怒，短屈原於頃襄王，頃襄王怒而遷之，似乎在説明屈原寫《離騷》是在懷王死秦之時，頃襄王放逐屈原之前。在《報任少卿書》中，司馬遷説"屈原放逐而作《離騷》"，屈原寫《離騷》似乎又在放逐之後了。所以太史公的話，我們不能只抓住幾句來講，應該結合其他史料，從作品内容出發，結合屈原的生平創作經歷、發展道路，全面地來考察，這樣才可以得到比較正確的結論。

關於"願依彭咸之遺則""將從彭咸之所居"這兩個句子的意義，游國恩以爲彭咸是殷賢大夫，是投水死的。屈原説願依彭咸之遺則，乃就是表示他願投水而死。屈原這樣説，表示屈原投水死的主意在寫作《離騷》時已定了。而林庚説彭咸是屈原先人，有賢才，屈原這樣寫是説在人格上效法他。不管怎麽説，屈原寫作《離騷》時就想到投水死的主意是説不通的。這裏林庚的解釋是好的，假使説屈原投水自殺的方式都決定了，爲什麽定要流放到江南到汨羅才自殺呢？這走了許多彎路。

關於《離騷》中的"民"字，郭沫若把它和今天的"人民"的概念混同起來，這是不妥當的。這已經有人提出批評，但一般人的認識還不清楚，還是廣泛的人云亦云相互抄襲應用，這更是不應該的。

編者説明: 本文據手稿録編，據劉録稿附記，寫於 1956 年 3 月前後。

離騷

　　余嘗思"呼濁酒，讀《離騷》"，冀能反復玩誦，深入作品，捕捉
形象，發掘性格，體會屈原愛國憂民精神，志潔行芳，浮遊塵埃之
外，追求光明，追求正義，追求真理，與日月爭光；把自己擺進去，
與之同呼吸，共命運。善夫，劉勰之言曰："夫綴文者情動而辭
發，觀文者披文以入情。沿波討源，雖幽必顯。世遠莫見其面，
覘文輒見其心。豈成篇之足深，患識照之自淺耳。"讀《楚辭》者，
當以文學作品視之。閱讀、教學文學作品過程，實爲再創作過
程。酌其英華，象其從容。批判繼承，庶於自己創作和品德鍛煉
有助；至於文字訓詁、歷史考證，自是理解作品的手段，以爲"知
人論世"之佐，非目的也。古人賦詩謂"功夫在詩外"，余謂讀《楚
辭》者，理亦如此。不揣譾陋，因就《離騷》全篇，逐句串講。愚者
千慮，或有一得，博雅君子，幸垂教焉。

　　　　帝高陽之苗裔兮，朕皇考曰伯庸。攝提貞於孟陬兮，惟
　　庚寅吾以降。
　　　　我是古帝高陽氏的後裔啊，我的父親名叫伯庸。是攝
　　提星正指在正月啊，庚寅那天我生了下來。
　　首句屈原自道爲古帝高陽氏後裔，次句稱父名喚伯庸。一

邈先祖,一睠皇考。論者或謂:《離騷》有自叙傳性質也。兩句簡述出身,乾淨利落,概括性強。《史記·楚世家》云:"楚之先祖,出自帝顓頊高陽。高陽者,黃帝之孫,昌意之子也。"史家所述,實寫楚之世系所自來也,不涉感情。然則,屈原自叙:與君共祖;其父伯庸,以忠輔楚,世有令名。又何意乎?余曰:屈原與楚同姓,仕於懷王,欲施美政。原既被讒,憂心煩亂。有不得不説之情,有不欲明言之義,有不容恝置之分,有不忍遽白之哀。沉思隱痛,不知所愬。其言家世、生辰,自尊、自美,實自怨、自艾也。

屈原之作《離騷》,其時"至於江濱,被髮行吟澤畔,顏色憔悴,形容枯槁"。屈原固"楚懷王左徒"也,"入則與王圖議國事,以出號令;出則接遇賓客,應對諸侯"。亦三閭大夫也,掌昭、屈、景王族三姓,序其譜屬,率其賢良,以屬國士。今已放逐,一腔熱血,無處濺洩,欲伸己志,以悟君心;而終不見省,美政難望,痛自哀悼。《漁父》避世隱身,因托其辭,怪而問之,曰:"子非三閭大夫與?"屈原心懷憤懣,於《離騷》中,因自叙曰:"帝高陽之苗裔兮,朕皇考曰伯庸。"在屈原者,"情動而辭發"也。此與司馬遷《楚世家》所書感情迥異。千載之下,讀其文者,掩卷而思:安可不"披文以入情"乎?文學名作之可貴者,以其所抒感情真也。余讀《離騷》,初覺字字驚心動魄,心裏久久不能平静;及再讀之,三讀之,不禁愴然淚下矣。

三、四兩句,言其生辰。古人制曆,觀象授時。觀象之術多矣,視斗杓所建,爲一方法。攝提,星名。《史記·天官書》云:"攝提者,直斗杓所指,以建時節。"觀察攝提所指方向,可定時節。貞者,姜亮夫先生《屈原賦校注》云:"古與鼎同字,鼎,當也。"攝提貞於孟陬,謂:攝提星指在正月。庚寅,姜先生謂:楚人以爲吉日。一"降"字寫得鄭重。《離騷》云:"巫咸將夕降兮。"《湘夫人》云:"帝子降兮北渚。"《詩·大雅·文王》云:"文王陟降,在帝左右。"《詩·商頌·玄鳥》云:"天命玄鳥,降而生商。"古時寫神,狀其下來常與"降"字聯繫。屈原出生,用一"降"字,彷彿神靈下降,見其自尊。

　　皇覽揆余初度兮,肇錫余以嘉名。名余曰正則兮,字余曰靈均。

　　父親察看了我的生辰啊,開始賜給我一個美名。給我取名叫正則啊,給我題號叫靈均。

揆,《爾雅·釋言》云:"度也。"《詩·鄘風·定之方中》云:"揆之以日,作于楚室。"《白虎通·辟雍》云:"揆星度之證。""揆"字常與揆度天象聯用。初度指初生之度。屈原初度爲孟陬。伯庸觀察天象:"攝提貞於孟陬",可爲曆正之則;因而,給屈原取名"正則"。"正則"意爲"法天",所以爲一嘉名。周天黃道二十八宿分度有闊狹,但十二次分度各三十度餘相等。北斗、招搖、攝提諸星所指是以十二次或十二辰的辰次的。子、丑、寅、卯、辰、巳、午、未、申、酉、戌、亥分度相等。《淮南子·天文訓》所謂:招搖指子、指丑、指寅,逐月而移。幅度相等,即平均也。攝提所建亦如此。靈是神的意思,均是勻的意思。《論語》云"不患寡而患不均",不均即不勻也。伯庸觀察天象,爲原取了個號,字曰靈均。正則、靈均俱與天象曆正聯繫,名號相宜。屈原得名,意爲法天,故自誇其生曰降;終遭讒毀,益自傷矣。

　　紛吾既有此內美兮,又重之以修能。扈江離與辟芷兮,紉秋蘭以爲佩。

　　紛紛然我已有了這樣的美質啊,還加上了有整飾的儀容。拿江離與辟芷做披紗啊,把秋蘭串結起來作爲佩帶。

紛,用得好,言其豐富;既,已經;重,又加上。三字凝煉,承上啟下,字字有分量。紛,王注:"盛貌。"下文"紛獨有此姱節",

"紛總總其離合兮",義同。內美指天賦美質,紛然美盛。屈原緬懷往事,遂用既字。能,作態。修態爲外貌美。姜亮夫先生云:"態字是也,修態古恒語,《招魂》'姱容修態'是也。古能態兩字多誤。"修者修飾,引伸喻爲砥礪品德。"重"有兩層意思:內美與修態對言,一述內美,一稱外態,重也;下文屢言"好修""復修",亦重也。博采衆善,以自修飾,所謂重之以修態也。

扈,被也。江離、辟芷、秋蘭皆香草,山鬼以之爲飾。屈原亦以爲扈、爲佩,不僅取其芳潔,亦以示己之芳潔也。屈原喜以少女狀來美化自己。"扈江離與辟芷兮,紉秋蘭以爲佩",此爲屈原初服,下文"退將復修吾初服",植根於此。《詩經》言"秉蕑",取其悅人,所寫之蘭爲自然屬性。草木無情,文學家視之,有移情作用,賦以生命力,道是無情亦有情矣。《離騷》中叙蘭芷,賦予社會屬性;屈原借以喻其政治上的高尚操守也。

> 汩余若將弗及兮,恐年歲之不吾與! 朝搴阰之木蘭兮,夕攬洲之宿莽。

> 我忙碌得好像來不及啊,只恐怕年歲不能爲我掌握! 早起去大阜上採木蘭啊,晚間到水洲摘茂密的宿莽。

汩,王注(即王逸《楚辭章句》,下文均同):"去貌,疾若水流也。"這裏喻忙碌。不吾與,言時間去而不復,時乎時乎不再來! 王注:"心中汲汲,常若不及;又恐年歲忽過,不與我相待,而身老耄也。""木蘭去皮不死,宿莽遇冬不枯。"四句流露出屈原爲着事業,汲汲好修,鍛煉自己,借木蘭的去皮不死和宿莽的遇冬不枯,顯示自己的意志堅貞和韌性戰鬥力。"汩"字寫其感受,"恐"字寫其擔心。朝搴、夕攬是互文見訓,也是説明屈原一件事情做完,馬上又做另一件事,生氣蓬勃,勇往直前。

> 日月忽其不淹兮,春與秋其代序。惟草木之零落兮,恐

美人之遲暮。

　　太陽月亮匆匆消逝不會停留啊，春天與秋天就這樣互相更替。想到草木是容易飄零墜落的啊，恐怕楚懷王也會衰老下去。

　　忽，指時間消逝，既快又急；淹，是久留。兩者矛盾。不淹倒是統一。春秋代序，韶光如白駒過隙，草木紛紛飄零，是何景象？風吹敗葉，蕩人耳目，這是形象描寫。景爲情設，情緣景生，引起屈原擔憂。"恐"字《離騷》中八見，此爲再及。細味恐字，便見屈原耿耿丹心，冀施美政，懷王亦將遲暮，盼君早圖，愛國赤忱，躍然紙上。陳本禮《屈辭精義》云："起如崑崙起祖，來脈甚遠。落如峰窩結穴，其義甚深，其氣甚厚。非一邱一壑，所能盡其蘊也。"又云："遲暮二語，乃《離騷》命意入題處。"屈原從自叙家世、生辰，自美、自傷説了許多話，這裏點出"恐美人之遲暮"，暗喻懷王，實爲一結穴也。屈原睠顧楚國，繫心懷王，當於此等處漸漸悟入。

　　不撫壯而棄穢兮，何不改乎此度？乘騏驥以馳騁兮，來吾導夫先路！

　　不抓緊壯年把髒東西去掉啊，爲什麽不改變這情況？駕着駿馬來飛奔前進啊，來吧！我要爲你在前面帶路。

　　點到美人，便言棄穢，矛頭所向，蓋諷楚王。自然不能局限於此，在位諸臣，以及黨人，諒都及之，只是主次不同而已。乘騏驥，實喻用賢。《離騷》遣辭，往往比賦。意内言外，兩重形象。乘騏驥馳騁，是一形象也；用賢在政治上有一番作爲，是又一形象也。前爲言外，後屬意内，交相輝映，遂使辭温而義皎矣。吾，屈原自謂，願作引路人，爲國效勞。是時，劉向在所序《戰國策》中分析："橫則秦帝，縱則楚王。"楚王大有作爲。四句顯示屈原急盼懷王及時自修,棄穢改度,用賢圖治,屈原願意獻其綿力。一來字,一導字,講得如何着力。然此直言,曰棄穢,曰改度,俱獲罪黨人,爲懷王所不樂聞。而屈原諄諄諫說,將愈觸懷王之怒,讒言更易乘間而入矣。

自"帝高陽之苗裔兮",至"來吾導夫先路",爲第一段第一節。凡二十四句。前八句屈原自叙他的祖先、生辰和題名。文字寫得樸素。下面續寫他的内美、儀容、品德和修養,急盼楚王去穢改度,願意幫助楚王把國家治好。使用藝術的語言,詩化的手法。"紛吾既有此内美兮,又重之以修能"兩句文字,從樸素向詩化過渡。"惟草木之零落兮,恐美人之遲暮"點到楚王,說得含蓄。"不撫壯而棄穢兮,何不改乎此度"提出問題。"乘騏驥以馳騁兮,來吾導夫先路"拏出主張,顯示熱忱。騏驥,駿馬,一日可致千里。屈原用以説明:任用賢智,國家政治得以長足進展,開新局面。杜甫詩云:"驊騮開道路,鷹隼出風塵。"中國古代作家,有一個優良傳統,關懷國事,哀念民生,把政治理想放在第一位。曹子建志在效命,憂國忘家,寫了《求自試表》;曹雪芹則有"補天"之志:由於種種原因,理想不能實現。今天處於這樣一個偉大的時代,正可大有作爲,我們應當積極樂觀,繼承與學習屈原這種"乘騏驥以馳騁兮,來吾導夫先路"的精神。

昔三后之純粹兮,固衆芳之所在。雜申椒與菌桂兮,豈惟紉夫蕙茝?

過去的楚君是這樣完美無缺啊,在那時固然是群芳之所聚會。有大椒也有菌桂啊,難道只有蕙草和香茝紉結在一起?

兩句總説:三后純粹,衆芳所在。兩句形象比喻,加深印象。借古喻今,爲下文勸諫楚王作正面引導。

　　彼堯舜之耿介兮,既遵道而得路;何桀紂之昌被兮,夫
唯捷徑以窘步。

　　那唐堯和虞舜是那麼光明磊落啊,遵循了真理得到了
光明大道;為什麼桀紂會這樣猖狂放肆啊,只因為走了邪路
到了絕境。

　具體地舉出堯舜的光明磊落和桀紂的猖狂放肆,兩相對照,
一是得路,一是窘步。於堯舜用"彼",是肯定詞;桀紂用"何",是
疑問詞。孰是孰非,何去何從?希冀懷王選擇,實是暗下針砭。

　　惟黨人之偷樂兮,路幽昧以險隘。豈余身之憚殃兮,恐
皇輿之敗績!

　　想那班結黨營私的小人這樣苟且貪圖安樂啊,道路是
多麼陰暗與危險。難道我怕自身要遭禍殃啊,是擔心皇家
的車子會遭顛覆!

　大處落墨,逐層寫來。前面只是譬說,這裏正面提出黨人。
樂前着一"偷"字,寫出黨人巧黠。懷王曾為合縱長,叩關攻秦,
於屈原亦甚任之。惑於黨人,便趨動搖。黨人誠國之賊,罪之
魁,禍之首也,屈原因直斥之。路,道路,即上文先路之路,當與
屈原內政主張造憲令、外交主張聯齊抗秦緊密聯繫。黨人反是,
故云:險隘。前言"恐美人之遲暮",此言"恐皇輿之敗績",遲暮
失去時機而已,敗績則國事將難以收拾,所惴惴者,又進一層。
崑崙起脈,再度結穴。屈原不計身之憚殃,冀挽狂瀾,愛國思想,
獻身精神,千載之下,使人感奮。

　　忽奔走以先後兮,及前王之踵武。荃不揆余之中情兮,
反信讒而齋怒。

　　我匆匆地前後奔波啊,我希望能踏上先王們的足跡。
荃卻不瞭解我赤忱的心啊,反而聽信讒言暴怒於我。

奔走,屈原是説爲國效勞。"忽"字表示時間快速。《離騷》中有八見。前言"日月忽其不淹兮",此言"忽奔走以先後兮",一感駒光易逝,一言迅速辦事。屈原盡忠,緊緊地掌握時間,事與願違,懷王不察中情,反而信讒齎怒。屈原與黨人之間的矛盾從而爆發出來。

余固知謇謇之爲患兮,忍而不能舍也。指九天以爲正兮,夫惟靈修之故也。

我誠然知道耿直是要受到災害的啊,但我願意忍受而不放棄這樣做啊。我要指着九天來發誓啊,我的一切都是爲君王着想的啊。

屈原深知直諫於己不利,爲了社稷,願意忍受,不敢稍懈。耿耿此心,天日可表。效忠君王,之死靡它。屈原欲施美政,想着只有通過君王才能實現。一"忍"字,可窺屈原毅力,韌的戰鬥,知其不可爲而爲之。曰美人、曰皇輿、曰荃、曰靈修,文字變換,意皆喻懷王也。九天爲正,伏下上徵叩帝求索諸事。

(曰黃昏以爲期兮,羌中道而改路。)

(約定了黃昏爲佳期啊,中途却又改變了主意。)

這兩句是衍文,應刪。洪補注云:"一本有此二句,王逸無注,至下文'羌内恕己以量人',始釋羌義。疑此二句後人所增耳。"姜亮夫先生云:"《離騷》用韻,皆四句一協,決無例外。此二語不與上下文協,亦爲錯亂之一的證;且語意與後文'後悔遁而有他'重複,其爲衍文無可疑。"

初既與余成言兮,後悔遁而有他。余既不難夫離別兮,傷靈修之數化。

在當初你既然已經跟我講定了啊,後來反悔改變有了別

的念頭。我並不難堪與你離別啊,只歎息你一次又一次
變卦。

成言,即定言,講定的話。屈原"明於治亂,嫻於辭令","王
甚任之"。《惜往日》云:"惜往日之曾信兮,受命詔以昭時。奉先
功以照下兮,明法度之嫌疑。國富强而法立兮,屬貞臣而日娛。
秘密事之載心兮,雖過失猶弗治。"此見懷王之於屈原有成言也。
懷王"内惑於鄭袖,外欺於張儀,疏屈平而信上官大夫、令尹子
蘭,兵挫地削,亡其六郡"。《惜往日》云:"心純庬而不泄兮,遭讒
人而嫉之。君含怒而待臣兮,不清澈其然否。蔽晦君之聰明兮,
虛惑誤又以欺。弗參驗以考實兮,遠遷臣而弗思。信讒諛之溷
濁兮,盛氣志而過之。何貞臣之無辜兮,被離謗而見尤。"此見懷
王之"悔遁而有他"也。貞臣無罪,獲愆見尤;靈修數化,國變更
甚。屈原初感不難離別,其後則曰"寧溘死以流亡兮",横逆之
來,愈演則愈劇也。"傷靈修之數化",與上文"忍而不能舍也",
一傷一忍,文字脈絡,緊連關鎖,足見屈原之於懷王,悱惻纏綿,
憂愁幽思,有不能自已者。古樂府云:"死亦無他語,願葬君家
土;化作斷腸花,猶得傍君家。""夫惟靈修之故也",屈原有焉。

自"昔三后之純粹兮"至"傷靈修之數化",爲第一段第二節。
凡二十四句,兩句衍文。此節屈原列舉歷史事實勸諫楚王,指出
跟着那班小人走是危險的。聲明自己的主張全是爲了楚王及國
家;楚王却不瞭解,發怒起來。屈原再一次地説明自己的苦心,
對天起誓,對楚王的反復無常感到哀傷。第二節中所顯示的屈
原的感情,有的和第一節有重複,但深入一層。屈原的痛苦不是
個人的,而是對楚國的憂傷。他借歷史人物來説明自己的中情,
暗示楚國的前途。他説楚之先祖,是完美無缺的,其實這倒未
必。"昔三后之純粹兮"四句是虚講,接着直説堯舜耿介,桀紂昌
披。兩相對比,到底跟誰走?這是決定楚國命運和前途的。彌

殃,倒霉。敗績,翻車。前王踵武與三后純粹呼應,前有伏筆,後有呼應。神經系統,脈絡相連,詩文亦然。荃,指懷王。魯迅"寄意寒星荃不察","荃"字所指爲誰,尚多爭論,但屈原這是指懷王。固知的"固",很有分量。他很清楚堅持下去將有危險,但不肯放棄。"忍"是擔當、承受。爲了國家願意承擔,可見屈原愛國感情,是多麼濃鬱、篤厚。離開朝廷並不可怕,令人傷心的是楚王動搖變卦,楚國前途將被葬送。"數化"由於史料不足,難以考證反復有多少次。從這兩字我們可以看到楚國統治集團的政治鬥爭多次反復,尖鋭複雜,屈原的鬥爭精神是多麼堅韌頑强啊!

余既滋蘭之九畹兮,又樹蕙之百畝。畦留夷與揭車兮,雜杜衡與芳芷。

我已栽植了九頃地的春蘭啊,又蒔種了百畝田的秋蕙。田裏還有留夷與揭車啊,中間盛種了杜衡與芳芷。

屈原爲三閭大夫,教導宗室子弟。滋蘭、蒔蕙,以及留夷、揭車、杜衡、芳芷,廣爲栽植,其義諒蘊多方面培植後進,以爲實施美政之助。

冀枝葉之峻茂兮,願竢時乎吾將刈。雖萎絕其亦何傷兮,哀衆芳之蕪穢。

希望着它們的枝葉苗壯茂盛啊,等到了花時我便要加以收割。我自己就萎謝了也沒有什麼悲傷啊,可惋惜的是這許多芳草就這樣荒廢腐爛!

屈原希望所培植的都能苗壯成長,開花結果。自己因而"萎絕"也不算什麼,只是感傷着衆芳竟會"蕪穢"。後文的:"蘭芷變而不芳兮,荃蕙化而爲茅。""何昔日之芳草兮,今直爲此蕭艾也!""余以蘭爲可恃兮,羌無實而容長。""覽椒蘭其若茲兮,又況揭車與江離。"與此相應。盡力培植,惜成泡影,這是屈原所最痛心的！《離騷》中所言"椒蘭"，有些或指子椒、子蘭，義多指責。子蘭惱羞，故《史記》言"令尹子蘭聞之大怒"也。

> 衆皆競進以貪婪兮，憑不厭乎求索。羌內恕己以量人兮，各興心而嫉妒。

大家都在貪婪地追逐啊，永不滿足地在追求索取。大家都寬恕着自己而猜忌別人啊，都勾心鬥角地互相嫉妒着。

屈原慨歎統治集團的不正之風，貪婪鑽營，勾心鬥角。那班結幫拉夥小人，卑劣穢瑣，千言萬語，難以形容。屈原以"內恕己以量人"六字概之，真是誅心之論。屈原嚴於律己，"好修以爲常"；小人玩世不恭，"莫好修之害也"。屈原身體力行，於此體會特深。我們吸取歷史經驗教訓，應知宣導道德教育的重要。這裏，屈原爲惡濁小人畫像。

> 忽馳騖以追逐兮，非余心之所急。老冉冉其將至兮，恐修名之不立。

瘋狂地都在鑽營奔走啊，不是我所關心的事情。老境漸漸地將到來了啊，我只怕聲名還沒有能建樹。

屈原表白自己，非若濁世之士馳騖追逐。我所惴惴吼吼的，怕老境漸漸到來，修潔之名不立，即美政未能實施也。

> 朝飲木蘭之墜露兮，夕餐秋菊之落英。苟余情其信姱以練要兮，長顑頷亦何傷？

早上我喝那木蘭花上滴下來的露珠啊，晚上我吃菊花始開的花瓣。只要我的精神美好而又堅貞啊，長期面黃肌瘦有什麽值得傷心？

屈原爲自己塑像，如姑射神人，吸風飲露，形象地描寫自己的生活，飲食芳馨，修潔自持，只要我的精神發皇，形容憔悴，身體消瘦，那有什麼關係？

> 擥木根以結茝兮，貫薜荔之落蕊。矯菌桂以紉蕙兮，索
> 胡繩之纚纚。

> 我把木根拴上了白芷草啊，再穿上薜荔的花蕊。舉起
> 菌桂又挽上蕙草啊，把胡繩編成美麗的花索。

屈原復以服飾芳潔，比喻自己的品質鍛煉。"擥""貫""矯"
"索"四字借喻他的"好修爲常"，與上文"紛此内美""重之修能"，
下文"法夫前修""非俗所服"承接，脈胳貫通，這是言外。結合屈
原行誼視之，《屈辭精義》云："此叙既疏猶諫，故下以謇字承之。"
又引蔣驥注云："前言扈芷，此更以木根之堅勁者結之，益以荔蕊
貫之。前言佩蘭，此更以菌桂之辛烈者紉之，益以胡繩爲索而束
之；明摧折之後，所修益加勵也。"此皆與意内有聯繫也。

> 謇吾法夫前修兮，非世俗之所服。雖不周於今之人兮，
> 願依彭咸之遺則。

> 我虔敬地在效法古代的賢人啊，這樣打扮並不是世俗
> 的穿着。雖然不合乎現在人的眼光啊，但我願意將殷代的
> 彭巫作榜樣。

屈原堅持效法前賢，這點好像服飾一樣不是世俗所尚。不
能與人周旋，却願依照彭咸的榜樣辦事。"今之人"，《屈辭精義》
云："謂靳尚、上官、子蘭輩。"屈原培植人才，堅持主張，日鍛月
煉，與"衆"，亦即與"今之人"鬥爭不已。

> 長太息以掩涕兮，哀民生之多艱！余雖好修姱以羈鞿
> 兮，謇朝誶而夕替。

> 我仰天長歎並且不住地擦眼淚啊，哀嘆在人生的道路
> 上苦難實在太多了！我雖然修潔美好而且謙和啊，早上獻

出的建議晚上就被否定了。

屈原感傷着：前進道路上阻力太大，多災多難，不禁熱淚潛潛，擦也擦不完。從容陳辭，反復諫諍；懷王惑於讒言，却是反復無常。"初既與余成言兮，後悔遁而有他。""謇朝誶而夕替。"動搖不已！初、後，經一段時間；朝、夕，益爲短促。

> 既替余以蕙纕兮，又申之以攬茝。亦余心之所善兮，雖九死其猶未悔。

> 縱使毀了我芳香的蕙帶啊，我立刻又把採來的白芷加上。只要我内心是認爲正確的啊，縱使死上九回我也不會悔改。

懷王毀了這樣，屈原便加那樣，並不因此消極。余心所善，願死九回。"亦余心之所善兮"，屈原説得婉轉；質率言之，"亦君心之所惡兮"，"亦黨人之所惡兮"，屈原不怕犧牲，鬥争到底。然此非《離騷》之辭也。筆有左右，墨有正反，讀者當於此悟之。

> 怨靈修之浩蕩兮，終不察夫民心！衆女嫉余之蛾眉兮，謠諑謂余以善淫。

> 怨恨你君王終日昏昏沉沉啊，一點不瞭解人家的心意。侍女們嫉妒我的姿媚啊，譭謗我本來淫蕩。

屈原再提懷王，頌曰靈修，稱曰浩蕩。前言："指九天以爲正兮，夫惟靈修之故也。"此曰："怨靈修之浩蕩兮，終不察夫民心！"屈原的理想是君王聖明。"曰若稽古帝舜，曰重華，協於帝。浚哲文明，温恭允塞。"實施美政，寄以無限希冀。誰知不察民心，而信衆女之嫉，謠諑謂淫。哀痛太息，至此吐出一個怨字。《史記·屈原列傳》謂："信而見疑，忠而被謗，能無怨乎？"司馬遷讀《離騷》，悲其志，可謂善讀書矣！

固時俗之工巧兮，偭規矩而改錯。背繩墨以追曲兮，競
周容以爲度。

固然世俗的人善於取巧啊，違背了正常的法則而胡作
妄爲。拋棄了一定的準繩而追求邪曲啊，爭着阿諛取容成
爲習慣。

屈原又爲小人畫像，逞其機變，言僞而辯。"改錯"是違背法
度，"追曲"是弄虛作假，"周容"是逢迎、諂媚、包庇，這是當時楚
國統治集團的醜態。

忳鬱邑余侘傺兮，吾獨窮困乎此時也！寧溘死以流亡
兮，余不忍爲此態也。

憂鬱不安，我是這般進退失據啊，只有我孤獨地被這時
代困倒了。寧可早些死掉讓魂魄離散啊，我實在不忍心做
那種醜態啊。

正反人物形象，突現在屈原面前，也突現在我們面前。屈原
初言"不難離別"，此言"溘死流亡"，鬥爭深入，矛盾益見尖銳。
屈原所挑的擔子愈重，處境益感孤立窮困。寧無葬身之地，不肯
同流合污，顧影自傷，一字一淚。

自"余既滋蘭之九畹兮"至"余不忍爲此態也"爲第二段第一
節。屈原滿腔熱情，培植人才，冀爲實施美政之助；卻是擔心着
他們不能抵制濁流。在山泉水清，出山泉水濁，衆芳將會蕪穢。
屈原憎恨的是黨人鑽營取巧，虛僞世故，相互包庇，只知利害，不
講是非，所重視的是鍛煉品德，效法前修，用各種高潔的東西來
滋養自己，充實和裝飾自己。在楚國的朝廷中，真是"濯淖污泥
之中，蟬蛻於濁穢，以浮遊塵埃之外"。不合理的現實，都給他
"朝誶而夕替"的命運，把他好的政治主張一次又一次地否定了。
這使屈原怨憤楚王的昏庸和黨人的追曲求容。屈原一再表示，

決不隨波逐流,要與黨人作不妥協的鬥爭。這一矛盾在《離騷》中是反復交替着寫的。我們更强烈地體會到屈原人格的美。第一段,屈原自叙身世,感情比較平靜,但含有怨憤。到第二段、第三段,屈原的感情就愈來愈激動了。第一段説:"余既不難夫離別兮,傷靈修之數化。"第二段説:"寧溘死以流亡兮,余不忍爲此態也。"第三段説:"雖體解吾猶未變兮,豈余心之可懲!"態度決絕,逐步遞增。深入體會屈原這種懇摯的思想感情,必須一遍一遍地反復朗誦。

鷙鳥之不群兮,自前世而固然。何方圜之能周兮,夫孰異道而相安?

鷹隼是從不跟凡鳥在一起的啊,自古以來就是這樣。哪裏有方的圓的能互相配合啊,哪裏有道路不同能妥協共處?

屈原提筆舉綱,高瞻遠矚。用反詰句提出:政治鬥爭,必須講個原則,何方圜之能周,孰異道而相安?這裏絕無妥協餘地。

屈心而抑志兮,忍尤而攘詬。伏清白以死直兮,固前聖之所厚。

委屈自己的想法抑制自己的精神啊,忍受些痛苦和恥辱。堅持清白爲正義而死啊,這一向是前代聖人所稱許的。

宣言"死直"。追求光明,追求正義,追求真理。堅持這一向是前代聖人所重視的品格。

悔相道之不察兮,延佇乎吾將反。回朕車以復路兮,及行迷之未遠。

我懷疑所選的道路是不夠審慎啊,徘徊不定我想回去。調轉我的車乘走向歸途啊,趁迷路還不算遠。

屈原也曾考慮，選擇的道路不夠審慎。尋思着：趁行迷未遠，延佇將返。屈原寫他自己的一些生活片斷，一些心理上的矛盾衝突。這樣寫是真實的。

步余馬於蘭皐兮，馳椒丘且焉止息。進不入以離尤兮，退將復修吾初服。

讓我的馬兒在蘭澤旁慢慢走啊，奔上椒丘讓它休息一會。前進無望反遭到譭謗啊，我想退回來仍舊修飾我原來的裝束。

憂愁風雨，步馬蘭皐，止息椒丘，屈原在考慮楚國政治命運："聯齊抗秦"，"造憲令"而"法立"，以此輔弼懷王。"縱則楚王"，屈原力主懷王爲合縱長，抵制"橫則秦帝"的秦昭王，足覘才識。初時，王於屈原，"王甚任之"。但後來懷王"内惑於鄭袖，外欺於張儀"，"信上官大夫、令尹子蘭"，"王怒而疏屈平"，政治上軟弱動搖。媚秦派抬頭，屈原稍欲作爲，便動輒得咎，因云"進不入以離尤兮"。退吧？屈原是否同流合污呢？不，決不！被逼而退，還是堅持原來的主張，"修吾初服"，即前文所謂："扈江離與辟芷兮，紉秋蘭以爲佩。"修吾初服，是文學語言，其意即持吾初衷。此見屈原經得起濁世考驗，出污泥而不染。

製芰荷以爲衣兮，集芙蓉以爲裳。不吾知其亦已兮，苟余情其信芳。

將碧綠的菱葉製成上衣啊，採集潔白的荷花作爲下裳。沒有人瞭解我也就算了啊，只要我内心的感情是真正的芬芳。

屈原行吟，自抒悲憤。忠不見諒於楚王，正却被讒於黨人，稍涉國事，備罹怨毒。身被放逐，堅持芳潔，以芰荷爲衣，芙蓉爲裳。寥寥數語，自我寫照，塑造了一個鮮豔、皎潔、清香的人物形象。然舉世混濁，屈原難以挽回，美政追求，怕會落空。因云：
"不吾知其亦已兮，苟余情其信芳。""不吾知"三字直貫《離騷》末
章"國無人莫吾知兮"。屈原前瞻反顧，竟少知音。上言"復修吾
初服"，此言"不吾知亦已"，行文之中，首尾呼應。此見《離騷》脈
胳，息息相通。文筆靈警，結構完整。行文不明乎此，便成呆筆
死墨。

高余冠之岌岌兮，長余佩之陸離。芳與澤其雜糅兮，唯
昭質其猶未虧。

把帽子做得高又高啊，把佩帶結得長又長。芳香與污
垢現在是混雜在一起啊，只有我光明的本質永遠減退不了。

屈原還以冠、佩服飾的美好顯示自己特立獨行的性格。在
這芳、垢雜糅，是非不明的濁世裏，保持光明的本質，永不虧損。

忽反顧以遊目兮，將往觀乎四荒。佩繽紛其繁飾兮，芳
菲菲其彌章。

我忽然回過頭來掃視啊，打算去四處遊覽觀光。戴上
各種佩飾盛裝打扮起來啊，馥鬱的香氣向四方遠颺。

君子坦蕩蕩。屈原心寄六合，神遊四荒。忽地掃視，心曠神
怡。佩繽紛繁飾，菲菲彌章。

民生各有所樂兮，余獨好修以爲常。雖體解吾猶未變
兮，豈余心之可懲。

人們各有自己的愛好啊，我獨獨喜歡修飾變爲習慣。
即使遭到車裂的慘死也不會改變啊，我的心哪裏會受到威
脅而動搖？

民生句說人家，好修句談自己，兩相對照，中間有許多意思
含蓄着沒說出。實際是屈原再次表白，追求美政，即使身體受到

車裂，還是不變初衷。《離騷》自首至此，無數波瀾，暫做收結。

自"鷙鳥之不群兮"至"豈余心之可懲"爲第二段第二節。屈原認識到政治鬥爭的原則，方圜、異道不能相安；同時，也考慮到自己所選的道路，是否審慎。考慮結果，還是前進，保持芳潔，體解未變，菲菲彌章。第二段屈原通過藝術的語言、形象的塑造來反映他的政治鬥爭的感受與理想。"朝飲木蘭之墜露兮，夕餐秋菊之落英。苟余情其信姱以練要兮，長顑頷亦何傷"是傳神之筆，説得含蓄。"謇吾法夫前修兮，非世俗之所服。雖不周於今之人兮，願依彭咸之遺則"是白描手法，説得明顯。文不可盡藏，亦不可盡露。盡藏失之晦澀，盡露失之淺薄。《離騷》行文，兩者兼濟，故詞蘊藉而義鮮明。"製芰荷以爲衣兮，集芙蓉以爲裳"，第二段屈原塑造自我形象較第一段中所寫更爲鮮豔皎潔。

> 女嬃之嬋媛兮，申申其詈余。曰："鯀婞直以亡身兮，終然殀乎羽之野。汝何博謇而好修兮，紛獨有此姱節。薋菉葹以盈室兮，判獨離而不服。衆不可戶説兮，孰云察余之中情？世並舉而好朋兮，夫何煢獨而不予聽？"

> 女嬃懷着憐惜的心情啊，她娓娓不倦地責勸我。她説道："鯀是剛直不顧自己生命的啊，終竟慘死在羽山之野。你爲什麽博採衆芳而又好修飾啊，獨獨你留有這樣美好的操行？把蒺藜、王芻、卷耳堆滿了一屋子啊，你却與衆不同地不肯把它穿戴。人們是不能都被我們説服的啊，有誰能瞭解我們心中的意思？世間都喜歡成群而又結夥啊，你爲什麽忍受着孤獨，竟不肯聽我的話呢？"

第三段起，屈原於塑造自我形象外，又塑造了其他幾個人物形象。這些形象是人，也可能是神，是歷史人物，也可能是虛設的。作品中出現了對話或獨白。通過對話，或與這些人物形象

的聯繫與行動,來提出問題和解答問題,顯示屈原的内心活動,曲折反映屈原的政治鬥爭的感受與想法。這些形象簡單地表述如次:

女嬃　　　　靈氛　　　　巫咸
重華　　　　天帝

　　　　　　　　　高丘之女
　　　　　　　　　宓妃
　　　　　　　　　有娀佚女
　　　　　　　　　二姚

(黨人未作爲角色出場,只有形象描寫)

　　女嬃、靈氛、巫咸都是同情屈原的,對屈原進行勸説,各人勸説的角度不同,理由亦異。女嬃勸説,屈原不感興趣,未予答覆。靈氛、巫咸説動了屈原,屈原最後也未採納。立場、觀點差異,非"矩矱之所同",屈原對於她們,或感交臂失之,或是抱着希望,終於幻滅了。"女嬃",古來學者或説女巫,或説賤妾,或云屈原的姐姐或妹妹,紛紛考辯;實際,應是文學創作中的虛構人物,用以顯示屈原在政治鬥爭中所遇同情屈原而與他觀念不同的人。

　　女嬃對屈原的芳潔自持,九死未悔,深深感動。但覺立朝過於謇諤,禍將及身。指出:"薋菉葹以盈室兮,判獨離而不服。"形成三個獨字,自"紛獨""獨離",而終爲"煢獨"孤立了,就要像鯀那樣,"殀乎羽之野",勸屈原還是"並舉好朋",隨和些吧!娓娓不倦地説了許多話。屈原感到格格不入,不便辜負好意,歎息一聲,尋思:我是"依前聖以節中兮"。惆悵着遠涉沅湘,向重華陳詞去了。

　　　依前聖以節中兮,喟憑心而歷茲。濟沅湘以南征兮,就
　　重華而陳詞。

117

我是按照前代聖人的言行來行事的啊,真叫人憤慨的是遭遇了這樣的時代。還是渡過沅水湘水向南走啊,走向舜帝訴説訴説我的衷腸。

孔子曰:"邦有道,危言危行;邦無道,危行言遜。"這是一種處世態度。屈原聽了女嬃的話,並未改變初衷。想着舜帝是聖明的,屈原慨歎着,不辭艱阻,遠濟沅湘,便去陳詞。

啓《九辯》與《九歌》兮,夏康娛以自縱。不顧難以圖後兮,五子用失乎家巷。羿淫遊以佚田兮,又好射夫封狐。固亂流其鮮終兮,浞又貪夫厥家。澆身被於强圉兮,縱欲而不忍。日康娛而自忘兮,厥首用夫顛隕。夏桀之常違兮,乃遂焉而逢殃。后辛之菹醢兮,殷宗用而不長。

夏啓修禹樂舞《九韶》與歌《九歌》啊,大大放縱地娛樂自己。不想想得國的艱難並爲後代策劃策劃啊,他的五個兒子就發生了内訌。后羿愛好遊蕩並田獵啊,又歡喜在田野裏射殺封狐。當然這種淫亂之徒很少有好結果啊,寒浞又霸占了他的妻室。寒澆又那樣橫行霸道啊,放縱自己的情欲而不能忍耐。整日縱情歌舞而得意忘形啊,他的腦袋因而被少康割掉。夏桀一味倒行逆施啊,到頭來遭受殺身的禍殃。商紂把忠良剁成肉醬啊,商朝的天下因此也就不得久長。

屈原向帝交心,訴説歷史上的昏君昏主種種敗亡之事:夏啓縱樂,弄得五子内訌;后羿遊蕩,寒浞霸占了他的妻室;寒澆橫行,丢了腦袋;夏桀逆施,終遭禍殃;紂害忠良,商祚因而覆滅。接踵相繼,受禍如一。

湯禹嚴而祗敬兮,周論道而莫差。舉賢才而授能兮,循繩墨而不頗。皇天無私阿兮,覽民德焉錯輔。夫維聖哲以茂行兮，苟得用此下土。瞻前而顧後兮，相觀民之計極。

夫孰非義而可用兮，孰非善而可服？阽余身而危死兮，覽余初其猶未悔。不量鑿而正枘兮，固前修以菹醢。

大禹嚴肅而又謹慎啊，周密細心地探求道理沒有差池。提拔賢才並授權給有能力的人啊，遵守着一定的規矩沒有偏差。上天是沒有私情的啊，它看到了有德行的人幫助他。只有聰明成德的人啊，纔能配得上據有這國土。考察了前聖又觀省了後王啊，仔細觀察人生的路徑。

哪有不義的人可以信用啊，哪有不善的事會叫人信服？縱使我身臨絕境而喪失了生命啊，回顧我當初的意志並不懊悔。不先量好鑿孔就去裝柄啊，無怪乎前代的賢人剁成了肉醬。

次述大禹，儼而祗敬，講求道理，正反對照。屈原對於行政措施，重點歸結到組織領導班子的"舉賢授能"四字。皇天無私，惟德是輔。有德斯有人，有人斯有土。瞻前顧後，非義不用。阽身危死，決不翻悔。"阽身危死，前修菹醢"四句，説得沉痛，足見屈原於現實政治鬥爭中對此感受最深，再度向帝傾吐，亦是遙答女嬃。

女嬃熱心勸告屈原，屈原未答。屈原涕泣陳詞，舜帝漠然。舜帝聖王，《尚書·堯典》稱帝於奏："敷奏以言，明試以功，車服以庸。"何以對於屈原矢忠，亦不哀其煢獨！余意屈原既呼懷王爲靈修，亦幻懷王爲聖王。而嚮帝傾訴，實欲反復寫其政治懷抱。舜帝漠然，實亦曲折反映其在現實中幻想漸滅。

曾歔欷余鬱邑兮，哀朕時之不當。攬茹蕙以掩涕兮，霑余襟之浪浪。跪敷衽以陳辭兮，耿吾既得此中正。駟玉虬以乘鷖兮，溘埃風余上征。

　　我連連歎息而又憂鬱啊，哀傷我出生的時間不恰當。拾起柔軟的蕙草來揩拭眼淚啊，滾滾的淚水霑濕了衣襟。鋪開衣襟跪着虔誠地申訴啊，我豁然開朗悟到了這正確方向。駕駛玉龍並乘坐鳳車啊，飄忽地御着長風而上天旅行。

　　屈原淚水漣漣，敷衽陳辭，哀傷着得不到支持；於是亟欲乘風上天，叩求天帝，幻想着再訴衷腸。屈原在舜與天帝面前懇摯地傾吐衷腸，即他的實施美政的願望。這兩個形象多少有些懷王的影子。從文學創作上説，用的是浪漫主義的象徵筆法。這時屈原充滿着希冀，心情是興奮的。

　　朝發軔於蒼梧兮，夕余至乎縣圃。欲少留此靈瑣兮，日忽忽其將暮。吾令羲和弭節兮，望崦嵫而勿迫。路漫漫其修遠兮，吾將上下而求索。

　　清晨在蒼梧開始乘車啊，晚上到達了崑崙山上的縣（懸）圃。想在這仙闕逗留一會兒啊，無奈太陽匆匆地向西逝去，天快晚了。我叫太陽神——羲和，慢慢地走啊，望着日没處——崦嵫山，不要靠近。旅行的路程是那麼遥遠啊，我要上天下地去求索理想。

　　屈原從蒼梧出發，到了神仙所居的懸圃。在這仙闕尋思稍稍停留，天快黑了。屈原喝令日御羲和，按節緩行，不要迫近崦嵫。路程真的長遠呢，我將上下尋訪我的理想啊。

　　飲余馬於咸池兮，摠余轡乎扶桑。折若木以拂日兮，聊逍遥以相羊。前望舒使先驅兮，後飛廉使奔屬。鸞皇爲余先戒兮，雷師告余以未具。吾令鳳鳥飛騰兮，繼之以日夜。飄風屯其相離兮，帥雲霓而來御。

　　放我的馬——玉龍到咸池去喝水啊，繫上我的馬韁，讓它在扶桑歇息。折取若木的枝條來拭抹太陽啊，我暫時安閒地盤桓遊玩。呼喚月神——望舒,在前面給我引路啊,又令風伯——飛廉,在後面追隨奔跑。再叫鸞鳥在前替我當警衛啊,雷師却告訴我一切都還沒有準備好。於是我叫鳳鳥高高飛起啊,日夜都不能停歇。旋風怒捲起來又退去啊,率領着彩色的雲霓來表示歡迎。

屈原去天國途中,飲馬咸池,揔轡扶桑,月神先驅,風伯奔屬,鸞皇爲戒,從容起程,較爲順利;只是雷師告以未具。鳳鳥飛騰,日夜不停。飄風驟起,雲霓來御。盼望早到天庭,訴説中情。

紛總總其離合兮,斑陸離其上下。吾令帝閽開關兮,倚閶闔而望予。時曖曖其將罷兮,結幽蘭而延佇。世溷濁而不分兮,好蔽美而嫉妒。

我們是蓬蓬勃勃地時離時合啊,我們是光輝燦爛地或上或下。我叫那天帝的守門人替我開門啊,他却靠着天門向我望望。時光昏暗下來了,初生的月亮快升起來了啊,我撫弄着所佩的幽蘭躊躇悵惘。世間是這般混濁而不分賢愚啊,喜歡抹殺人的美德而生嫉妒之心。

屈原的儀從,蓬蓬勃勃,忽離忽合,光輝燦爛,或上或下。可是不巧,到了天門,來得遲了,天門已閉。屈原呼喚帝閽開門,閽者靠着天門對他望望。月將東升,屈原撫弄着幽蘭佇立。愁緒湧上心頭,歎息着濁世賢愚不分,蔽美嫉妒。無奈只能離開天門,見帝不得,轉而求女。屈原面舜陳詞,舜王漠然;求索天帝,帝閽不納。極受冷遇,諒非偶然。意内言外,曲折反映,應與現實鬥爭聯繫。古帝、天帝與懷王從同爲統治者這一角度視之,有其相類的一面。《史記·屈原列傳》云:"雖放流,睠顧楚國,繫心懷王,不忘欲反,冀幸君之一悟,俗之一改也。"屈原的思想感情,實流露在這些章節的細節描寫與字裏行間。屈原的上下求索,只是寄寓其"存君興國"的理想與願望而已。

> 朝吾將濟於白水兮，登閬風而緤馬。忽反顧以流涕兮，哀高丘之無女。溘吾遊此春宮兮，折瓊枝以繼佩。及榮華之未落兮，相下女之可詒。

清早我將渡過白水啊，爬上閬風山把馬——玉龍拴好。我忽然回首一看不禁又掉下淚來啊，哀傷故都中也沒有美女可追求。倏忽間我遨遊到春宮啊，攀折瓊枝繼續做我的佩飾。趁着這瓊枝上的瑤花還不曾凋零啊，找個侍女可以贈送給她。

屈原跑了一陣，渡過白水，登上閬風。忽然反顧一下，掉下淚來。哀傷故都找不到理想的人物啊！再遊春宮，尋思折枝瑤花，通過侍女轉送給她。

> 吾令豐隆乘雲兮，求宓妃之所在。解佩纕以結言兮，吾令蹇修以爲理。紛總總其離合兮，忽緯繣其難遷。夕歸次於窮石兮，朝濯髮乎洧盤。保厥美以驕傲兮，日康娛以淫遊。雖信美而無禮兮，來違棄而改求。

我叫雷師——豐隆駕着雲彩啊，尋求伏羲的女兒宓妃的所在。解下我佩掛的香囊來傳言啊，命令蹇修爲我溝通心意。紛紛擾擾欲允不允啊，她忽然變卦不肯遷就。她晚上回去住宿在窮石啊，早晨到洧盤來洗頭髮。她仗着自己的美麗很驕傲啊，整日歡樂無節制地浪遊。雖然美麗却不懂禮制啊，還是拋棄她另外尋求吧。

屈原呼喚雷師，訪求宓妃。解了佩囊，委蹇修做個媒人。宓妃亂了一陣，沒肯俯允。晚上她去窮石過宿，早晨在洧盤洗髮。自恃美麗，驕傲佚樂。雖是美麗，不懂禮制；只有放棄，另外追求。

覽相觀於四極兮,周流乎天余乃下。望瑤臺之偃蹇兮,
見有娀之佚女。吾令鴆爲媒兮,鴆告余以不好。雄鳩之鳴
逝兮,余猶惡其佻巧。心猶豫而狐疑兮,欲自適而不可。鳳
凰既受詒兮,恐高辛之先我。

我在天空嚮四方邊遠細細察看,周遊遍天上我才下來。
遠遠地望見那華麗巍峨的瑤臺啊,我望見了有娀氏的美
人——簡狄。我吩咐鴆鳥替我做媒啊,鴆鳥回説:"她並不
美好。"雄鳩叫着飛去了啊,我又討厭它的多嘴輕佻。我心
中真的猶豫並狐疑啊,想親自去又覺得不方便。鳳凰倒接
受了我託付的禮物啊,只怕高辛氏捷足先得。

屈原瞻視六合,到處尋求。遠遠望見瑤臺,看到簡狄。委託
鴆鳥爲媒,鴆説:簡狄不好。雄鳩喜愛歌唱,屈原卻又厭其輕佻。
屈原心中一陣惶惑,尋思親自前往,但又覺不好。鳳鳥雖已受了
禮物,怕高辛氏已先我而得。

欲遠集而無所止兮,聊浮遊以逍遙。及少康之未家兮,
留有虞之二姚。理弱而媒拙兮,恐導言之不固。世溷濁而
嫉賢兮,好蔽美而稱惡。

想到遠處去安身又没地方啊,只有暫時流浪着四處逍
遙。趁着少康還没結婚啊,留着有虞氏的兩位小姐。媒人
笨拙又説不清楚道理啊,恐怕把話兒傳錯不能落實。世間
混濁而又嫉妒賢能啊,歡喜抹煞人家的美德而把壞事宣揚。

屈原失了簡狄,只得暫時流浪一番。尋思:趁着少康還未結
婚,有虞氏留着兩位閨女的時候,不妨去求索,但又怕媒人不善
辭令,説話不起作用。於是歎息道:濁世喜歡嫉賢稱惡,還會有
什麼希望呢?

在屈原面前,出現了四位小姐。一是未遇,二是放棄,三是

誤會，四是動搖。情況不同，都無成就。第一是：美女未遇，折枝贈送，也是枉然。第二是：宓妃驕傲，不懂禮制，只得放棄。第三是：媒人挑撥，發生誤會，失了簡狄。第四是：媒人理弱，不善辭令，二姚動搖。四女的形象意義蓋爲屈原在現實鬥爭中所遇懷王左右種種不同際遇的形象概括與曲折反映而已。屈原不見領導，冀訪左右，通其聲氣，以悟君心，其意亦爲"冀幸君之一悟，俗之一改也"，目的亦在"存君興國"。就文學創作説：其表現手法爲浪漫主義的，而其思想内容爲現實主義的。

閨中既以邃遠兮，哲王又不寤。懷朕情而不發兮，余焉能忍與此終古？

美人的香閨既然那麼深遠啊，聰明的人主又始終不會覺悟。我懷抱着滿腹的熱情而無處傾吐啊，我哪能夠長久地忍受到這樣死去？

"閨中既以邃遠兮，哲王又不寤。"是第三段訪帝求女一段的小結。四女失望，結曰"閨中邃遠"。舜王、天帝漠然，結曰"哲王不寤"。先訪帝，後求女，而此先曰"閨中"，後曰"哲王"，爲文章錯落總結之法。四女或爲神女，或爲歷史人物，悉曰：閨中。哲王或曰靈修，或指大舜，或稱天帝。名詞變換，義實相聯，實將不同的統治者概括於内。《屈辭精義》云："以天帝喻楚王，以神女喻良輔。叩閽解佩，奄忽神遊。延佇逍遥，終同夢幻。反復嗟歎。"陳氏此言，是很有識見的。

自"女嬃之嬋媛兮"至"余焉能忍與此終古"爲第三段。這一段在《離騷》中是一個重點章節，出現了"女嬃"的形象。女嬃對屈原作了幾次勸説，但她的看法是不恰當的。屈原沒聽她的話，離開了她，跑到重華那裏去申訴。重華對待屈原是冷淡的，並未給以同情和支持，這使屈原感到十分傷心和孤獨。屈原沒聽女嬃的話,重華不給屈原支援,這都反映了屈原在政治鬥爭中的感受和態度。屈原在女嬃和重華面前大踏步地走過去了,這些事實質上反映了楚王對屈原的不察中情。屈原在失意中,決定上遊天國,這說明他在阻難面前沒有退卻,而還抱着幻想與理想,希望能夠實現。但屈原在上訪天國、叩帝求女的過程中,又遇到許多不如意的和看不慣的事情,不知不覺間便和人間的苦難聯繫起來,回到人間。這種天上人間乍合乍離的寫法,正是《離騷》的異彩,一個重要的特色。劉勰在《文心雕龍·辨騷》篇中分析得好:"酌奇而不失其真,玩華而不墜其實。"幻想、超現實的東西,就是奇,就是華;裏面寓有現實的內容,曲折反映着現實,就是不失其真,不墜其實。第三段較第二段、第一段寫得更爲深刻,豐富多彩,感情也更見深摯。

女嬃申申地詈屈原。女嬃是同情屈原的,不是罵屈原,而是勸告他。但女嬃的性格是有妥協性的。婞直的鯀,儒家認爲是四凶之一。《舜典》記載:"殛鯀于羽山。"但屈原認爲是正面人物。薋、菉、葹三種爲惡草。"不服"即不以爲服飾,不與濁世周旋。"衆不可以户説",可見屈原得罪了許多人。第一段、第二段屈原怨憤的對象是懷王。第三段就擴大、旁及到"衆"。矛盾面大了,屈原更感到孤獨,所謂:"舉世皆濁,而我獨清;衆人皆醉,而我獨醒。是以見放。"屈原沒聽女嬃的話,轉向重華陳詞。"憑心而歷茲"是慨歎逢着這樣一個社會,陳詞是傾吐衷腸。傳説舜崩蒼梧,故屈原要濟沅湘。歷舉歷史上的暴君與賢王,正與前面概述堯舜與桀紂呼應。結構變化,重而不犯。"夫維聖哲以茂行兮,苟得用此下土。"統治者應有德行,反映屈原對帝王的看法。屈原不得重華支持,傷心地哭了,慨歎自己生不逢時。屈原仍不放棄追求、奮鬥,"溘埃風余上征"。這節文字流麗而輕鬆,屈原心情比較興奮,因爲他有着新的希望。李商隱詩云:"蓬山此去無多路,青鳥殷勤爲探看。"也因爲有他的願望,帝閽不予接待,冷眼相對,屈原的積極性受到了打擊。"時曖曖其將罷兮,結幽蘭而延佇。"他感到十分痛苦、悲凉和孤獨,站在那裹弄弄自己的佩帶,臨風灑淚,不由得歎道:"世溷濁而不分兮,好蔽美而嫉妒。"屈原轉而求女,求女目的還是爲了見帝。"哀高丘之無女",折瓊枝詒下女,與《湘君》云"將以遺兮下女"相類,説明屈原的感情,悱惻纏綿。屈原求索四女,一無所就,實喻屈原欲施美政的失意。第三段中所顯示的屈原思想感情是複雜的,有追求理想的興奮,也有希望落空的悲哀。寒蟬秋蚤,繞砌哀鳴。

《離騷》中所寫的天國,與《招魂》中所寫不同。《招魂》中的天國寫得陰森可怕。"魂兮歸來,君無上天些。虎豹九關,啄害下人些",教人不要去!《離騷》中寫得較美好,使人依戀。兩者所顯示的思想内容也不同。長沙馬王堆出土帛書所寫天國,好似"極樂世界",也與此有别。所以閲讀文學作品,不能單看素材,而應理解作者是運用怎樣的觀點來處理這素材的。唐張璪論畫云:"外師造化,中得心源。"造化指反映的自然與社會生活,心源則指創作時所寄託的作者的主觀感情與生活感受。讀《離騷》,我們應從這兩個方面結合起來看。

屈原在周遊中,希望能找到理想的天國,但是發現天上與人間一樣黑暗,天國的人對他同樣是冷淡的。屈原在躊躇時又是睠顧楚國,想到祖國的命運,不能揚袂而去。他不想看到國家的命運被那批腐朽的貴族官僚葬送,還想與懷王結好,懷王能重新用他。可是懷王周圍的那些嫉妒賢能的人,還是不斷排擠他,懷王又不覺悟,這使屈原愛國愛民的心意無法實現,屈原感到憤懣痛苦極了,於是他接着想去問卜:

> 索藑茅以筳篿兮,命靈氛爲余占之。曰:"兩美其必合兮,孰信修而慕(莫念)之!""思九州之博大兮,豈惟是其

有女?"

我用靈草爲繩縛上小竹片啊,請女巫靈氛替我占卜一下。她説:"雙方都美好必然會結合的,哪裏有真正的美人會没有人愛慕她的!""你想九州是多麽遼闊啊,難道只有這裏有美人?"

屈原面前出現了靈氛這一人物形象。靈氛提一個新的觀點:認爲屈原是一美,另外還有一美。兩美必然相合。九州博大得很,楚國没有這美,難道就都没有這美了嗎?靈氛這話比女嬃説得巧妙,屈原聽來覺得有些道理。

日:"勉遠逝而無狐疑兮,孰求美而釋女?何所獨無芳草兮,爾何懷乎故宇?世幽昧以眩曜兮,孰云察余之善惡?民好惡其不同兮,惟此黨人其獨異。户服艾以盈要兮,謂幽蘭其不可佩。覽察草木其猶未得兮,豈珵美之能當?蘇糞壤以充幃兮,謂申椒其不芳。"

説道:"勸你遠遠離開這裏不要遲疑啊,哪裏有追求美好的人會放棄你的?那地方没有芳草啊,你爲什麽還苦苦懷念故居?世間黑暗得烏七八糟啊,誰能分清我們的好壞?人們的好惡雖然是各不相同啊,想這批小人都特别乖戾。個個把艾草掛滿了腰間啊,反説幽香的蘭花是不值得佩帶的。瞧!分辨草木的能力都不夠啊,哪裏還能評價寶玉的美麗?把糞土裝滿了香囊啊,反而説椒花没有香氣。"

靈氛一方面勸解屈原離開楚國,因爲如遇到求美的人是不會放棄你的。另一方面,又順着屈原的心意説:楚國是烏七八糟的,顛倒黑白的,香蘭、珵玉他們是不會欣賞。這話是能打動屈原的心的,其實質就是勸解屈原去國離鄉。屈原聽後,因而感到猶豫與狐疑了。

欲從靈氛之吉占兮,心猶豫而狐疑。巫咸將夕降兮,懷椒糈而要之。百神翳其備降兮,九疑繽其並迎。皇剡剡其揚靈兮,告余以吉故。

我想聽從靈氛的啟示啊,心裏躊躇又決定不了。巫咸快要在晚上降臨啊,我帶着香椒和精米去求求她。百神翩翩地會集降臨下來啊,九疑山上的神紛紛然都去歡迎。燦爛輝煌地發射出無限的靈光啊,告訴我吉祥的道路。

屈原被靈氛打動了心,不能決定下來。在他面前又出現了巫咸的人物形象。屈原又是一度興奮,迎接巫咸。尋思:聽聽他的意見。巫咸的觀點:"兩美必合","爾何懷乎故宇?"與靈氛是同的。但巫咸更發展了靈氛的觀點,他勸屈原主動地、積極地、趁早地去"求矩矱之所同","不但諷之以遠逝求賢,直勸之以擇君而仕也"(見《屈辭精義》)。巫咸向屈原說了以下一番話:

曰:"勉升降以上下兮,求矩矱之所同。湯禹儼而求合兮,摰咎繇而能調。苟中情其好修兮,又何必用夫行媒?說操築於傅巖兮,武丁用而不疑。呂望之鼓刀兮,遭周文而得舉。寧戚之謳歌兮,齊桓聞以該輔。及年歲之未晏兮,時亦猶其未央。恐鵜鴂之先鳴兮,使夫百草爲之不芳。"

他說:"勸你努力地上天入地啊,尋求你的志同道合的朋友。商湯夏禹真心誠意地尋求匹合啊,只要得到了賢臣伊尹皋陶就能夠協調。如果内心果真是純潔美好啊,又何必要仰仗媒人的介紹?傅說就是在傅巖版築啊,武丁重用他而並沒有絲毫的懷疑。呂望原是個屠夫啊,遇見周文王而得到了提拔。寧戚是放牛唱歌的牧牛人啊,齊桓公知道了就聘他爲輔佐大臣。趁着這年歲還沒有衰老啊,抓住時機還不算晚。只怕鵜鴂叫了起來啊,衆芳草就會失去香氣。"

巫咸列舉大禹得皋陶、商湯得伊尹、武丁得傅說、文王得呂望、齊桓得寧戚，君得臣，臣得君，都是主動求合。勸說屈原趁着年歲尚未衰老，時機尚未過去，及早努力，爭取爲時所用。只怕鵜鴂一鳴，百草就要凋萎了。

何瓊佩之偃蹇兮，衆薆然而蔽之。惟此黨人之不諒兮，恐嫉妒而折之。時繽紛其變易兮，又何可以淹留？蘭芷變而不芳兮，荃蕙化而爲茅。何昔日之芳草兮，今直爲此蕭艾也！豈其有他故兮？莫好修之害也！

爲什麼瓊佩這樣光芒四射啊，許多人慌惚地都把它遮掩了。想這些小人們是不可信任的啊，會起嫉妒心而摧殘了它。這個時世是紛亂的而又變化無常啊，又豈能在此作長期的停留？蘭芷是變了質就失去芳香啊，荃蕙也化成了茅草。爲什麼過去的香草啊，今天竟變成了荒野裏的蕭艾呀！難道有別的原因啊？是不注意品德修養的害處呀！

屈原聽了巫咸的話，感歎着：楚國的現實已經到了百草不芳的時候了，黨人不諒，繽紛變易，蘭芷不芳，蕙化爲茅。爲什麼變成這個樣子？因爲他們都不像屈原那樣"好修爲常"呀！

余以蘭爲可恃兮，羌無實而容長。委厥美以從俗兮，苟得列乎衆芳。椒專佞以慢慆兮，樧又欲充夫佩幃。既干進而務入兮，又何芳之能祗？固時俗之流從兮，又孰能無變化？覽椒蘭其若茲兮，又況揭車與江離？

我以爲幽蘭是可靠的啊，誰知它無實際內容而只是表面好看。它們放棄了美好的本質以從俗浮沉啊，哪能排列在芳草之中。椒花剛愎讒佞而又荒蕩啊，樧也企圖冒進香囊。這批傢夥都爭着取巧鑽營啊，還有什麼芳草能受到重視？這真是個隨波逐流的時代啊，又誰能不受外來影響而保持本性不變呢？看椒蘭竟成了這個樣子了啊，再不用説揭車與江離？

屈原爲不少人已變質而傷心着。委美從俗，干進務入，《屈辭精義》於此特多闡發。今録於次："騷辨：此又推原蘭所以喪節之故，由於不識時變，而干進無已也。""椒性烈而氣芳，比小人之素具能幹，又矯然頗以風節自恃者。此國家有用之才，可仗以扶顛持危者也。乃一旦盡反前轍，舉畢生之聰明智力，專用之於便佞之一途。既得其志，因而倨慢怊淫，靡所不至矣。樧形類椒，而氣味惡臭，且有小毒，以比權門鷹犬。黨人引之以排擊善類者，此小人中之敢於爲惡者也。今又皆搶攘欲前，充塞左右，人主反朝夕親近，如香囊之常佩。此成何等朝局？蘭於此時，既不能砥柱中流，又不思潔身引避，反干進不休，而務入其黨。是君子一旦失身於小人，凡從前一切崖岸聲名，皆其所不暇顧惜如此。則縱有國香，又何能敬守而勿失乎。""節解：嚴於責椒蘭，而姑寬其類者。蓋世教衰而人心壞。……屈子蒿目神傷，以爲此滋蘭樹蕙時，所萬不及料者也。""騷辨：蘭重其德，椒尚其才，均爲國家有用之器，而晚節不終，皆大夫一生之恨事也。至於揭車、江離，而獨有怨詞者，豈爲揭車江離怨哉，正痛惜夫椒蘭之不能卓然自立，效松柏之後凋耳。""彙訂：上文既深責之，此又爲衆芳作怨詞。正深痛舉世溷濁，致善類凋殘，故於衆芳加以怨詞，以逼起下文'惟茲佩之可貴'也。一擒一縱，一旋一折，備極排蕩變化。"

惟茲佩之可貴兮，委厥美而歷茲。芳菲菲而難虧兮，芬至今猶未沫。和調度以自娛兮，聊浮遊而求女。及余飾之方壯兮，周流觀乎上下。

只有這個佩飾是可以寶貴的啊，縱然它的美質受人蔑視直到現在。芳香勃勃是難以虧損的啊，鬱鬱的芳香到今天還不曾減退。調節一下心情讓自己歡樂些啊，姑且嚮四處飄流去尋求美女。趁我容儀正盛壯的時候啊，我要上天下地地四處去觀望。

屈原自賞：只有品質是可貴的，美質雖被委棄，它的香氣勃勃，終無虧損。那麼趁着我的容儀正當盛壯，上天下地四處去觀望一下吧。

靈氛既告余以吉占兮，歷吉日乎吾將行。折瓊枝以爲羞兮，精瓊靡以爲粻。爲余駕飛龍兮，雜瑤象以爲車。何離心之可同兮，吾將遠逝以自疏。

靈氛已告訴了我吉祥的占辭啊，選定吉日我就要起程。攀折瓊枝作爲菜脯啊，磨出美玉的細屑作爲乾糧。爲我用飛龍駕好車子啊，雜置些美玉與象牙來鑲嵌我的乘輿。哪裏有心思乖離是可以統一的啊，我將飄泊到遠方去離群索居。

屈原尋思願意接受巫咸的觀點，宣言："何離心之可同兮，吾將遠逝以自疏。"屈原這次遠遊與前次遠遊性質不同。前次是懷着無限的希望與理想去的，訪帝求女對象明確。這次屈原是聽了巫咸的勸導去的，沒有一定的訪求對象。屈原這次遠遊，又曾一度興奮，但積極性就不如前次了。

自"索藑茅以筳篿兮"，至"吾將遠逝以自疏"爲第四段。其中"索藑茅以筳篿兮"至"謂申椒其不芳"爲第一節。自"欲從靈氛之吉占兮"至"又況揭車與江離"爲第二節。自"惟茲佩之可貴兮"至"吾將遠逝以自疏"爲第三節。

這一段出現了靈氛、巫咸兩個形象。女嬃與靈氛、巫咸都是

131

同情屈原的,但從她們對屈原的言談中所反映的思想觀點是不同的。女嬃看到楚國君臣的愚昧腐朽,但勸屈原明哲保身;靈氛、巫咸則正面肯定他的行動,提出他終會是得到知音的賞識的。楚國無賢,天涯何處無芳草?只要主動去求,寬施美政,大有可爲,歷史上的例子多得很,這給屈原以鼓舞的力量。屈原聽了他倆的勸告,確曾考慮,使屈原又一次感到楚王的昏庸,人才的萎絕而願意去國,再度遠遊求索。“孰信修而慕之”,聞一多以爲“慕”爲“莫念”之誤。“勉遠逝而無狐疑兮”四句,説明靈氛勸導屈原去國求合心情迫切。“獨異”之“異”,意爲乖戾。説明這批小人頑固不化。靈氛的話,屈原聽進去一半,這與屈原默然不理女嬃的態度不同;但還有懷疑。從章法説,這一段不是前段的復述,而是有它的起伏、變化與發展的。椒稰實爲祭品,屈原供設。巫咸神降,衆神隨之。詩情輕快、華美,反映屈原心懷希望,心情愉快。巫咸的話與靈氛所説實質一樣,但勸説的内容、角度不同。所舉歷史人物,應當注意。有些學者認爲屈原重視奴隸,可以這樣説。但巫咸所以這樣舉例,還在説明有些賢臣是主動、積極去尋找賢君的。爲異國所用,得了賢君,就可實現他的政治抱負了,目的在鼓勵屈原:“勉遠逝而無狐疑”,“求矩矱之所同”。屈原聽了靈氛、巫咸的話,付諸行動,再度求索去了。

　　遭吾道夫崑崙兮,路修遠以周流。揚雲霓之晻藹兮,鳴玉鸞之啾啾。朝發軔於天津兮,夕余至乎西極。鳳凰翼其承旗兮,高翱翔之翼翼。忽吾行此流沙兮,遵赤水而容與。麾蛟龍使梁津兮,詔西皇使涉予。路修遠以多艱兮,騰衆車使徑待。路不周以左轉兮,指西海以爲期。屯余車其千乘兮,齊玉軑而並馳。駕八龍之蜿蜿兮,載雲旗之委蛇。抑志而弭節兮,神高馳之邈邈。奏《九歌》而舞《韶兮》,聊假日以媮樂。

調過頭來向崑崙進發啊，道路悠遠而又曲折。舉起了
霓虹的旗幟日光都掩蔽了啊，玉製的鸞鈴叮叮噹噹地響了
起來。早晨從天河的渡頭起程啊，晚上我到達了西方的邊
疆。鳳凰展開翅膀迴護着旗幟啊，高高地翱翔着而威儀翼
翼。忽然間我來到了流沙地界啊，沿着赤水迂緩地前進。
揚手指揮蛟龍替我架橋梁啊，招呼西方的國王——少皞來
領我渡河。道路悠遠而且崎嶇啊，傳令先行的眾車在小路
上等待。路過不周山往左轉彎啊，指定西海大家會齊。我
的車子聚攏來有成千輛啊，裝着玉製的車輪一齊奔駛起來。
駕上八條玉龍蜿蜒前進啊，插上雲彩的旗幡隨風飄揚。且
抑止心頭的顫動慢慢走啊，我們的心神高高地飛向遼遠。
彈起《九歌》與跳起《韶》舞啊，趁着這閒暇的時候覓取一些
快樂。

屈原東轉西彎，旅途遙遠，沒有一定的目的地，也沒有尋訪
的具體對象。屈原的這次"遠遊"是聽了巫咸的勸導，忍着痛不
得已而去的；是在實施美政與對楚國統治者的憤懣的矛盾心情
中無法解決而橫一橫心才去的。他的心理暫時是暢快一些，去
國的步子，"鳴玉鸞之啾啾"，比較輕快；自然，"路修遠以多艱
兮"，也遇到不少阻力。可是屈原並不是一個只圖安樂的人，"聊
假日之媮樂"；當他一念到故國的時候，心情就沉重起來，再也不
能往前走了。

陟陞皇之赫戲兮，忽臨睨夫舊鄉。僕夫悲余馬懷兮，蜷
局顧而不行。

在這光耀的皇天下升騰啊，忽然間我看見了下界的故
鄉。御夫不禁悲傷起來馬也留戀躊躇啊，低着頭不住回顧
再也不能前行了。

屈原一時聽了靈氛、巫咸的話遠遊求美、求同，但這種解決矛盾的辦法，與屈原的"睠顧楚國，繫心懷王"，實即對祖國的博大深沉的愛和其崇高的品格是相矛盾的。屈原有過這種去國的想法，但這種想法，在他的自我思想的矛盾鬥爭中，很快地被揚棄了。這正像司馬遷在《屈原列傳》中所説的："余讀《離騷》《天問》《招魂》《哀郢》，悲其志。適長沙，觀屈原所自沈淵，未嘗不垂涕，想見其爲人。及見賈生弔之，又怪屈原以彼其材，遊諸侯，何國不容，而自令若是。讀《鵩鳥賦》，同死生，輕去就，又爽然自失矣。"屈原既没方法説服楚王，也不能戰勝朝中小人；又決不能與時人同流合污，逃避現實：這不是他深厚的愛國的思想感情所容許的。這樣的一個矛盾，在屈原身上是解決不了的。屈原之作《離騷》，痛灑血淚，思如泉湧，實不能自已也。《離騷》最後只有以憤激的心情來結束自己的生命。屈原的悲劇，實際就是楚國歷史的悲劇。

亂曰："已矣哉！國無人莫我知兮，又何懷乎故鄉？既莫足與爲美政兮，吾將從彭咸之所居。"

尾聲："算了吧！國内是没有人能夠瞭解我的了啊，我爲什麽還要懷念故都？我還是要以彭咸作爲榜樣。"

屈原之作《離騷》，是自寫沉憂，心情是非常痛苦的。"遠遊已至青雲上，猶爲家鄉涕泗來。"一方面，屈原曾想離開楚國；但另一方面，更重要的是他十分熱愛眷戀自己的祖國。現實的混濁，使他傷心，傷心美政不能推行了。屈原的追求，光明純潔的品操，不爲人所理解，但他決不能使這真理受到絲毫的損傷，堅強地把它保持下去。屈原這種關懷人民，愛護國家，反庸俗的鬥爭精神，追求人格美，永遠是鼓舞人們成爲真正的人而吸收不盡的力量。《離騷》這一作品，不僅是體現了屈原的偉大，也體現了中華民族文化的優秀光輝。它將成爲全世界進步人類所要繼承和發揚的精神財富,它將永遠爲勞動人民所有而永垂不朽。

　　編者説明:本文據手稿錄編。原題《一幅追求光明追求正義與真理的探索圖——讀〈離騷〉》,今題爲編者酌擬,下同。

東皇太一

　　《楚辭·九歌》十一篇,中間許多是戀歌;也有非戀歌的。《東皇太一》和《東君》可以寫成戀歌,或者說在這祭歌中可以滲透一些戀歌的味道;但這兩篇都沒有這樣做。這是中國古代社會現實和歷史傳統所決定的。蔣驥《山帶閣注楚辭》云:"九歌所祀之神,太一最貴,故作歌者但致其莊敬,而不敢存慕戀怨憶之心。"《東皇太一》在十一篇中,最像一首祭歌,它描寫了一個神的場面和一個祭者的形象,但卻難看到一個鮮明的神的形象。神在歌中,沒有出場,沒有正面描寫和歌頌,只是在祭祀這神的環境氣氛的渲染中透露了人們懷着崇敬的心理和美好的願望,莊嚴肅穆,而又緊張愉快。這個特色是與楚辭和中國文學的民族傳統有着緊密聯繫的。這裏就《東皇太一》略加賞析。《東皇太一》可分四章。

　　第一章:吉日兮辰良,穆將愉兮上皇。撫長劍兮玉珥,璆鏘鳴兮琳琅。

　　這是一篇祭歌。歌辭是從一位旁觀者的眼中,來寫巫者在五音繁奏的場面中,恭敬地祭祀這位東皇太一天神的。寫作方法靈活、巧妙,有它的創造性。《史記·天官書》記載天上眾星列布。在紫微垣中記道:"中官,天極星。其一明者,太一常居也。"

136

太一星處於天極,衆星拱之。《索隱》引《春秋合誠圖》云:"紫微大帝室,太一之精也。"《正義》引劉伯莊云:"泰一,天神之最尊貴者也。"《漢書‧郊祀志》云:"天神貴者泰一。"又云:"古者天子以春秋祭泰一東南郊。"《天文大象賦》注云:"天皇大帝一星,在紫微宮内。"五臣云:"太一,星名。天之尊神,祠在楚東,以配東帝,故云東皇。"戰國南楚,稱天或名大皇。中國古代星象命名及組織,曲折反映着人間的政治組織,這太一星被認爲即是太一帝,這帝是天神中最尊貴的。這首祭歌就是抒發楚國祭祀這位天神感情的。首句寫致祭時選擇一個吉日良時。"吉日兮辰良",意即吉日良辰。宋沈括云:"吉日兮辰良,蓋相錯成文,則語勢矯健。"良、皇和琅叶韻,聲音響亮。倒句叶韻,便於增強詩歌音律的美。這句交代時間。次句:"穆將愉兮上皇。""穆將愉兮"即"將穆愉兮",語法結構與《東君》"暾將出兮東方""日將暮兮悵忘歸"同。倒裝亦爲便於突出"暾""日"及"穆"諸字。王逸注:"穆,敬也;愉,樂也;上皇,謂東皇太一也。言己將修祭祀,必擇吉良之日。齋戒恭敬,以宴樂天神也。"這句寫巫者懷着恭敬之心,美容儀,歡樂天神。不曰"東皇太一",而稱"上皇",此該由於古人不欲直呼所尊者,否則人或視爲褻瀆。三句:"撫長劍兮玉珥。"王注:"撫,持也;玉珥,謂劍鐔也。"洪興祖補注:"鐔,劍鼻,一曰劍口,一曰劍環。"這句寫巫者持着金質的長劍、玉質的劍環亮相。四句:"璆鏘鳴兮琳琅。""璆"下用一鏘字,形容其聲。璆鏘與琳琅之間用一鳴字,也是顯示巫者舞蹈動作的音響效果。開首四句交代祭神的時間、場合和事件。前兩句虛點,後兩句實寫,從而勾勒出一個撫劍恭立的巫者形象,通過她的强烈節奏性的舞蹈動作,烘托出一個逗人情趣,引人入勝,莊嚴肅穆,充滿着神秘氣氛的場面。這個場面,有人物,有畫面,引起懸念,含有一定程度的宗教意味。

第二章：瑤席兮玉瑱，盍將把兮瓊芳。蕙肴蒸兮蘭藉，奠桂酒兮椒漿。

首句"瑤席兮玉瑱"。姜亮夫先生《屈原賦校注》云："瑤者，蓋當讀《大司命》'折疏麻兮瑤華'之瑤。"瑤華，洪興祖以爲麻花。色白，故比於瑤。席，即藉的聲借字。玉瑱，即《周禮·天府》的玉鎮，亦即圭璧。古時國家大祭大喪時用。這句意謂：以麻花藉以承玉。次句："盍將把兮瓊芳。"王注："盍，何不也；把，持也。"五臣云："靈巫何不持瓊枝以爲芳香。"盍，洪補音合，由音取義。這句意謂：靈巫將持瓊枝以爲芳香。三句："蕙肴蒸兮蘭藉。"《國語·周語》："定王享之餚烝。"蕙蒸，以蕙蒸肉。今人有以荷葉蒸肉爲菜餚者。《易》曰："藉用白茅。"蘭藉，以蘭爲藉。四句："奠桂酒兮椒漿。"奠，《說文》"置祭也"。這句意謂：以桂酒椒漿爲祭品。這四句寫祭神的供設，猶《紅樓夢·芙蓉女兒誄》中所寫："謹以群花之蕊，冰鮫之縠，沁芳之泉，楓露之茗……致祭。"情況有類似處。

第三章：揚枹兮拊鼓，疏緩節兮安歌，陳竽瑟兮浩倡。

王注："揚，舉也。拊，擊也。……疏，希也。……陳，列也。"洪補注："枹，擊鼓槌也。……竽，笙類，三十六簧。瑟，琴類，二十五弦。"浩倡，姜亮夫先生云："猶浩蕩也。"三句意謂：舉起鼓槌擊鼓，笙瑟齊奏，有節奏地從緩趨疾，揚聲歌唱。揚枹拊鼓，緩拍安歌，一張一弛，高低參差。一個隆重莊嚴而又熱烈愉快的樂舞盛會，邊奏邊演。

第四章：靈偃蹇兮姣服，芳菲菲兮滿堂。五音紛兮繁會，君欣欣兮樂康。

王注："靈，謂巫也。偃蹇，舞貌。姣，好也。服，飾也。……

菲菲,芳貌也。言乃使姣好之巫,被服盛飾,舉足奮袂,偓僂而舞,芬芬菲菲,盈滿堂室也。五音:宮、商、角、徵、羽也。紛,盛貌。"五臣云:"繁會,錯雜也。"首句寫巫者穿着姣服,奮袂舉足,載歌載舞。次句寫巫者芳芳菲菲,擠滿廳堂。三句寫一個交響樂隊在演奏。四句想象太一神十分歡樂安康。

這歌在結構上有着顯著的特色,它注意演奏的程序和場面,把行動、聲音與祭者、觀者的心情有機地融合起來,形成揚抑頓宕的氣勢,引人入勝,悠然不盡。第一章塑造形象,撞擊樂器。巫者手持長劍,珥聲嘹亮。在明快的金玉節奏聲中,烘托出一個籠蓋全篇祀神的場面。第二章轉向低緩,上供品,奠酒漿,屏聲息氣,小心在意,期待着神的到來。第三章神來了,情緒激動,揚槌擊鼓,載歌載舞。第四章神雖然來了,神未出現。若靈附巫,人神相樂。如在其上,如在左右,餘音嫋嫋,不絕如縷。

從祭歌裏,我們可以看到一個服飾鮮艷的巫者形象,在莊嚴肅穆的氣氛下,邊歌邊舞,緊張而又愉快地向天神——東皇太一致祭。一派莊嚴,一派和氣,一派歡樂。天神始終沒有露面,連它這樣一個神聖的名字——東皇太一,作者也沒敢提起,自然更不會設想塑造這樣一位天神的形象了。"民無德而稱焉",實在感到這位天神太尊貴了。這篇祭歌,寫巫者富於理智,而又充滿熱情,崇拜天神,懷着恭敬和歡情來迎接。期待的心情是循序漸進的,感情一步步提高,達到高潮。先是擇取一個吉日,奠着椒漿,持劍端立,翹首凝神。"祭神如神在",心是誠的。既而緩拍安歌,小心在意,輕巧穩重。這時旁觀者亦將屏聲息氣,不敢作聲。終而陳瑟浩倡,天神降臨,情緒一下子緊張起來。五音繁會,聲響震天,天神降臨,一片歡欣。眼前所見,華妝嚴服,芳芳菲菲,巫也。巫乎神乎?神乎巫乎?超乎其上,融乎其中,被弄糊塗了。這樣把人送入了一個歡樂的境地。

　　太一這位天神,在中國古代學者、作家心中是神秘的,至高無上的。他是怎樣一個形象? 却又是抽象的,説不清楚的。《淮南子·精神訓》云:"登太皇,馮太一,玩天地於掌握之中。"《本經訓》云:"是故體太一者明於天地之情,通於道德之倫。聰明耀於日月,精神通於萬物。"《東皇太一》把這樣一位神龍不見首、不見尾的天神寫得若隱若現,情趣盎然,既不枯燥,又不空虛,表現手法是十分高明的。有比較才有鑒別,我們只要閲讀漢代的郊祀歌,短長便可立見。

　　祀祭天神這個題目,若在希臘,是容易傳神的。希臘天神有三:一為烏剌諾斯,為地神該婭所生。後他又與地神結合,生下十二個提坦巨神。他是第一個統治宇宙的天神,後被最小的兒子克洛諾斯推翻。二為克洛諾斯,是提坦巨神。他推翻了父皇的統治成為第二個統治全宇宙的天神。他與提坦巨神結合,生下三兒三女。最小的是宙斯。三為宙斯,與兄姐一起,同父皇鏖戰十年。由於祖母該婭的幫助,戰爭勝利,將父皇幽閉於地層,宙斯成為統治宇宙的天神。他與衆神住在奧林帕斯山上,具有最高權威,是衆神之父和萬民之王。這樣的天神,在中國古代社會看來,"其文不雅馴。縉紳先生難言之",是不敢設想的。

　　關於天神,在《詩經》中有着某些反映:

　　　　《小雅·鹿鳴之什·天保》:"天保定爾,亦孔之固。俾爾單厚,何福不除;俾爾多益,以莫不庶。"

　　　　《大雅·文王之什·文王》:"文王在上,於昭于天。周雖舊邦,其命維新。有周不顯,帝命不時。文王陟降,在帝左右。"

　　　　《大雅·蕩之什·蕩》:"蕩蕩上帝,下民之辟。疾威上帝,其命多辟。天生烝民,其命匪諶。靡不有初,鮮克有終。"

《周頌·清廟之什·維天之命》:"維天之命,於穆不已。於乎不顯,文王之德之純。"

謳歌天上的神,以及人間的統治者被美化爲天上的神,總覺得有些空空洞洞。《東皇太一》這樣描寫,可説是屈原的一個突破,一個飛躍的創造。

説到這裏,我們不妨賞析一下《紅樓夢》第五十三回《寧國府除夕祭宗祠》。曹雪芹把這一細節也寫活了。曹雪芹寫這一細節不是正面去碰它,而是從一個旁觀者寶琴眼中所見、耳中所聞去寫,因而寫活了:

且説寶琴是初次進賈祠觀看。一面細細留神,打量這宗祠:原來寧府西邊另一個院子……

只見賈府人分了昭穆,排班立定。賈敬主祭,賈赦陪祭,賈珍獻爵,賈璉、賈琮獻帛,寶玉捧香,……俟賈母拈香下拜,衆人方一齊跪下,將五間大廳,三間抱廈,内外廊簷,階上階下,兩丹墀内,花團錦簇,塞的無一隙空地。鴉雀無聞,只聽鏗鏘叮噹,金鈴玉佩,微微搖曳之聲,並起跪靴履颯沓之響。

確有異曲同工之妙。文藝創作,有着繼承與發展關係,我們不必穿鑿附會,但有些手法,是推陳出新的。虛心總結和學習古人的經驗,對於我們的創作是可以獲得某些借鑒與啟示的。

(原刊《淮北煤師院學報》1987 年第 2 期)

編者説明:本文據原刊並參手稿、打印稿録編。原題《莊嚴蕭穆的天神——東皇太一》。

雲中君

　　浙江紹興大班戲演員六齡童以演猴戲出名,扮演《三打白骨精》中的孫行者是他的拿手好戲。六齡童説,演孫行者要抓住它的三個特點:一是猴,二是人,三是神。是猴,演猴時,行動、性格要有猴的特性;猴由人扮,人看猴戲,必然流露人的思想感情;孫行者又是神猴,必然具有神的威力。演好這戲,需要心中有譜,把三者巧妙地結合起來。這話移來讀誦《九歌》,也有啟示。《雲中君》所祭的是雲神,但是人祭雲神。是雲,是神,是人,也要將三者巧妙地結合起來,對這作品進行探索與理解。

　　《雲中君》分四章:

　　　　第一章:浴蘭湯兮沐芳,華采衣兮若英。靈連蜷兮既
　　留,爛昭昭兮未央。

　　首句"浴蘭湯兮沐芳",寫雲神"香湯沐浴",潔净一下身軀。蘭,王注:"香草也。"《大戴禮記·夏小正》:"五月……蓄蘭,爲沐浴也。"清胡文英《屈騷指掌》:"浴蘭沐芳,爲神像潔也。"次句"華采衣兮若英",寫雲神衣華彩衣,芳體如玉。華采,王注:"五色采也。"英,俞樾《讀楚辭》云:"《詩·汾沮洳》篇次章曰'美如英',三章曰'美如玉',英即瑛之假字……如瑛,猶如玉也。"三句"靈連蜷兮既留",寫雲神舒捲,夭矯而行,留於雲中。胡文英云:"連

142

蜷,盤旋貌。"四句"爛昭昭兮未央",寫雲神容光燦爛,未有已時。
王注:"爛,光貌也;昭昭,明也;央,已也。"這四句寫雲神芳潔穠
麗,光華燦爛,雍容自得,夭矯自如,動中有靜,刻畫出一個高貴、
寧靜、皎潔的女神雲中君形象。

第二章:蹇將憺兮壽宮,與日月兮齊光。龍駕兮帝服,
聊翺遊兮周章。

首句"蹇將憺兮壽宮",寫雲神寧靜、安樂地居於天庭壽宮之
中。王注:"蹇,詞也。憺,安也。"壽宮,姜亮夫云:"雲中君所在
天庭之宮也。"次句"與日月兮齊光",寫雲神昭昭可與日月齊光。
胡文英云:"雲以日月出而明,故云齊光。"或云:雲中君爲月神。
那麼,日月齊光的月字,便爲贅辭。三句"龍駕兮帝服",寫雲神
駕龍彩服,輿服極盛。王注:"龍駕,言雲神駕龍也。……兼衣青
黃五采之色,與五帝同服也。"白雲日光耀之,有時能呈五彩。俗
云:"五彩祥雲。"此景友人云:在黃山蓮花峰,看晚霞雲海,偶遇
見之。四句"聊翺遊兮周章",寫雲神周流往來。王注:"聊,且
也。周章,猶周流也。"這四句寫雲神高居壽宮,與日月齊光。龍
駕帝服,翺遊周章,顯得雍容華貴,風流瀟灑。

第三章:靈皇皇兮既降,猋遠舉兮雲中。覽冀州兮有
餘,橫四海兮焉窮。

首句"靈皇皇兮既降",寫雲神矯健地下降。王注:"靈,謂雲
神也。皇皇,美貌。降,下也。"次句"猋遠舉兮雲中",寫雲神迅
速升於雲中。王注:"猋,去疾貌也。"或云:雲中君爲月神,既降
又突然猋舉,此亦與月出没之情態相類。余謂:"既降""猋舉",
不類月的出没,而與雲神升降神似。三句"覽冀州兮有餘",寫雲
神下覽冀州目光及於九州之外。《淮南子·地形訓》:"正中冀州
曰中土。"四句"橫四海兮焉窮",寫雲神蹤跡四海也没盡頭。這

四句寫雲神既降又升，倏忽往來，不安處於壽宮，而是懷抱六合，照燭四海。宏觀世界，極爲遼闊。

第四章：思夫君兮太息，極勞心兮忡忡。

王注：“君謂雲神。”“忡忡，憂心貌。”這兩句文筆一轉，作者寫巫感傷雲神，下覽冀州，橫跡四海。兢兢業業，憂心忡忡，情緒激動，爲之歎息。彩雲易散，追蹤邈然。徘徊惆悵，只能繫之夢寐而已。

《雲中君》一篇，雲、神、人，三者巧妙結合，確有特色。我草《黄山白雲行二十韻》，執着一面，便覺汗顏無地。詩曰：

> 人説黄山好，白雲處處縈。天低雲既近，依依實多情。雲繞左右肩，如紗透半明。隨風成飄宕，伴我絶頂行。風度何灑脱，不計遠征程。俯視一縷起，冉冉幽谷生。悠悠上林巔，飛練如白珩。天都蓮峰稱奇絶，左顧右盼更光瑩。有時似輕煙，有時若素旌。霎那似瀑布，須臾成落英。雲山久沉寂，排空忽峥嶸。已傷聚復散，還驚角且争。變化吁無常，目睹不暇迎。萬丈深淵裏，雲帳爲鋪平。千仞險峻山，紗冪失撐撐。摯友在咫尺，決眥迷候偵。難見身與影，但聞嗤笑聲。天地成一氣，泰山鴻毛輕。我欲讀《離騷》，再快遠遊誠。瑶臺求佚女，重訂白水盟。

（原刊《淮北煤師院學報》1987 年第 2 期）

編者説明：本文據原刊並參打印稿録編。原題《雍容自得，蕩人心弦的雲中君》。

湘君

《九歌》中的《湘君》《湘夫人》《大司命》《少司命》《河伯》《山鬼》，借祭祀娱神，曲折反映楚地人民的爱情生活，是富有恋歌情味的祭歌。這是《九歌》中的精華部分。這些篇章所創造的神及其生活、感情、環境氣氛，所寫的祭品、祭堂、服飾、儀仗，以及披蘭帶荷，男癡女戀，含情脈脈，淚水漣漣，各種神態，都在顯示着各篇主人公對於愛情、理想的追求，反映了對邪惡勢力的揭露、批判。許多端雅、芳潔、幽美的藝術人物形象，給人以鮮明、瑰麗的美感，具有永恆的藝術魅力。

《湘君》是楚國巫者扮爲湘夫人神迎接湘君神的祭歌。這裏就《湘君》一篇略加賞析。

君不行兮夷猶，蹇誰留兮中洲？

起筆兩句夭矯！湘君行兮，妙啊！湘夫人熱情地期待着。但"行"字上面卻又加一"不"字，非即行也，欲行而已。還没來吧？因用"夷猶"一詞，突出湘夫人的盼望與臆測的心理。次用"留"字，點出不行之故。留兮中洲，爲誰留啊？伊人秋水，恍惚其辭。行者夷猶，迎者疑思。開頭兩句寫出了兩神雙方惶兀不安之情。湘夫人綽約多姿，劈空落來，情動辭發，神態如畫，從而引出下面許多情節：吹簫寄思，大江揚靈。而"心不同兮媒勞，恩不甚兮輕絕",於此伏綫,實爲一篇主腦。讀此兩句,不禁使人聯想彈詞《珍珠塔》中陳翠娥小姐下堂樓的情景。方卿待在後花園中,小姐跨出閨房,下十八級樓坪,相會表兄。輕移蓮步,走走停停,有時還退回來。下這十八級樓坪,可唱好幾檔書。這是渲染小姐躊躇心理,也是反映封建禮教在她身心的壓力深重。湘君赴約,激起湘君的矛盾心理,引起湘夫人惶兀不安的心情,有其時代生活內容。王逸於此,曾以"其神常安,不肯遊蕩"釋之,似不確當。

> 美要眇兮宜修,沛吾乘兮桂舟。令沅湘兮無波,使江水兮安流。

這四句話寫湘夫人打扮之美麗,並駕桂舟,泛沅湘,滿懷希望,熱情洋溢,高高興興地去會晤湘君;然而久待未邁,情寄神馳,因作種種猜測。"君不行兮夷猶,蹇誰留兮中洲",開頭兩句,按心理發展順序,文思應在這四句的後面。倒筆先提,一下就引起讀者注意;而湘夫人期待之情不覺籠罩全篇。藝術構思巧妙,文理曲折有致。

"美要眇兮宜修"寫湘夫人自我欣賞,心情是樂滋滋的。"女爲悦己者容",天生麗質,巧加修飾,顧盼流光,自然光彩奕奕。女神修飾容儀,不僅顯其愛美,亦見迎迓之忱。湘夫人自信:湘君一見,必然非常愛她。洪補注認爲:"此言娥皇容德之美,以喻賢臣。"這樣解釋,未免煞了風景,膠柱鼓瑟,恐難諦聽妙音。湘夫人正懷着這種樂觀心理,飛舟前進。"沛吾乘兮桂舟","沛"是副詞作動詞用。《孟子》:"如水之就下,沛然誰能禦之。"這一沛字,分量極重。在浩瀚的洞庭湖中,湘夫人恨不得立刻見到湘君,心情迫切,精神抖擻,熱愛湘君,情見乎辭。不僅如此,還要"沅湘無波","江水安流",盼望"桂舟"行駛快速。這四句情調輕鬆愉快,充分顯示着湘夫人這時的興奮與激動的情緒。

> 望夫君兮未來，吹參差兮誰思？

前句寫湘夫人的美，桂舟的芳，迎接的誠。此句開首用一"望"字，形象生動；文句呼應聯絡，而湘夫人熱情會晤之心，竟欲奪眶而出。然而，湘君未來，則其不行可知。不行改稱未來，不僅詞彙變化，情意益見深沉含蓄，嚼之多味。湘夫人熾心盼望，望而未見，情緒便一下子跌落下來，從輕鬆愉快轉入淒涼哀婉。望穿秋水，不見玉人翩翩蹤影，縈懷愁思，於是吹簫寄情。真的"如怨如慕，如泣如訴。餘音嫋嫋，不絕如縷"。這時，湘夫人心中搗爛着怨、慕、疑、盼的複雜感情。"誰思"猶"思誰"也。吹這曲子思誰？用一問句，似無定指；却是寫得靈警，説得巧妙，不言而喻，湘君是已。不道"吹參差兮思君"，而云"吹參差兮誰思"，説了一點，藏了一點，在文屬於含蓄，在情却是脈脈。就此問句，略可想見湘夫人的神采：羞人答答，含辭未吐，氣韻馥鬱，情深意篤。辭令之妙，於此可見。"望夫君兮"兩句，與起首"君不行兮"兩句，中間用"美要眇兮"四句隔開，形成三個層次。看是隔開，一波三折，實是聯得更緊。從結構上説，顯得層次多，曲折多；從節奏上説，顯得抑揚張弛，起伏不平。湘夫人纏綿悱惻之情，其複雜紛繁，由此可見矣。

> 駕飛龍兮北征，邅吾道兮洞庭。

湘夫人因湘君未來，於是舟出沅湘，轉道洞庭湖循湖北行，去尋找湘君。"飛龍"一詞，不僅形容船快，且與湘水之神的身份相符。詩人賦予湘夫人人的感情，但又不忘其神的身份，這裏巧妙地將神與人融合起來。邅，轉也。"飛龍"，戴震以爲指飛龍之舟。桂舟駕以飛龍，自然神速。這樣的藝術構思，可使作品更加富有神話色彩。洞庭湖在沅湘之北，自湘入湖，故言北征。王逸解釋："屈原思神略畢，意念楚國，願駕飛龍北行，迓還歸故居也。"這樣的解釋不顧《湘君》全篇文氣，驀地把屈原自己的生活擺了進去，未免顯得有些穿鑿附會。

> 薜荔柏兮蕙綢，蓀橈兮蘭旌。

這是寫湘夫人所乘船的裝飾：以香草薜荔爲柏，蕙蘭爲束。柏爲搏壁，亦猶今稱壁衣。窗壁間今人掛字畫，古時則用壁衣爲飾。壁衣上面，用蕙束之。蓀爲香草，橈爲舟的小楫。旌，作旂旌。是說以香草飾楫，蘭作旂旌。桂舟的壁、橈和旌，飾以薜荔、蓀、蕙和蘭草。前言湘夫人所乘船豔爲"桂舟"，這裏進一層更具體地寫出桂舟"裝飾"之美。船的裝飾是人來裝飾的，寫舟裝飾不是單純狀舟陳設的美，實是襯托人物性格的芬芳高潔和反映其迎神、供神的誠意。

> 望涔陽兮極浦，橫大江兮揚靈。

寫湘夫人在舟中縱目遠眺。遙望對岸，涔陽隱約可見；洞庭北面，長江橫流而逝。"汴水流，泗水流，流到瓜洲古渡頭，吳山點點愁！"然而湘君在哪裏呢？讀者自己想象去。此處不言未來，亦不道及不行，只是寫景抒情，極目遠眺浩浩蕩蕩、無邊無際的湖水而已。弦外之音，只是所找之人無蹤無影。至此，文思益見蘊藉：煙波浩渺，水天一色；境界開闊，而情思無窮矣！前貼着說"望夫君"，此推開說"望涔陽"，望涔陽實是望夫君也。藝術境界轉深一層。揚靈，或釋爲：發揚思念湘君的精靈、精神。按王夫之的解釋：靈與舻同。揚靈，如揚靈鼓枻而行如飛也，可釋作揚舻。揚靈者，猶"縱一葦之所如也"。舟在湖中憑虛御風，顛波恍動，所以尋找湘君，俱見湘夫人的癡情摯愛。這兩種解釋，後者可包括前者，而意義較爲深遠。人之美，舟之芳，湖中揚靈，叙事、寫景、抒情三者間出，雲斷山連，反映深刻，親切感人。寫湘夫人迎神熱望，"望"字再一次見之：翹首神思，熱情揚溢。第二次見"望"字，感情比第一次深了一層。湘君"不行"，初出"望"字；湘君"未來"，再出"望"字。一望不行，則吹簫寄情；二望未來，則大江揚靈。一往情深，終無止極。

> 揚靈兮未極，女嬋媛兮爲余太息。橫流涕兮潺湲，隱思君兮陫惻。桂櫂兮蘭枻，斲冰兮積雪。采薜荔兮水中，搴芙蓉兮木末。心不同兮媒勞，恩不甚兮輕絕。

這十句寫身邊的侍女，見湘夫人迎神之誠，深受感動，爲之歎息，爲之流涕。這從湘夫人侍女深受感動效果寫之，又是一副筆墨。"揚靈兮未極"，謂舟橫大江，迎神未極，這句承上啟下。"女嬋媛兮爲余太息"，説侍女爲湘夫人悲傷歎息。侍女如此，湘夫人可見。採用側面陪襯手法，可收事半功倍之效。一寫吹簫寄思，二叙大江揚靈，三從侍女流涕潺湲效果襯之。寫作手法多樣變化，真的照眼耀紙。曾見《文姬歸漢圖》，畫送姬者掩涕欲絕，手法相類。"橫流涕兮潺湲，隱思君兮陫惻"，進一步從侍女眼中轉寫湘夫人痛苦心理，眼淚如斷綫珍珠相仿。侍女深知湘夫人憂心，銘於肺腑。一個隱字，寫得含蓄。湘夫人五內鬱結，驟思披肝瀝膽，然而未露，文字之妙，令人擊節歎賞。讀《九歌》者，諒多會心。"桂櫂兮蘭枻，斲冰兮積雪"，湘夫人在湖上尋找，境遇險阻，作者前略涉之，此再出之，看似重複，却見文章迴環往復之妙。舟在湖中，如遭盛寒，斲斫冰凍，前進艱難可知。"采薜荔兮水中，搴芙蓉兮木末。"薜荔陸草，芙蓉水花。水中采掇薜荔，樹頂攀折芙蓉，一無所獲，不言可喻，亦見湘夫人留連忘返，尋覓湘君，如畫餅耳。文情細膩，含而未吐，於虛願中，似又微露怨意。"心不同兮媒勞，恩不甚兮輕絕"，湘夫人於失望之餘，對湘君遂生誤解。隱喻易晦，人或不解。因用明喻曉之。兩人心既不同，媒人撮合將徒勞矣！湘夫人初測湘君不來，爲人所礙，只是疑慮而已，可以諒解。此則斷定湘君未踐所約，由於"心不同兮"，"恩不甚兮"，湘夫人内心痛苦，自是遞進一層。然此實非湘夫人之所願，自多情人言之：恨是愛，罵亦是愛也。

> 石瀨兮淺淺，飛龍兮翩翩。

前句寫石瀨惶兀，流水湍急；後句寫船舵擺動，駛行輕快。湘夫人駕舟尋訪，知事不濟，情猶不捨，明明無望，偏偏不肯甘休；舟行逆灘，卻云飛龍翩翩。此寫湘夫人心中風雨，飄搖無定，移步換形，再掀波瀾。湘夫人堅信：精誠所至，金石為開，皇天有眼，或能如願以償。湘夫人情癡執着，意在言外。

> 交不忠兮怨長，期不信兮告余以不閑。

虛願難期。湘夫人自然是埋怨，卻仍盼望不已。期者，佳期也；不信者，不守信。佳期不信，"剪不斷，理還亂"，深情者該是如何痛苦？唯一安慰，得一"告"耳，卻又無"告"，怨苦深矣！湘夫人遂由諒解、失望，轉向怨恨，心情沉重起來。

> 朝騁鶩兮江皋，夕弭節兮北渚。鳥次兮屋上，水周兮堂下。

失望之中，湘夫人猶是尋尋覓覓。眼前景，心上事，脆弱的心靈，堅強的意志，經得住幾番風雨，多少次磨折。中心如搗，則湘夫人所見者亦將失其常態。湘夫人晨熹奔馳，空空忙碌；晚間感傷着在北渚休息下來。"衣帶漸寬終不悔，為伊消得人憔悴"，於悲痛欲絕之時，只覺景色淒清，難以為懷；所遇事物"鳥次屋上"，"水周堂下"，亦是顛顛倒倒了。

> 捐余玦兮江中，遺余佩兮醴浦。采芳洲兮杜若，將以遺兮下女。時不可兮再得，聊逍遙兮容與。

　　湘夫人悱惻纏綿，難以自遣，慧劍斬情，猶冀快刀斷麻。
"玦"和"佩"者，諒是湘君前贈信物。海誓猶在，襟懷難托，湘夫
人今欲決之，因將玉玦投於江中，瓊琚貽於醴浦。真的要決絕
嗎？不是的，猶冀通其款曲，庶踐盟約。這時，湘夫人心中，甜酸
苦辣若干味兒都搗爛在一起。什麼味道，湘夫人自己恐也說不
出來。"交不忠兮怨長"，正好說明她的刻骨相思。湘夫人不由
自主地折枝芳草，聊以為贈。"采芳洲兮杜若，將以遺兮下女"，
這一行動，看似矛盾，實為統一，統一就在愛的深處。杜若不遺
湘君，而貽下女。因為下女同情於她，以其來通款曲。古時禮
節，先貽下女，庶不失於冒昧。以貽下女，亦即以貽湘君。"紅娘
遞簡"，更見細膩、微妙。"時不可兮再得，聊逍遙兮容與。"最後
兩句為湘夫人自譬之辭。時機既失，恩怨無益，只自逍遙而已。
自遣之中，然猶不能淡然於懷。結尾一筆宕開，留待讀者玩味，
波瀾起伏，靈警之至。這篇原是民歌，寫神之不遇，實是反映青
年男女歡情之短暫。但經屈原潤色，其君臣不遇之情是否滲透
其中，可深思也。屈原之作《離騷》："睠顧楚國，繫心懷王。……
一篇之中，三致意焉。"懇摯之情，與此篇似有相通之處。

　　通觀全篇，《湘君》在藝術表現上有其特點。一、這辭的體裁
是祭歌，借用神話傳說，反映人世間現實生活中一定歷史時期、
一定地域的人民的思想感情。情節是虛構的，內容是有現實性
的。遣辭造句寫景，神與人兩個方面結合，相互滲透，表現手法
巧妙。二、這辭的結構以寫湘夫人迎接湘君為骨架，於敘事中插
入寫景、抒情，三者交叉進行，忽斷忽續，遂使作品層次、脈絡錯
落變化，交相輝映，豐贍多采；文字卻是一氣呵成。三、這辭塑造
人物，反映湘夫人性格溫柔，纏綿悱惻，靈心善感，神態要眇，綽
約多姿，與《詩經》中所寫民間姑娘樸素爽朗，天真爛漫，風格不
同。《湘君》開闢了新的藝術境界。四、這辭內容所寫，感情懇

摯,比喻形象;語言清新流暢,節奏舒緩諧和;人物心理一層深一層,細膩勻貼,發展變化,實爲戀歌傑作。

馬克思在《黑格爾法哲學批判》導言中説:"一個人,如果想在天國的幻想的現實性中尋找一種超人的存在物,而他找到的却只是自己本身的反映,……人創造了宗教,而不是宗教創造了人。……人就是人的世界,就是國家、社會。國家、社會創造了宗教,即顛倒了世界觀,因爲它們本身就是顛倒了的世界。"

《九歌》是祭神曲。這祭神曲是人創造的。它的内容,實際就是"人的自我意識和自我感覺","人的世界"的反映或獲得。《九歌》源於楚國民間,是楚地民間的祭神歌曲。楚地漢水流域,在《詩經·周南·漢廣》中有"漢有游女,不可求思。漢之廣矣,不可方思"的民歌。我們一時難以説明《湘君》與《漢廣》的關係,但可聯想:《湘君》可能是在產生《漢廣》的社會生活中派生與發展出來的。《湘君》可能是楚地民間男女相悦,求之不得,而愛情至死不渝的或多或少的反映。原始歌辭也有些"鄙俚褻慢",經過屈原再創作,把自己的生命和靈魂滲透進去,作品的内容與風格起了質的變化,因而成爲戀歌的傑作。

編者説明:本文據手稿録編,一稿題作《一支情意脈脈哀怨纏綿的戀歌——讀〈湘君〉》,一稿題作《讀〈楚辭·九歌·湘君〉》。

湘夫人

　　《湘君》《湘夫人》是聯歌。《湘君》寫湘夫人追求湘君，女神追求男神，喜上心頭，刻意裝飾，用桂枝編成一葉扁舟，盼望沅、湘無波、江水安流，不辭艱辛，爭取與湘君會晤。湘君“不行”，誰留中洲？心神搖蕩，苦不理解；始是疑問，並不計較。湘夫人佇立瞻望，吹簫寄思；既而飛龍北征，轉道洞庭，大江揚靈，奮不顧身。湘君不至，侍女爲之歎息！泣涕如雨水潺湲。湘夫人望穿秋水，踪影杳然，感到湘君薄倖，情意不侔，交淺情深，擔心落空，遂將佩玉丟入江中。又想愛情，豈能輕易放棄？不由自主地採折杜若，轉請下女致意，徘徊而不忍去。湘夫人沉浸於愛情之中，熱烈追求愛情，欲自譬解，既不遇矣，只有逍遥而遊，容與以戲而已！却見思慕愈深，情益懇摯，顯示了湘夫人忠貞於愛情的心靈之美。《湘君》成爲戀歌的傑作。

　　《湘夫人》寫湘君馨香盈懷，熱情期待湘夫人的到來，“佳期夕張”。男神追求女神，望之未見，會之無因，這湘君的内心深處不是哀怨、悲傷，而是樂觀，充滿希望、期待的思想感情。湘君與湘夫人男癡女怨，一樣情深，但兩神的個性，又各不同。這裏，就《湘夫人》一篇略加賞析：

　　　　帝子降兮北渚，目眇眇兮愁予。嫋嫋兮秋風，洞庭波兮木葉下。

湘君從北渚下來，遠而未見。"眇眇"兩字形容極目遠眺，視而不見，引起愁思。秋風起兮，洞庭湖泛起漣漪，木葉蕭蕭落下，女神不來，湘君自然惆悵。"嫋嫋"甚言微弱，但是不斷地吹着。洞庭湖上秋風，豈爲微弱；此在愁人視之，窺其一點，觀察入微，似覺纖細。宋玉《九辯》云："悲哉秋之爲氣也。蕭瑟兮草木搖落而變衰。憭慄兮若在遠行；登山臨水兮送將歸。"吳夢窗詞云："何處合成愁，離人心上秋。"以秋寫愁，寓情於景，這是屈原的天才創造。《紅樓夢》中林黛玉撰《秋窗風雨夕》，秋霖脈脈，雨滴竹梢，借秋寫愁，更覺凄婉欲絕。湘夫人癡情，湘君亦情癡也。

帝子降兮，飄飄然下來，這一"降"字恰合神的身份。多麼傳神！神降是喜，却説愁予。"筆有左右，墨有正反"，此中耐人深思。不曰喜予，而曰愁予，斯則神未降也。降是希望，未降是實。降而未降，眇眇神懷，有愁絲矣！接着寫"嫋嫋兮秋風，洞庭波兮木葉下"，是寫景抒情也。秋風起兮，洞庭波兮，木葉下兮，然而"帝子乘風下翠微"乎？神降乎未耶？讀者試掩卷思之，有妙悟矣。只言秋風，言洞庭，言木葉，而神未言也。看來吞吐不盡，無法指實；言外餘情，難以捉摸。但結合愁予之愁，神未降也，可以思過半矣。《湘君》曰"君不行兮"，"行"上加一"不"字。《湘夫人》直曰"帝子降兮"，而以"愁"字顯之。湘君之行，實未行也。湘夫人之降，亦未降也。兩篇似寫一事，而措辭不同，反映之思想感情也有別。文心之妙，於此可見。

起首四句爲第一段，點出湘君迎接湘夫人的人物、地點、時間和情景。首句叙事，次句抒情，三、四句造境。王士禎説，此之謂有"神韻"。蓋以詩情朦朧含蓄，産生美學效果也。王國維説：此之謂有"境界"。蓋以"嫋嫋"一辭兼着"波"字、"下"字，而境界全出矣！余書至此，忽憶四十年前，與友人坐遵義湘江畔，論詩至夜分月移。友人問余，《詩經》中最喜何句？余曰："伊人秋水。"轉問友人,《楚辭》誰屬?友曰:"洞庭波兮木葉下。"相顧而笑。此詩當於洞庭湖畔讀之,妙不可言。然洞庭湖未易就也。余謂在杭州西湖畔讀之,亦美。西湖猶洞庭也,富春江山水猶沅、湘也。閒坐雷峰一隅,秋風起兮,何嘗不能夢見衰柳參差,湖水漣漪而木葉下也?然而帝子則未易旦暮遇之也。

> 登白蘋兮騁望,與佳期兮夕張。鳥何萃兮蘋中,罾何爲兮木上?

帝子未降,登蘋騁望。粗看兩神相似,細按各具個性。湘君在失望之中,不失樂觀,站在長滿白蘋的洲島上,熱忱盼望。《湘君》兩言"望"字,"望夫君兮","望涔陽兮",此則曰"騁望""遠望",情見乎辭,更爲迫切。"望"字着一"騁"字,寫得真是神馳。愛情的會見,黃昏即將到來:"月上柳梢頭,人約黃昏後。"然而湘君心中有些預感似的:看來情景有些不對頭啊,不正常啊?鳥兒不在樹上,怎麼聚在蘋中?魚網不在水中,却掛在樹上?提出疑問,徘徊瞻望,憂愁風雨,侵襲心頭。

> 沅有茝兮醴有蘭,思公子兮未敢言。荒忽兮遠望,觀流水兮潺湲。

湘君情緒恍惚,心不落實,結而爲思,觸景生情。"山有木兮木有枝,心悦君兮君不知。"看着沅水有茝、醴水有蘭,多麼芳馨啊!可是我的思念,不知爲了什麼,都不敢説啊。胡文英云:"古人稱女子,亦爲公子。《左傳·莊公三十二年》:'女公子觀之。'"可證。這裏公子指湘夫人。湘君想到就説,感情熾熱,爲什麼未敢言呢?太懦弱了吧?説聲還不敢嗎?不是的。這不是思得不深,却是刻骨銘心。大音希聲,洪鐘不響,愛情深時,"此時無聲勝有聲"。柔腸百結,才下眉頭,又上心頭,自然是上百遍千遍。真摯的愛,不是掛在嘴上,而是懸在心頭的。誰敢説啊,誰肯説啊！心頭埋得深深的！這"未敢言"，却是勝於説啊！湘君心有所感，看着流水潺湲，滔滔汩汩不絶，水自流，花自放，多少往事，一幕一幕地在腦際重現，情絲縈繞，意馬奔馳，不可止矣。"荒忽遠望"，"流水潺湲"，人誰屬呢，望穿秋水，全無所見啊！一説"愁予"，次寫"水波""木葉"，三述"潺湲"，皆言神未降，而層次遞進，含蓄多變。《湘夫人》表現手法與《湘君》相比，又换一番筆墨。湘君愁悵，啟種種想：

> 麋何食兮庭中，蛟何爲兮水裔？朝馳余馬兮江皋，夕濟兮西澨。

麋當生息林皋，爲什麼就食庭中？蛟當深藏淵藪，爲什麼困居水邊？這一連串問號，打在湘君的心頭。這個悶葫蘆可一時打不開呵！只有徘徊悵惘，江皋馳馬，西涯擺渡，水陸四方尋覓起來。

自"登白薠兮騁望"至"夕濟兮西澨"爲第二段，寫湘君尋訪湘夫人，重點放在"登""望""馳""濟"四字。此與《湘君》所叙吹簫寄思，遵道洞庭，細節不同，各異其趣。兩種同感，所見事物有些顛顛倒倒，湘夫人情意纏綿，湘君則是於失望中不失樂觀，驀地興奮起來。

> 聞佳人兮召予，將騰駕兮偕逝。築室兮水中，葺之兮荷蓋。

湘君熱烈地盼望湘夫人的到來，霎時靈光一閃，不知哪裏傳來一聲消息，湘夫人在召喚我了。怕是湘君的潛意識在起作用吧？他高興得跳了起來，説道："我們一同駕車騰雲去吧！"以樂寫哀，以哀寫樂，哀樂相繼，文筆真的靈警。好吧！那麼，我得在洞庭湖中快把房子修蓋起來，準備好青青的荷葉把屋頂蓋好來。愛情的會見自然屬於人間的青年男女生活啊，但用芷葺荷屋，自是神的生活啊。這所反映的既是人的生活,亦是神的生活。

> 蓀壁兮紫壇,匊芳椒兮成堂。桂棟兮蘭橑,辛夷楣兮藥
> 房。罔薜荔兮爲帷,擗蕙櫋兮既張。白玉兮爲鎮,疏石蘭兮
> 爲芳。芷葺兮荷屋,繚之兮杜衡。

擷取蓀草作爲壁衣,紫貝砌成庭院。壇,洪興祖補引《淮南子》注:"楚人謂中庭爲壇。"散佈香椒塗飾堂壁。盧文弨《鐘山劄記》卷三云:"洪興祖云:'匊,古播字,本作㧑。'文弨案,字書不見有㧑字,似當作㧑。從丑,象舉手之形。四點,米之象也。"桂枝搭做屋梁,蘭草編爲屋橡,辛夷架作門上橫木,白芷裝飾臥室。薜荔編織帳幔,拉開蕙草隔扇。這些準備好了,白玉移作席上的鎮座,散開石蘭分列筐床。(姜亮夫先生《屈原賦校注》云:"上言白玉爲帝座之鎮,故此言石蘭爲床也。")荷葉的屋頂蓋上一層芷草,再用杜衡四周繚繞。

> 合百草兮實庭,建芳馨兮廡門。九嶷繽兮並迎,靈之來
> 兮如雲。

收拾百草香花擺設庭院,搭起一座芳香的牌樓。九嶷山的神靈紛紛前來迎接,來的神靈如雲一樣。場面闊大,一派歡樂氣氛;可是,湘夫人有沒有來呢?沸沸揚揚,說來鬧猛,只是湘君的幻覺而已。海市蜃樓,當不得真,湘君高興得太早,霎時降溫下來。面向現實,湘君和湘夫人的遭遇是同樣的。

自"聞佳人兮召予"至"靈之來兮如雲"十八句爲第三段。突寫湘君的熱情接待,歡樂地作種種準備,會場打扮得多麼美麗!第二段寫湘君神思恍惚,欲揚先抑,文情曲折變化,正爲此段忽聞召喚,騰駕偕逝,欣喜逾量作心理上的鋪叙。有的說《湘君》《湘夫人》兩篇差不多,其實重而不犯,差得多。《湘君》珍視洞庭揚靈,侍女潺湲;此則側重於湘君的熱情接待準備。《湘君》詳

者,《湘夫人》略之;《湘夫人》詳者,《湘君》略之。兩者關係,顯示着側讓之妙,相得益彰,各具巧思。聯歌舒狀,豈無奧蘊？其中三昧,或可悟入。

> 捐余袂兮江中,遺余褋兮醴浦。搴汀洲兮杜若,將以遺兮遠者。時不可兮驟得,聊逍遙兮容與。

帝子降兮,只是假象迷人,湘君於是捐袂江中,遺褋醴浦。是啊,這一細節我們是熟悉的,看來和《湘君》復沓,仔細一讀,却具錯綜變化之妙。這段文辭兩篇復沓,實際顯示湘夫人和湘君兩神際遇彷彿,心思一樣,心心相印,所思所行,想到一塊去了。《紅樓夢》寫寶玉在山坡上聽黛玉哭道："花謝花飛飛滿天,紅消香斷有誰憐？"不覺癡倒,點頭感歎。聽到"儂今葬花人笑癡,他年葬儂知是誰？……一朝春盡紅顏老,花落人亡兩不知"等句,不覺慟倒在山坡之上。兩人靈魂深處相互契合了。這種情景在現實社會中也不時會碰到的。男癡女戀,各懷一顆赤子之心,由於社會的阻力,咫尺蓬山,雙方殉情,抱恨終天。但這兩篇各具面目,這兩神各有個性。《湘君》云"時不可兮再得",認爲時機已失,再不會來,這是絕望之辭。《湘夫人》云"時不可兮驟得",認爲失此機會,猶可期待,好事多磨,豈是易覯,失望中猶存希冀。胡文英云："《湘君》歌不可再得,是絕望之意。此云不可驟得,是徐俟之意。"胡評實爲灼見,再得、驟得,一字之差,却見兩種不同的思想性格。兩篇都寫愛人期之不來,《湘君》刻畫湘夫人的心理活動,層層推進,由諒解、盼望,轉變而爲怨恨、抱憾,顯出湘夫人的摯愛湘君。《湘夫人》以景襯情,望之未見,遇之無因。湘君初是憂傷,幻覺中似聞"佳人召予",無限興奮,爲了見面,忙作種種準備,無微不至,不料泡湯,湘君猶思期待,不失樂觀情緒。女神悱惻纏綿,男神爽朗明快,兩種性格不同,而愛情專摯則一。

自"捐余袂兮江中,遺余褋兮醴浦"至"聊逍遥兮容與"六句爲第四段。湘君亦以失望告終,然而猶有希冀。首段點出降字假象,二、三、四三段寫湘君心潮起伏。一波三折,筆墨靈警,鬱陶於心,婉而成章。

湘靈傳説,古謂:舜與二妃之事,二妃即娥皇、女英。舜崩於蒼梧之野,二妃未從,哭泣而死。後世衍爲兩派,王逸、郭璞以爲湘君爲湘水神,湘夫人爲其二妃。韓愈、洪興祖、朱熹以爲湘君爲娥皇,湘夫人爲女英。依循前説:湘君、湘夫人爲三人。依循後説:湘君、湘夫人皆屬女性。兩説看來皆有難以通釋之處。胡文英云:"有山即有神,有神即不能無祀,而分爲二者,土俗于二處致祭也。"或謂:如説一對情侶較爲合理。民間文學有變異性,情侶之説,可能較早,由於禮教影響,統治階級借以説教,才以舜妃之事附之。湘靈傳説,原是淒麗哀豔,由於屈原加工潤色,摛其文采,馳其想象,錘其情理,高其境界,綺靡以傷情,耀豔而深華,使之更獲藝術上的光輝生命,《湘君》《湘夫人》遂成千古文學名篇。民間文學的奠基作用不可忽視,然而作家之功,亦不可泯矣!

編者説明:本文據手稿録編,原題《一位馨香盈懷熱情等待佳期的湘靈——讀〈湘夫人〉》。

大司命

　　這首詩是神巫兩個角色交叉唱和之辭，寫得氣勢雄壯。男女相悅之辭，一般以細筆寫柔情，此則反是。以大筆寫柔情，有古戀歌中闊大的藝術境界。請看，大司命的出場，大聲鏜鞳，不落凡響：

　　　　廣開兮天門，紛吾乘兮玄雲。令飄風兮先驅，使凍雨兮灑塵。

　　這四句是神唱。王注：“吾，謂大司命也。”“迴風爲飄。”“暴雨爲凍雨。”天神從天徊翔徐下；大司命說：請把上帝所居的禁門敞開，我——大司命將乘着彩雲起行，喚迴風爲我嚮導前路，令暴雨爲我洗滌塵埃。《大司命》寫天神從天而降，打開天門，駕着彩雲降臨人間。這和《湘君》《湘夫人》相比，又換一副筆墨，色彩鮮麗，氣象壯闊。天神自有神道，呼風喚雨，霎時間一陣暴風驟雨，洗滌了太虛中彌漫的塵埃，“玉宇澄清萬里埃”，頃刻雨過天晴。四句寫大司命出場多麼雄壯，多麼令人心曠神怡！

　　《九歌》中寫東皇太一、雲中君、湘君、湘夫人、少司命、東君、河伯、山鬼和國殤諸神出場，場面雄壯都不及它。《東皇太一》寫神出場，選了一個吉日，恭恭敬敬地迎接它：“吉日兮良辰，穆將愉兮上皇。”《雲中君》寫神出場，迎神者香湯沐浴，穿了件彩衣去迎接:"浴蘭湯兮沐芳,華采衣兮若英。"《湘君》寫神出場,神在猶豫着不來,是誰將您留住在洲中:"君不行兮夷猶,蹇誰留兮中洲?"《湘夫人》寫神出場,神將在北渚下來,迎神者瞅着眼在向遠方凝視:"帝子降兮北渚,目眇眇兮愁予。"《少司命》寫神出場,在一個秋蘭茂盛、綠葉紫莖的場合:"秋蘭兮青青,綠葉兮紫莖。"《東君》寫神出場,在一次東方日出、晨熹光照窗檻之時:"暾將出兮東方,照吾檻兮扶桑。"《河伯》寫神出場,在與河伯出遊,暴風忽來水波橫起之時:"與女遊兮九河,衝風起兮橫波。"《山鬼》寫神出場,神被着薜荔的披肩,繫着女蘿的帶子,髣髴在山谷旁出現:"若有人兮山之阿,被薜荔兮帶女蘿。"《國殤》寫將士出場,身被犀甲,手操吳戈,在車轂相錯、短兵相接之時:"操吳戈兮被犀甲,車錯轂兮短兵接。"諸篇所寫神之角色不同,神之出場場面自是不同,各具特色。但從氣勢雄壯講,《大司命》較爲突出。

　　君回翔兮以下,踰空桑兮從女。紛總總兮九州,何壽夭兮在予!

　　前兩句巫唱,後兩句神唱。空桑,山名;總總,衆多的意思。巫唱:大司命已翱翔而下,我將越過空桑之山前去追隨。神唱:普天之下,九州之民,人類是衆多的,可是人類壽命的長短怎麼會都掌握在我的手中?

　　高飛兮安翔,乘清氣兮御陰陽。吾與君兮齋速,導帝之兮九坑。

　　四句神巫合唱。吾指巫,君指神。齋速,或作齊肅,虔誠之意。導,引導。《離騷》:"來吾導夫先路。"九坑爲九州之山鎮。四句意謂:巫與神翱翔高飛,乘清氣御陰陽,能力大得很,很快地引導天帝周遊宇内,在天遨遊,跑遍九州。

靈衣兮被被，玉佩兮陸離。壹陰兮壹陽，衆莫知兮余所爲。

四句又是神唱，微風吹動着神的雲衣，神的玉佩光彩閃爍，神光忽隱忽現，誰也不能知道我在幹些什麼。寫得朦朧含蓄，有些神秘意味。曹子建《洛神賦》："神光離合，乍陰乍陽。"描寫神態，可能受此啟發。

折疏麻兮瑤華，將以遺兮離居。老冉冉兮既極，不寖近兮愈疏。

四句巫唱，寫巫與神別。胡文英《屈賦指掌》云："疏麻、萏葉俱似紫蘇而青，花青白色，蜀中遍產之。"離居，戴震："謂前相從而今離隔也。"冉冉，義同漸漸。既極，已到。寖近，稍稍親近。四句意謂：巫者願折取疏麻之花，贈給相從將離之神。自覺老年漸漸已到，不與神稍親近，那將更疏遠了。"來如春夢不多時，去似朝雲無覓處。"短暫的會合，彌足珍貴，深寓惜別之情。

乘龍兮轔轔，高馳兮衝天。結桂枝兮延佇，羌愈思兮愁人。愁人兮奈何，願若今兮無虧。固人命兮有當，孰離合兮可爲？

八句巫唱，寫離別之情。轔轔，車聲。羌，發語辭。八句意謂：神已乘車高馳而去，巫不能隨。於是採結桂枝，延佇愁思，愁思又將奈何，還是保持志行，只求無所虧損耳。人的壽命既有一定，那麼與神離別、會合，也算不了什麼。此寫送神去後巫者懷着一種失望悵惘之情。清人送別詩云："雨點紅燈看漸遠，暮江悵惘獨歸時。"亦同此情。此處：乘龍轔轔，高馳衝天，寫闊別，用大筆。結桂延佇，愁思無虧，寫巫者懷念，又很細膩。此詩結尾，以大筆寫柔情，寫得悠然，自是特色。

　　《九歌》源於民歌，取材神話，反映人間悲歡，故其表現，高馳衝天，桂枝延竚，境界寬闊，而情思繾綣。北宋晏殊有送行詞名《踏莎行·祖席離歌》云：

　　　　祖席離歌，長亭別宴。香塵已隔猶回面。居人匹馬映林嘶，行人去棹依波轉。　　畫閣魂消，高樓目斷。斜陽只送平波遠。無窮無盡是離愁，天涯地角尋思遍。

　　香塵已隔，兩情眷戀，一去一送，情景如畫。行舟隨着流水消逝，登樓不得見，愁無窮，何處更能尋覓？《踏莎行》描摹人間離別，舟遠人逝，寫得細膩深透。《大司命》虛構神巫悲情，神馳天闊，寫得質樸雄渾。兩者情境不同，藝術表現也就兩樣。

　　清陳本禮《屈辭精義》云《楚辭》："烹詞吐屬之妙，天籟生成。其淒其處如哀猿夜叫，醞郁處如旃檀香焚，鮮豔處如琪花綻蕊，蒼勁處如古柏參天，其繪聲繪色處如吳道子畫諸天，無美弗備，其經營慘澹處，如神斧鬼工，巧妙入微，然又皆從至性中流出，非斤斤以篇章字句矜奇炫巧也。"因此，對《九歌》各篇不同的藝術風格進行探索，這是一件很有意義的事。

　　編者説明：本文據手稿並參代抄稿録編，手稿原題《一位胸襟開闊、風度灑脱的主管人間壽命的神——大司命》。

少司命

　　《少司命》是《九歌》中一朵永遠惹人喜愛的獨特無比的鮮花。

　　少司命是位女神，荷衣蕙帶和蓀會晤，一見傾心，倏忽離別。這歌歌頌蓀和少司命的戀愛，是一首古戀歌的絕調。

　　歌中閃耀着一幅美麗的戀愛圖畫。少司命穿着荷花製成的衣裳，繫着蕙葉的帶子。她的車蓋是用五彩繽紛的孔雀翎毛做的，車箱上插着一面翡翠羽毛的旗幟，在滿堂美人中間，她是最美麗的。凝睇一笑，對蓀就一見傾心了。此後，女神和蓀忽即忽離，遨遊天國，攜手同行。在咸池裏洗洗澡，在陽光下曬曬頭髮。有的時候，蓀和女神一同坐着車子逍遙九天。蓀一手舉着長劍，一手扶着愛人，撫持彗星，掃除穢惡，"善者佑之，惡者誅之"。他們永遠是青春年少，宜爲萬民的表率。這裏，就《少司命》略加賞析：

　　　　秋蘭兮蘪蕪，羅生兮堂下。綠葉兮素枝，芳菲菲兮襲予。夫人兮自有美子，蓀何以兮愁苦？

　　此爲第一段，寫蓀未遇少司命時。秋蘭，香草。蘪蕪，野草。有一首古詩題《上山采蘪蕪》。秋蘭、蘪蕪，羅列而生。芳草茂盛，繞於堂下。吐葉垂花，芳香菲菲。"花氣襲人知驟暖。"此寫蓀已出場,女神未遇之時,王國維云:"一切景語皆情語。"(見《人間詞話》)良辰美景,當有美子,共賞韶光,怡情悅性。夫,凡也。夫人即凡人。美子,愛人也。各有情侶,蓀何愁苦?首四句寫景,却啟後兩句寫情。菲菲襲予,使人陶醉。此以濃郁鮮豔之景,反襯幽獨愁苦之情。

秋蘭兮青青,綠葉兮紫莖。滿堂兮美人,忽獨與余兮目成。

此爲第二段,寫蓀恰與神遇。青青,即菁菁。秋蘭、縻蕪,羅生堂下:此言其多,其境則恬靜冷雋。秋蘭青青,滿堂美人:此言其盛,其境則熱鬧愉快。環境寫得恬靜,却不寂寞冷清;滿堂美人,寫得熱鬧,却不喧闐。遣辭造境,正見恰到好處。在滿堂美人之中,女神含睇,眷蓀獨摯。此以穠麗之景,正襯喜悅之情。一正一反,映襯變化,怡人心神,眩人眼目。

入不言兮出不辭,乘回風兮載雲旗。悲莫悲兮生別離,樂莫樂兮新相知。荷衣兮蕙帶,儵而來兮忽而逝。夕宿兮帝郊,君誰須兮雲之際?

此爲第三段。寫少司命與蓀倏忽離別,蓀猶冀其重來。生別離,即新別離。儵,即倏。誰須,猶言待誰。"來如春夢不多時,去似朝雲無覓處。"在社會中,古往今來,青年男女之情往往會遇到這種情景。《白蛇傳》寫白娘子與許仙"遊湖借傘",才得相逢,又告別離。許仙唱道:"話語小船窗,話語小船窗。語句多停當,可惜相逢即別又匆忙。"白娘子也唱道:"碌浮生一身飄蕩,頃刻裏歸去也,兩下多惆悵。"新相知,新別離,多麼蕩人心弦啊!

女神乘回風,載雲旗,倏忽飄逝;然神的形象,衣香鬢影,猶深深蕩漾於蓀的心靈之中。"心有靈犀一點通",樂莫樂兮新相知矣;黯然消魂,則又悲莫悲兮新離別矣。此刻縈繞於蓀的腦際者,女神逝兮,想伊暮宿天帝之郊,眷戀徘徊,犹在佇立以待。而女神到了天上,也没有跑進天門,却在天門之外的帝郊徘徊。"結幽蘭而延佇"。此際蓀的情緒,複雜曲折。很快來,很快去,"儵而來兮忽而逝",一句過接,想伊很快又會來的。因在帝郊夕宿,顧廟守得一時半刻,挨一會兒也好。驚起却回頭,有恨無人省?有人省的,蓀也。説明蓀與少司命,少司命與蓀,心心相印,感情濃厚。從詩歌結構説,這三段文思騰挪,筆力跌宕,藝術境界,愈出愈奇。此段從蓀的眼光,寫出少司命的神態。《西廂記·送別》寫張生時,莫説鶯鶯一人在唱,却從鶯鶯唱中顯示張生心理,筆法有相似處。大作家總是重視借鑒的。

> 與女遊兮九河,衝飆起兮水揚波;與女沐兮咸池,晞女髮兮陽之阿。望美人兮未來,臨風怳兮浩歌。

此爲第四段,寫蓀回憶昔時與女神相聚之樂。咸池,天池。晞,曬。阿,曲隅。怳,失意。蓀與女神遊於九河,一陣狂風吹來,碧水激起了波濤;沐於咸池,在陽光下曬曬鬖髮。美人驀地走了幾步,一個眼障,轉身不見。蓀迎着風,大聲歌唱起來,想着女神聽到歌聲:微風吹動了她的頭髮,叫我如何不想,她一定很快就會到來。歌中所寫的戀愛生活,跳躍性強,畫面瑰麗,有生活氣息,不庸俗,不平凡。感情是多麼熱烈,思想是多麼解放,筆觸又是多麼細膩啊!我説:《少司命》這首戀歌,像一朵永遠惹人喜愛、獨特無比、永不磨滅的鮮花,是不會過分的。

> 孔蓋兮翠旍,登九天兮撫彗星。竦長劍兮擁幼艾,蓀獨宜兮爲民正。

此爲第五段。最後終以贊美之辭。贊美蓀與女神純潔的戀愛。他倆的戀愛是建立在"爲民正"的基礎上的,這就顯示了蓀與少司命戀愛的思想境界,是非常崇高的。旍,旌。竦,挺拔也。

幼艾,少女。民,人也。正,標準。蓀與女神坐在車上。這車上邊撑着孔雀翅羽的車蓋,前面張着翡翠鳥毛的旗旌。升登九天,撫持彗星。蓀左持長劍,右擁少女,掃除穢惡,獨爲民正。最後一句分量極重,顯示一篇的主題。

《詩·衛風·伯兮》寫婦人思念征夫:"自伯之東,首如飛蓬。"她的感情值得同情,因爲她的丈夫是"邦之桀兮"。《紅樓夢》寫賈寶玉、林黛玉的熱戀,他倆的愛情值得歌頌,因爲是建立在思想統一、認識統一,共有"叛逆"的性格,不説"混賬話"這一基礎上的。我們之所以感到《少司命》有分量,像千斤重的一顆橄欖似的,是因爲蓀與少司命的戀愛是與"爲民正"聯繫着的,有着共同的事業性。在古代社會裏,情詩、戀歌是很多的,但從"爲民正"這個角度着眼是不多的,因此才顯得"獨特無比"。

這歌中間有些失意情緒:"夫人兮自有美子,蓀何以兮愁苦?""望美人兮未來,臨風怳兮浩歌。"看似感傷,欲揚先抑,基調却是明朗愉快的,積極樂觀的。抒情寫景,繪聲傳神,文筆騰挪跌宕,變化多端。清譚獻詞:"連理枝頭儂與汝,千花百草從渠許。"現實中有此一境,但在舊社會中是較難遇見的。

電影《天雲山傳奇》,使我激動,爲之憤慨,爲之痛哭,爲之高歌。這是由於影片中主人公的悲歡離合,使我們產生共鳴。這愛情故事,使我們看到了時代的風雲變幻。主人公在大山般的政治壓力下並不動搖,在最慘苦的生活折磨下並不歎息,是誰給予他們這樣不可摧毀的力量?黨的偉大思想在他們身上已深深地扎根,不是低徊唏噓地回憶過去,而是勇敢地面向未來,面向新的征途。在古代社會裏,很難找到這樣的東西;但屈原偉大的愛國主義思想——"雖九死其猶未悔","指九天以爲正兮",同樣使我們感動。讀《少司命》:"竦長劍兮擁幼艾,蓀獨宜兮爲民正。"這情操又是多麽聖潔,多麽剛强和崇高啊!這樣富於浪漫主義的氣息，我們應把它發揚光大，把它滲透到文藝作品中去，人民生活中去，讓它爲我們今日所需要的精神文明服務！

（原刊《淮北煤炭師院學報》1987 年第 2 期）

　　編者説明：本文據原刊並參手稿録編，原刊題作《一朵永開不敗，惹人喜愛的鮮花——读〈少司命〉》。

東君

"曉來崖谷千峰綠,夜去霞空一片紅。"黑暗與光明不調和地
鬥爭着,始終是矛盾的。誰使大地光輝燦爛,萬物欣欣向榮充滿
着生命與活力?是太陽神啊! 當然,這不是對自然界以科學的
解釋,而是我們祖先對它的一種認識與願望。太陽神給人類以
無窮的恩惠,人類對它自然充滿了崇敬。

太陽神在希臘,稱爲阿波羅。它是太陽神,又是光明神、醫
藥神、音樂神和預言神,是一位多才多藝,又最爲美麗、最爲英俊
的神。太陽神是天神宙斯和仙女勒達所生的,關於這神在希臘
產生了許多美麗的神話。

但在中國古代社會,在民間,"萬物生長靠太陽",人們感謝
它,敬仰它惟恐不及,沒有人敢用愛情的彩色來"褻瀆"它,因而,
《東君》沒有寫成戀歌。

《東君》四章,寫太陽神的活動。自晨熹到黃昏,從夜色到天
明,寫了它的幾個鏡頭。這賦予了太陽神人的感情,人的意志,
人的性格,寫它渴望光明,忠於職守,驅除貪暴,因而,把這祭歌
寫活了,思想境界也提高了。在《九歌》中寫的十位神靈,有的莊
嚴,有的威武,有的豪邁,有的悲壯,有的喜悅,有的傷感,表現不
一,性格各異。惟寫東君,在生活中,在工作中,鬥爭性是强烈
的。張衡《思玄賦》云:"彎威弧之拨剌兮,射嶓塚之封狼。"這是

有異於其他天神與地祇的。

第一章:暾將出兮東方,照吾檻兮扶桑。撫余馬兮安驅,夜皎皎兮既明。

起首兩句點景。日出東方照耀在扶桑檻闌上邊。三句"撫余馬兮安驅",寫太陽神出來,駕着馬車在太空中緩緩而行。"余馬"中"余"字,與下文"操余弧""撰余彎"中的"余"字統一。胡文英云:"代神言也。"皆神自稱。此寫東君出場從容。四句"夜皎皎兮既明",映襯一句:夜色已漸皎皎發白。皎,一作皎。《說文·白部》:"皎,月之白也。"朝陽初升,在樂府詩中描繪較多。如《陌上桑》:

日出東南隅,照我秦氏樓。秦氏有好女,自名爲羅敷。

陸璣《日出東南隅行》:

扶桑升朝暉,照此高臺端。高臺多妖麗,濬房出清顏。

王褒《日出東南隅行》:

曉星西北沒,朝日東南隅。陽窗臨玉女,蓮帳照金鋪。

都用日出作爲背景,接寫人間閨情。《東君》則寫太陽神以及迎神女巫的活動,晨熹光照大地。四句所顯情調,有一種清新、開朗豪邁的感覺,内容獨特。

第二章:駕龍輈兮乘雷,載雲旗兮委蛇。長太息兮將上,心低徊兮顧懷。羌聲色兮娛人,觀者憺兮忘歸。

首句:"駕龍輈兮乘雷",寫太陽神駕着龍馬的軒車,輪聲若雷。次句:"載雲旗兮委蛇",寫太陽神車上載着雲彩的旌旆,隨風招展。王注:"輈,車轅也。""言日以龍爲車轅,乘雷而行,以雲爲旌旗,委蛇而長。"三四句:"長太息兮將上,心低徊兮顧懷。"胡文英云:"太息將上,言神若有所感,而不暇留;低佪顧懷,言神若有所戀,而不能去。"寫太陽神對於故居有所依戀,低佪不進,太息顧懷;但忠於職守,又是激勵着前進。現實生活是文藝創作源泉,有移情的作用。東方既明,神尚有所依戀。所感爲何?我們固無所知。屈原潤色此作品時,身處逆境,或感塵世污染,因而彷徨太息,不自覺地流露感情。五六句:"羌聲色兮娛人,觀者憺兮忘歸。"寫女巫樂舞有聲有色,使人高興,觀者樂而忘歸。娛神實亦娛人。謝靈運詩:"清暉能娛人,遊子憺忘歸。"詩意或本於此。

第三章:緪瑟兮交鼓,簫鐘兮瑤簴。鳴篪兮吹竽,思靈保兮賢姱。翾飛兮翠曾,展詩兮會舞。應律兮合節,靈之來兮蔽日。

這八句寫衆巫伴唱。首次兩句:"緪瑟兮交鼓,簫鐘兮瑤簴。"寫樂隊急促地彈瑟、擊鼓、打鐘、動簴。王注:"緪,急張弦也。交鼓,對擊鼓也。"簫,或作攡。攡鐘,擊鐘。瑤,姜亮夫先生説:"當爲搖之誤字。《招魂》'鏗鐘搖簴'可證。"三句"鳴篪兮吹竽",寫鳴篪吹竽。篪,竹製、橫吹。四句"思靈保兮賢姱",想象女巫扮得姣好。五句"翾飛兮翠曾",寫女巫舞態輕盈,如翠鳥翩翩。王注:"曾,舉也。言巫舞之巧,身體翩然若飛,似翠鳥之舉也。"翾飛,輕輕地飛翔。六、七兩句:"展詩兮會舞。應律兮合節。"寫女巫陳詩會舞,符合聲調節拍。此見古代伴奏樂隊與舞蹈、唱詩組合的場合,這就成爲中國戲劇形成的基礎與傳統。八句"靈之來兮蔽日",寫由於歌舞的感召,神靈來的極多,場面熱鬧。

第四章:青雲衣兮白霓裳,舉長矢兮射天狼。操余弧兮反淪降,援北斗兮酌桂漿。撰余轡兮高馳翔,杳冥冥兮以東行。

前兩句："青雲衣兮白霓裳，舉長矢兮射天狼。"黃昏到了，寫太陽神穿着青雲的衣，白霓的裳，搭起長矢射向貪殘的天狼星。三、四兩句："操余弧兮反淪降，援北斗兮酌桂漿。"寫太陽神手彎大弓返身注視這惡星沉落，拿起斗杓滿酌桂花酒漿痛飲。五、六兩句："撰余轡兮高馳翔，杳冥冥兮以東行。"寫太陽神在茫茫無際的夜色裏攬轡高馳疾行，趕向東方。

太陽神在夜色裏鏖戰，勝利以後，繼續不斷前進。這太陽神有着超人的毅力，強烈的愛憎，爲人間驅除邪惡，迎來光明。歌中正面出場，意志堅定，朝氣蓬勃。天狼星，西名 Sirius，英人稱爲 Dog Star，每年七月三日至八月十一日間，殆與太陽同時上升，放青白光。位於大犬座。天狼星的視星等爲－1.46 等，是除太陽外全天最亮的恒星，但是暗於金星與木星，絕大多數時間亮於火星。《史記·天官書》云："參爲白虎。……其東有大星曰狼。"參宿，西人屬大犬座。天狼星爲大犬座中唯一的一等星。天狼星爲目視雙星，伴星光度 8.4 等，相距 $10''.8$（1925 年），周期 49.32 年（參考陳遵嬀《恒星圖表》，商務印書館），因有變光現象，《天官書》因說："狼角變色。"（角，芒角，指光芒。）《史記正義》云："狼一星，參東南。狼爲野將，主侵掠。"王注："天狼，星名，以喻貪殘。"中國古代認爲天狼星是惡星。太陽神彎弓搭箭，射下這星，説明太陽神嫉惡如仇，戰鬥艱巨。《天官書》又云："秦之疆也，候在太白，占於狼弧。"中國古代占星家把天狼星分在秦的分野中，故太陽神的射天狼，有它的象徵意義。戴震《屈原賦注》以爲這裏透露了屈原有"報秦之心"。

《東君》中歌頌太陽神"舉長矢兮射天狼"不是偶然的，而是有它的特定涵義的。中國古代曾把太陽比之於君。"日尊，君象也；月卑，臣象也。"擬之於聖，對它懷着一種莊嚴蕭穆的心理，不

敢多所聯想。《淮南子·天文訓》説:"日出於暘谷,浴於咸池,拂
於扶桑。""日入於虞淵之氾,曙於蒙谷之浦。"僅述其行程而已,
"朝晝昏夜",未言其能摧邪扶正。《東君》歌頌太陽神迥異其趣,
獨特的風格與内容,古今罕見,這可説明《東君》,以至例示《九
歌》,可證"楚文化"的夭矯不群、十分璀璨。

編者説明:本文據手稿並參代抄稿、油印稿録編。手稿原題
《在夜色茫茫裏攬轡高馳疾行的太陽神——東君》。

河伯

　　《九歌》是祭歌。《東皇太一》《禮魂》在儀式上明顯地涉及祭祀，論者認爲：前爲序幕，爲迎神曲；後爲尾聲，爲送神曲。《河伯》《山鬼》通篇未涉祭祀；但是神話，所寫角色出場、服飾、儀仗都屬於神的。山鬼是山神，她的裝束是“被薜荔兮帶女蘿”，隨從是“乘赤豹兮從文狸”，儀仗是“辛夷車兮結桂旗”。河伯是水神，他的居處是“魚鱗屋兮龍堂”，隨從是“魚隣隣兮媵予”。《楚辭·天問》云：“胡射夫河伯，而妻彼雒嬪？”歌中的“女”同“汝”，“子”“靈”“美人”舊注都解釋爲指河伯。這歌可與王逸《天問》注“雒嬪，水神，謂宓妃也。傳曰‘河伯化爲白龍，遊於水旁’”相補充，可能是寫河伯與洛神的戀愛生活，是從洛神的口吻來寫河伯的，寫她回憶與河伯戀愛生活的兩個片斷（參見前拙稿《〈九歌·河伯〉説》）：一是旅遊，一是分別。

　　這篇作品可以分爲兩段：

　　　　與女遊兮九河，衝風起兮橫波。乘水車兮荷蓋，駕兩龍兮驂螭。登崑崙兮四望，心飛揚兮浩蕩。日將暮兮悵忘歸，惟極浦兮寤懷。

　　這歌起筆多姿，奪人眼目。洛神與河伯，在狂風呼嘯下，激起波濤，遊覽九河。駭浪之後，插寫車駕，荷葉爲蓋，螭龍爲驂，隨波出沒，情緒從容。登上崑崙，極目四眺，心曠神怡，胸襟開廓。心遊六合，神寄八荒。他倆愛之切，戀之深，合之歡，遊之樂。夜幕已臨，悵然忘歸。"惟極浦兮寤懷"猶"思極浦兮顧懷"，心潮起伏，不能平靜。筆鋒一轉，眷念遙遠的水邊，不覺傷懷。

> 魚鱗屋兮龍堂，紫貝闕兮朱宮。靈何爲兮水中，乘白黿兮逐文魚。與女遊兮河之渚，流澌紛兮將來下。子交手兮東行，送美人兮南浦。波滔滔兮來迎，魚隣隣兮媵予。

水中有着鱗屋龍堂，紫貝朱宮。但爲什麼把這水晶宮牢牢縈懷呢？河伯乘着黿鼉，騰逐文魚，他倆再度出遊。這時融化的冰塊紛紛下來，河伯攜着洛神的手東行；然而，好景不常在，倏即分袂，送神南浦，傷如之何？流水滔滔，神已逝矣。"隣"，《淮南·精神訓》高注："鄰，比也。"《釋名·釋州國》："鄰，連也。"隣隣，猶比比也。媵，胡文英云："送也。""魚隣隣兮媵予"，洪興祖補注引杜子美詩云："'岸花飛送客，檣燕語留人。'亦此意。"結語悠然不盡。

這歌沒有對洛神的美麗有何直接描寫，與他篇不同；但從她與河伯的交誼上反映，見乎情，她的性格奔放、爽朗、含蓄與纏綿，這又異於其他女神的。

黄河爲災爲福，古代人民或以爲有神管着，因而敬而畏之，列於祀典。世有河伯娶婦習俗，此俗實爲古代婦女厄遇。此歌却寫得婉麗，不見苦情。《九歌》原爲楚地民歌，離河甚遠，諒不直接受災，無切身痛，却有希冀過太平幸福生活。此一樸素願望，滲透入於祭神之歌，因成美麗的愛情神話故事歟？

編者說明：本文據手稿錄編，原題《婉麗跌宕的愛情生活斷片——讀〈河伯〉》。

山鬼

有些人研究《楚辭》，好敲邊鼓。邊鼓是可以打的，但打鼓還是以打在點子上爲好。《楚辭》是文學名著，我們對《楚辭》進行探索，以《楚辭》還《楚辭》，應從分析藝術形象入手。

《九歌·山鬼》是寫一位女神。她披着薜荔的披肩，繫着女蘿的帶子，含睇微笑。赤豹拖她的車乘，文狸做她的侍從。坐着一乘辛夷香木的車子，揭起一株桂旗。她折下芳馨的草木，想送給她所思念的相知——公子，來慰藉自己的惆悵；可是，驚風密雨，無夜無明不斷地向她侵襲。她的燕婉求愛的感情，深深地籠罩在陰森鬱怒的氣氛裏。

（原詩略——編者）

全詩浸透着一種悲涼憂鬱的情調，女神高尚的情操，美麗的心靈，與全詩陰森暗淡的氣氛相映襯。"月明風緊十三樓，獨自上來獨自下。"女神淒苦的生活，更顯出她性格的堅貞。這樣低沉憂鬱而又充滿熱情追尋芳馨的歌唱，不能不說或多或少是古代人民在痛苦生活的重壓下，而又追求和熱愛幸福的一種折光的反映。這種感情在《九歌》中幾乎是占主要的地位，這不是偶然的。在古代社會，由於統治階級各種高壓，戰爭紛亂，人民對美好生活的追求與熱愛，不能如願以償，在人民的生活和內心上，打下了沉重的烙印。帶有這種時代特徵的情感，就這樣曲折地反映在《九歌》中。正因如此，《九歌》一直爲人民所喜愛。

《九歌·山鬼》這篇作品的藝術表現，我認爲有着三個特點：一是，《山鬼》在表現人物思想感情和性格方面，是寓情於景，以景襯情，以形寫神，以神感人，寓美於人物的内在心靈活動中；因而《山鬼》所顯示的人物性格，發掘得深刻、鮮明、親切和自然，感人至深。二是，《山鬼》在題材、主題和表現手法上，運用詩歌語言、舞蹈語言，將生活真實轉化爲藝術真實，適當加以誇張、壓縮、映襯、點染，文筆細膩，乾净利落，富於創造性。從詩歌藝術、舞蹈藝術中透露出人物的性格美來，使人讀之齒頰流芳，回味無窮，深刻地觸及人的靈魂深處。三是，《山鬼》只是短短地抓住一個女神富有浪漫色彩的片段生活，加以描繪，却已飽滿地塑造出一個芳潔、善良、勇敢、癡情，而又深受襲擊、摧殘、冷落的女神形象。這女神在被襲擊、摧殘、冷落的時候，關心的不是自己的安危，而是考慮不能讓她所思念的公子增添心靈上的創傷。這女神懷着抑鬱感傷，却又有着堅定的信念，高尚的情操，美好的憧憬，是一個可敬可愛的人物形象。爲了便於説明問題，我將《山鬼》串講如下，對作品進行一些探索與闡發。

全篇寫山鬼出山，遠赴賓筵。首句："若有人兮山之阿。"用一若字，像有人又像無人。有人説："首句即有鬼氣。"我説："不要那麽看。""若有人兮山之阿"，即若有人於山之阿。杜甫詩："天寒翠袖薄，日暮倚修竹。"這是杜甫在文學上寫一個淪落天涯的貴族婦人。這裏作者採用神話形式、祭歌形式，曲折反映人間生活。所寫的有它的現實生活基礎，又有它的更多的藝術虛構成分，作者把所寫的神或山鬼，是放在與人間有着一定的距離來寫的，用一若字，恰好反映這一特點。次句："被薜荔兮帶女蘿。"這是寫山鬼的服飾，薜荔爲衣，菟絲爲帶。神的服飾與人不同，同時也就顯示神的神態姣美。次句："既含睇兮又宜笑。"睇，王逸《章句》："微眄貌也。""體含妙容，美目盼然。"這是進一層寫山鬼的眼神。古人刻畫女性，常常珍視她的眼神口角。《詩·衛風·碩人》曾寫碩人："巧笑倩兮，美目盼兮。"《大招》云："靨輔奇牙，宜笑嫣只。"《洛神賦》云："靨輔承權。"杜甫詩："青蛾皓齒在樓船。"古典詩歌中這種描寫是習見的，洪興祖《補注》："含睇宜笑，以喻姣美。"這是作者寫作的用意所在。次句："子慕予兮善窈窕。"窈窕，好貌。《方言》："美狀爲窕，美心爲窈。""子慕予"三字又進一層寫到山鬼的心裏。山鬼在想象，她所想念的君或公子正在欣賞愛慕她的姣美。杜甫在長安思念妻子，說道："今夜鄜州月，閨中只獨看。"杜甫不說他在思念妻子，却說妻子在思念自己，玉階佇立，月光照得玉臂都有些涼意了，是同一筆法。這話恰好反映山鬼對公子的深情。起首四句寫山鬼出山赴約，由表及裏，由粗及精，層次遞進，先從衣飾、外貌落墨，進而寫她的心靈活動。這四句話初步交代，也就生動地勾勒了山鬼的人物形象。

次句："乘赤豹兮從文狸。"山鬼赴宴，不是一人去的，有她的驂從。這可看出山鬼有着一定的身份。她的驂從爲何？那是赤豹文狸。洪興祖《補注》云："乘豹從狸，以譬猛烈。"山鬼爲什麼要用赤豹文狸做她的跟從呢？試挖一挖，這是借景寫情，寓情於景。作者這樣構思，有其塑造山鬼藝術形象的現實意義在：實際是在顯示山鬼的性格有其猛烈的一面。有的畫家，畫美女騎虎，這也不僅異想天開而已。次句："辛夷車兮結桂旗。"辛夷，香草，山鬼有了驂從，必然還有她的前驅之車，引導之旗，香車芳旌，是其儀仗。這些描寫，實質就是人間生活或多或少的曲折反映。王逸《章句》："結桂與辛夷以爲車騎，言其香絜也。"這裏鋪敘山鬼的儀仗，是一種烘雲托月的表現手法，從又一方面渲染了山鬼的芳潔。山鬼出山，她所驅使的驂從和所運用的儀仗，"辛夷杜衡,以況芬芳","乘豹從貍,以譬猛烈",兩種性質是不同的。這是什麼道理？這裏我們不妨聯繫一下《離騷》屈原自我寫照:他一方面以騏驥、鷙鳥自喻,另一方面又以芙蓉爲裳,芰荷爲衣。這又是什麼道理呢？相反相成,這兩者剛柔相濟,是可以統一起來的。塑造藝術形象,以大筆寫柔情,以險境襯坦途,這是常見的手法。人的性格是複雜的,一個偉大人物的性格更是多方面發展的。這樣寫是合理的,這樣寫才能筆酣神暢,形象飽滿。次句:"被石蘭兮帶杜衡。"這句和以前一句"被薛荔兮帶女蘿",看來好像重複,其實這兩句都是直接寫山鬼。寫了山鬼,停一停筆,推開來寫山鬼儀仗,又回轉來寫山鬼,所以復說一句。但這句用石蘭來代薛荔,杜衡來代女蘿。這是什麼緣故呢？這是寫山鬼愛美。山鬼顧影自賞,她似乎嫌棄薛荔、女蘿粗野,所以換了一套服飾。改以石蘭爲衣,杜衡爲帶。這像在《離騷》中所寫:"既替余以蕙纕兮,又申之以攬茝。"因此,我讀這句子,客觀效果看不嫌其囉嗦,而是只覺芳氣襲人。次句"折芳馨兮遺所思"。山鬼既易服飾,接着便去採摘芳馨,這樣用來作爲禮品贈給她所思念的人。"子慕予兮善窈窕",前寫山鬼的心理活動;"折芳馨兮遺所思",後寫山鬼的行動表現。前是山鬼靈心善感,後是山鬼柔情密意,她把所愛之人,藏於心靈深處,亦有所表現。以上八句,通過山鬼出山,從山鬼所驅使的騶從,所運用的儀仗,山鬼的心理活動及行動表現,刻畫了一個芳潔、善良、勇敢和癡情的女神形象。

次兩句:"余處幽篁兮終不見天,路險難兮獨後來。"這兩句文筆一轉,山鬼有美好的願望,可是她的際遇不佳。山鬼歎息道:我是潛處在幽篁邃林之中,不能見到天日。這次遠赴賓筵,一路碰着險阻,只能珊珊來遲。通過山鬼説明,我們可知山鬼處境之窘,行程之艱。但山鬼説出這話,不是訴苦,用意却是爲了希望公子諒解：我來遲了，不是傲慢。次兩句："表獨立兮山之上，雲容容兮而在下。"表在古代，是巫者立起，用爲招魂之幡。《晉語》："設望表。"注謂：立木以爲表。這裏却是借喻山鬼像表一樣獨立於高山之上。山鬼顧盼容容之雲，舒捲於下。由此可見山極險峻，山鬼所在至高，望之至遠。那麼山鬼所思之君，自然在她的所望之內。次兩句："杳冥冥兮羌晝晦，東風飄兮神靈雨。"這寫山鬼在高嶺俯瞰雲層深厚杳冥，白晝如晦。東風忽起，神靈應之而雨。這些景物描寫，寓情於景。環境氣氛的陰沉，實是襯寫山鬼的惆悵失望。李商隱《重過聖女祠》云："一春夢雨常飄瓦，盡日靈風不滿旗。"詩的意境，有相通處。次兩句："留靈修兮憺忘歸，歲既晏兮孰華予？"前段寫山鬼懷着美好的願望，這段寫山鬼受到外來阻力，願望逐漸化爲泡影。山鬼自思：在這風雨晦冥之時，盼望我所思念的靈修，留連不去，憺然忘歸，怕没把握；但我年歲已老大，哪個還肯光寵我呢？這時山鬼對於山中風雨和心中風雨，已經不能分辨，一種遲暮之感油然而生。次兩句："采三秀兮於山間，石磊磊兮葛蔓蔓。"三秀，芝草。這時山鬼還是抱着希望，採摘芝草；可是山石磊磊，葛草蔓蔓，芝草哪裏容易採摘？這兩句話實是隱喻求之不得，並爲下文起興。次兩句："怨公子兮悵忘歸，君思我兮不得閒。"雖然這樣，山鬼還在想：公子來乎否耶？心裏有着一些抱怨，但公子是會諒解我的：我因没法脱身，所以不能早來啊！次三句："山中人兮芳杜若，飲石泉兮蔭松柏，君思我兮然疑作。"然，信。疑然，疑信交作。山鬼不能與公子會晤，仍是保持芳潔，飲以石泉，蔭以松柏，動輒以秀潔自勵，並没苟且隨便；但思公子於我不宜有半信半疑之情。在困難境遇之中，山鬼還作這樣設想，其性格的善良、熱情，於此可見一斑。次三句："雷填填兮雨冥冥，猨啾啾兮狖夜鳴，風颯颯兮木蕭蕭。"這三句，文思急轉，連用好多個動詞、形容詞和擬聲詞，且用舞蹈語言，用以刻畫環境氣氛。風雲突變，這裏顯示山鬼所處的環境更爲惡劣。山鬼將有不測的禍殃，遭受到突然襲擊、摧殘、冷落或遺棄。末句："思公子兮徒離憂。"離，罹也。在這雷霆萬鈞、風雨不測的關鍵時刻，這正是山鬼經受考驗的時候：可是山鬼所考慮的不是自己，而在思念公子，絕不能由於自己的痛苦而使公子憂傷。文章就在這裏結束，在山鬼抒發這一崇高的思想以後結束。從中使我們認識到山鬼的品行高尚；同時也可以使我們體會《山鬼》藝術表現的高妙。

《山鬼》是一篇優美的叙事抒情詩。"乘赤豹兮從文狸，辛夷車兮結桂旗""表獨立兮山之上，雲容容兮而在下""采三秀兮於山間，石磊磊兮葛蔓蔓""雷填填兮雨冥冥，猨啾啾兮狖夜鳴，風颯颯兮木蕭蕭"：從這些環境描寫裏，我們可以進而理解山鬼的處境，孤芳冷落，現實給她的壓力是深重的。"既含睇兮又宜笑，子慕予兮善窈窕""被石蘭兮帶杜衡，折芳馨兮遺所思""留靈修兮憺忘歸，歲既晏兮孰華予""怨公子兮悵忘歸，君思我兮不得閒""君思我兮然疑作""思公子兮徒離憂"：我們從這些神態和心理描寫裏，多少可以領會山鬼心靈之美。山鬼多愁善感，顧影自憐，確是一個芳潔、善良、勇敢、癡情，而又深受襲擊、摧殘和冷落的女神形象。

我們吟誦《山鬼》還應從藝術形象上對它進行探索。王夫之在《楚辭通釋·序例》中提出一個主張，認爲通釋《楚辭》，應該遵循《經解》所説的"屬辭比事"，"引而伸之，觸類而長之"。這樣解釋《楚辭》，才是正路。但是現在流傳下來最早解釋《楚辭》的王逸《楚辭章句》卻不是這樣解釋的。因而王夫之給以批評："王叔師之釋《楚辭》也，異是。俄而可以爲此矣，俄而可以爲彼矣，其來無端，其去無止。然則斯製也，其爲孛星之欻見，行潦之忽涸乎？昧於斯旨，疑誤千載。"

王逸解釋《楚辭》,有時不顧作品的上下文,"橫指數語",附會到一個東西上去,這是《章句》的缺點。王夫之的批評是有道理的。就《山鬼》來说,王逸曾把作品中的"君"落實到"懷王","公子"落實到"子椒",顯然不對。更嚴重的是,王逸這樣的錯誤注釋的方法,影響後世,如《文選》五臣注中所見的。《九歌》是屈原再創作的。屈原在再創作時,必然會把他自己擺進去。但擺進去,不等於説塞進他個人的身世。因此,在《九歌》中抓出幾句,或幾個字和屈原的生平混同起來,這會把與作品無關的事硬加上去的。這裏,可舉一些例來説明。"歲既晏兮孰華予",王逸注云:"晏,晚也;孰,誰也。言己宿留懷王,冀其還己,心中憯然,安而忘歸。年歲晚暮,將欲罷老,誰復當令我榮華也!"山鬼自傷歲暮,孰能華予? 這與"宿留懷王"是兩碼事,王逸却把它硬拉在一起了。"怨公子兮悵忘歸",王逸注云:"公子,謂公子椒也,言己所以怨公子椒者,以其知己忠信而不肯達,故我悵然失志而忘歸也。""君思我兮不得閒",王逸注云:"言懷王時思念我,顧不肯以閒暇之日,召己謀議也。""君思我兮然疑作",王逸注云:"言懷王有思我時,然讒言妄作,故令狐疑也。""思公子兮徒離憂",王逸注云:"言己怨子椒不見達,故遂去而憂愁也。"《山鬼》中所寫山鬼的思想感情,怨公子、思公子和思君,與公子椒和懷王毫無瓜葛,王逸怎能把他們混爲一談呢? 在十年浩劫中,有些人注釋詩詞,特別是毛主席詩詞,也是喜歡落實,牽強附會,這就蹈了過去的覆轍。因此,我在這裏附帶指出這個問題,是有其現實意義的。

(原刊《紹興師專學報》1981 年第 1 期)

編者説明:本文據原刊並參手稿、代抄稿、油印稿録編。手稿原題《一個絢麗多彩、花雨繽紛的女神形象——讀〈山鬼〉》。

國殤

　　《九歌》是屈原吸取民間歌辭，給以加工潤色的一套祭歌。它反映了楚國古代現實生活的某些側面；同時，也滲透了屈原自己某些思想感情。《九歌》十一篇，其中《東皇太一》《雲中君》《大司命》《少司命》和《東君》祭的是天神，《湘君》《湘夫人》《河伯》和《山鬼》祭的地祇。湘君、湘夫人是湘水的神，河伯是黃河的神，山鬼是巫山的神。地祇是地上的神，也有上升爲天上神的。這九位神廣義地説都是天神，只有《國殤》例外，祭的是人鬼，是爲國捐軀的戰士。末篇《禮魂》是送神曲。前面九篇的文思結構，饒於神話色彩，青雲白霓，桂舟桂旗，靈衣被被，玉佩陸離，幻想奇譎。這些作品風格：有的莊嚴肅穆，歡樂舒暢；有的綺麗清新，如花初蕊；有的悱惻纏綿，哀怨悵惘；有的氣象闊大，充滿光熱。只有《國殤》別異其致，直接描寫現實戰鬥，充滿悲壯激烈的情緒，沒有神秘幻想的氣氛。這不是一組曲折反映人間男女情愛富有抒情氣氛的情歌，而是一曲獨放異彩的贊美衛國戰士的頌歌。

　　《國殤》兩字顯示這篇作品的主題。"國殤"，洪興祖云："謂死於國事者。《小爾雅》曰：'無主之鬼，謂之殤。'"戴震曰："殤之義二：男女未冠笄而死者謂之殤，在外而死者謂之殤。殤之言傷也。國殤，死國事，則所以別於二者之殤也。歌此以弔之。"這就是説：爲國犧牲的戰士，國家設祭吊之。這篇作品就是選取一次失敗的戰爭：喋血戰鬥，暴骴原野，給以崇高的禮贊，用以激勵人民，再接再厲，發揚愛國主義的精神。“三軍過後盡開顔”，但爲什麽不選擇一次輝煌的勝利來歌頌呢？如《詩·小雅·六月》和《詩·大雅·常武》，一寫抗擊强敵獫狁，一寫討伐不臣侯國，最終凱歌一曲來贊美武士功勳呢？回答這個問題，該從歷史現實出發：

楚懷王十六年：秦欲伐齊，患楚與齊親，使張儀約楚絶齊，許以商於地六百里。王大悦，遂絶齊，秦不予地，王怒，興師伐秦。（見《楚世家》）

楚懷王十七年：與秦戰丹陽，秦大敗我軍，斬甲士八萬，虜大將屈匄，遂取楚之漢中郡。楚悉發國兵，復襲秦，大敗於藍田。韓魏聞楚困，襲楚至鄧，楚引兵歸。（見《楚世家》）“於是楚割兩城以與秦平。”（見《張儀列傳》）

楚懷王十八年：秦約分漢中之半，以和楚。王曰：願得張儀，不願得地。儀至，王囚欲殺之。靳尚説鄭袖言於王。出之。儀因説王叛從約，與秦親。儀去，屈原使從齊來。諫曰：何不誅張儀？王悔，使人追儀，弗及。（見《楚世家》）

楚懷王二十六年：齊、韓、魏爲楚負從親，共伐楚。楚使太子質於秦請救。秦兵至，三國引去。（見《楚世家》）

楚懷王二十八年：“秦與齊、韓、魏共攻楚，殺楚將唐昧，取我重丘。”（見《楚世家》）

楚懷王二十九年：“秦復攻楚，大破楚，楚軍死者二萬，殺我將軍景缺。懷王恐，乃復使太子質於齊以求平。”（見《楚世家》）

楚懷王三十年：“秦復伐楚，取八城。”（見《楚世家》）“王入秦，秦取我八城。”（見《六國表》）

頃襄王一年：秦攻楚，“大敗楚軍，斬首五萬，取析十五城。”

（見《楚世家》）"秦敗我十六城。"（見《六國表》）

頃襄王六年：秦遺楚書，約決戰。襄王患之，復與秦平。（見《楚世家》）

頃襄王十九年："秦伐楚，楚軍敗，割上庸、漢北地予秦。"（見《楚世家》）

頃襄王二十年："秦將白起，拔我西陵。"（見《楚世家》）

頃襄王二十一年："秦將白起遂拔我郢，燒先王墓夷陵。楚襄王兵散，遂不復戰。東北保於陳城。"（見《楚世家》）

頃襄王二十二年："秦復拔我巫黔中郡。"（見《楚世家》《六國表》）

這是楚國慘痛的歷史事實。楚懷王入秦不返，楚人哀之。這慘痛的史實，激勵了楚國人民，出現了"楚雖三戶，亡秦必楚"敵愾同仇的局面。屈原是一個有政治識見、正直的詩人，他有"九死未悔"的精神。面對現實，屈原禮贊這一喋血戰鬥的死難烈士是十分真實的，有深刻的意義。游國恩在《楚辭概論》中說：這篇作品，所寫的是車戰。車戰，戰國時已不用，可見《九歌》必是戰國以前——春秋的產品。我想：這也不一定。詩中寫的車戰可以借古喻今，也可能用的是曲筆。《紅樓夢》中所寫的官制，非古非今，不能説非清人作品。這裏，就《國殤》略加賞析。

操吳戈兮被犀甲，車錯轂兮短兵接。旌蔽日兮敵若雲，矢交墜兮士爭先。

第一句：塑造威風凜凜的楚軍戰士群像。手持吳戈，吳戈用以進攻；身被犀甲，犀甲用以防禦。嚴陣以待，準備戰鬥。在兮字前後，一爲"操吳戈"，一爲"被犀甲"，句中對文，分量勻稱，擺得穩，顯得戰士威武莊嚴。讀者感情重點擺在"兮"字上，大聲朗讀，三復斯言，其義自見。第二句：寫雙方戰車交錯，短兵相接，氣勢磅礴，一場激烈的肉搏戰正在開始。第三句：寫敵方，大軍壓境，形象化地鋪叙一句。旌旗蔽日，人馬像白雲一片推來，衝進楚軍的行列。第四句：又寫雙方，敵軍已衝入行列。"矢交墜"寫境遇不利，"士爭先"寫士氣旺盛。交墜、爭先是反襯對照。流矢如雨紛紛落下；而戰士都是勇猛向前。"矢交墜"與"士爭先"也是句中對文，"士爭先"三字，看似平常，實際字字千鈞。"士爭先"是在矢交墜下進攻的，顯示了楚軍的勇敢、頑强和敵愾同仇的精神，形象生動，讀之精神爲之振奮。這樣的開頭，便是奇峰突起。不寫兵馬未動，糧草先行，兩軍對陣，擂鼓三通；也不寫戰前準備與計謀：一方謹飭，一方驕恣，哀兵必勝，以弱尅强。這對當時楚國的昏庸統治者來講，都配不上。這裏只從戰士羣像的勇敢寫起，掃盡枝葉，開門見山。

　　凌余陣兮躐余行，左驂殪兮右刃傷。霾兩輪兮縶四馬，援玉枹兮擊鳴鼓。天時墜兮威靈怒，嚴殺盡兮棄原野。

　　第五句：進一步寫戰争很快地進入高潮。"凌"是侵犯，"躐"是踐踏。楚軍是這樣的頑强抵抗；可是敵軍却已衝入楚軍陣營，把楚軍的行列衝垮了，衝亂了。第六、七兩句：緊接着寫戰鬥的創傷。駕車的馬：左的右的，死的死，傷的傷！車輪陷没於泥淖之中，馬匹都被絆住。戰士有没有死傷呢？没有寫，而是讓讀者去想象。第八句寫戰士提起白玉般的鼓槌鼓打得多麽響啊！這就可看出戰士們臨危不懼、英勇頑强的精神。第九句："天時墜兮威靈怒"，渲染環境氣氛。天昏地暗，白日無光，真的動天地而泣鬼神。第十句：氣氛寫得更加悲壯。對敵人是要斬盡殺絶；對自己呢？願意暴骨荒野！格調寫得又是多麽激昂啊！

　　這是第一段，寫楚軍激烈的戰鬥場面，殺聲震天，流血遍野。這十句詩，一口氣讀，彷彿脈搏停止了跳動，會使讀者喘不過氣來。

　　出不入兮往不反，平原忽兮路超遠。

　前面刻畫了戰鬥場面，戰士的義無反顧，英勇頑強。此則歌頌戰士的精神，反復地強調他們的雖死猶生，浩氣長存。第二段第一、二兩句抒發作者沉痛地哀悼，心潮起伏，感情激宕，壯士一去兮不復返。

　　帶長劍兮挾秦弓，首身離兮心不懲。誠既勇兮又以武，
　　終剛強兮不可凌。

　第三、四兩句有兩層意思：一是體現戰士誓死的決心；一是撰寫英雄的贊歌。戰士身首既離，這是慘痛的事實，但還是帶着長劍，挾着秦弓，威武常在，雄心不移，精神沒有半點畏懼！這又是多麼勇敢，多麼壯烈！第五句：陸侃如等《楚辭選》云"勇和武是有區別的，勇指戰鬥的精神，即'勇敢'。武指戰鬥的力量，即'武力'"。這是贊美楚軍有勇有武，戰鬥的精神和力量萬分剛強，令人崇敬！前言"凌余陣"顯示氣憤，這裏的"不可凌"體現反擊。一個"凌"字，關鎖全文。"不可凌"體現的是乾坤正氣。豈能以成敗論英雄？讀書至此，彷彿正襟危坐，默對穹蒼，感奮不已。

　　身既死兮神以靈，子魂魄兮爲鬼雄。

　第七句歌頌戰士視死如歸，精神永存。第八句"子魂魄兮爲鬼雄"。李清照《烏江》云："生當作人傑，死亦爲鬼雄。"禮贊感情，推向高潮。

　這八句是第二段，作者蘸着心頭的血沉痛悼念陣亡將士，其中也寄託了屈原沉重的憂傷國事的心情和熱烈的愛國主義精神。

　這篇作品，謀篇佈局，截取一次鏖戰最後犧牲的場面，從一

列喋血抗戰的戰士群像着筆，"直賦其事"（有些像狼牙山上的五壯士，自然背景與内容不同而已），不寫戰前佈置，兩軍力量對比敵方占優勢，而是開門見山，單刀直入，叙寫楚國戰士不怕犧牲，英勇戰鬥的場面，重點突出，結構緊嚴。"援玉枹兮擊鳴鼓"，"首身離兮心不懲"，充分體現戰士的頑強戰鬥精神。"子魂魄兮爲鬼雄"，把禮贊盛情推向高潮，悲壯有力，鮮明突出，戛然而止！這足見作者選材、剪裁與着筆的高明。《離騷》以香草美人，喻其忠貞；惡木臭草，喻其奸邪。叙事抒情，曲折委婉，以攄拳拳忠心，耿耿幽怨。《國殤》直賦其事，慷慨悲歌，熱烈禮贊，剛健樸質，蒼勁遒練。相題屬文，由於作品所寫内容不同，而風格各異其致。全篇十八句：第一段十句側重刻畫嚴酷的戰鬥場面，寫得尖銳深刻；第二段八句側重顯示剛毅的戰鬥精神，寫得雄武壯美，立意堅定，文筆宕漾，章法變化。全篇全用七字句，兮字固定在句的中間。由於作者政治熱情飽滿，一氣呵成，句式雖相仿，却板而不滯。兮字兩邊，常相對文。如："旌蔽日兮敵若雲，矢交墜兮士争先。"前句言敵軍之多，後句言楚軍之勇。前後相屬。"矢交墜"與"士争先"爲當句對，顯示臨危不懼。"出不入兮往不反"，强調有去無歸，誓死決心，能增加音樂的節奏感。

《九歌》中《湘君》曲折反映抒發男女情懷，對美好生活嚮往，波折起伏，綽約多姿，句中兮字，位置不定，有：△△△兮△△、△△兮△△、△△△兮△△△△、△△△△△兮△△和△△△兮△△△△△五種，短的、長的錯落變化。《東皇太一》顯示對天帝崇敬，節奏舒緩，氣氛肅穆，却有愉快情緒，句式有：△△兮△△、△△△兮△△兩種，有變化而變化不多。《國殤》爲禮贊衛國戰士的崇高品質與堅强鬥志，故句式都爲△△△兮△△△，壁立千仞，使人肅然起敬。句中用字，如：操、被、錯、接、蔽、墜、争、凌、躐、殪、傷、霾、縶、援、擊、懲、怒等用得恰當，有感情，有形象，兼能顯出層次。如陣營受侵犯,行列就被衝亂。兩輪已埋,則四馬遂被絆住。"凌余陣"與"不可凌",兩"凌"字意義相反,前後呼應。全篇章法、句法、字法,都值得探索與學習。

《國殤》以後,歷史上歌頌戰爭的名篇很多。如曹植《白馬篇》:"捐軀赴國難,視死忽如歸。"林庚、馮沅君主編《中國歷代詩歌選》說是"贊美邊塞游俠兒的武藝高超、機智勇敢和忠貞愛國"。李賀《雁門太守行》:"報君黃金臺上意,提攜玉龍爲君死!"說是"寫危城守將誓死報國的決心"(同上)。感覺情致有勝,而力量厚重不足矣。

編者説明:本文據手稿録編,原題《一曲獨放異彩、贊美衛國戰士的頌歌──讀〈國殤〉》。

禮魂

　　《九歌》十一篇，祭祀十神。《禮魂》處於最後，是一支歡欣愉快的送神曲。篇幅短小，寥寥數句，寫得却有特色：

　　　　成禮兮會鼓，傳芭兮代舞，姱女倡兮容與。春蘭兮秋菊，長無絶兮終古。

　　首句是説：祭禮完成，乃歌作樂，急疾打起鼓來。次句是説：祭者傳遞花朵，交替舞蹈。三句：美女歌唱，進退從容。二、三兩句準確地勾勒出一幅鮮明、歡樂的舞蹈畫面。四、五兩句，王逸注：“言春祠以蘭，秋祠以菊，爲芬芳長相繼承，無絶於終古之道也。”表達人們希望：一年兩度的祭神活動不要終斷。女巫被着彩衣，拿着花朵，在交響樂隊的節奏下，邊歌邊舞，在高潮中結束。

　　編者説明：本文據手稿録編，原題《一支歡欣愉快的舞歌——〈禮魂〉》。劉録稿附記云：“《九歌》寫了十篇，獨缺《禮魂》，找遍未見餘下頁。”

橘頌

　　后皇嘉樹，橘徠服兮。受命不遷，生南國兮。深固難徙，更壹志兮。綠葉素榮，紛其可喜兮。曾枝剡棘，圓果摶兮。青黄雜糅，文章爛兮。精色内白，類任道兮。紛緼宜修，姱而不醜兮。嗟爾幼志，有以異兮。獨立不遷，豈不可喜兮。深固難徙，廓其無求兮。蘇世獨立，横而不流兮。閉心自慎，終不失過兮。秉德無私，參天地兮。願歲並謝，與長友兮。淑離不淫，梗其有理兮。年歲雖少，可師長兮。行比伯夷，置以爲像兮。

　　《橘頌》在《楚辭》中是一篇頗具特色的作品。這詩既是橘樹的頌歌，又是屈原自己高潔品質與思想感情的滲透與曲折、真實的寫照。它有着雙重形象、雙重思想内容，使兩者巧妙地結合起來。詩中描繪了橘樹的“受命不遷”“深固難徙”，“蘇世獨立，横而不流”的特點，寄託和抒發了屈原的熱愛家鄉、熱愛楚國的强烈感情，及其不與世俗同流合污、堅持真理的高尚情操與優秀品質。這詩分三層次：一頌、二頌、三頌。從創作手法講，可稱三筆。三筆鋪陳，三筆寄情。鋪陳所以體物，寄情所以寫志。劉勰《文心雕龍·詮賦》篇云：“賦者，鋪也，鋪采摛文，體物寫志也。”《橘頌》恰好顯示了賦的特色。它是賦的一體，亦爲賦的雛形。清胡文英《屈騷指掌》云：“此賦物之祖也，寓意分明，與《荀子》諸賦競爽。"深有見地。

《橘頌》第一層說：

> 大自然培育了這樣芳潔的橘樹，它造福於辛勤的人類啊。它的稟性是那麼堅貞，深深地紮根在南方的土地上啊。既深且固，難於把它遷徙。它更具有專一的品德啊。濃郁的綠葉，芳潔的白花，欣欣向榮，多麼令人喜愛啊。叢叢疊疊的枝條上長滿了銳利的棘刺，懸掛着累累的果實啊。青的如碧，黃的似金，相映成趣，文彩是多麼漂亮啊。它的內瓤和膏液，多麼潔白，像個有道君子，可以擔負重任啊。多麼茂密，多麼美好，一點不嫌繁冗啊。

這一筆直接頌橘，記物記地，突出它的"難徙""任道"，滲透、寄託了屈原的熱愛宗邦與經受考驗的思想感情和道德品操。第二層說：

> 呀，呀！芳潔的橘樹，您有着不落凡響的志向啊。獨立不遷，豈非很可愛啊。深固難徙，豁達寬大無所求於世啊。保持着清醒的頭腦，特然獨立在那裏，枝幹縱橫不隨流俗啊。藏心謹慎，終不敢有過失啊。抱德無私，可以匹配天地啊。

這一筆再頌橘的"獨立不遷"，寄情寫物，更多突出滲透、抒發、寄託屈原的"志"，及其"蘇世獨立""秉德無私"的精神。第三層說：

> 歲月雖然消逝，我衷心地願望着長與橘樹爲友啊。橘樹的花葉枝果美麗不淫，强梗而有理致啊。年壽雖短，它留下的痕跡却很久遠啊。（《屈原賦校注》"師"讀爲"追"，"長"讀短長之長。"可師長兮"，謂人之年壽雖短，而可留其跡於久恒也。）行爲可以比於伯夷，擺着可以做個榜樣啊。

這一筆三頌橘的"淑離不淫"。審橘美德，直接突出體現屈原的願望與精神。這三筆層次遞進,寫志逐次多於體物。兩相湊泊,作者從而更多抒發其思想感情,而讀者則益欲感染其教育效果。

《詩》三百篇多言草木鳥獸之名。如言詠物,常用比興之法,一以引起下文,所謂興也;一以以賓襯主,所謂比也。《周南·關雎》云:"關關雎鳩,在河之洲;窈窕淑女,君子好逑。"以雎鳩比雌雄相應之和聲,以興起君子之思求淑女。《檜風·隰有萇楚》云:"隰有萇楚,猗儺其枝。夭之沃沃,樂子之無知。"寫萇楚(羊桃)被風吹拂,枝葉繁茂、花朵繽紛、果實纍纍,以襯"子之無知""無家""無室"。子爲主,萇楚爲賓。比興所寫物與物的關係,只是抓一特徵,加以匹配或聯繫,兩者的關係是不穩定的,不緊密的;而不是較爲全面的固定的對應關係。《橘頌》的詠物,兩者不是比興的關係,而是巧妙地結合起來的。結合之中滲透和寄託了作者的思想感情、理想和抱負。有寄託入,無寄託出,入乎其中,出乎其外,有着雙重形象,雙重思想内容。《橘頌》的體物寫志手法,對《詩》三百篇的比興手法來説是一大飛躍,一大創造。《橘頌》以後,這一手法就成爲我國詠物詩的優良藝術傳統。如陸放翁《詠梅》就是運用這樣的手法來寫作的。

在《離騷》中,屈原常用"芰荷""蘭蕙"來顯示其高尚的品質與情操,從物到人,兩者緊密結合起來,成爲我們民族的優良藝術傳統。但《離騷》寫的草木較爲分散。從這點來説,《橘頌》一篇集中頌橘,在題材上也是創造。如古詩《橘柚垂華實》:

橘柚垂華實,乃在深山側;聞君好我甘,竊獨自雕飾。
委身玉盤中,歷年冀見食。

稱所美,以蘄見用於君。唐張九齡《感遇》云:

江南有丹橘,經冬猶緑林。豈伊地氣暖,自有歲寒心。
可以薦嘉客,奈何阻重深!運命唯所遇,循環不可尋。徒言樹桃李,此木豈無陰?

用丹橘來比喻自己的情操。題稱《感遇》,改名"詠物"亦無不可。兩詩藝術手法,實亦沿自《橘頌》的體物寫志。

《詩》三百篇中有《周頌》三十一篇,《魯頌》四篇,《商頌》五篇,善頌善禱,頌人頌事,皆直接描寫,單重形象,藝術手法較爲單純樸素,與《橘頌》以頌橘始,以頌人終,各異其趣。人類在長期改造自然的實踐中,認識和創造了對於自然的審美意識,屈原又於社會生活、政治鬥爭中認識和創造了藝術上的審美觀念,兩者結合起來,條件成熟,《橘頌》從而產生。《周頌》《魯頌》《商頌》是歌頌奴隸主的功績,與《橘頌》相比,藝術手法不同,思想意識也迥別。《橘頌》云:"綠葉素榮,紛其可喜兮。曾枝剡棘,圓果摶兮。青黃雜糅,文章爛兮。"體物極細,寫得光彩奕奕。又云:"蘇世獨立,橫而不流兮。""秉德無私,參天地兮。"寫志極高,深思高舉,使人聯繫《漁父》中屈原所説的"舉世皆濁我獨清,衆人皆醉我獨醒"的"獨立"精神。"橫而不流",也使人不禁想到魯迅的"橫眉冷對"的精神。"秉德無私,參天地兮",又使人想起淮南王劉安贊美屈原的"濯淖污泥之中,蟬蜕於濁穢,以浮游塵埃之外,不獲世之滋垢,皭然泥而不滓者也。推此志也,雖與日月爭光可也"的精神。《橘頌》體物,有其客觀性,寫志有其主觀性,兩者統一於固定的形象上,主客觀巧妙地結合。由此可見,《橘頌》的成就是空前的,其對後世的影響、貢獻又是巨大的。

編者説明:本文據手稿録編,原題《一個蘇世獨立、橫而不流的高潔形象——讀〈橘頌〉》。

涉江

屈原是戰國時代我國偉大的愛國詩人。戰國形勢,劉向《戰國策·序》概括得好:"橫則秦帝,縱則楚王。"齊、楚、燕、趙、韓、魏稱爲"六國",加秦稱爲"七雄"。六國聯合起來,抵抗、攻打秦國,這條外交路綫稱爲"合縱"。楚是强國,"縱則楚王"。秦國聯絡六國,遠交近攻,各個擊破,這個外交路綫稱爲"連橫"。秦占優勢,"橫則秦帝"。

屈原爲楚懷王左徒,擔任内政兼外交的要職,主張革新政治,舉賢授能,確立法度,使楚富强,聯齊抗秦,完成統一大業。楚懷王初時信任屈原,王爲合縱長,帥六國之師,叩關攻秦。秦惠王患之,使張儀往楚,"厚幣用事者臣靳尚,而設詭辯於懷王之寵姬鄭袖",媚秦派勢力抬頭,包圍懷王。懷王"内惑於鄭袖,外欺於張儀","信上官大夫、令尹子蘭";屈原被讒,終於見放。

《涉江》是屈原被讒見放後旅途所作。這時"屈原至於江濱,被髮行吟澤畔,顏色憔悴,形容枯槁",憂心煩亂,愁思怫鬱,忠不見諒於楚王,貞却被讒於黨人,不願"以身之察察,受物之汶汶","以皓皓之白而蒙世之温蠖"。《涉江》一篇,訴説放逐憤慨,可分五段,兹略分析如次。

余幼好此奇服兮,年既老而不衰。帶長鋏之陸離兮,冠切雲之崔嵬。(《屈原賦校注》云:疑脱一句)被明月兮珮寶

璐。世溷濁而莫余知兮,吾方高馳而不顧。駕青虯兮驂白
螭,吾與重華遊兮瑤之圃。登昆侖兮食玉英,與天地兮同
壽,與日月兮同光。

這是第一段,譬之總序。"余幼好此奇服兮"至"被明月兮珮
寶璐"五句,用奇服以喻奇志。所謂"奇服",並非奇裝異服,乃是
服飾瑰麗。所謂"奇志",並非奇談怪論,而是屈原有着崇高的政
治抱負、政治理想,關係着國家、民族政治與文化上的大事。奇
服爲物質文明,奇志爲精神文明。一屬自然屬性,一屬社會屬
性。兩者結合,雙重形象,寄託遥深。這種表現方法,發展了《詩
經》的比興藝術特色,王逸所謂:"其詞温而雅,其義皎而朗。"使
讀之者產生"慕其清高,嘉其文采"的效果,既得美的享受,復收
潛移默化之功。

"世溷濁而莫余知兮,吾方高馳而不顧"兩句顯示:有奇志者
不爲世容,却獲不幸的遭遇。屈原襟懷磊落,並不介意,在這些
黨人面前只是大踏步前進。此所謂世,乃濁世也。所謂溷濁,並
非屈原歇斯底里發作,傷時罵世,實指楚國統治集團腐朽。屈原
欲施美政,不得支持,却被陷害排擠,勢成"孤獨"。這種感受,屈
原在《離騷》中時見流露。"世並舉而好朋兮,夫何煢獨而不予
聽?""不吾知其亦已兮,苟余情其信芳。"奇服、奇志,屈原喻其品
德志向,是叙志;高馳不顧,屈原明其行誼超越,不願同流合污,
不屈不撓,是記行。寫服飾,寫行動,使人物形象更見鮮明。

"駕青虯兮驂白螭,吾與重華遊兮瑤之圃"兩句,寫其尋找精
神支持,戞戞獨造。"登昆侖兮食玉英,與天地兮同壽,與日月兮
同光"三句,寫其精神健旺,追求正義,追求光明,追求真理。打
破水缸問到底,屈原靈魂深處,實質應是追求實施美政也。

這一段屈原運用浪漫主義手法寫其精神境界:"驚才風逸,
壯志煙高。"從中國文學史看:"自風雅寢聲,莫或抽緒。奇文鬱

起,其《離騷》哉!《涉江》或謂是《離騷》的一個縮影。

> 哀南夷之莫吾知兮,旦余濟乎江湘。乘鄂渚而反顧兮,
> 欸秋冬之緒風。步余馬兮山皋,邸余車兮方林。乘舲船余
> 上沅兮,齊吳榜以擊汰。船容與而不進兮,淹回水而疑滯。
> 朝發枉渚兮,夕宿辰陽。苟余心其端直兮,雖僻遠之何傷!

這是第二段,抒寫旅途情景,反映其去國情懷,感情色彩濃
鬱沉重,悱惻纏綿,如聞泣聲。"哀南夷之莫吾知兮,旦余濟乎江
湘。"兩句突轉,結合奇志寫不幸遭遇,被讒放逐,中心惻怛,難以
爲懷。"乘鄂渚而反顧兮,欸秋冬之緒風"兩句,寫其去國懷鄉,
不勝依戀之情。這與上文屈原對於黨人所言的"高馳不顧",成
爲強烈對照。屈原所戀者爲國家,所憎者爲黨人,愛恨分明,於
此見矣。"步余馬兮山皋,邸余車兮方林"兩句寫陸行。"乘舲船
余上沅兮,齊吳榜以擊汰。船容與而不進兮,淹回水而疑滯"四
句寫水行。屈原對於放逐,夙有精神準備;故於旅途,曰步曰邸,
曰容與曰不進:一方面寫其從容,另方面見其躊躇。千古才士,
同聲一哭。"朝發枉渚兮,夕宿辰陽"兩句點醒旅程。"苟余心其
端直兮,雖僻遠之何傷"兩句小結表態:堅持"端直","僻遠"流
放,屈原亦是藉以自慰。

> 入漵浦余儃佪兮,迷不知吾所如。深林杳以冥冥兮,猨
> 狖之所居。山峻高以蔽日兮,下幽晦以多雨。霰雪紛其無
> 垠兮,雲霏霏而承宇。哀吾生之無樂兮,幽獨處乎山中。吾
> 不能變心而從俗兮,固將愁苦而終窮。

這是第三段,續寫旅途情景,描寫突出環境險惡,烘托去國
悲憤情懷,存心端直,決不動搖。"入漵浦余儃佪兮,迷不知吾所
如"兩句接寫旅途,曰入曰迷,屈原心頭陰影,更添一層,承上啟
下,突出環境惡劣,行旅苦楚。"深林杳以冥冥兮"至"雲霏霏而

承宇"六句,寫深林幽暗,猿猴淒厲,斜陽無光,淫雨綿綿,霰雪無
垠,濕雲承宇。以淒厲、蕭瑟、幽暗、卑濕之景,襯托人的寂寞、抑
鬱、孤獨、悲愴之情,寫環境、兼示氣氛。不僅此也,屈原之所以
見放者,實由於政治上深深受着摧殘與迫害;故其實質,透過所
寫自然環境與心理上的幽暗氣氛,反映楚國政局上的幽暗現實。
讀此詩者,須透過一層來看,文章有筆不到而意到者,當於此體
會之。"哀吾生之無樂兮,幽獨處乎山中"兩句寫其痛苦感受,預
示前程黯淡。因而迫出下文:"吾不能變心而從俗兮,固將愁苦
而終窮。"兩句小結緊緊關連,再次表態,此心不渝。所謂從俗
者,為從黨人也。這批結幫拉夥之人,競進鑽營,屈原決心愁苦
終身,一固字說得堅定,這是何等膽量,何等毅力! 常見有些人
明擺着的事,心中有底,說句公道話都挺不起腰,總把利害放在
是非之上。行己有恥,要好好學習屈原的精神。

　　接輿髡首兮,桑扈臝行。忠不必用兮,賢不必以。伍子
　逢殃兮,比干菹醢。與前世而皆然兮,吾又何怨乎今之人。
　余將董道而不豫兮,固將重昏而終身!

　　這是第四段,舉述古來志士仁人,歷史人物,常罹悲慘遭遇。
這種遭遇,決非偶然。作為精神支持,堅定走正確的道路。"余
將董道而不豫兮,固將重昏而終身。"三次表態,董道不豫,重昏
終身。雖有犧牲,固不計較。屈原耿耿丹心,光明磊落,為國獻
身,其精神堪與日月爭光。

　　亂曰:鸞鳥鳳皇,日以遠兮;燕雀烏鵲,巢堂壇兮! 露申
　辛夷,死林薄兮;腥臊並御,芳不得薄兮! 陰陽易位,時不當
　兮。懷信佗傺,忽乎吾將行兮!

　　這是第五段,尾聲。屈原志潔行芳,處於濁世,堅持革新,實
施美政,是進步的,不被理解,終遭放逐,矢志不渝,品德是崇高

的。但其實施希望，寄之楚王，"睠顧楚國，繫心懷王"，有其局限性。忠不必用，賢不必以，於是搔首問天，憤慨繫之。此憤慨與希望，兩相激蕩，最後在尾聲中，因理想難以實現而發爲歎息。由此可見屈原之階級局限與時代局限；然其精神，不屈不撓，千載之下，猶是令人感奮！今日在黨領導下，時代不同，英雄有用武之地，更當奮發有爲！

編者説明：本文據手稿録編，原題《〈涉江〉賞析》。另有《説〈涉江〉》，刊於全國語文教學法研究會編《教學通訊》1984 年第 1 期，係本文的縮簡，未予收編。

惜往日

　　惜往日之曾信兮，受命詔以昭時。奉先功以照下兮，明
法度之嫌疑。國富强而法立兮，屬貞臣而日娭。秘密事之
載心兮，雖過失猶弗治。心純庬而不泄兮，遭讒人而嫉之。
君含怒而待臣兮，不清澂其然否。蔽晦君之聰明兮，虛惑誤
又以欺。弗參驗以考實兮，遠遷臣而弗思。信讒諛之溷濁
兮，盛氣志而過之。何貞臣之無辠兮，被離謗而見尤？慚光
景之誠信兮，身幽隱而備之。臨沅湘之玄淵兮，遂自忍而沈
流。卒没身而絶名兮，惜壅君之不昭。君無度而弗察兮，使
芳草爲藪幽。焉舒情而抽信兮，恬死亡而不聊？獨鄣壅而
蔽隱兮，使貞臣爲無由。聞百里之爲虜兮，伊尹烹於庖廚。
呂望屠於朝歌兮，寧戚歌而飯牛。不逢湯武與桓繆兮，世孰
云而知之。吳信讒而弗味兮，子胥死而後憂。介子忠而立
枯兮，文君寤而追求。封介山而爲之禁兮，報大德之優游。
思久故之親身兮，因縞素而哭之。或忠信而死節兮，或訑謾
而不疑。弗省察而按實兮，聽讒人之虛辭。芳與澤其雜糅
兮，孰申旦而別之？何芳草之早殀兮，微霜降而下戒；諒聰
不明而蔽壅兮，使讒諛而日得。自前世之嫉賢兮，謂蕙若其
不可佩。妒佳冶之芬芳兮，嫫母姣而自好。雖有西施之美
容兮，讒妒入以自代。願陳情以白行兮，得罪過之不意。情

200

冤見之日明兮，如列宿之錯置。乘騏驥而馳騁兮，無轡銜而自載；乘氾泭以下流兮，無舟楫而自備；背法度而心治兮，辟與此其無異。寧溘死而流亡兮，恐禍殃之有再。不畢辭而赴淵兮，惜壅君之不識。

《九章》大都是作者屈原從其政治生活鬥爭出發而構思創作的，篇幅較短，感情懇摯而比較激烈，抒發冤情，鞭撻讒人，心潮起伏，縈於夢寐，感傷憤懣，溢於言辭。其中《惜往日》一篇當作於頃襄王怒而遷之之後，地點在湖南。屈原歷盡坎坷，飽經滄桑，垂死之日，趨於寧靜，於是從容就義。

楚懷王曾任合縱長，叩關攻秦，奉承先業——楚悼王使用吳起變法，和楚宣王、楚威王修明法度，功勳光照下民，是有所作爲的。屈原初受命時，很受信任，"入則圖議國事，以出號令，出則接遇賓客，應對諸侯"，還爲懷王造爲憲令，正所謂："惜往日之曾信兮，受命詔以昭時。奉先功以照下兮，明法度之嫌疑。"這裏所說"明法度之嫌疑"的"嫌疑"，和《禮記·曲禮》所說"定親疏，決嫌疑，別同異，明是非"及《後漢書》所說應劭"撰《風俗通》以辨物類名號，識時俗嫌疑"之"嫌疑"是有一定的聯繫的，有其特定的含義，並非泛泛而言。我們可以由此聯繫、探索它所涉及和反映的內容，不是一般把"嫌疑"理解爲是非而已。

楚懷王把機密之事——如圖霸中原的大計藏之心頭，大政委之貞臣；因此屈原受命，勵行政治變革，成效卓著，楚國從而富強起來。"國富強而法立兮，屬貞臣而日娭。秘密事之載心兮，雖過失猶弗治。"治理國家必有機密之事，也會遇到失誤，楚懷王能夠把密事藏心，委政貞臣，諒解屈原辦事的某些失誤，這就了不起。作品中用"屬""秘""雖""猶"四字，確切地反映着懷王對待屈原的態度。屈原在被髮行吟澤畔中回味，感到悵惘，卻又十分親切。《論語·子路》記："仲弓爲季氏宰，問政。"孔子說："先有司,赦小過,舉賢才。"有司可理解爲行政機構。先把領導班子搭好,懂得人無完人,金無足赤,使用人才,赦其小過,選賢與能,國家就能蒸蒸日上,這是爲政的第一條。以此觀察楚懷王那時對國家大事的治理即符合這條精神。屈原回憶楚國當時朝氣蓬勃,有這崢嶸氣象,心中自然是樂滋滋的,也非常愛惜它。可是好景不長,風雲突變,屈原又十分痛惜它!

事物總是在矛盾鬥爭中發展與變化的。屈原主持的變革觸犯了貴族權臣的利益,於是讒人瘋狂地進攻:"心純厖而不泄兮,遭讒人而嫉之。君含怒而待臣兮,不清澈其然否。"屈原秉性敦厚却遭到了讒人的嫉妒,楚懷王並不省察他的是非,只是怒目嗔怪。讒人得勢,楚國的開明政治便成曇花一現。楚王聽信讒言,屈原便在這激烈鬥爭的旋渦中遭到了被放逐的厄運,而楚國的政治也真如清林雲銘在《楚辭燈》中所説:"貞臣用則法度明,貞臣疏則法度廢。""以明法度起頭,以背法度結尾。"從而日薄西山,暗淡無光。

> 信讒諛之溷濁兮,盛氣志而過之。何貞臣之無辠兮,被離謗而見尤?
> 乘騏驥而馳騁兮,無轡銜而自載;乘氾泭以下流兮,無舟楫而自備;背法度而心治兮,辟與此其無異。

這十句,是屈原痛惜於貞臣遭殃而法度敗壞。"心治"之説意謂隨心而治。"心治"一詞,看來當時也有它的特定涵義,恐是法家用以批評人家政治措施的一個術語。《韓非子·用人》説:"釋法術而心治,堯不能正一國;去規矩而妄意度,奚仲不能成一輪;廢尺寸而差短長,王爾不能半中。使中主守法術,拙匠守規矩尺寸,則萬不失矣。""背法度而心治",意謂毫無準則,隨心所欲地胡作非爲,這是屈原深惡痛絶的。這裏説明屈原爲政是有堅定的政治原則的,同時也體現出他堅持進步政治理想的精神。

"蔽晦君之聰明兮",讒人就是善於施展這種伎倆。"蘭芷變而不芳兮,荃蕙化而爲茅",聰明的君王因此而變爲糊塗的壅君了。但屈原依然能孤芳自賞,雖無法"陳情",憤懣之餘,只得獨善其身,"退將復修吾初服",却始終不改變自己的初衷。

> 寧溘死而流亡兮,恐禍殃之有再。不畢辭而赴淵兮,惜壅君之不識。

屈原時時感傷着不能盡吐胸中所懷,又恐禍殃之再有,於是早就準備赴淵而死,唯一使他感到痛惜的,是君王的深受蒙蔽。我們要探索屈原創作《惜往日》的心理,應該突出抓住這個"惜"字,既愛惜,又痛惜。作品以《惜往日》爲題,初看似是拈出的篇首三字而成。這種篇名題法在《詩經》中是常見的。而這篇題名絕非一般,它有其特殊性,蘊藏着深刻的含義。"惜往日"三字,實爲全篇主腦。首句"惜往日之曾信兮",是愛惜。中間"惜壅君之不昭"和最後亂辭"惜壅君之不識",是痛惜。愛惜一句,痛惜兩句。掂掂篇章辭句分量,痛惜倍於愛惜,這就反映了讒人猖獗,屈原孤掌難鳴,抵擋不了。篇中三次提出"惜"字,首尾呼應,說明屈原滿腔情懷,集中於此。認真分析,這三個"惜"字是有機聯繫着的,是屈原感情的經絡。從文學講,可謂全篇詩眼,體會到這三個"惜"字,全篇精神便出。屈原追求美政,無所畏懼。"貼余身而危死兮,覽余初其猶未悔",曾使楚國的大好江山,紅日在望,朝霞滿天,可惜好景不長,風雲突變。"惜往日之曾信兮",這一"惜"字,真好似劈空而降,當頭潑了一勺冷水。楚國的形勢,發生了翻天覆地的變化。懷王從此爲讒人所包圍,以忠爲邪,以讒爲信。貞臣無罪,遂以見逐,芳草藪幽,何由陳情,人世之痛,孰逾於是。"惜壅君之不昭",再而"惜"之,其婉憐悲痛之情更爲可知。頃襄王繼位，法度既隳，罔可救藥；國亡無日，義恐再辱。而欲以死諫君，恐伴不悟，不得已，只能獻身隨志，而臨終之前，又歎"惜壅君之不識"。"惜"之至，亦痛之至也。此三"惜"字，將屈原"睠顧楚國，繫心懷王"，一片丹忱，披肝裂膽而出。讀者於此，豈徒惜之，千古才人，同聲一哭。屈子將懷石而自沉於汩羅，人之將死，其言也善。屈子頻頻呼天，曰：惜、惜、惜！此三"惜"字，真見其欷欷怛惻之心。余讀之，不禁廢書而歎，淚濕紙背矣。

楚懷王命屈原造爲憲令，足覘其有膽識。然而卒爲讒人所惑，日趨昏聵。執政者爲小人所包圍，往往不能自拔。篇中由是以"讒人""讒諛""信讒""讒妒"諸詞交織、雜廁其間，瘡痍滿目，剔目心傷，使人痛心疾首。曰"遭讒人而嫉之"，曰"信讒諛之溷濁兮"，曰"吳信讒而弗味兮"，曰"聽讒人之虛辭"，曰"使讒諛而日得"，曰"讒妒入以自代"：閉眼張眼，讒人充塞道路。千載之下讀之，猶憫屈原身廁於豺狼群中，中心怛惻，何以爲懷！"鵜鴂之先鳴"而"百草不芳"；"讒臣"當道而黑白顛倒。於是，"奉先功"之君變爲壅君，貞臣被貶爲遷臣。君爲壅君，國非其國，雖有貞臣，必不能用。篇中多次用"讒"字，就是直指讒人蔽君之罪，深着背法敗亡之禍。屈原對奸佞讒人深惡痛絕，雖身處絕境，仍慷慨激昂，義正詞嚴，使全詩具有强大的感染力。

這篇作品，在《楚辭》中最爲淺顯明白，而又自具特色。既與《離騷》的憫椒蘭，傷荃蕙，哀民生，悲遲暮，歎靈瑣之修遠，矢九死而靡它，行吟荒澤，眷念宗邦，就重華而陳詞，述三后之純粹，思堯舜之耿介，陳禹湯之祗敬，大聲鏜鞳，汪洋恣肆，富於想象與盛於藻飾者異趣；亦與《東君》之典則，《湘君》之要眇，《山鬼》之靈奇，《天問》之瑰詭，《大司命》《少司命》之柔情旖旎、千姿百態者不同。即在《九章》之中亦爲辭最平易，語不驚人，文思清新，言事明切。形成這個特色是什麼緣故呢？這是因爲，屈原垂死之日，視死如歸，從容沉着，抒瀉哀音，脱口而出，不暇構思，無意藻飾。志潔行芳，故情不忙亂。

"臨沅湘之玄淵兮，遂自忍而沈流"，"不畢辭而赴淵兮，惜壅君之不識"。意志堅實穩定，説得多麼從容，多麼沉痛。屈原在《離騷》中説"伏清白以死直兮"，"雖體解吾猶未變兮"。這裏顯其"死直"，證其"未變"。愛國之忱，赤子之心，推此志也，雖與日月争光可也。陸放翁論詩，謂功夫在詩外。讀文學藝術作品，披文見情，亦當納之於政治社會現實中求之。博學於文，行己有恥，陶冶性情，砥礪氣節，而非嘲風弄月，玩物喪志。鑒賞之道，亦當於此求之者乎！

（原載《楚辭鑒賞集》，人民文學出版社 1988 年版）

編者説明：本文據原載録編，原題《〈惜往日〉鑒賞》。

詩詞論叢

目　録

詩以言志——風騷詠蘭管窺……………………（211）

詩教與治術及其藝術表現…………………………（213）

詩歌的音韻論析……………………………………（215）

詩歌的音節論析……………………………………（223）

略論詩的寫作與欣賞………………………………（231）

詩詞創作與欣賞舉例………………………………（244）

耐人尋味的試帖詩…………………………………（250）

略談舊體詩的修改…………………………………（255）

詩詞鑒賞……………………………………………（259）

　李　　白(十一首)………………………………（259）

　杜　　甫(二首)…………………………………（266）

　李商隱(六首)……………………………………（271）

　孫光憲(一首)……………………………………（275）

　范仲淹(一首)……………………………………（277）

　蘇　　軾(三首)…………………………………（280）

　李清照(七首)……………………………………（284）

　陸　　游(二首)…………………………………（290）

　范成大(九首)……………………………………（293）

　楊萬里(三首)……………………………………（296）

陳　亮（一首）……………………………………（298）

姜　夔（二首）……………………………………（300）

宋徵輿（四首）……………………………………（304）

張煌言（一首）……………………………………（310）

姜宸英（一首）……………………………………（313）

朱彝尊（六首）……………………………………（315）

梁佩蘭（一首）……………………………………（319）

龐　鳴（一首）……………………………………（321）

袁　枚（三首）……………………………………（323）

林則徐（一首）……………………………………（327）

陳其泰（一首）……………………………………（330）

金　和（一首）……………………………………（332）

周星譽（一首）……………………………………（336）

許南英（二首）……………………………………（339）

譚嗣同（一首）……………………………………（342）

詩以言志

——風騷詠蘭管窺

華夏詩歌，奠於風騷。詩以言志，歌以永言。淺就蘭蕙言之。

蘭爲王者之香，生於幽谷，疏不露幹，密不簇枝，迎風浥露，瑩然可愛，淨植階除，灼然騰秀。是以淑人君子，媛女狡童，挹其清芬，高其情操，以爲定情之禮，或作佩帨之飾。《荀子》所謂：民之好我，芬若椒蘭。《孔子家語》亦云："與善人居，如入芝蘭之室"也。

《詩·鄭風·溱洧》云："溱與洧，方渙渙兮；士與女，方秉蕳兮。"《毛傳》："蕳，蘭也。"此寫士女手執蘭花遊樂。蘭蕙攝寫於《楚辭》，約分三類。其一如《九歌·湘君》云："薜荔柏兮蕙綢，蓀橈兮蘭旌。"此寫以蘭爲旌，自其爲人服務角度道之。然讀《離騷》，屈原借以喻其自我鍛煉，自我修養。如："扈江離與薜芷兮，紉秋蘭以爲佩。"陳本禮《屈辭精義》云：蘭爲衆芳之最，秋而彌烈。君子佩之。所以象德。篇中取譬芳草甚繁，而其指各有屬，此則首喻己之博采衆善，以自修飾也。又如："余既滋蘭之九畹兮，又樹蕙之百畝。"陳本禮曰：願君用芳。初念先從培樹説起，述從前培植人，述拔茅連茹，而衆君子皆進，以期共爲美政。再如："蘭芷變而不芳兮，荃蕙化而爲茅。""余以蘭爲可恃兮，羌無實而容長。"陳本禮曰："變者氣味漸移，化者形類頓改。"屈原爲楚三閭大夫，欲施美政栽培子弟，詎知宗室子弟，不能遂其心願，砥柱中流，或者潔身引退；而慢惕淫靡，排擊美政。椒蘭不能卓然自立，爲國家有用之器，屈原傷之，令尹子蘭故聞之而大怒也。是知屈原之言蘭蕙，有所指矣。或以爲佩，或滋之樹之，或傷無實，所喻不同，而旨在爲施善政則一也。從一形象聯繫另一形象，此種創作方法，王逸所謂："《離騷》之文，依《詩》取興，引類譬喻，故善鳥香草，以配忠貞，惡禽臭物，以比讒佞。"至其藝術風格，《史記》所謂"其文約，其辭微，其志潔，其行廉，其稱文小而其指極大，舉類邇而見義遠"也。

由此觀之，鋪采摛文，體物寫志，物以貌求，心以理應，非爲詠吟而詠，其當言志明道也。

（原刊《浙江民革報》1993 年 6 月 25 日第 4 版）

编者说明：本文據原刊録編，手稿另有數語云：

吟詩不外言志、抒情、叙事、説理四事。外此四事，心中無物，只求附會風雅，不知詩而强作詩，此市儈之詩也。

詩人有其志矣，志有達或不達，喜怒隨之，情發於外，必有其事矣，並以理闡之，是故詩之抒情、叙事、説理實爲言志之所派生也。

詩教與治術及其藝術表現

詩歌爲形象教育，詩以言志，緣情而發，古稱詩教。它的社會功能，可以作爲輔佐治理國家的一種手法，古稱治術。詩、書、禮、樂，古稱樂正四術，而詩列於四術之首。孔子曾説："詩，可以興、可以觀、可以群、可以怨，邇之事父、遠之事君，多識於草木鳥獸之名。"又説："興於詩，立於禮，成於樂。"國家之興，首見於詩。孔子繼承歷史優良傳統，闡發詩教在治術中所起的作用巨大。

詩又有它的藝術創作的特色，詩教與治術兩者融洽才能達到目的。

中國詩歌奠定於風騷，即《詩》三百篇和《楚辭》二十五篇。《詩》三百篇是中國古代儒家六藝中的一部極爲重要的典籍，也是一部偉大的文學作品。《楚辭》是閃耀着可與日月争光的愛國主義思想的一部文學作品。這兩部書的思想性與藝術性都是達到了高度的融洽，臻於高峰，影響深遠，而且樹立了榜樣。

《詩》三百篇是一部從西周初年到春秋中葉貴族創作和民間歌謠的合集。如以《關雎》《鹿鳴》爲例：《關雎》歌頌淑女以配君子、組織家庭，參預政治生活。《鹿鳴》歌頌文王歡宴諸侯，視諸侯爲嘉賓，君臣關係和諧。通過教育，正面引導，培養貴族子弟，使之成爲其政治上的繼承人，獲得文化教養，爲天子、爲諸侯。《楚辭》二十五篇是作家作品集，顯示了中國古代作家的棄臣心態，忠心報國，追求真理。如以屈原及其創作的《離騷》爲例：屈原"雖放流，睠顧楚國，繫心懷王，不忘欲反。冀幸君之一悟，俗之一改也。其存君興國，而欲反覆之。一篇之中，三致志焉"。

就藝術論：《關雎》之"窈窕淑女，君子好逑"，是寫淑女之配君子；"琴瑟友之"，"妻子好合，如鼓瑟琴"，寫家庭生活；"鐘鼓樂之"，寫政治生活。一寫齊家，一寫治國，氣氛歡樂，不見説教，而教育寓於中矣。《鹿鳴》爲燕饗之詩。"我有嘉賓，鼓瑟吹笙。"以群臣爲嘉賓，平等待人，則上下之情通，於歡欣和悦之情中，而尊賢貴德之意自見。所謂：君使臣以禮，臣事君以忠。

王逸謂："《離騷》之文，依《詩》取興，引類譬喻，故善鳥香草，以配忠貞；惡禽臭物，以比讒佞；靈脩美人，以媲於君；宓妃佚女，以譬賢臣；虬龍鸞鳳，以託君子；飄風雲霓，以爲小人。其詞溫而雅，其義皎而朗，凡百君子，莫不慕其清高，嘉其文采，哀其不遇，而愍其志焉。"

此見《詩》《騷》兩者成就之高明也。

编者说明：本文據手稿録編。另有手稿半紙云："劉勰曾言賦的特點是：鋪采摛文，體物寫志。此語用以讀《橘頌》，自無不合。作者言志，常見早歲立志，而終身以實踐之者。此文謂：頌橘'獨立不遷，生南國兮'，表達屈原所處'環境如何惡劣，也不願離開生他育他的祖國的堅定信念，表達了屈原崇高的愛國激情'，'正是屈原後期身處逆境，一種崇高愛國感情戰勝遠離祖國之念的偉大告白。沒有後期的遭遇和思想鬥爭，《橘頌》是無由產生的'。論證並不充分。故此文不過提出懷疑《橘頌》是否爲屈原早期作品的一些看法而已。質量似不高。"

詩歌的音韻論析

《虞書》云："詩言志，歌永言。"言志，是説它的思想内容，詩是作者世界觀的亮相。永言，是説它的藝術表現，歌是突出人類語言中的音樂性。兩者結合起來，這就顯示了詩與樂的關係。中國詩歌基本上是從民間文學中的民歌和曲藝等文藝樣式發展而來的。中國古代詩歌創作，如：詩經、楚辭、漢魏樂府、古詩、唐詩、宋詞、元曲和明清俗曲等各種體裁都是從民歌、曲藝中萌芽苗長的。

民歌、曲藝都有它的音樂性。這音樂性在詩歌中就顯示在押韻和節拍上。這裏先就押韻論析。語音可以分爲聲與韻兩類。聲母相同，稱爲雙聲，也叫諧聲。韻母相同，稱爲迭韻，謂之叶韻，或稱押韻。一首詩歌朗誦時，第一句的最後一音和第二句的最後一音聲母相同，人們聽起來是不易察覺的，朗誦時韻母相同就不同了，聽起來就會發生共鳴。因此，中國的民謠民歌，以及曲藝、戲曲的唱詞都是押韻的。押韻就是把韻母相同的字放在適當的地方，一般是放在句末的。押韻方式，在民歌中是豐富多彩的；在歷史上，這些方式在流傳和衍變的過程中，有的獲得發展，有些流傳一段時間後就消失了。這裏就舉《詩經》爲例，作一些論析。

在《詩經》中，就其一章四句的詩來説，押韻的方式就有八種之多：

1.ＡＡＡＡ。這四句詩，每句都是押韻的。如《邶風·終風》一章：

終風且暴（Ａ），顧我則笑（Ａ）。謔浪笑敖（Ａ），中心是悼（Ａ）！

這裏暴、笑、敖和悼四字押韻。

2.ＯＡＡＡ。這四句中首句是不押韻的。如《邶風·終風》四章：

曀曀其陰（Ｏ），虺虺其靁（Ａ），寤言不寐（Ａ），願言則懷（Ａ）。

這裏是首句不押韻的；靁、寐和懷三字押韻。

3.ＡＡＯＡ。這四句中第三句是不押韻的。如《周南·關雎》一章：

關關雎鳩（Ａ），在河之洲（Ａ）。窈窕淑女（Ｏ），君子好逑（Ａ）！

這裏第三句不押韻，鳩、洲和逑三字押韻。

4.ＡＡＡＢ　ＡＡＡＢ。這四句中前三句押韻，末句不押，但與下章爲韻；或稱爲遥韻。如《王風·君子陽陽》一章、二章：

君子陽陽（Ａ），左執簧（Ａ），右招我由房（Ａ），其樂只且（Ｂ）。

君子陶陶（Ａ），左執翿（Ａ），右招我由敖（Ａ），其樂只且（Ｂ）。

這裏陽、簧和房三字押韻，且與前三字不叶；然與下章且字押韻。

5. O A O A。這四句中，雙句押韻，單句是不押韻的。如《周南・卷耳》一章：

> 采采卷耳（O），不盈頃筐（A）。嗟我懷人（O），置彼周行（A）。

這裏筐、行押韻，耳、人不押韻。

6. A O O A。這四句中，首尾兩句押韻，中間是不押韻的。如《大雅・思齊》五章：

> 肆成人有德（A），小子有造（O）。古之人無斁（O），譽髦斯士（A）。

這裏德、士兩字押韻；但造字或謂旁轉押斁。

7. A B A B。這四句中，隔句相押。如《周南・兔罝》一章：

> 肅肅兔罝（A），椓之丁丁（B）。赳赳武夫（A），公侯干城（B）。

這裏罝、夫押韻，丁、城押韻。這種押韻方式或稱旋相爲韻。

8. A A B B。這四句中，前兩句押韻，後兩句換韻押韻。如《召南・采蘩》三章：

> 被之僮僮（A），夙夜在公（A），被之祁祁（B），薄言還歸（B）。

這裏僮、公押韻，祁、歸換韻押韻。

以上這八種形式都能表現一定的内容。那麼，哪種形式比較優越呢？這就需作具體分析。

1. 每句用韻較隔句用韻，節奏爲急。所以急口令、快板等多採用之。京劇基本上是採用逐句用韻的。如《打鼓罵曹》生唱二六板是：

丞相委用恩非小（A），屈爲鼓吏怎敢辭勞（A）。出得帳來微微笑（A），孔大夫作事也不高（A）。明知曹操眼孔小（A），沙灘無水怎能穀藏蛟（A）。〔轉快板〕滿腹經綸空懷抱（A），有志不能上九霄（A），越思越想心頭惱（A），施一個巧計罵奸曹（A）。安排打虎牢龍套（A），大蟲窩內也要宿一宵（A）。罷罷罷！暫且忍下了（A），明日施展我的巧妙高（A）。

這裏：小、勞、笑、高、小、蛟、抱、霄、惱、曹、套、宵、了、高諸字押韻。激昂慷慨，句句都説在點子上，有助於增強罵曹的義憤。

2.首句不押韻，餘三句接着押韻。一般説來，這種押韻方式，頗有破損的感覺。因而唐人在絕句中，不予採用。《詩經》是多章反復歌唱的，所謂一唱三歎。前章、後章可以多章押韻，成爲遙韻；因此，首句不押，次章押之，感覺不同，獲得補足，所以得以存在。

3.第三句不押韻，餘句用韻。四句便於起承轉合，這一形式便於反映思想感情複雜變化，開合頓宕，潛氣內轉，使之協調統一。因此在唐人絕句中，採之以爲基本形式。這一形式在《詩經》中也是習見的。

4.前三句押韻，末句與下章爲韻。這種形式，押韻較密，末句不押韻，朗誦時，聽來會使人感到前三章用韻失其作用；所以唐人絕句，不予採用。但在《詩經》中，末句與下章遙韻，獲得補足，所以可以存在。

5.雙句押韻，單句不押韻。這種方式和前第三方式同爲在統一中求變化。唐人五絕，因亦常採用之。隔句用韻，節奏是較逐句用韻爲緩，作家文學中律絕詩中多採用之，曲藝中亦常見。如山東快書《武松打虎》：

　　往前走了半里路,但只見一片樹林黑茫茫(A)。趁着星光留神看,有一條大青石板橫路旁(A)。武松自覺有點累,口乾舌燥酒氣揚(A)。忙將包袱撂在地,翻身躺在石板上(A)。涼風吹得多爽快,正好歇息一忽兒再過岡(A)。朦朦朧朧閉上眼,忽聽得嘩啦啦一陣大風來得狂(A)。乾草樹葉隨風舞,好家伙,地動山搖人驚慌(A)。

　　　　　　　　　　　　　　　　(高元鈞詞)

　　這裏茫、旁、揚、上、岡、狂和慌諸字押韻。這一形式源遠流長,形成傳統,是最有發展前途的。

　　6.首尾押韻,中間不押。這一形式看來不好。朗誦時,第一句所用的韻,聽到第四句時,由於隔了兩句不用韻,已經忘了,或者説是已經淡漠,這就失去了韻的作用。這種形式,在《詩經》是不多見的,後世也不採用。

　　7.隔句相互押韻,或稱旋相爲韻。這一形式可以增强音樂節奏之美,在西洋是廣泛運用的,把它視爲正宗,但在中國是不很發達的。因爲這樣用韻較嚴,難以得心應手,合於天籟自然;所以《詩經》以後,在詩歌創作中就少用了。今有人説:這形式是歐洲人獨創的,中國無此押韻方式。這話也是不符事實的,恐怕是沒有玩味《詩經》的緣故吧!

　　8.兩句押韻,兩句換韻押韻。這一形式適合於内容由兩個一半合成一個形象;否則,就會使人感到所塑造的形象零星破碎。中國陝北信天遊調是用兩句一唱的,就是兩句一韻。這一形式較爲樸素,是萌芽狀態的文藝樣式。這形式可以發展成長爲:ＡＡＢＢＣＣＤＤ。但多次重迭,使人生厭,不如ＡＡＯＡＯＡＯＡ爲妙。李季的《王貴與李香香》就是採用ＡＡＢＢ的方式來寫的。

　　中國詩歌的押韻方式,發展到唐詩,已經探索到了一定的規

律,從此逐漸趨於定型。基本形式是繼承着《詩經》的多句隔句
押韻的方式:

A A O A O A O A,如《唐風·山有樞》一章:

> 山有樞(A),隰有榆(A)。子有衣裳(O),弗曳弗婁
> (A);子有車馬(O),弗馳弗驅(A)。宛其死矣(O),他人是
> 愉(A)。

這裏樞、榆、婁、驅和愉諸字押韻。

詩中用韻,有的一韻到底,有的不斷換韻。方式不一,須視
思想感情的內容而定。思想感情的內容變了,押韻當然隨着在
變,這是很自然的。一韻到底,優點可以使人感覺形象氣氛統
一。如杜甫《後出塞》:

> 朝進東門營,暮上河陽橋(A)。落日照大旗,馬鳴風蕭
> 蕭(A)。平沙列萬幕,部伍各見招(A)。中天懸明月,令嚴
> 夜寂寥(A)。悲笳數聲動,壯士慘不驕(A)。借問大將誰?
> 恐是霍嫖姚(A)。

但如創作不問內容,故意一韻到底,有時將一韻部的字統統
用上,或用險韻,這樣吟詩,確屬難能;可是難能而不一定可貴
的。因爲吟詩,目的不在逞才,而是言志緣情啊,豈能玩物喪志!
韓愈創作有這種形式主義的傾向性。當然隨着詩人的思想感情
的變化,換韻是必要的。換韻可以顯示詩人感情的變化,增強形
象的多彩。如岑參《白雪歌送武判官歸京》即是:

> 北風卷地百草折(A),胡天八月即飛雪(A)。忽如一夜
> 春風來(B),千樹萬樹梨花開(B)。散入珠簾濕羅幕(C),狐
> 裘不暖錦衾薄(C)。將軍角弓不得控(O),都護鐵衣冷難着
> (C)。瀚海闌干百丈冰(D),愁雲慘淡萬里凝(D)。中軍置

酒飲歸客(E)，胡琴琵琶與羌笛(E)。紛紛暮雪下轅門(F)，風掣紅旗凍不翻(F)。輪臺東門送君去(G)，去時雪滿天山路(G)。山回路轉不見君(O)，雪上空留馬行處(G)。

古風七字一句，一般是兩句押一次韻，有時平仄互換的。這詩十八句，却換了七次韻。朗誦時真的覺得聲調抑揚頓挫，極有情致。詩的換韻發展到了盛唐、中唐，格律漸細。平韻換仄韻，仄韻換平韻。兩者相反，音距離遠，聲調就更顯得抑揚。初唐以前用韻尚未臻此境界。我們試誦《木蘭辭》，就可獲得理解。詩人聞一多創作新詩，押韻方式，也是多樣的；那時他是仿學歐西，還沒從中國詩歌的優良傳統中吸取源泉，只是一種嘗試而已。新詩是否需要押韻？向民間學習，"詩言志，歌永言"，合乎國情，肯定是要押韻的。這當向民謠、民歌、曲藝、戲劇學習，吸取營養，尋找和發展它的規律，結合人民生活，從而充分體現它的時代精神。這是十分需要的。

中國古無韻譜，押韻出自天籟，即口語的。舊詩是沿用平水韻的。韻譜初見於宋陰幼遇(字時夫)的《韻府群玉》，分 106 韻。上平聲 15 韻，下平聲 15 韻，上聲 29 韻，去聲 30 韻，入聲 17 韻。曲藝則多採用中州韻，就北方韻采土音編成，統稱爲 13 道轍。吳語系統與北方不同。南方曲藝蘇州彈詞，用韻亦時交叉。蘇州彈詞與嵊縣越劇，所分韻部也多不同。所以改革韻譜，需要綜合考慮；否則，就會出現明明叶韻的，倒反成爲出韻了。今將 13 道轍與平水韻的分合作爲例證，列於下：

a	佳	插花(發家)(發花)	麻			
en	人	人辰(茵蔯)(人臣)	真	文	侵	元
ao	小	交騷(窈窕)(苗條)	蕭	肴	豪	
ie	姐	撒雪(攝歇)(疊雪)	麻			

u	出	姑蘇(姑蘇)(姑蘇)	魚	虞			
ang	房	江洋(江洋)(江陽)	江	陽			
ai	來	徘徊(懷來)(懷來)	佳	灰			
ong	東	丁冬(貢生)(中東)	庚	青	蒸	東	冬
i	西	皮西(夷齊)(衣齊)	支	微	齊		
o	坐	婆娑(婆娑)(梭波)	歌				
an	南	天仙(天仙)(言前)	元	寒	刪	先	覃
鹽	咸						
ei	北	灰堆(灰堆)(灰堆)	支	微	齊	灰	
ou	走	綢繆(由求)(由求)	尤				

這裏人辰、插花、天仙三轍，韻尾帶着兒音，須用捲舌讀出，名爲小人辰、小插花、小天仙。十三轍中以人辰、江洋、丁冬、天仙四韻字多，撒雪、姑蘇、灰堆三韻字較少。

限於篇幅，其餘就不論了。

（原刊《古今談》1991 年第 3 期）

編者説明：本文據原刊並參代抄稿録編，原刊署名劉冰弦。

詩歌的音節論析

中國詩歌導源於民謠民歌，"詩言志，歌永言"。語言與音樂兩者是密切結合的。中國語文一字一音。由民間口頭創作從而滋生作家文學，音節也就成爲它的藝術表現的特色之一。這個特色除非漢字漢語悉行放棄，否則是不會消失的。民歌、曲藝的創作及其歌唱可舉數例如次。

兒歌：

　　麻雀雀，蓬蓬飛，飛到小囡囡手掌裏！

兒歌：

　　搖搖搖，搖到賣魚橋。買條魚來燒，頭未熟，尾巴翹，搖在碗裏跳三跳，吃在肚裏叫三叫。

《西宮怨》彈詞：

　　西宮苑內百花香，欲捲珠簾春恨——長。

中國語文的規律與西歐不同。西歐以音的強弱：強弱弱、強弱弱，或弱強弱、弱強弱表現音節；中國則以雙音拍和單音拍爲基本音拍。從上面所引的例子來看：有單音拍、雙音拍，音拍之間寓有頓挫。單音拍有時在前，如："麻/雀/雀"和"搖/搖/搖"。但一般是放在後的，如："手掌裏"，手掌是雙音拍，裏是單音拍；

"叫三叫"，叫三是雙音拍，叫是單音拍。也有變化音拍，如："小囡囡"，組成音拍。也有一字多腔，如："春恨長"，恨字一字多腔，聽來回腸蕩氣。歷史的綿延，久而久之形成民族的傳統，遂成以雙音拍、單音拍爲基本音拍，將雙音拍放在前面，單音拍放在結尾，另加變化音拍，有時一字多腔，有時多字成拍，表現出音節變化，顯示音的強弱的規律。它的式樣如次：

1. 三言　□□　□
2. 四言　□□　□□
　　　　　□□　□　□
3. 五言　□□　□□　□
4. 六言　□□　□□　□□
　　　　　□□　□□　□
5. 七言　□□　□□　□□　□
6. 八言　□□　□□　□□　□□
　　　　　□□　□□　□□　□　□
7. 九言　□□　□□　□□　□□　□

雙音拍：兩音一拍；單音拍：一音一拍。兩音一拍，朗誦起來，節奏較快；一音一拍，朗誦起來，節奏較慢。雙單結合，朗誦起來，形成頓挫。用單音拍結尾，誦完第一句後，再誦第二句時，中間就有時間便於換氣。雙音拍放在結尾，朗誦起來，就會感到局促，因爲這樣換氣不便。因此，中國詩歌的句式：三、五、七言盛行；四、六、八言不占重要地位，就是這個道理。變化音拍穿插其間，可使節奏繁複，增強表現思想與感情的能力，不致流於簡單。有時一字多腔，有時多字成拍。朗誦時又可使原素材進行拉長、拍短、歇脫、分開（即擴展、緊縮、休止、段取）的變化，這就增強了語言中的音樂性，使詩歌朗誦與作品所顯示的感情吻合而饒有韻味，從而突出作品的思想感情的內涵。

音拍自音調來分，可分爲平音拍與仄音拍兩種。如下式：

○ ○　　皆爲平音拍　　雙音拍

△ ○

△ △　　皆爲仄音拍　　雙音拍

○ △

○　　　平音拍　　　單音拍

△　　　仄音拍

七言句法，三個雙音拍在前，一個單音仄結尾。音拍之間，如調相反，就可拉開聲音的距離，朗誦起來，抑揚頓挫，感到聲調諧和。

平音拍起的結構爲：○○△△△○○，或△○○△△○○。平音拍、仄音拍和平音拍三音拍相間。平音拍和仄音拍俱有兩種：句中第一字和第三字可平可仄；第七字的平仄，則與下句押韻有關。如下句同押平聲韻爲平音拍，若不押，則末字爲仄音拍。第七字平音拍，則第五字音與之相反爲仄，反之爲平。舊説一、三、五不論，不甚確切；實際是一、三不論，五則須論，平仄是循第七字爲斷的。第一句平起則第二句與之相反爲仄起，第三句再與第一句相反。第四句則與第三句相反。故唐詩絕句形成格式如下：

(1)○○△△△○○　　(2)△△○○○△△

(3)△△○○○△△　　(4)○○△△△○○

平音拍起的格律如此，其中有可平可仄的，結合起來可作下式：

△　○　○　△　　○　△

○○△△△○○　　△△○○○△△

```
    ○   △           △   ○
△△○○○△△       ○○△△△○○
```

仄音拍起的格律與之相反。

```
    ○   △   ○   △       △   ○
△△○○△△○       ○○△△△○○
    △   ○               ○   △
○○△△○○△       △△○○△△○
```

中國詩歌一向產生於民間。許多體裁是在民間口頭創作的基礎上提高和發展起來的。這個傳統不僅給新詩創作以很大啟發，而且給新詩創作打下了堅實的基礎。我們應予正確地對待，推陳出新，使之根深葉茂，作人民的喉舌，反映時代精神，面向現實，面向世界，面向未來。五四以來的新詩，看來有些割斷歷史的傾向性，意欲另起爐灶，這就走了彎路，影響了詩歌的創作與成就。

《詩經》的基本形式是四言。音節是雙雙。如《碩鼠》：

> 碩鼠碩鼠，無食我黍。三歲貫女，莫我肯顧。逝將去女，適彼樂土。樂土樂土，爰得我所。

《楚辭》的基本形式是單雙單雙。如《湘君》：

> 君不行兮夷猶，蹇誰留兮中州？美要眇兮宜修。沛吾乘兮桂舟。令沅湘兮無波，使江水兮安流。望夫君兮未來，吹參差兮誰思？……

兮字特別多，換氣就在這中間單音拍的兮字上，這一形式，便爲楚辭特色之一。這與其他詩體相比，感到特殊，也很突出，在詩歌史上是罕見的。這是楚民族語言與音樂的特定表現。

《詩經》中用兮字，它的音節結構却是不同的。有人就此來尋兩者的關係，而忽略了它倆音節上的差異，這就難以看清楚這問題的實質了。

楚辭音節發展到了漢代，隨着社會的語言與音樂的衍變和發展，已漸突破了單雙的基本形式，而漸衍變爲單雙、雙雙單、單雙等形式了。如：《大風歌》：

> 大風起兮雲飛揚，威加海内兮歸故鄉，安得猛士兮守四方！

《詩經》與《楚辭》是中國詩歌史上兩大高峰，成就輝煌，可是這種文體發展到了漢魏六朝，已成流風遺韻，後世不絶如縷。五七言詩起來，波瀾壯闊，源遠流長，竟占據了詩壇的大部分領域。推其緣由，這可從《詩》《騷》兩者所顯示的音節結構的局限性來尋求它的解釋。

語言是隨着社會的產生而產生，隨着社會的發展而發展的。社會發展了，語言隨着也在發展。語言發展，在語言中所顯示的音節自然也是隨着發展與變化了。《詩經》和《楚辭》中所顯示的詩歌的音節性那時還處在萌芽狀態，五七言詩是民間唱出來的。到了漢魏及其後五七言詩興起，中國詩人對於詩歌音節上的規律性基本上就掌握了。這一形式從此成爲中國詩歌的基本形式，交叉着替代原有的形式了。

樂府詩是三、四、五、七言雜用的，這雜言體基本上是五言的。流行一段時間以後，就漸趨整齊了。如：《上陵》是爲雜言體的：

> 上陵何美美，下津風以寒。問客從何來，言從水中央。桂樹爲君船，青絲爲君笮。木蘭爲君櫂，黃金錯其間。滄海之雀赤翅鴻，白雁隨。山林乍開乍合，曾不知日月明！醴泉

之水,光澤何蔚蔚!芝爲車,龍爲馬,覽遨遊,四海外。甘露初二年,芝生銅池中。仙人下來飲,延壽千萬歲。

唐人在押韻的音節上發展爲分平仄聲,於古體詩外更創近體:五七言絕句、五七言律詩、五七言排律等。這是中國詩歌史上的一大發展。如:杜甫《又呈吳郎》七律爲近體詩。

堂前撲棗任西鄰,無食無兒一婦人。不爲困窮寧有此?只緣恐懼轉須親。即防遠客雖多事,便插疏籬却甚真。已訴徵求貧到骨,正思戎馬淚盈巾。

宋人的長短句,基本上爲五七言音節,加上變化節拍。單音拍偶有放在前面,雙音拍做結尾的。如柳永《八聲甘州》:

漸霜風淒緊,關河冷落,殘照當樓。

漸字單音拍放在句首。宋詞在音節上較唐詩變化爲多。元曲變化節拍更多。它的節拍變化,視其曲調而定的。宋詞、元曲在唐詩的基礎上有着新的發展,音節內容和形式結構顯然與前不同。

明清俗曲和今日民間曲藝,它的音拍結構基本上還是以單音拍收尾的;但在雙音拍和收尾單音拍中加多了變化音拍;同時,在唱詞中也多加襯字。音節結構有着飛躍的發展。如清代無名氏編的《江南情歌》中南京調《要分離》云:

要分離除非天合地,要分離如同日出西,要分離大海變作平洋地,要分離鐵樹開花落滿地,分離二字切莫提起,要分離除非你死我斷氣!

(見《當代詩詞》21 期)

如吳歌《白楊村山歌》中有一句長達六七十字的:

郎説道姐呀！我搭儂結織私情辰光，在南紗窗下，打過手掌，罰過真咒；河裏打樁，樁上迭石；石上造屋，屋上造樓；樓上造塔，塔上白鶴衝天。鐵扁擔凹梁，飄葫蘆結頂，我搭儂六十年夫妻同到老，爲啥要半天裏烏鴉鵲開道。

（録自《吳歌》29頁，中國民間文藝出版社）

如彈詞唱篇《宋江賞燈》：

遠聞得鑼鼓聲音，果是前邊果是前邊來了燈。先放炮，火流星，平升三級起馬燈。熱鬧紛紛，紛紛擠在天井裏，宋公明亦在其内亦在其内看分明。但見那一品當朝燈，二仙和合燈，三星福壽燈，四季百花燈，五丁奪魁燈，六月荷花燈，七層寶塔燈，八仙過海燈，九節連環燈，十面埋伏十面埋伏鬧盈盈。耍孩童，扮戲文，短短衣衫簇簇新。扮個唐明皇，遊月宮；月亮裏個娑婆樹扎得能伶仃。三醉岳陽呂洞賓，旁邊嗰格旁邊嗰格柳樹精。海神廟，哭神靈，王魁辜負敫桂英，格出戲文格出戲文太傷心！昭君和番去，王龍後底跟。衆將來相送，跟仔一大群，懷抱琵琶懷抱琵琶出雁門。當陽道，趙子龍，搶挑張繡命歸陰，戰得許褚膽戰驚，嚇得張遼敗轉營。保皇娘，救主人，路過霸陵橋，張飛來接應，三將軍嚇退曹兵嚇退曹兵回轉營。斗大一座鼇山燈，還有採茶燈，十二月花神燈，手提花籃盞盞新。全本武十回，統統才是作坊裏格人。武松景陽崗打虎，陽穀縣兄弟兩相認。都頭公幹到東京，挑簾裁衣做，王婆説風情。潘金蓮結識西門慶，武松殺嫂武松殺嫂請鄉鄰。白娘娘，小青青，水漫金山鬧盈盈，蝦兵蟹將嘸淘成。許仙實在無良心，萬惡千刁萬惡千刁嗰格法海僧。火焰山，飛禽燈，水母和妖精。青龍仔個蛇，黑魚仔格精，標標緻緻蚌殼精。善才前頭走，龍女後底

跟。大慈大悲大慈大悲觀世音。唐僧西天去取經，沙和尚前
頭走，豬八戒後頭跟。東邊勒而勒而獅子滾繡球。西邊唰唰
猛虎打翻身。嘮嘮咧咧，後頭一隻後頭一隻猢猻精。龍馬燈
兒街浪過，看得宋江喜萬分。

　　中國詩歌所走的道路，幾千年的歷史可以證明，當是表現中
國人民的生活，將中國人民的生活通過人民喜聞樂見的形式反
映出來。那就必需繼承優良傳統，吸取營養，深入生活，深入民
間，重視民謠、民歌、曲藝、戲劇，虛懷若谷，做小學生；從文藝理
論、創作實踐中，提高認識，開拓境界，走出新的路子來。倘若只
知運用一些散文語言，隨意搬弄一些新名詞和新術語，湊合湊合
格律，玩弄文字遊戲，或者甚至拋棄詩歌創作藝術表現的特色，
寫些使人難以捉摸、難以理解的東西，這樣寫出來的詩是沒有什
麼生命力的，秋風落葉，堆階盈庭，歷史無情，不久就會消失的。
今日人民語言的音樂性是在不斷發展的，沿着這方向走，必然會
有更美好的詩歌的內容與形式生出來的。

（原刊《古今談》1992 年第 1 期）

　　編者說明：本文據原刊並參手稿錄編，原刊署名劉冰弦。

略論詩的寫作與欣賞

關於詩的寫作與欣賞,這裏試分三點論之:一、從《紅樓夢》中香菱學詩説起,學詩的基本功,熟讀、揣摩,寫詩者要把自己擺進去;二、詩的意内言外,雙重形象;三、詩的古爲今用,爲無産階級政治服務。

從香菱學詩説起

曹雪芹在《紅樓夢》中曾借林黛玉教導香菱學詩,顯示他的關於詩的寫作見解。黛玉教導香菱學詩,内容可分四點:

一是:熟讀、揣摩若干古人的詩。林黛玉説:"我這裏有《王摩詰全集》,你且把他的五言律讀一百首,細心揣摩透熟了,然後再讀一二百首老杜的七言律,再把李青蓮的七言絶句讀一二百首,肚子裏先有了這三個人作了底子,然後再把陶淵明、應瑒、謝、阮、庾、鮑等人的一看,你又是一個極聰敏伶俐的人,不用一年的工夫,不愁不是詩翁了!"①黛玉這番話,我們只須掌握她的

---

① 引文根據《脂硯齋重評石頭記》本,以下同。這裏黛玉所説,有些語病。因爲王維五律没有一百首,李白七絶也没有一二百首。所以只須領會她的精神。

精神。意思是説：先對王維、杜甫、李白的詩揣摩透熟若干首，做個底子，以後旁及陶、應、謝諸家，融會而貫通之，這樣就不愁不會詠詩。黛玉講的是學詩的基本功。學詩確實必須經過這個環節。這話對古人講，是甘苦之言；對今人講，有不少人是已經脱節了，這就不容易作好詩，或不會作詩。熟讀若干古詩，腦子裏有過一番揣摩，這樣便於逐漸從別人的創作實踐中懂得詩的表現方法，詩的藝術風格，進而解決詩的繼承性的問題；久而久之，觸類旁通，舉一反三，把社會的時代精神、個人抱負擺進詩去，腦子裏有了許多圖案，眼前又見新的圖案，融會貫通，推陳出新，就會闖出自己的路子來。這樣便能逐漸解決詩的創新與發展問題。文學藝術不是從天而降，從表現方法上説，有它的繼承性。古人取得的經驗，值得借鑒，應該虛心學習。譬之篆刻、書法，古人重視仿刻、臨帖，就是這個道理。浙江著名書法家沙孟海先生曾説："近人吳昌碩以寫《石鼓文》著名。其題《石鼓》臨本云：'予學篆好臨《石鼓》，數十年從事於此，一日有一日之境界。'一日有一日之境界，説明吳老日日臨寫，熟能生巧，日日就有新的境界出。有人批評吳昌碩臨寫《石鼓》不像，我見其早年臨本，臨得極像，逐漸變化，最後面目不同，這樣形成他的獨特風格。"這話深有見地。就詩而論，晚唐李商隱，北宋黃山谷，都是學杜甫的，但是李、黃各有其藝術風格，同時也不同於杜甫。入乎其中，才能出乎其外，重視繼承，才能談善創新。閱讀古詩，揣摩透熟，應是學詩一法，可惜此法，在批判"封、資、修"時，幾乎摧毀，瀕於廢棄。今有不少寫詩的，基本功未能過硬，必須重視這個環節。

二是：寫詩須講格律，不妨嚴格要求，才於鍛煉有益，但作詩以意爲主，往往可以突破。黛玉説："什麼難事，也值得去學，不過是起承轉合，當中承轉是兩副對子，平聲對仄聲，虛的對實的，若是果有了奇句，連平仄、虛實，不對都使得的。"①香菱笑道：
"怪道我常弄一本舊詩，偷空兒看一兩首，又有對的極工的，又有
不對的。又聽見説，一三五不論，二四六分明。看古人的詩上，
亦有順的，亦有二四六上錯了的。所以天天疑惑。如今聽你一
説，原來這些格調規矩，竟是末事，只要詞句新奇爲上。"黛玉道：
"正是這個道理，詞句究竟還是末事，第一主意要緊。若意趣真
了，連詞句不用修飾，自是好的，這叫做不以詞害意。"黛玉這番
話，論詩創作内容與形式的關係，我們也應深刻地領會她的精
神。詩需講格律，講結構；否則就不能稱律詩，不能顯示它的特
色。但詩之所以爲詩，在於形象思維，以意爲主，不能以詞害意，
否則就無法稱爲好詩。譬之古人有寫閨怨的，斜月將曙，而殘燭
猶明，從形象中就是透露出這個意思，隱寓懷人不寐。如寫夢逐
行雲，就是隱寓所懷之人不知其處。這樣寫景，也是寫情，景語
也即情語，有景、有情、有意，便有畫面、生活、意境、感情。運用
格律寫詩，詩才會有味道。平仄偶有不合，也不爲病。否則，意
趣枯寂，生活空虚，言不由衷，事不繫情，只知襞積堆砌，哪裏會
寫出好詩來。這弊病，近世詞家議論很多，如張爾田云："蓋先有
真情奇景，然後求工於字面。近之學夢窗者，其胸中本無真情真
景，而但摹仿其字面，那得不被有識者所笑乎？"②吳庠云："不佞
觀近死守四聲者之詞，率皆東塗西抹，蠻不講理。且湊字成句，
湊句成篇，奄奄無生氣。若此只可謂之填聲，不得謂之填詞。不
佞所以深致厭惡，不謂四聲之説，可盡廢也；善哉玉田之言，音律
所當參究，辭章尤宜精思，惜死守四聲者之未悟也。""若夫不斤

---

①　黛玉所説："虛的對實的。"也有語病，應説：虛的對虛的，實的對實
的。這點已經有人提出。

②　見《同聲月刊》第一卷第三號張爾田《與龍榆生論詞書》。

斥較量四聲,其詞盡足名家,由宋迄今,指不勝屈,夫誰得而廢斥之哉?其故可思也。"①"近代詞壇,瓣香所奉,類皆塗抹脂粉,碎裂綺羅,字字餖飣,語語襞襀。土木之形骸略具,乾坤之清氣毫無。作者先難其詳,讀者更莫名其妙。"②《紅樓夢》中曹雪芹借黛玉之口發此議論,蓋亦有感於此。但在今日,却有另一現象出現,對於詩詞格律少見涉獵,作品缺少形象意境,湊湊字數,題曰某某調,自鄶以下,可無譏焉。

三是:詩詞風格,貴有創造性,即所謂新奇是已。香菱笑道:"我只愛陸放翁的詩(有一對):'重簾不捲留香久,古硯微凹聚墨多。'説的真(切)有趣。"黛玉道:"斷不可學這樣的詩,你們因不知詩,所以見了這淺近的就愛,一入了這個格局,再學不出來的。我這裏有《王摩詰全集》,你且把他的五言律讀一百首,細心揣磨(摩)透熟了。"③林黛玉為何不欣賞陸放翁的"重簾不捲留香久,古硯微凹聚墨多"這一對呢?我的理解,這聯詩是反映佳人才子生涯。佳人深鎖繡閨中,"庭院深深深幾許,楊柳堆煙,簾幕無重數"。案上"瑞腦消金獸"。湘簾垂地,悄無人聲。連香在簾裏一時都透不出去。黛玉是有叛逆性格的,"半捲湘簾半掩門",她十分厭倦這種生活;因而看到歌詠這種生活的詩,便有反感。古硯微凹,寫才子在芸窗下咿唔呻吟,她也感到膩煩。因説:"斷不可學這樣的詩!"在這裏去討生活。接着,香菱讀了王維詩《奉使塞上》等,她拈出其中一聯云:"渡頭餘落日,墟里上孤煙。"黛玉就喜歡了。她頓時興致勃勃,津津有味地和香菱論起詩來。笑道:"這上孤煙好。你還不知他這一句,還是套了前人來的,我給你這一句瞧瞧,更比這個淡而現成。説着,便把陶淵明的'曖曖遠

---

①② 見《同聲月刊》吳庠《與夏瞿禪書》,又《與夏瞿禪書》第二函。

③ 此條並據《戚蓼生序本石頭記》本勘校,用( )標記。

人村,依依墟里煙'翻了出來。"看來,黛玉論詩句是從詩的寫作
技巧的繼承性上説的:"這一句還是套了前人來的。""更比這個
淡。"這裏所説的淡是指寫作方法更爲質樸自然。但這句詩,就
其内容來説,還有許多含義,可以闡發。大漠就是遼闊的沙漠地
帶,這裏黄沙一片,一眼望出去,遠處是地平綫,視野十分寬廣,
大漠中不時會捲起一陣陣旋風,直衝雲霄,幾百米高。所謂:"黄
沙遠上白雲天,一片孤城萬仞山。"①孤煙便是這陣旋風,扶摇直
上,遠遠地眺望,因道:"大漠孤煙直。"沙漠中有季節河,夏天水
漲冬天水涸,水涸時成爲沙溝。斜陽落在沙河中,紅透亮,浸在
河裏,像個大大的圓球,因道:"長河落日圓。"這五個字,字字落
實,寫得何等形象生動! 王維寫這聯詩不一定親眼看見,也許出
於傳聞,但這詩却有生活内容在裏邊。黛玉欣賞這一聯詩,可以
窺見她的内心深處有着不滿意於豪門貴族的幽閨生活,而願意
到廣闊的天地裏去呼吸一口新鮮空氣的思想苗頭。曹雪芹塑造
黛玉,是一個帶有叛逆性恪的女性形象,而不是一般官宦之家的
佳人。所以黛玉的思想感情反映在對詩寫作的見解上,就認爲,
寫詩不好落這個俗套格局。落了這個俗套格局,思想受到影響,
久而久之,就跳不出來了。關於這點,今日有今日的俗套格局,
我們也要引以爲戒。

四是:香菱《詠月詩》寫了三首,無異爲學詩步骤舉了三個例
子。其一:

> 月桂中天夜色寒,清光皎皎影團團。詩人助興常思玩,
> 野客添愁不忍觀。翡翠樓邊懸玉鏡,珍珠簾外掛冰盤。良
> 宵何用燒銀燭,晴彩輝煌映畫欄。

---

① 竺可楨師説:"黄河遠上白雲天"中之河爲沙之訛。竺師並對黄沙有
所解釋。

香菱初學寫詩，套用人家一些句子，譬如小孩不會走路，學時先由人家扶着走幾步，摸着牆壁走幾步，然後慢慢脫開人家的手，自己走路。香菱寫的這詩，有的句子洗練，有的幼稚，有的寫愁思，有的寫興味，風格內容未能統一。仿學作品，自然會有這個樣子。因此，黛玉笑道："意思却有，只是措詞不雅，皆因你看的詩少，被他縛住了。"要她"把這首丟開，再作一首，只管放開膽子去作"。香菱這樣寫詩反映學詩的一個步驟，是學詩的一個必經的階段。其二：

> 非銀非水映窗寒，試看晴空護玉盤。淡淡梅花香欲染，絲絲柳帶露初乾。只疑殘粉塗金砌，恍若輕霜抹玉欄。夢醒西樓人跡絕，餘容猶可隔簾看。

這一首詩寫作技巧比前熟練得多，文筆流暢，旁敲側擊，映襯鋪排，有其情韻，所以香菱認爲這首寫得妙絕。但就主題思想來說，這詩說得泛泛，沒有多少意思。這是寫詩的針對性問題，曹雪芹因借寶釵的口點出這個缺點。笑道："不像吟月了。月字底下添一個色字，到還使得。你看句句到是月色。這也罷了，原來詩從胡說來，再遲幾天就好了。"寫詩應該有個目的，不是爲寫詩而寫詩；否則，詩便沒有靈魂，舞文弄墨，玩物喪志，那是無聊文人的勾當。其三：

> 精華欲掩料應難，影自娟娟魄自寒。一片砧敲千里白，半輪雞唱五更殘。綠蓑江上秋聞笛，紅袖樓頭夜倚欄。博得嫦娥應借問，緣何不使永團圓？

這一首詩寫得好了，這是什麼緣故呢？寫詩是緣情寫景，賦物詠懷的，這詩能夠初步符合這個要求。這詩所寫：有人物，有畫面，而且作者把自己的感情擺了進去。香菱提的問題，多少反映了她的身世之感，人間離愁。香菱幼年被拐，爲薛蟠強占，受盡欺凌折磨,自己連個父母姓名都不知道,今宵看着皓月當空,精華難掩。她在月光之下,只有顧影自憐,遐想茫茫大地,盡是勞動人民的砧敲之聲,徹夜難寐,直到五更雞唱,殘月在山。又想:江上綠蓑漁翁,聞笛傷感;紅樓侍女,憑欄躊躇。默默對着嫦娥,想是嫦娥也在出神想着人間。"緣何不使永團圓",香菱提出這個問題,反映她的心裏悲憤,寫詩寫到點子上了。有人説:香菱性格柔順,這與她的階級出身有關。我説,不能只看她的家庭成分。香菱幼年被拐,連父母姓名都不知道,她和官宦之家究竟有多少關係?香菱性格,我看她住在蘅蕪院中和寶釵朝夕相處,受寶釵的影響較多。香菱喜歡學詩,寶釵可以教她,曹雪芹却讓她向黛玉請教,事非偶然,是有深意的。黛玉教詩,香菱學詩,才會寫詩,"新巧有意趣"而不落俗套格局。香菱寫這首詩,把自己擺了進去,這樣寫詩就對路了。當然,她這首詩,還是初學,把自己擺進詩去,比黛玉所寫的詩,也把自己擺進去,如《問菊》詩説的"孤標傲世偕誰隱?一樣花開爲底遲"的深刻性自然差得還遠呢。

意内言外与雙重形象

寫詩之法,大別有二,一爲寫實,一爲象徵。這兩個方法從具體作品説,有的是交叉使用,兼而有之的。總的説來,《詩經》的寫作方法,基本上屬於前者,《楚辭》屬於後者。這兩部文學名著,都有光輝燦爛的成就,奠定了我國詩歌的優良傳統。

《説文》稱意内言外爲詞。意謂:表其意而顯之於言,即名爲詞,組詞成辭,有句調音韻,可供諷詠爲辭。後世辭、詞混用以説明詩歌的一種創作方法。意内指思想内容,言外指語言文字的表現。言外即在字面上反映一個形象,一個意思;言内則在骨子裏顯示又一個形象,又一個意思。意内言外,由一個形象聯繫到另一個形象，由一個意思聯繫到另一個意思。這樣的寫作方法，不是一般形象思維，而是雙重形象，包含着雙重意思。劉勰《文心雕龍·辨騷》云："虬龍以喻君子，雲霓以譬讒邪。"虬龍、雲霓是一重形象，一層意思；君子、讒邪又是一重形象，一層意思。王逸《楚辭章句》云："《離騷》之文，依詩取興，引類譬喻，故善鳥香草以配忠貞，惡禽臭物以比讒佞，靈修美人以媲於君，宓妃佚女以譬賢臣，虬龍鸞鳳以託君子，飄風雲霓以爲小人。"這就形成了《楚辭》的寫作特色，成爲我國詩歌史上《詩經》以外的另一優良傳統。這對後世影響很大，劉勰所謂"衣被詞人，非一代也"。

例如曹雪芹在《紅樓夢》中杜撰《芙蓉女兒誄》就是善用楚騷這一藝術手法的。《誄》中賈寶玉哀悼晴雯道："孰料鳩鴆惡其高，鷹鷙翻遭罦罭。薋葹妒其臭，茝蘭竟被芟鉏！"哪裏會料到啊，斑鳩、鴆鳥討厭它的高飛，雄鷹、猛鷙反而遭到網羅；蒺藜、蒼耳妒忌它的香氣，白芷、蘭草竟然受到剷除。這是運用已被發展了的《詩經》比興手法，"鳩鴆惡高"，"薋葹妒臭"，"鷹鷙"網羅，"茝蘭"剷除，是一個形象，是一個意思，這是屬於字面的形象和意思。實質寶玉運用"鳩鴆""薋葹"借以鞭撻刁奴襲人之流的穢瑣，"鷹鷙""茝蘭"借以歌頌晴雯的"風流靈巧"。猛鷙、香蘭竟被網羅、剷除，這是寶玉在哀傷、悲憤晴雯的被無理攆走。這是又一形象和又一意思。水乳交融，兩者有機地被結合起來了。

魯迅對於《詩》《騷》也是深造自得的。他的詩歌創作，在表現方法上有時是批判地繼承和發展《楚辭》這一藝術傳統的。試舉《無題》一詩，略加闡發。

> 一枝清采妥湘靈，九畹貞風慰獨醒。無奈終輸蕭艾密，却成遷客播芳馨。

清采可以解釋爲清麗的風采。一枝清采亦即一枝香花。

妥,安寧。湘靈,湘水女神。一枝清采可以象徵爲革命文學,革命的文藝作品。湘水女神可以象徵爲革命家,革命根據地的人民,無產階級戰士。一枝清采妥湘靈,這和魯迅另一詩作《自題小像》"我以我血薦軒轅"的血脈是相通的。這裏顯示魯迅對革命和人民的熱忱支持與關懷,有着獻身精神。九畹貞風寫蘭花貞潔的風姿,也即革命家的風度,或革命人民的風度,獨醒也即象徵革命家或先驅者。"一枝清采妥湘靈,九畹貞風慰獨醒",反映革命者和人民魚水相連,相互支援,相互慰藉。從詩的結構說,第一句是起,第二句是承。蕭艾以喻小人,指國民黨反動派、特務、壞蛋。蕭艾密,憎恨的壞蛋極多。國民黨反動派還沒最後垮臺,猶是龐然大物,頑強存在,革命者好像對它沒有辦法,輸與它了。自然這是暫時現象,在鬥爭中的必有現象。"無奈終輸蕭艾密",第三句是轉,一筆宕開,文字顯得靈活,看到事物的兩面,符合社會現實的實際。"遷客",古人指被放逐的,這裏即喻受迫害的人。"播芳馨"爲傳播蘭花的芳香,實喻傳播紅色的種子。"却成遷客播芳馨",正見壞事變爲好事,革命事業總是在艱苦卓絕的鬥爭中發展的。第四句是合,結構十分嚴密,寥寥數語,却是一個整體。

這詩說,我奉獻上一枝清麗的香花,讓湘水女神安寧吧,九畹中貞潔的蕙蘭風姿也慰藉着獨醒的人,無奈眾多的蕙蘭還抵不了密密麻麻的蕭艾,然而正好促使被迫害的人們散佈蕙蘭的芳馨。通過這樣的文字解釋,由表及裏,我們可以進一步去理解它的内在涵義。

這詩實是魯迅在國民黨反動派白色恐怖下所寫的反文化"圍剿"的戰鬥詩篇。魯迅爲了提高對敵人的警惕,把有題寫成無題。這詩的思想内容自然是魯迅的時代所派生的,魯迅的世界觀和革命豪情所決定的。但從詩的表現方法說,則不是從天而降，而是從楚騷的創作藝術中繼承和發展來的。

詩可以寫得質率些，樸素些，也可寫得清麗些，秾豔些，有時直來直往地寫，指着敵人鼻子罵，有時熱嘲冷諷轉彎抹角地寫。這是根據實際情況、鬥爭策略來決定的。不過，既是寫詩，總是通過形象表現，不能像散文那樣直說，因此，假如寫詩，喊喊口號，缺少韻味，那麼，不論採取哪種形式，用白話寫，或用舊詩形式，總是難以進入詩歌之門的。讀魯迅的《無題》詩，可以獲得啟發。

古為今用

毛主席說：“對於過去時代的文藝形式，我們也並不拒絕利用；但這些舊形式到了我們手裏，給了改造，加進了新内容，也就變成革命的為人民服務的東西了。”毛主席的詩詞創作，推陳出新，古為今用，為我們作出了典範。他的創作，因時、因地、因事，而不同其藝術風格。七律《答友人》是為答湖南友人而作，故採楚騷之體。

《楚辭・湘夫人》云：“帝子降兮北渚，目眇眇兮愁予。嫋嫋兮秋風，洞庭波兮木葉下。”這辭抒寫帝子欲降，迎神的巫，望之未見，會之無因，不覺淒迷悵惘。帝子降兮，歡迎就是，何用愁思？帝子未降，何用眇眇？這兩種情況都不是，而是第三種，帝子降兮，然未降也；因此巫者目眇眇愁。帝子欲降兮，秋風起兮。風着枝頭，木葉蕭瑟；風行水面，洞庭漣漪。巫既愁兮，天地為之淒惻，於是洞庭起波而木葉飄零。根據今人理解，洪波湧起，景象壯闊。日月吞吐，天地低昂。側聞天邊落木蕭蕭的聲音，湘靈鼓瑟，扣人心弦，正見自然天籟的壯美。然在古人看來，嫋嫋秋風，抽人愁思，宋玉感傷秋風，為之色變，《九辯》因說：“悲哉秋之爲氣也。蕭瑟兮草木搖落而變衰。"秋風蕭瑟，無情無理，將嫵媚、温柔、娟潔的女神形象，吹得若隱若現，無形無蹤。湖面起着淪漪，一圈又是一圈；湖畔飄着落葉，一葉又是一葉。遠岑爲雲霧所掩，江水潺湲而去。悠悠蒼天，這時却有巫者登白蘋上，凌波微步，極目騁望，不禁爲之憂傷愁思。何處合成愁，離人心上秋，嫋嫋秋風，寫秋實成寫愁。秋和愁字連在一起，才成屈原的天才創造。《楚辭》託辭神話，涵義却是曲折反映當時社會的人間離愁。這裏以洞庭、落葉、微波、秋風造景，映襯愁思的巫，所寫爲景，所寓爲情。帝欲降兮，然未降也，似有所見，遂有所思，以有所思，稀有所見，看而不見，因此憂思怫鬱。寫景質實，言情清空，《楚辭》寫景言情，不在字面上扣，只是蘊於字裏行間。形象思維，會心不遠。帝子降兮北渚，即帝子降於北渚。目眇眇兮愁予，即目眇眇然愁予。嫋嫋兮秋風，意爲嫋嫋之秋風。洞庭波兮木葉下，意爲洞庭波而木葉下。這些話語，《楚辭》省略於、然、之、而，都用一個兮字實之。這樣寫作，可以增加詩歌音樂上的節奏性和寫景抒情上的靈活性與傳神性。搖曳多姿，使寫景不嫌其實，言情不嫌其空。質實清空，兩者巧妙統一。湘靈傳説，凄厲哀豔，屈原馳其想象，擒其文采，使其獲得藝術上的光輝生命。因此，《楚辭》成爲我國文學遺産中的瑰寶，千秋傳誦不絶。

毛主席的詩，對於《楚辭》，推陳出新，取古神話，賦新内容，成爲社會主義革命與建設的凱歌。主席詩説："九嶷山上白雲飛，帝子乘風下翠微。斑竹一枝千滴淚，紅霞萬朵百重衣。洞庭波湧連天雪，長島人歌動地詩。我欲因之夢寥廓，芙蓉國裏盡朝暉。"主席的詩，由於湖南友人反映生産建設的勝利，浮想聯翩，運用詩的形式表達出來。如見神話中的湘靈，從白雲繚繞的九嶷山乘風而下，由遠及近，耳聽神州大地，發生翻天覆地的變化，爲之感動，爲之驚歎。斑竹千淚，綜舊社會人民的苦難；紅霞萬朵，傳新中國人民的歡樂。洞庭波湧，這是寫景；長島人歌，這是言情。因景及情，情景交融。這詩極寫湖南人民壯志豪情，革命幹勁如洪波滔天，戰鬥歌聲如驚雷動地。意氣風發，鬥志昂揚。行文如虹，揮翰若霞。詩中帝子，可指湘君，也可指湘夫人，稱爲革命領導，稱爲湖南人民也無不可。可是這裏的帝子乘風，不再是《湘夫人》的嫋嫋秋風，洞庭的波，也不聞木葉蕭蕭，而是波湧若連天的雪。湘靈鼓瑟，不再發思古的幽情，而是長島人歌驚天動地的詩。古今詩人歌詠水芙蓉和木芙蓉的，屈原慨歎："製芰荷以爲衣兮，集芙蓉以爲裳，不吾知其亦已兮，苟余情其信芳。"屈原忠不見諒於楚王，正却被讒於黨人，稍涉國事，便遭怨毒。一枝彩筆，熱望楚王覺悟；九畹貞風，難以慰他獨醒。柳宗元再次貶謫到柳州時，他的《登柳州城建》詩説："驚風亂颭芙蓉水，密雨斜侵薜荔牆。"芙蓉水、薜荔牆被驚風、密雨亂颭、斜侵。驚風、密雨指的是政治上的風雨。譚用之《秋宿湘江遇雨》詩説："秋風萬里芙蓉國，暮雨千家薜荔村。"秋風萬里，看來詩寫得很有氣勢；但是他寫這詩，心中充滿着悲鄉、傷別的愁思。我們讀主席的詩："我欲因之夢寥廓，芙蓉國裹盡朝暉。"頓覺日出扶桑，大地燦爛，生氣蓬勃，欣欣向榮，胸襟爲之豁然開朗。可見社會發展，主席高瞻遠矚，一片光明，這是古人所看不到的。主席的詩，推陳出新，古人用以寫悲，主席恰好用以寫樂，反其意而用之。主席的詩，表現方法，自有其歷史的繼承性在；思想內容，那是時代現實所派生，又有其偉大的創造性在。從《答友人》一詩，我們可以作爲例證，進而探索詩的古爲今用。主席的詩，實是創作今詩的典範。他的內容是新的，稱爲新詩也可。

有人説："今日寫舊體詩不必了。因爲一是不能勝於古人，二是束縛思想。"我説：詩的園地，也當百花齊放。古人的詩是彼時彼地的詩，今人的詩是此時此地的詩。譬之蘇東坡《賀新郎》

詞云："簾外誰來推繡户？枉教人，夢斷瑤臺曲。"今人寫詞或説：
"號角連營催捷報，緊風中，陣陣凱歌奏。"可以看出時代不同，古
今人的思想感情也就不同。古時學者，喜歡孤芳幽賞，今人的審
美觀念，有的恰恰相反，認爲場面壯闊，生産蒸蒸日上才好。從
這角度看，古人的喉舌是不能抒發今人思想感情的，格律的確會
束縛人的思想。但從辯證觀點來看，相反相成，格律却能促進詩
歌的音律美。所謂束縛，只是學詩者的鍛煉問題，基本功過硬，
就能逐漸獲得自由。革命老前輩、老作家、老科學家樂於寫作舊
體詩詞，並不妨礙他幹革命，搞科學實驗。相反，壯志豪情，借以
高唱入雲。詩體的興起，也以實踐檢驗爲準則，不是一人一家的
願望，而是千載自有是非的。清人趙甌北説得好："江山代有才
人出，各領風騷數百年。"詩的推陳出新，生生不息，前程是難以
限量的。

　　編者説明：本文據打印稿録編。

詩詞創作與欣賞舉例

贈沈風人（劉操南）

稽山一叟地行仙，八十猶濛塞上煙。海峽風情詩萬首，
鶴村廢讀《蓼莪》篇。

沈達夫，號風人，浙江紹興人。曾旅臺灣，定居北美。稽山，
會稽山。陸游《沈園》詩云：“此身行作稽山土。”此指風人。風人
遍歷歐洲，多次歸國，周遊塞外。年七十九，概稱八十。抗戰時
期，慈親歿於潛鶴村，瘞焉。旅臺灣時，移書大陸故人，耿耿於
懷，望在大陸刊其吟草，修其親墓，今俱如願以償矣。

吟詩須注意露、藏兩字。太露，一覽無餘，則欠情韻；太藏，
詩意晦澀，讀之費解。以兼顧爲宜。此詩前寫其行萬里路，傾向
於露；後者顯其才華、風情、素質，意欲藏矣。高樓望遠，去國懷
鄉，思親爲愛國之基，爲民族文化優良之傳統也。詩之要旨，宜
殿予後，使筆力健；鼓衰力盡，則爲文家所忌也。

惠遠故城懷古（劉操南）

戈壁廢墟炮眼開，故城河畔一徘徊。戍邊我眷雙賢士，
十萬牛羊惠遠來。

皇渠（劉操南）

宴罷峪關醉玉樓，冰河入夢亦優遊。荷戈猶向天山笑，

皇渠綿延塞上秋。

余到過新疆，吟了些詩。寫得淺露，但有故實。雙賢士指洪亮吉與林則徐。"十萬牛羊"爲當年雙賢士所見。伊犁稱小江南，日照時間長，溫差大，適於植物生長。所産香梨，《西遊記》中稱爲人參果。今惠遠城爲左宗棠衛國時築，離故城數十里。將軍府爲其屯軍遺處也。

洪亮吉，號北江，清江蘇陽湖人。年四十五，中進士。授翰林院編修。嘉慶四年八月，爲廉政，上書彈劾大臣四十餘，下六部議，以大不敬論斬。帝諭戍伊犁，盧溝橋送者萬人。八月二十七日啟程，次年二月初十日抵伊犁，旅途百六十一日。

今年（即 1990 年，編者注）爲紀念鴉片之戰百五十年，縈懷林公之高風亮節。林公謫戍，旨諭效力，與北江有別。過嘉峪關時，陝甘總督宴之。各抒懷抱，不妨其爲酬應詩也。陸游《十一月四日風雨大作》詩云："夜闌臥聽風吹雨，鐵馬冰河入夢來。"林公入疆，自哈密入天山口，至三臺西出，在天山北麓戈壁灘上行。驢車轔轔，備極勞頓。猶儀態雍雍，吟詩曰："我與山靈相對笑，滿頭晴雪共難消。"經此折騰，積極樂觀如故。興修水利，綿延伊犁河數十里。曰："皇渠。"渠成，考察南疆。林公襟懷，古今幾人能望其項背也？故惠遠城，林公效力處，光緒時城牆爲老沙皇轟擊，余臨其地，炮眼猶累累，四顧茫然，墾植莊稼，無人煙，不禁有黍離麥秀之感焉。徘徊久之，拾彩瓷一片，歸作紀念焉。

詩貴言之有物也。

滿江紅·一九八〇年元旦書懷（劉操南）

奕奕神州，又過了，風雲歲月。眼前是：嶺梅怒放，報春消息。百尺樓臺橫碧漢，萬家旗旌映紅日。看銀燈，高懸西湖閣，如皓魄。　　四化事，爭朝夕；千秋業，掛胸臆。念臺

澎同胞,歸心箭急。雪浪滔滔東海隔,鹿門灝灝相思溢。愛
國家,錦繡好河山,同料理。

《虞書》云:"詩言志。"此言人之爲詩,賦詩言志,當有懷抱;
突出愛國主義。蘇步青教授云:"居今之世,應言社會主義之志,
爲社會主義而作。"《文賦》云:"詩緣情而綺靡。"《詩序》云:"情動
於中,而形於言。言之不足,故嗟歎之。嗟歎之不足,故詠歌之。
詠歌之不足,不知手之舞之足之蹈之也。"情動辭發,披文入情。
一皆主之以情。附會風雅,弋名謀利,玩物喪志,味同嚼蠟,雖爲
韻語,未足以言詩也。

余吟思爲歌頌祖國山河之美,"嶺梅怒放,報春消息","看銀
燈,高懸西湖閣,如皓魄"。熱盼臺灣回歸,祖國統一。"念臺澎
同胞,歸心箭急","愛國家,錦繡好河山,同料理"。熱情洋溢,理
直氣壯;故用健筆、露筆。

滿江紅·贈王承緒教授(劉操南)

塔影樓頭,煙柳裏,斜陽濺血。長空望,漫山黃葉,飄風
獵獵。天上聲聲征雁逝,江頭滾滾驚濤立。對孤燈,默默訴
穹蒼,心弦窒。　　湖上地,鳴鴻泣;天涯路,寒嶂迭。念雲
程萬里,百花如灼。依舊江南春夢續,頓教鬼蜮秋魂絕。欣
今朝,東海燦霞光,龍虎躍。

王承緒教授,因反右擴大化,在六和塔受委屈。贈詞時尚未
落實政策。設身處地,抒其受壓抑鬱淒苦之情。故云:"塔影樓
頭","飄風獵獵"。"天上聲聲征雁逝,江頭滾滾驚濤立","對孤
燈,默默訴穹蒼,心弦窒"。憫其世兄,亦受株連。故云:"湖上
地,鳴鴻泣;天涯路,寒嶂迭。"然此暫時現象,倏忽即逝。嘉其信
念,堅向前看。故云:"念雲程萬里,百花如灼。"時在"四人幫"垮後,
因云:"依舊江南春夢續,頓教鬼蜮秋魂絕。"前途光明,正是男兒報

國之秋。"欣今朝，東海燦霞光，龍虎躍"，此詞慰人愁緒，故用藏筆。

詩之或藏或露，因人因事而異。

或曰：今人吟詩填詞，難逾三唐兩宋矣。此語誠然！然古人創作爲彼時彼地，今人則爲此時此地。兩者不能替代。緣情言志，各自抒其心情而已。然自繼承言之，古之名作，高不可攀，祈當虛心學習之也。

醉花陰（李清照）

薄霧濃雲愁永晝，瑞腦消金獸。佳節又重陽，玉枕紗廚，半夜涼初透。　　東籬把酒黃昏後，有暗香盈袖。莫道不消魂，簾捲西風，人比黃花瘦。

此爲李清照重陽懷人之詞，是她寄給丈夫趙明誠的。上片薄霧濃雲狀金獸之煙。嫋嫋如霧如雲，或薄或濃。賞煙顯伊閑中無聊。節屆重陽，日子已短。看着瑞腦香消，却見其久。故云永晝。閑中着此兩事，俱爲點一愁字。清照閨房，陳設華麗，"玉枕紗廚"，適逢佳節，觸景生情，反添愁緒。夜不能寐，遂涼透窗紗。

下片對酒賞菊，暗香襲袖，高標逸韻，自覺魂消。清照自甘素淡，"簾捲西風"，以之爲比，人更消瘦。此瘦非賞菊時起，是早瘦了，只是賞時發覺而已。靈心善感，一往情深。全詞脈絡分明，層次井然。首句說愁，結尾寫瘦。抒發了心緒，顯示了形象。首尾呼應，一氣呵成。有人吟哦，往往無感便發，忙於酬應，乏於情韻，終鮮意境，表面文字，即使協律，還是浪費紙墨而已。

小重山（宋徵輿）

春流半繞鳳凰臺。十年花月夜，泛金杯。玉簫嗚咽畫船開。清風起，移棹上秦淮。　　客夢五更回。清砧迎塞雁，渡江來。景陽宮井斷蒼苔。無人處，秋雨落宮槐。

宋徵輿,號林屋。順治四年進士,與同里陳子龍、李雯稱雲間三子。著有《林屋詩文稿》《海閭香詞》。

這詞上片首寫"春流半繞鳳凰臺",點出所寫時間、地點。春流即春水,一條小溪在鳳凰臺下流過。此處即李白《登金陵鳳凰臺》所詠之地。"十年花月夜"是憶金陵多少年來原是花月繁華之地。"泛金杯",人們擎着金杯飲酒。可是現在呢?"玉簫嗚咽畫船開",畫船遊覽,人在吹簫。簫聲嗚咽,如泣如訴,不是高亢,而是低沉。"清風起,移棹上秦淮",牽動愁思,情緒是很不佳的。

下片寫"客夢五更回"。縈繞在詞人腦際的是什麼呢?"清砧迎塞雁。渡江來",北雁南飛,一幅秋景。這蕭瑟的氣候帶給詞人的又是什麼呢?"景陽宮井斷蒼苔",景陽宮是南朝的宮殿名,這裏說的自然不是南朝,而是詞人借古喻今。蒼苔是春日景象,蒼苔前着一"斷"字,説明絕不見春意,宮中春夢杳然。"無人處,秋雨落宮槐",這寥落行宮只落得一片蕭瑟景象而已,不勝悵惘!

詞中提到鳳凰臺、景陽宮、秦淮、宮槐,在這地理環境中詞人所感受的是什麼呢?"玉簫嗚咽","宮井""無人",惟聞"秋雨"淅瀝而已。南明弘光帝曾在南京度過一段"玉樹後庭花"的生活。明社覆亡,詞人遊覽至此,觸景生情,惹起愁思,感從中來。這詞狀眼前景,吐心中事,寫得委婉真切,感情細膩深摯,啟人情思,耐人尋味。全詞一氣呵成,讀之催人淚下。今人有的吟詠,無動於衷,只是浮辭套語,那就不能寫出好的作品了。

五美吟·西施（林黛玉）

一代傾城逐浪花,吳宮空自憶兒家。效顰莫笑東鄰女,頭白溪邊尚浣紗。

黛玉對待東施、西施態度是有區別的。認爲東施頭白還在若耶溪邊勞動——浣紗,"可欣可羨"值得讚美;西施"笑倚東窗白玉床"，在吳宮裏生活，感到"可悲可歎"，付之東流而已。

從歷史傳統看法，一般是欣羨西施，訕笑東施的，《莊子‧天運》云："故西施病心而矉其里；其里之醜人，見而美之，歸亦捧心而矉其里。其里之富人見之，堅閉門而不出；貧人見之，挈妻子而去之走。"《文心雕龍‧雜文》云："里醜捧心，不關西施之顰矣。"王維《西施詠》發揮這種謬論，被視爲贊美西施的名作。詩云：

> 豔色天下重，西施寧久微。朝爲越溪女，暮作吳宮妃。賤日豈殊衆，貴來方悟稀。邀人傅脂粉，不自著羅衣。君寵益嬌態，君憐無是非。當時浣紗伴，莫得同車歸。持謝鄰家子，效顰安可希。

在王維看來。西施浣紗是微賤。入吳王宮，人家替她抹粉，替她穿衣。吳王寵她，她便撒嬌，是非由她說了算，是無上光榮。東施意欲效顰，笑她是永遠盼望不到的。這類議論，叫人作嘔；可是古往今來，多少文人學士，迷信權威，被這謬論所影響了。黛玉却爲東施鳴冤；勸君不要捏造"效顰"之事，訕笑她吧！她髮已白，還在若耶溪畔堅持浣紗呢。

林黛玉能這樣看問題，實際上就是曹雪芹的見解。在那個時代，應該說是難能可貴的！詩家應該特立獨行，不徇流俗，詩才能見風骨呢。

編者説明：本文據打印稿録編，另有《論露與藏──詩詞創作析談》(《古今談》1991 年第 2 期)，與本文略同，未收入。

耐人尋味的試帖詩

　　友人贈我趣味詩一册，解詩別開生面。看了不禁想起試帖詩來。

　　詩賦是唐代和北宋前期進士科考試的重要内容之一。清代乾隆二十二年規定"會試第二場"要試"五言八韻唐律一首"。這種詩，就稱爲"試帖詩"。試帖詩重在"敷提聖治"，歌功頌德，因此很少能夠透露作者的真實思想感情，反映社會生活的現實。可是吟寫這試帖詩，就技巧説，却不容易，需要一定功力：文化素養。在短短的時間内，在莊嚴肅穆的氣氛中，能從容裕如，得心應手，不是平素鍛煉有素、才思敏捷是不行的。這種詩，自然不會出現上品、神品；但就訓練作詩的基本功講，却是有其作用的。因此，我們不妨讀讀，並進行具體分析，掌握一些材料。

　　這裏拿出一首試帖詩來解剖一下。這首詩當然難説是代表作品，我們只是用它議一議試帖詩的利弊得失。

賦得"天心水面"得"知"字五言八韻

許彭壽

夜月輝

蓬島，春風滿

液池。

天心昭朗澈，水面静漣漪。

溥博瞻如此,澄清
念在茲。玉衡懸自正,金鑒照無私。
　消息先研易,文章孰悟詩。虛明
仙界迥,飛躍化機隨。星采羅胸際,
　雲光洗眼時。
慎修欽
御論,至理
聖人知。

　這首詩的作者叫許彭壽,錢塘人,即今杭州市人。清道光二十七年(1847)進士。一看這詩就可覺察到它和一般的詩不論形式和内容都不同。

　先從詩題談起:"賦得'天心水面'","得'知'字,五言八韻"。這"天心水面"四字從文字的表面來看,望文生訓,是容易解釋的,那就順着做吧。不,事情並不是那麼簡單。不明其妙就做,不僅會出"洋相",而且肯定名落孫山。這四字有它的出處,只有懂得它的出處,詩才會寫到點子上。這四字出於宋代思想家邵雍的《清夜吟》。原詩是:"月到天心處,風來水面時。一般清意味,料得少人知。"此詩見《擊壤集》卷一。知道了這個出處,詩就容易着筆了。賦者鋪也。賦得就是鋪陳的意思。這詩需要將"天心水面"之景和意鋪陳一番。"得'知'字"是說寫這詩須押上平聲"四支"韻。不僅如此,提出"知"字,得知字,這詩還要在適當時候,將"知"字聯繫到"天心水面"上去,兩者融化一起。"五言八韻"是說這詩用五言體寫,八韻是押八個韻脚。第一句不一定押,不算入韻。雙句押韻,寫十六句,這就押了八韻。

　首聯:"夜月輝蓬島,春風滿液池。"(晚上月光輝耀在蓬萊島上,春風吹拂着太液池頭。)次聯:"天心昭朗澈,水面靜漣漪。"(天宇的心光輝明朗透澈,水面靜靜地蕩漾着波紋。)這四句把

《清夜吟》中的"月""風""天心""水面"四詞意境點出了,道是無意,卻爲有情。作者信手拈來,不即不離,饒有清趣。一上來就寫得得體了。

三、四兩聯:"溥博瞻如此,澄清念在茲。"(瞻仰着浩瀚的天宇,思念明淨的水泉。)"玉衡懸自正,金鑒照無私。"(用玉衡觀測天象自是方正,用清水作爲銅鏡照徹無私。)"溥博"詞出《中庸》:"溥博如天,淵泉如淵。""念在茲"經籍常見。如《尚書·大禹謨》:"念茲在茲,釋茲在茲。"又見《左傳·襄公二十一年》和《二十三年》。"玉衡"詞出《舜典》:"在璿璣玉衡,以齊七政。"玉衡,古代觀測天文的儀器。"金鑒"即銅鏡。喻清水如明鏡。這裏"溥博""澄清""玉衡""金鑒",一是循着天說,二是切着水講。瞻仰"天心水面";同時,用此聯繫人事,歌頌帝王君主的偉大和公正。暗寓"格物致知""誠意正心"的道理。

五聯:"消息先研易,文章孰悟詩。"(明悉天地盈虛的道理先要研究易經,領會自然界的物色不如讀些古人的詩。)"消息"語見《易經·豐卦》彖辭:"日中則昃,月盈則食,天地盈虛,與時消息;而況於人乎,況於鬼神乎?"又《易經·復卦》彖辭:"復其見天地之心乎?""文章"暗用宋代翁森《四時讀書樂》"落花水面皆文章"的詩句。意謂:"落花水面"是自然界的"文章"。這聯不從理論上來闡發"天心水面"的哲理,與前面寫的比較,是換一個角度來寫的。

六聯:"虛明仙界迥,飛躍化機隨。"(虛明的仙界離開人世是遙遠的,人的飛騰、跳躍當是追隨着他的變化和所遇的機會的。)《易經·乾坤》九五:"飛龍在天。"《詩·大雅·旱麓》:"鳶飛戾天,魚躍於淵。"作者攝取經籍中"飛"和"躍"兩個動詞,與變"化""機"會的追"隨"聯繫起來。"化"就是俗話説的"魚化爲龍",透露了他的需要改變政治地位和社會地位的願望,作者吟詠"天心水面"，觸景生情，有意無意地流露出他的內心秘密。聰明的人讀了自然是會明白的。

七聯："星采羅胸際，雲光洗眼時。"（天上的星采都羅列在我的胸際，雲光也在洗滌我的眼瞼!）作者吟到這裏，他的自豪、喜悅、願望、期待的複雜心理毫無保留地表現出來了。"星采羅胸"，古人說"腹有文章氣自雄"，這在顯示他的自豪、喜悅。"雲光洗眼"，"洗眼"與"洗耳"涵意相反。"洗耳"是隱逸之士不願聽世俗名利之言;"洗眼"則是上進的人盼望人家"刮目相看"。六聯作者連下"飛""躍""化""隨"四個動字，和一個"機"的名詞，顯示他的上進心切。七聯用"羅"顯示他的不凡，用"洗"盼望人家改變對他的看法。這個時間他想就快到了，用"際"用"時"來說明正在進行的時間。作者沾沾自喜的心情，真是躍於紙上了。

結聯："慎修欽御論，至理聖人知。"（我願慎獨修身敬奉皇上的綸音，這樣的至理要道只有聖人才能知曉啊。）最後，作者把筆鋒轉到頌揚皇帝的身上來。古來多少才智傑出之士懷才不遇，"不才明主棄"啊，所以作者夢寐以求能幸運地遇到知音，最後押的這個"知"字韻，內容是豐富的，分量也是沉重的。

這首詩共十六句，八十個字。原詩直行，却見九處抬頭。有單抬、有雙抬，"天心""溥博""念""慎修""御論""聖人"這六處是直接寫當時的道光皇帝，就抬兩格，而"蓬島""液池""仙界"這三處抬一格，很突出。一般的試帖詩，抬頭只是用在結尾，沒有用得這麼多。這可窺見作者寫這詩時，渾身氣力都用在這"知"字上了。結果"皇天不負苦心人"，那次會試，許彭壽竟逢到伯樂，這首詩獲得了第一名。

從這首詩，我們可明白兩點：一是做這樣體裁的詩，書是要讀得多的。不僅要讀得多，而且要讀得熟，只有爛熟於胸，才能運用自如，信手拈來啊。二是文字要有訓練。文不加點，意到筆隨，才能暢所欲言啊。

　　試帖詩要求符合經義，莊重典雅，辭藻豐贍，結構謹嚴。結合三場考試—書藝（即四書文）、經藝（即五經文）和策論等的要求，考生不僅要熟讀四書五經的正文注疏，且要嫻習史書文集。要學問淵博，且融會貫通。闡發義理，要關上鎖下，要字鍛句煉，言簡意賅。沒有過硬的基本功是難以應付的。俗話說"十年寒窗"，這話不差！古人這樣開發大腦，是從記憶、思維、訓練、操作等多方面做的，許多層次因素相互結合，而後才出成果的。南宋的王十朋和文天祥皆中了狀元，他倆殿試的卷子光寫字一日就達一萬多，而且必須是工楷。內容則包括治國、安邦、濟世等良策。他們慷慨陳詞，激勵明君，鞭策昏庸，洋溢着中國古代優秀知識分子的滿腔豪情，真可說是了不起的。

　　今日我們也需要重視基本功，當然，我們的所謂基本知識、基本訓練和基本技能和古人是完全兩樣的；但他們重視基本功的精神與方法還是值得我們重視和吸取與借鑒的。

（原刊《古今談》1995 年第 3 期）

略談舊體詩的修改

詩需要改,不斷地改。杜甫詩云:"新詩改罷自長吟。"沈德潛在《說詩晬語》中解釋云:"改則弊病去,長吟則神味出。"確實如此,通過推敲,可以改去詩中敗筆。長吟便於琢磨詩的意境、韻味。

改詩,必須於意境、聲律、韻味上下功夫。我吟《壬戌中秋懷遠》,改過幾次,限於水準,總不滿意。改詩如次:

> 飛來逸興伴群英,秋半西湖待月明。舊雨纏綿蓬島隔,新天浩蕩玉樓清。朱輪倘得轔轔接,華蓋何妨轆轆迎。卻喜桑榆逢盛世,閑將拙句試重賡。

一位青年來信道:"《懷遠》詩味頗濃。首聯意在賞月,玉兔未升,於是待月。頷聯新天地下思念臺灣舊友,情意纏綿。頸聯熱盼臺灣回歸祖國,以主迎賓。尾聯寫喜迎國慶盛世,他日舊友重逢,賡唱聯吟,其樂陶陶。"我的主觀意圖:"'逸興遄飛'起筆明點題意,來勢宜稍稍突兀些。承筆兩句,一寫人間'蓬島隔';一寫天上'玉樓清'。起筆醒題,渾括大概,說明時、事、地。承筆須開拓境界,借景寓情。謝莊《月賦》云:"美人邁兮音塵闕,隔千里兮共明月。"蘇軾《水調歌頭》"兼懷子由"云:"但願人長久,千里共嬋娟。"毛澤東同志七律《和郭沫若同志》云:"玉宇澄清萬里埃。"觸景生情，使人多一些聯想。"冪冪藍天魂夢地，鹿門灑灑相思溢。"新天指"四人幫"久已垮臺，歷史的轉折時期，十二大勝利召開和閉幕以後，新天浩蕩，玉宇澄清，蓬島遙望，赤子天涯，浮想聯翩，一往情深。承筆抒發待月感情，留下有餘不盡之意。轉筆想推一層轉："朱輪倘得轔轔接，華蓋何妨轆轆迎。"冠蓋相傾，借喻以主迎賓，賓至如歸。文合意象，可以部分代全體。"朱輪""華蓋"借指車子。杜甫《兵車行》云："車轔轔，馬蕭蕭。"杜牧《阿房宮賦》云："轆轆遠聽，杳不知其所之也。""轔轔""轆轆"是象聲詞。朱輪、華蓋返光，轔轔、轆轆狀聲。採用寫光、象聲的詞，主觀意圖想：使人加強聯想將來臺灣回歸祖國"車同軌"時，歡迎友人歸來繁華、熱鬧的盛況。在想象中目睹迎友之景，聆聽飛車奔馳之聲。這是藝術虛構，但是符合中國人民的願望。合筆兩句："却喜桑榆逢盛世，閑將拙句試重賡。"劉禹錫《酬樂天詠老見示》詩云："莫道桑榆晚，爲霞尚滿天。"桑榆習慣用喻垂老之年。友人分袂在舊中國，數十寒暑，髮童童矣。今將歡聚在盛世新中國，欣喜逾常，當可想見。用一"却"字，便與上文"舊雨纏綿蓬島隔，新天浩蕩玉樓清"呼應關鎖。離別之時，黯然銷魂，行色匆匆；今將把晤，逍遙容與，情亦彌篤。歌詩往返，可代下酒之物。然自慚才短，只得"試重賡"之。"重賡"自有許多話説，合一筆，放一筆。言辭有盡，意將無窮。詩是最經濟的語言。寥寥數十字，能説多少話。但儘量要多放一些東西進去，言有盡而意無窮。那麽怎麽辦？寫詩就不能把意思都放在字面上，而要設法把它放到骨子裏去。所以寫詩固要明白易懂，尤貴含蓄蘊藉。

這詩承蒙一位老人熱心修改，衷心感謝。改詩過錄如下：

中秋國慶西湖濱，萬里晴空賞月明。舊雨停看一水隔，新天早見三山清。郵電倘得條條接，車馬應能續續迎。正喜晚年逢盛世，新歌高唱入霄雲。

詩的"推敲"千古傳爲美談，但遺憾的是，老人不向詩的意境、聲律、韻味上求煉，只是主觀地自己認爲青年讀之難懂，將讀之不懂的詞，隨便抓來一些"新詞"，從事替換。"朱輪""華蓋"改爲"郵電""車馬"；"轔轔接""轆轆迎"換成"條條接""續續迎"。自矜這是舊體詩的"創新"。這樣就會給閱讀舊體詩的青年讀者帶來一種"誤解"。如：有位青年因看不懂《西湖吟草》中的用詞和典故，連他那位從大學回來的同學也不太看得懂。而這首詩經老人一改，他看懂了；言外之意，因而覺得老人可與古今許多有傑出成就的詩人媲美。但也有青年說："看懂與看不懂是讀者的水平問題，青年不一定都看不懂，老年人也不一定都看得懂。劉老的詩讀之有主迎賓，似聞車馬轔轔、轆轆之聲，而經改後，詩味索然了。老人文中：'此我所以一向不重西崑而愛白描也。''西崑'兩字，其實也不平常，《辭海》中查不到，青年人能懂的想亦不多吧。老人爲什麼不換個詞呢？可見一定要寫適應青年人看得懂的詩，標準難定，也是沒有必要的。"

詩以意爲主，還給人以美的享受。起句似覺平淡，句法不挺。頷聯"三山清"老人自注：指三座大山推倒。《懷遠》之詩實指懷念旅臺友人。對臺工作發言吐辭，鄙意還是學習葉帥建議、廖公書信的精神爲好，動之以情，感人至深。對於歷史問題"宜粗不宜細"。熱望臺灣回歸祖國，強調"三山清"，效果如何？值得考慮！李白《登金陵鳳凰臺》詩云："三山半落青天外，二水中分白鷺洲。""三山"在詩中一般用作美麗的形象。《紅樓夢》在第四十回"金鴛鴦三宣牙牌令"中寶釵回答鴛鴦所傳的酒令"當中'三六'九點在"，也曾答道："三山半落青天外。"三山解釋爲三山清朗。在黨的十二大勝利閉幕後的國慶盛世，中秋佳日，看到"一水""三山"的美麗景象，益發能夠鼓舞人心，促進完成統一祖國的千秋大業。老人注出"三山清"意思就是"三山除""三山清除”。這樣“創新”，大可不必。從字面講，有如魯迅先生的所謂“生造”。頸聯改得似覺“直而少味”，説是改詩，毋寧説是老人《述懷》，因爲改作與原意不符。“桑榆”換成“晚年”，固無不可，内容却似稍遜色。結句“新歌高唱入霄雲”似泛，合筆如忘呼應上文，結構易散。難免落入有句無篇之譏。友人評曰：老人以格律詩改格律詩，可能爲一種“創新”。但詩中“西湖濱”“三山清”落韻用三平聲，濱、雲出韻。濱屬十一真，雲屬十二文，俱非八庚韻。《詩韻新編》：濱、雲屬十五痕，與十七庚也不在一部。新天、新歌疊用新字。條條、續續缺乏形象性，退一步説：形象性總是差些吧。叫名律詩，一不調平仄，二不依韻脚，三不推敲意境，那麼律詩的“律”字，作何解釋？所謂“創新”，不是隨意破壞格律之意。如將格律廢去，那麼自可另創新體，律體也不存在了。老人鼓勵後學，理當示以兢兢業業，學好基本功，使能青出於藍，後來居上，草率從事，恐是難以奏效的。詩需要改，但怎麼改，是值得商榷的，倘只從字面深淺上着眼，是不能解決問題的。

編者説明：本文據代抄稿録編，原題《從〈壬戌中秋懷遠〉略談舊詩的修改》，今題爲編者酌擬。劉録稿云：約寫於 1983 年，文中“老人”指蔡堡。

詩詞鑒賞

李白（十一首）

静夜思

床前明月光，疑是地上霜。舉頭望明月，低頭思故鄉。

客中寂寞，徹夜難眠。於床前窗外，忽見寒月，其光映地，疑以爲霜，竟以爲天曉矣。舉頭望月，始知月之尚高，四顧茫然，遂覺身之在異鄉矣。首句寫窗外月光，次句寫地上月色，三句寫舉頭望月，四句寫低首思鄉。俯仰之間，望月却見其思鄉之情也。寓情於境，倍覺情趣益然。

玉階怨

玉階生白露，夜久侵羅襪。却下水晶簾，玲瓏望秋月。

《玉階怨》是《相和歌辭·楚調十曲》之一。宮人望幸，佇立玉階，不覺夜已深矣，露侵羅襪，寒襲衣袖，旋身倚於水晶簾下。愁緒栗落，似不能耐，便將簾子放下，不忍就寝。轉從簾隙處望月，蓋望幸之心猶未已也。玲瓏正顯其簾隙望月之心情。在玉

階、在簾下,止見秋月玲瓏,而君王之消息杳然;詩未言怨,而玉
階之怨已自見矣。

憶東山

不向東山久,薔薇幾度花。白雲還自散,明月落誰家?

首兩句言離東山之久,不知山上薔薇,開花已幾度了。東山
在今浙江上虞西南,李白遊吳越時曾詣此山。暌違已久,猶憶山
上薔薇。三句寫山上白雲:李白遊時,徘徊觀賞;白雲只是自起
自散而已。更有不能使人自已者,白在東山,把杯邀月,對影成
三。今則無人玩月,明月不知落向誰家去也。此見李白胸懷灑
脫,心遊六合,以雲月爲友矣。

獨坐敬亭山

衆鳥高飛盡,孤雲獨去閒。相看兩不厭,只有敬亭山。

衆鳥、飛雲,看來在寫山中景物;然其言外之意,不止此也。
衆鳥喻世上名利之徒,高飛遠逝;孤雲喻高隱之士,脫然而閒。
兩者去來,俱有厭生之時;獨此敬亭山,則萬古如斯。鳥飛,雲
去,我自無心,由它自在。李白一眼看定着敬亭山;而敬亭山亦
一眼看定着李白。漠然無親,悠然自適。初不見好,終亦無厭。
自是敬亭山上,只一李白;而李白胸中亦只一敬亭山而已。

送友人入蜀

見説蠶叢路,崎嶇不易行。山從人面起,雲傍馬頭生。
芳樹籠秦棧,春流繞蜀城。升沉應已定,不必問君平。

首兩句寫蜀棧奇險,送友入蜀,便以相告。見説,猶言親見
而説。崎嶇言路之險,行程不易,故人何爲而入蜀哉!山從人面

起,言到處見高山;雲傍馬頭生,喻觸眼盡白雲。山雲眩目,何其
險之甚也。蜀道架木而行,古稱棧道。送友適在春日,棧旁一
路,芳樹籠覆,故曰:芳樹籠秦棧。春流指錦江,其水繞城,故曰:
春流繞蜀城。升沉,言人之遭際,指其命運。西漢嚴遵,字君平,
以卜筮隱於成都市。人有問,卜之,爲言利害。結句:"升沉應已
定,不必問君平。"眼見路途險易,然人自有主張,不必問卜,勉其
前進也。

訪戴天山道士不遇

犬吠水聲中,桃花帶露濃。樹深時見鹿,溪午不聞鐘。
野竹分青靄,飛泉掛碧峰。無人知所去,愁倚兩三松。

詩從入山寫起。"犬吠水聲中",首句寫所聞:泉水淙淙,犬
吠隱隱。"桃花帶露濃",次句寫所見:桃花帶露,濃豔奪目。這
是入山第一程,景色宜人,使人聯想道士居處宛如世外桃源,引
人入勝。濃指深色。王維曾言"桃紅復含宿雨"以見花之嬌豔。
杜甫《曲江對雨》詩云:"林花著雨燕支濕。"渲染林花着雨,花稱
燕支。李白筆下的桃花,沾着露水,借爲青山綠葉作襯。帶露除
增花豔之外,猶是點出早晨,與下"溪午"相映。頷聯"樹深時見
鹿,溪午不聞鐘",這是詩人入山第二程。小道上行,時見麋鹿出
沒。林深路遙,出林來至溪邊,時已正午,適道院打鐘時候,却不
聞有鐘聲。鹿性野居,常在林中生活。既"時見鹿",境之幽靜可
知。下午時分,鐘聲杳然,唯聞溪水潺湲,益見四周寧靜,環境清
逸。與前所寫桃源景色正好銜接。"時見鹿"反襯遇不見人,説
明路上未遇道士;"不聞鐘"暗示道院無人,道士飄然外出。寫景
却含敍事。頸聯"野竹分青靄,飛泉掛碧峰",這是詩人入山第三
程。從"不聞鐘"想見前去道院尚有一段路程。接寫到了道院所
見情景:道士不在,所見者爲融入青翠山色中的綠竹和掛在碧峰

裏的飛瀑。分字顯示野竹與青靄相融,有其區分,突出的是竹子。飛泉與碧峰關聯,用一掛字,顯示瀑的氣勢。景物描寫,從而傳神;但詩人所留戀者並非景色,而爲所訪的道士。於這一片清幽的道院中,益增其造訪不遇的爽然若失的感情。詩人在道院中徙倚久之,不見道士歸來,遂詢旁人,旁人不知其所去,只有耐心地等待了。等待不見,在松間徘徊或儜或依。"愁依"兩字,顯示其期待的心情與姿態。"無人知所去,愁倚兩三松",結句通過問人的方式,寫其不遇的感情。筆法流轉,耐人尋味,悠然不盡。全詩八句。前六句寫往訪,重在寫景,戴天山景色優美;末兩句寫不遇,重在抒情,情致婉轉。全詩脈絡貫通,首尾呼應。句首伏一犬字,雞犬相聞顯示有人居住;結尾出一人字,便使首寫犬字有了歸宿。融成一體。此等筆墨,並非詩人刻意經營,自是妙手偶得;但誦之者,可從此中玩味,獲得啟發,可使心思細密。

清平調三首

　　天寶中,白供奉翰林。禁中初重木芍藥,植興慶池東沉香亭。會花開,上乘照夜車,太真妃以步輦從。詔選梨園中弟子,得樂十六色,李龜年手捧檀板,押衆樂前。上曰:"賞名花,對妃子,焉用舊詞。"命龜年持金花箋,宣賜李白,立進《清平調》三章。……龜年歌之,太真妃持玻璃七寶杯,酌西涼州葡萄酒,笑領歌意。上因調玉笛以倚曲。每曲遍將換,則遲其聲以媚之。自是顧李白異諸學士。會高力士終恥脫靴,妃重吟前詞,力士曰:"以飛燕指妃子,賤甚矣。"妃頗然之。上嘗三次欲命白官,卒爲宮中所捍而止。

其一

雲想衣裳花想容，春風拂檻露華濃。若非群玉山頭見，會向瑤臺月下逢。

詩寫明皇之於寵妃，形影不離，心神繫之。"雲想衣裳花想容"，一句頓作兩句讀。雲想衣裳，言明皇見雲，想見妃子的衣裳；花想容，言明皇見花，想見妃子的容貌。春風拂檻，承上"雲"字來，雲受風愈見其輕揚；露華濃，承上"花"字來，花沾露愈覺其鮮妍。拂檻，喻妃子搖曳多姿；露濃，喻君恩深重。明皇寵愛妃子，無處不是妃子，雲、花、風、露，無處不與妃子同在。兩句寫得精神飽滿。"若非群玉山頭見，會向瑤臺月下逢"，進一步稱頌：若非群玉山頭見雲，即於瑤臺月下逢花。風雲際回，有意無意，必然偶然，真的會得巧且妙也。

其二

一枝秾豔露凝香，雲雨巫山枉斷腸。借問漢宮誰得似，可憐飛燕倚新妝。

"一枝秾豔"，即花，以喻妃子。"露凝香"，喻明皇留戀妃子，如露之凝花也。此承上首"春風拂檻露華濃"，深一層渲染。宋玉《高唐賦》言神女薦楚襄王之寢：朝爲雲，暮爲雨，朝朝暮暮，陽臺之下。此爲夢境，非實際也。枉字是笑神女，孰如妃子朝朝暮暮，在君王側也，徒自斷腸耳。"雲雨巫山枉斷腸"，是用襯筆，以托前句之"露凝香"也。"借問漢宮誰得似，可憐飛燕倚新妝"，宕開一筆，前以神女比妃子，楚王比唐皇，猶虛辭也，此則自漢宮借一人來：太真是貴妃，飛燕是后。后喻貴妃，看來是抬身價。"誰得似"？還要"借問"。漢家后妃，得寵如妃子者，似覺難覓，趙飛燕庶幾近之。然飛燕亦未獲君王心神繫之，如雲想衣裳花想容

263

者,只是在"倚新妝"耳。李白之頌妃子,可謂神完氣足;然此僅表面文章耳。實質性問題何在?誦者自然知之。

其三

名花傾國兩相歡,常得君王帶笑看。解釋春風無限恨,沉香亭北倚闌杆。

三首入題,點出明皇寵妃沉香亭北賞花的韻事,爲三首主腦。《開元遺事》:唐皇時,沉香亭木芍藥,一枝兩頭。朝則深碧,暮則深黃,夜則粉白,晝夜之間,香豔各異。得人主之愛,花也獻媚。"名花傾國兩相歡",寫妃子、木芍藥合在一起,深受明皇賞識,兩不辜負,兩相歡也。"帶笑看":看妃子、看名花;又看妃子在看木芍藥也。解釋,消釋之意。"無限恨",含意深沉。西宮夜靜,幾人得寵到底?在此沉香亭北倚欄杆,頃刻可盡消矣!"無限恨"三字,又是此詩主腦,亦三首主腦,含義無窮。空中之響,弦外之音,居安思危,誦者當於此中悟入,庶可以言詩矣!

黃鶴樓送孟浩然之廣陵

故人西辭黃鶴樓,煙花三月下揚州。孤帆遠影碧空盡,惟見長江天際流。

黃鶴樓在武昌,白於此送孟浩然。故人是指浩然。西辭遙指故人意在揚州。揚州爲煙花之地,又當在三月。下者,從上而下。浩然所乘之舟,帆已縹緲。江畔佇望,滾滾大江,碧空盡處,惟見天際洪流而已。詩寫得寬,意用得活,而神理見矣。

下江陵

朝辭白帝彩雲間,千里江陵一日還。兩岸猿聲啼不住,輕舟已過萬重山。

　　白帝即白帝城,江陵今湖北江陵。白帝在江之上游,地甚高,峽極峭,故云:彩雲間。夔州至江陵計一千二百里。早辭白帝,暮抵江陵,是一日還也。峽長七百餘里,兩岸連山,多猿。猿夜啼,啼不住,見辭之早。舟已過,言迅疾也。履險如夷,反映李白胸襟之坦率也。

　　編者説明:文本據打印稿録編,原題《李白作品選》,今與其他詩詞鑒賞類短文集爲一組,統一擬題,略去"作者簡介"。

杜甫(二首)

月夜

今夜鄜州月,閨中只獨看。遙憐小兒女,未解憶長安。
香霧雲鬟濕,清輝玉臂寒。何時倚虛幌,雙照淚痕乾。

中國詩歌的優良傳統,重視詩的思想感情、藝術境界與韻律
強弱、音樂節奏相結合,聲文相宜,合之雙美。《虞書》云:"詩言
志,歌永言。"夙已述之。詩是作者世界觀的亮相,抒發人的思想
感情;歌是突出語言文學中的音樂性,顯其意義。永者《虞書》又
説:"聲依永,律和聲。"聲古謂五聲,律謂六律、六呂,用以和樂。
詩樂自古相輔而行,兩者是二是一,這種特色,中國詩歌第一部
總集《詩經》、第一部作家文學《楚辭》就是顯示和奠定了的;從而
形成優良傳統。杜甫於詩曾云:"新詩改罷自長吟。"又云:"晚節
漸於詩律細。"重視聲文相宜,從此特色,以窺杜詩,會心當不遠。

《月夜》一詩,爲杜詩名篇。我們不妨舉此爲例,自其所涵蘊
的境界與音律兩方面玩味之。唐玄宗天寶十五載(756),即唐肅
宗至德元載,正月安禄山僭號。七月,肅宗即位於靈武(今屬寧
夏)。杜甫家在陝西鄜縣,離家投奔靈武,途中不幸爲安禄山叛
軍所俘,帶往淪陷區長安。杜甫月夜思家,浮想聯翩,因吟其事。

首句:"今夜鄜州月",點明吟詩的時——月夜,及其所思之
家的地——鄜州。次句:"閨中只獨看。"閨中指妻。獨字含有幾
層意思,老妻獨看是第一層。何以獨看?啟示下文:兒女尚小,
未解遙念。自是獨看内涵!孑然一身,丈夫遠在長安,當亦爲
獨。着一獨字,境界冷悄;接一看字,感情懇摯俱見。杜甫不説
思家,却寫閨中獨看,豈是自説自話。文思委曲,却見杜甫愁思
之深。詩寫鄜州月夜,未寫詩人所在長安,月明千里共,情境自

顯。起得直截簡潔，而時、地、人、事歷歷在人眼前。就音律論：首句末字"月"字入聲，次句第四字"獨"，也是入聲。兩入聲字，斬釘截鐵，顯示感情懇摯，用得"倒像有幾千觔重的一個橄欖"，確有分量。"今夜鄜州月"，雲斂晴空，冰輪乍湧；觸景生情，詩人卻自惶兀不安。"閨中只獨看"，無可奈何！"一夜鄉心五處同"，雙方自是渴望團聚，爲下文"雙照"伏筆。分量就是重在獨字。

頷聯："遥憐小兒女，未解憶長安。"杜甫對他的"小兒女"，説道："遥憐小兒女。"又透過一層説："未解憶長安。"不説他念兒女，也不説兒女念他；卻説憐他們"未解"羈旅長安的爸爸，情思委曲，益見舐犢情深。"遥憐小兒女"就平仄論爲：○○△○△。就格律論，此句應爲○○○△△；何以不寫作"遥憐兒女小"？這點杜甫豈不知道？所謂"詩律細"，其中有個道理。這裏容我穿插幾句。曹雪芹曾借黛玉的口，教香菱學詩道：

（黛玉道：）"若是果有了奇句，平仄虛實不對都使得的。"香菱笑道："怪道我常弄一本舊詩，偷空兒看一兩首，又有對的極工的，又有不對的。又聽見説一三五不論，二四六分明。看古人的詩上，竟有二四六上錯了的；所以天天的疑惑。如今聽你一説，原來這些格調規矩竟是末事，只要詞句新奇爲上。"黛玉道："正是這個道理，詞句究竟還是末事。第一是立意要緊，若意趣真了，連詞句不用修飾，自是好的，這叫做'不以詞害意'。"

（《石頭記》卷五第四十八回）

"遥憐小兒女"，不是在二四六上錯了嗎？俗士會據爲口實，只是知爲杜詩，是不會這樣説的。陸璣《文賦》云："詩緣情而綺靡。"詩緣在情。情動辭發，披文見情，吟詩誦詩，俱要重情，也即"意趣真"。"遥憐兒女小"，意重在小；不如言"小兒女"，重在兒女，親切自然，益見"遙憐"之情。此所謂:"不以詞害意。"這四句詩前兩句突出"月""獨"兩入聲字,感情一緊;三四兩句,着一"憐"字、"兒"字和"長安"兩平聲字,感情稍弛,驟見文思感情起伏波折疏宕之致。

腹聯:"香霧雲鬟濕,清輝玉臂寒。"兩句杜甫抒其懸念妻子待月之懷。雲鬟指髻髮的蓬鬆,清輝指月光的皓潔。《詩·衛風·伯兮》:"自伯之東,首如飛蓬。豈無膏沐,誰適爲容。"形象描寫,由表及裏,由粗及精,正見思婦衷心積愫。香霧雲鬟濕,濕又爲入聲字,顯示妻子佇立之久,情愫之深。濕字與首句月字俱爲入聲,遙相諧叶,情緒俱屬緊張。清輝玉臂寒,寒字平聲叶韻,情緒稍弛。月、濕,看、寒,旋相爲韻,情緒一張一弛。遙韻與旋相爲韻,這兩種押韻方式,俱爲顯示、突出詩的爲"意趣"服務,非文字遊戲。這種韻式,在《詩經》中習見,唐詩則已成爲流風逸韻。如《詩·唐風·蟋蟀》,便用:ＡＢＯＢ,ＡＢＡＢ韻式。詩云:

> 蟋蟀在堂,歲聿其莫。
> 　Ａ　　　　　Ｂ
> 今我不樂,日月其除。
> 　Ｏ　　　　　Ｂ
> 無已大康,職思其居。
> 　Ａ　　　　　Ｂ
> 好樂無荒,良士瞿瞿。
> 　Ａ　　　　　Ｂ

《月夜》詩的諧叶方式,爲ＡＢＯＢ,ＡＢＯＢ,類於此例。這詩月、濕爲入聲字,用仄韻;看、安、寒、乾平水韻屬十四寒,用平聲韻。兩者音差顯著,益形感情錯落多致。

這詩涵蘊三層境界,第一層突出點染詩人所思之時之地——"今夜""鄜州""閨中",其情其景——"香霧雲鬟濕,清輝玉臂寒"。第二層虛寫團聚之景:"何時倚虛幌,雙照淚痕乾。"結句:杜甫提出團聚問題,懸想又是月夜,清光雙照,破涕爲歡!心馳神往,溢於言表。第三層,這詩題名《月夜》,"情人怨遙夜,竟夕起相思",空階竚立,懸念妻兒,未着一字,而盡得風流。意在言外,情寓景中,不點題而題意自見。

這詩的藝術特色是,詩所抒寫的感情、境界與音律有機結合,音律是爲顯示詩的意趣服務的。

(原刊《古今談》1991 年第 1 期)

春望

國破山河在,城春草木深。感時花濺淚,恨別鳥驚心。
烽火連三月,家書抵萬金。白頭搔更短,渾欲不勝簪。

這詩杜甫寫於唐肅宗至德二年(757)三月。這時兩京覆没,社稷爲墟,肅宗乘危自立,杜甫陷於安禄山軍中的次年,羈居長安。

首句"國破山河在",是全詩的主腦。國家殘破,山河還在。意思是:山河依舊,國事全非。次句"城春草木深",不曰"春城",而曰"城春"。"春城"説來平易,春天的長安。"城春"意思奧折。看着長安春天到來,一月,二月,三月。長安到了春天,人都逃散了,只見荒煙蔓草,一"深"字點出荒涼景象。白居易《錢塘湖春行》"淺草才能没馬蹄",寫其喜悦景象,着一"淺"字,與"亂花漸欲迷人眼",顯見綠草如茵。此非草木丰茂,而是荆棘叢生。起首兩句對仗,次句一復。"城春草木深",實是映寫"國破山河在"。第三、第四兩句:"感時花濺淚,恨別鳥驚心。""感時""恨別"是深一層攝寫詩人憂愁"國破"的心理。"感時"是憂國,"恨別"是思家。國破家也亡了。國破家亡是兩個方面,内容却是統一的。"花濺淚""鳥驚心",是寫花卉蟲魚;但花不會濺淚,鳥也不會驚心，是人見花上沾露，烏在啼鳴，是人"濺淚""驚心"而已。國家遭遇喪亂，妻離子散，老弱轉乎溝壑。烏鳴花放，不能暢懷，只是增人愁思而已。"花濺淚"實言花上濺着愁人的淚；"烏驚心"謂烏鳴驚動愁人的心。"感時"承上"國破"；"恨別"啟下"家書"。第五、第六兩句："烽火連三月，家書抵萬金。""連三月"謂戰火綿延，應接"感時"；"抵萬金"謂家庭離散，應接"恨別"。把憂國、思家這兩方面緊聯一起。離亂之時，許多人有此感受，詩人道出了自己的心情；也道出人家的心情。所以，此詩膾炙人口，傳誦不絕。第七、第八兩句："白頭搔更短，渾欲不勝簪。"一"搔"字耐人尋味，形象地顯示詩人心理有些"躁急"，因而搔首問天？寫得親切、生動。白髮颼颼，由於不止地搔而更短了。整個兒束在頭頂之上已插不上一支簪子了。這搔字不只是顯示詩人在烽火三月之中憂思之深，而且人也衰老了。

這詩抒情、寫景、寓意，妙在一气呵成，气象雄浑，感情真挚，情动辞发，感人至深。

編者説明：前篇據原刊並參抄稿録編，原題《杜甫〈月夜〉賞析》；後篇據手稿録編，原題《春望》。

李商隱（六首）

早起

風露澹清晨，簾間獨起人。鶯花啼又笑，畢竟是誰春？

此詩恬淡。人言義山詩豔；實則，豔者亦當知其爲淡也。清晨曉起，風露尚在，旭日未升，其爲冷清可知。有人獨起，簾外風露；簾內之人何以不曉濃睡耶？次句"簾間獨起人"，承首句"風露澹清晨"來。三句言鶯啼花笑，是獨起人漸有所聞所見也。鳥之啼也，花之笑也，人之早起也，是何爲乎？花不爲鳥而笑，鳥不爲花而啼，人亦不爲花鳥早起。俱無爲也。斯則恬淡極矣。然則，春日遲遲，畢竟爲誰春乎？義山此言，是抒其心境之惘然乎？無情無緒，意在言外也。

漢宮詞

青雀西飛竟未回，君王長在集靈臺。侍臣最有相如渴，不賜金莖露一杯。

青雀，即青鳥，爲西王母之使。《漢武故事》言：七月七日，上齋居承華殿。忽有一青鳥從西來，集殿上。上問東方朔，朔曰："西王母欲來。"有頃，王母至，有三青鳥在旁。及去，許帝以三年後復來，後竟不來。集靈臺、望仙臺，俱在華陰縣界，武帝建，用以望其復來。相如渴，指相如患消渴之病，以口渴、易飢、尿多、消瘦，故名，中醫學中有此病名。三四兩句謂：侍臣中有消渴之病者，最字強調、突出。武帝意求長生，然則何不賜臣玉露一杯，以治其渴。金莖露，武帝取雲表之露，和以玉屑，製之、服之。此詩乃諷求仙之虛誕也。帝王無知，爲人所愚，義山諷之。

宮詞

君恩如水向東流，得寵憂移失寵愁。莫向樽前奏花落，
涼風只在殿西頭。

君恩如水，一去不留，誰能保得始終？寵時已憂其情之移，
失寵則益愁矣。然宮人猶癡望之，樽前曲意承歡，恃恩嬌妒，不
願奏花落也。報喜而已，未嘗説憂，不知涼風習至，已在殿西頭
矣。頃刻之間，得寵甚難，失寵則甚易也。此寫宮怨，未言愁苦，
而愁苦之情，溢於辭矣。

夜雨寄北

君問歸期未有期，巴山夜雨漲秋池。何當共剪西窗燭，
却話巴山夜雨時。

此詩設想、剪裁得妙。義山蓋在四川梓州作東川節度使柳
仲郢幕僚時作，詩寄北方眷屬或友人。客居"巴山"，恰逢秋季
"夜雨"，羈旅無聊，難以入眠，因吟此詩。詩從所思者對方寫入，
"君問歸期"，答以尚"未有期"。在這問答、虛實之中，已將懷人
之情，淋漓描述。秋雨蕭瑟，蓋見思緒悄深。三、四兩句，推進一
層，由思念寫到希翼。他日重逢，剪燭西窗，促膝長談。以他日
之歡愉，襯今日客居之岑寂，蓋見思念深切。全詩感情起伏，波
瀾回復，筆墨流暢而又含蓄，使人玩味無窮。

安定城樓

迢遞高城百尺樓，綠楊枝外盡汀洲。賈生年少虛垂涕，
王粲春來更遠遊。永憶江湖歸白髮，欲回天地入扁舟。不
知腐鼠成滋味，猜意鵷雛竟未休。

安定，郡名，即涇州，在今甘肅涇川北，當時為唐涇原節度使

治所。迢遞,高峻貌。首聯寫義山登樓望遠,觸景生情。賈生,指賈誼,少有才志,漢文帝欲任以公卿,爲朝臣所忌。誼上《治安策》,痛哭時政,被貶爲長沙王太傅。此處義山借喻自己應試不中。王粲,東漢末年人,時值長安大亂,避居荆州,粲依劉表,春日登湖北當陽城樓,作《登樓賦》,抒發政治抱負及其寄人籬下的苦惱。義山時依王茂元,心境類似,借以爲比。頷聯寫其懷才不遇,壯志難酬。永憶,長期嚮往。扁舟,指范蠡功成辭官,帶着西施,乘扁舟,歸隱五湖。腹聯意謂待到幹了一番旋轉乾坤的大事業後,功成身退,便可泛舟歸隱。"腐鼠"典出《莊子·秋水》。惠施任梁國的宰相,莊子往見。人言莊來意欲謀取相位,惠施聽了恐慌,搜城三日三夜,未獲莊子。莊子聞之,往見惠施,將一寓言諷之。説南方有一鳥,喚作鵷鶵,君知之否?它自南海飛往北海,途中非梧桐不歇,非竹米不食,非甘泉不飲。某鴟鳥弄到一腐鼠,見鵷鶵飛過,怕它來奪,就衝飛出來,怒叫不息。莊子就對惠施説:現在你就是用梁國這腐鼠來"嚇"我嗎?義山借以説明自己志向高遠,無意禄位,不意却被這嗜鼠的黨人猜忌不休。結句運用寓言故事,對於食禄屍位、鼠目寸光的朋黨之士進行尖鋭的諷刺。頷聯、腹聯寫其壯志未酬。結句筆鋒轉向政敵,感情憤激,反擊有力。唐文宗開成三年(838),義山參加博學宏詞科試,遭到朋黨勢力的排斥而落選,被迫回到他的岳父涇原節度使王茂元的幕中,成爲幕僚。此詩爲義山登臨抒懷之作。

隋宫

紫泉宫殿鎖煙霞,欲取蕪城作帝家。玉璽不緣歸日角,錦帆應是到天涯。於今腐草無螢火,終古垂楊有暮鴉。地下若逢陳後主,豈宜重問《後庭花》?

隋宫,指隋煬帝楊廣在江都所建的江都、顯福、臨江等行宫。

義山旅行至此，目睹江都宮苑故址，感慨萬千，吟了此詩。紫泉，指紫泉宮，用以代指隋朝京都洛陽的宮殿，用一"鎖"字。蕪城，指隋時的江都，用一"取"字，說明楊廣外出淫遊的顛倒荒唐。玉璽，指皇帝的玉印，象徵隋朝的政權。日角，古時相士術語，指人的額角突出，飽滿如日。李淵起兵之前，唐儉吹他"日角龍庭"，異日必能統一天下。錦帆，指隋煬帝的遊船。此句意爲隋煬帝不應隨意淫遊天涯。"腐草無螢火"，楊廣喜歡夜遊，在洛陽景華宮搜求螢火蟲取樂，取螢每至數斛；在江都時也這樣幹過。古言腐草生螢，故以腐草與螢火聯繫來説，這裏以誇張的手法，嘗他把螢火蟲都捉光了。楊廣開通濟渠、疏邗溝，渠邊種植楊柳，稱爲隋堤。隋亡，堤柳隨着荒蕪。腹聯意爲：楊廣窮奢極欲，把國運斷送。傳説楊廣在江都時夢見陳後主喚寵妃張麗華舞《玉樹後庭花》。結句意爲：今日地下楊廣倘與陳後主相逢，難道還有顏面再請張麗華歌舞嗎？

隋煬帝在位十餘年中，絕大部分時間用在外出淫遊上，他曾三次出遊江都，每次跟隨和動員約有一二十萬人。遊船高達四十五尺，長二百尺，起樓四層。其餘船隻多至千艘，首尾相接，長達二百餘里。這樣的鋪排，沿途百姓的負擔沉重可知，從而成爲人民極大的災難。當時有臣冒死勸諫，他毫不醒悟，終至亡國殺身。李商隱心傷楊廣的作威作福，感慨萬千，因吟此作。

編者説明：本文據打印稿錄編，原題《李商隱作品續選》，"正選"未見。

孫光憲（一首）

謁金門

留不得，留得也應無益。白紵春衫如雪色，揚州初去日。　　輕別離，甘抛擲，江上滿帆風疾。却羨彩鴛三十六，孤鸞還一隻。

這是孫光憲所吟與其所愛女子離別之詞。回憶從前別離之時：留她，苦於又留不住；留了下來，又思對她沒有好處。不能留，却又非留不可，難於分手，依依不舍。想留，又留不得。去、留都存在着矛盾。這種心理矛盾，却是現實生活矛盾的反映。這樣就使詩人愁緒滿懷，欲罷難休。"留不得，留得也應無益。"二語似直而曲，似淺而深。說來平淡，却是深折沉痛。"白紵春衫如雪色"，第三句突出姑娘形象，回憶別離之時，姑娘穿着"白紵春衫"，雪一樣的潔白。《詩·曹風·蜉蝣》云："麻衣如雪。"很早有這描寫。俗云："若要俏，須帶三分孝。"看慣了紅紅綠綠，看着穿綴白色綢衫，使人感到別致。這是顯示姑娘儀態之美，蕩人心弦，縈於腦際。"揚州初去日"，四句點出分手時地。一、二兩句用口語述意，三、四兩句寫景寓情。魂牽夢繫，一往情深。

下半片孫光憲憶念這心愛的女子乘舟凌波遠逝。"輕別離，甘抛擲"：一、二兩句似快語、似決絕詞，用個"輕"字、"甘"字，把"別離""抛擲"看得像一根鳥毛似的，輕得很，無所謂啊。這是表面文字！實際却是反話、憤語；真是不願"別離"，不願"抛擲"。是"留不得"，不得不這樣說；不輕、不甘倒是刻在心頭。是"留得也應無益"，自然只能"抛擲"。所以，"甘""輕"實際是"不輕""不甘"！第三句"江上滿帆風疾"："滿帆"就是"飽帆"，帆被風吹滿了。這就顯示風吹得急。一個"滿"字，正是說明"風疾"。"風

疾”就是顯示別離之速，要留也留不住。正如鶯鶯在與張君瑞分
袂時唱的：“恨相見得晚，怨歸去得疾。柳絲長玉驄難繫。”“須臾
相見，頃刻別離”，這別離宛如抛擲，怎會是“輕”且“甘”呢？此情
此景，教人回腸蕩氣。四、五兩句：“却羨彩鴛三十六，孤鸞還一
隻。”推進一層講，詩人與女子關係是鴛鸞；因而以“彩鴛”與“孤
鸞”對照，比興他們的離別之情。正是：“黯然銷魂者，惟別而已
矣！”“彩鴛”是“留得”的幸福；却是“求之不得”，只餘羨慕。蘇州
有個名園，稱爲留園，中有“三十六鴛鴦館”，顯示富貴人家男女
相聚之樂。今已別離，成爲孤鸞。他的孤寂之苦，不言而喻。着
一“羨”字，與“還”字對照，信口道來，益見感情深摯。此詞吐屬，
似淡而豔；用筆似平而峭。好詩不嫌百回誦，情思雋永，所以耐
人尋味。

　　編者説明：本文據手稿並參打印稿録編，原無標題。

范仲淹(一首)

漁家傲

塞下秋來風景異,衡陽雁去無留意。四面邊聲連角起。千嶂裏,長煙落日孤城閉。　　濁酒一杯家萬里,燕然未勒歸無計,羌管悠悠霜滿地。人不寐,將軍白髮征夫淚。

北宋的范仲淹,在仁宗時期任陝西經略副使,兼知延州,爲邊防軍事的副長官。在今陝西延安抵抗西夏達四年之久,添置城壘,聯絡諸羌,深爲西夏畏憚,在防禦上作出了較大的貢獻。邊地民謠歌頌他說:“軍中有一范,西賊聞之驚破膽。”可見他是一個英雄人物。但統治集團對於抗敵工作並不積極支持。范仲淹的戰友滕子京在防禦西夏中起了一定作用,却被誣告“枉費公用錢”,慶曆四年(1044)由慶州(今甘肅慶陽)調任岳州(今湖南岳陽)。范仲淹則貶居鄧州。范仲淹爲滕子京寫作《岳陽樓記》,襟懷開拓,不涉個人升沉,表現了他的“先天下之憂而憂,後天下之樂而樂”的政治懷抱。

此詞分上、下片:上片重點寫景,景中寓情;下片重點抒情,情中映景。

首句“塞下秋來風景異”,一“異”字領起全詞,惹人情思,引起無限波瀾。西北邊陲,秋來風景獨異。異在何處?次句回答“衡陽雁去無留意”。衡陽雁去,即雁去衡陽。雁無留意,都要南飛。説雁實是喻人,雁無留意是説人無留意。雁去衡陽,人將如何?從創作方法説,這是比興;從詩的韻味説,這是蘊藉含蓄。這種傳統的寫詩法,使人玩繹無厭。雁無留意,由於氣候;人無留意,不僅由於氣候,還由於政局,從而思鄉。一“異”字,就景講是一層意思;就人講,政局觸發,引起歸思,又是一層意思。層次結合；所以説，着一"異"字，領起全首：異景異鄉，引起無限波瀾。"四面邊聲連角起。千嶂裏，長煙落日孤城閉。"這三句從另一形象襯托塞下秋來風景之異。李陵《答蘇武書》云："側耳遠聽，胡笳互動，牧馬悲鳴，吟嘯成群，邊聲四起。"所謂邊聲，當然離不了馬鳴、風號。塞下秋聲是何景象？"四面邊聲連角起"：軍中號角一發，群角連吹，邊聲四起。連、起兩字，寫得十分生動，歷歷在人耳目。"千嶂裏"，群峰環抱如嶂。"長煙落日孤城閉"，長煙落日當爲大漠中之長煙、落日。王維詩云："大漠孤煙直，長河落日圓。"王之渙詩云："一片孤城萬仞山。"連角頻吹，孤城遂閉；軍令森嚴，萬籟俱寂。連、起與閉三字緊緊關鎖，動中見靜，文境奇特，寫出了一片黄昏邊塞荒凉景象。古人名篇，文之隽者，字法、句法、章法皆極講究，於此窺之。上片寫景，實爲下片寫情作底。

"濁酒一杯家萬里"，寫思鄉。何以不説"水闊雲深家萬里"？這樣講嫌單純。詩人心情複雜得多！"濁酒一杯"之下接"家萬里"，説明濁酒不能解愁，離情縈懷。"燕然未勒歸無計"，由情入理；敵軍没有擊潰，邊境還不安全，安計歸程？《後漢書·竇憲傳》載，竇憲追北單于，"登燕然山去塞三千餘里，刻石勒功"而還。范仲淹守邊禦敵，有其雄心壯志，決心已下，不計歸程。古今志士仁人、忠臣孝子有志向者都是如此。唐戴叔倫云："願得此身長報國，何須生入玉門關。"蘇軾云："爲君鑄作百煉刀，要斬長鯨爲萬段。"于謙云："但願蒼生俱飽暖，不辭辛苦出山林。"林則徐云："苟利國家生死以，豈因禍福避趨之。"我們應該學習和發揚這種精神。"燕然未勒歸無計"，是這首詞的靈魂。"羌管悠悠霜滿地"，情中映景，正見異鄉塞下之景：笛聲嘹亮，繁霜在地。"更吹羌笛關山月"，益覺撩人情思！羌笛是聲，繁霜是色，此句聲色點染，以襯羈旅之情，寫情沉摯，叩人心扉。情摯則夜不能寐。誰人不寐，末句道出："將軍白髮征夫淚。"范仲淹既有"燕然

未勒歸無計"的壯志,何以又發"將軍白髮征夫淚"的感慨？因爲
他一方面決心守邊禦敵,同時,深慨統治集團不積極支持,所以
心情複雜。王之渙詩云:"羌笛何須怨楊柳,春風不度玉門關。"
所謂春風,語意雙關,字面上説春風,骨子裏實指君恩。范仲淹
看到戰士生活艱苦,師老無功,憂國心切,故言:"將軍白髮征夫
淚。"彭孫遹《金粟詞話》指出此詞風格:"蒼涼悲壯,慷慨生哀。"
很有見地。歐陽修評此詞爲"窮塞主之詞",非中肯之論。

　　范仲淹此詞突破花間派寫男女與風月的範疇,爲蘇辛豪放
派詞直抒胸臆作了先導,意象開闊,風格悲壯。文心詞格,於詞
的發展史上有其特色與地位。

　　編者説明: 本文據手稿並參打印稿録編,原無標題。另有
《談談范仲淹的〈漁家傲〉》(《教學通訊》1983 年第 12 期)短文,
較本文簡略,未收入。

蘇軾(三首)

宋蘇軾,字子瞻,號東坡居士,四川眉山人。兩次宦遊來到杭州。熙寧四年(1071)十一月,蘇軾自開封赴杭州,任通判。次年吟了《六月二十七日望湖樓醉書》五首,這裏選第一首:

> 黑雲翻墨未遮山,白雨跳珠亂入船。捲地風來忽吹散,望湖樓下水如天。

望湖樓是五代時吳越王錢弘俶所建,在杭州錢塘門外昭慶寺西湖畔。原樓早毀,今已重建。蘇軾飲酒樓上,隔湖望着南北高峰,時值颱風襲擊。濃雲遠起,暴雨驟至,風過雨歇,西湖水漲。蘇軾將其感受,吟之於詩。關於颱風,蘇軾詩有"三時已斷黃梅雨,萬里初來舶棹風"句。"舶棹風"即爲颱風。颱風登岸,有時席捲杭州,咸成雷雨,時或倏來倏去,驟起驟止。這詩歌詠颱風景色,形象壯麗,氣勢浩瀚,大開大合,生動完整。第一句寫雲:黑雲翻墨。翻字顯其氣勢,却未全能遮山。第二句寫雨:白雨跳珠,亂入湖船。萬珠迸濺,真是壯觀。俗云:烏頭風,白頭雨。烏頭黑雲翻滾舒捲;白頭下雨。猛雨馳呼,湖光襯托,落到湖面,形成跳珠,入船益爲明顯。這雷陣雨和連綿的春雨不同,稱爲白雨,白字耐人玩味。第三句寫風:捲地風來,倏而將雨吹散。吟風也即吟雲與雨。第四句寫水:湖水望之無際,"水如天"實寫水漲。水漲亦見雨猛。四句一句一景,句接得緊,意轉得快,靈活變化。這見詩人的觀察敏銳,形之筆墨,又見饒於才華。

此景給詩人留下深刻印象。蘇軾在元祐四年(1089)第二次來杭州,還吟詩道:"還來一醉西湖雨,不見跳珠十五年。"可見他對跳珠這奇麗景色,留戀不已。這詩特色是一句一景,靈活變化，一氣呵成。詩境開拓，讀之神往。

飲湖上初晴後雨

　　水光瀲灩晴方好，山色空濛雨亦奇。欲把西湖比西子，淡妝濃抹總相宜。

　　這詩是蘇軾詩的名作。齒頰流芳，千秋傳誦。好在哪裏？妙在蘇軾道出了西湖湖山之美；同時，顯示了蘇軾審美觀的高尚，獲得了古今詩人與旅遊者的贊賞。蘇軾怎樣來寫西湖之美呢？他用"晴""雨"景色多樣、多層次地闡明這"好"與"奇"。什麼是"晴方好"呢？請看斜陽映在湖面，波光粼粼，浮光耀金，這個景象就是"晴方好"嘛。雨時自然是不會有的。我於夕陽斜照之時，徘徊於望湖樓前，看到縷縷陽光，映在湖面，隨波起伏，金綫浮動，眩人眼目。這一景色照在泉上，在濟南泉城我所見的稱爲金綫泉；在淨寺湖前稱爲"雷峰夕照"；在無錫太湖黿頭渚、萬頃堂前曾見，益爲壯闊；在西湖見的却有特殊的柔美感。次句："山色空濛雨亦奇。"這句可標點爲"山色空、濛、雨亦奇"，把空濛雨三字頓斷。這是蘇軾在詠西湖的"晴後雨"的三種景象，顯示三種境界。晴時雲斂，萬里晴空；晴雲絮帽，初日銅鉦。是一景。欲雨：煙雨濛濛，似霧似紗。又是一景。山雨來時：梨花桃浪，煙濕水生；滴階落葉，却暑生涼。又是一景。空奇、濛奇、雨也奇。"亦"者"也"也。西湖之景：總的來説，都是奇的。蘇軾詠吟西湖之美，"水光瀲灩"，晴時方好。雨時怎樣？又是一番景色。其前其後：空、濛、雨三景都奇。這見西湖自然界的湖光山色之美，蘇軾"目既往返，心亦吐納"，因而獨具神思啊！

　　西湖之美，以之比喻人呢？西湖、西子兩詞有其聯繫，這是小事。蘇軾把這兩者内在與外形的美聯繫起來，這個意義就大了。那麼，蘇軾怎樣理解西子的美呢？從她的氣質着眼：淡妝濃抹,風情綽約都是美的。這點與西湖的自然美聯繫起來,顯示西子的美也是自然的、氣質的,不是矯情的。這個比喻和聯想極好,遂成千古絕唱。這詩的特色是説西湖的晴或雨的美是自然的,多樣的;西子的美也是這樣。這樣的審美觀是可以净化人的心靈的。

惠崇《春江曉景》

　　竹外桃花三兩枝,春江水暖鴨先知。蔞蒿滿地蘆芽短,正是河豚欲上時。

　　這又是蘇軾的一篇名作。其中"春江水暖鴨先知""正是河豚欲上時"兩句,膾炙人口,而"知"字、"欲"字是這詩的詩眼。

　　惠崇是北宋初的僧人,工詩善畫。《春江曉景》是他的作品。這畫可稱爲"鴨戲圖"。用"竹外桃花"來襯托"春江曉景",鴨游江中,顯其"水暖",畫中難以表現,蘇軾題詩,着一"知"字,着一"先"字,就説"春江水暖"鴨先知了。"春江水暖鴨先知"這詩題得醒目,把惠崇這畫的"鴨戲"題活了。不僅畫有畫意,而且題詩添了詩情。"知"是感覺世界,鴨的感覺人怎知道,怎麼畫法,賞者又怎麼去領悟呢?蘇軾着一"知"字"先"字,這是他的敏感,也是他詩的高明、卓越之處。"先知"不僅顯示了早春的氣息和旺盛的活力;且於圖畫之外創造了詩的境界。詩情畫意,相映成趣。

　　這畫陸地佈置"竹外桃花",水際點染"蔞蒿"錯落,顯示早春意濃。鴨戲江中,説明大地春回。從而進一步寫,聯想這時"河豚欲上"。"春江水暖"是爲"河豚欲上"的信息。水溫難畫,"河豚欲上"這一"欲"字,自然更難描畫。"欲上"還是未上,怎能在畫面上表現呢?賞者又如何領悟?蘇軾題詩,馳騁神思,着一"欲"

字,添了詩意,創了境界,應該説比上一"知"字,更見精神。蘇軾題詩,不僅再現畫境,且給予惠崇的畫以充實和再創作。兩者相得益彰,而詩有其獨立的生命力。這就是該詩的特色和高明之處。

編者説明:本文據手稿録編,原無標題。

李清照（七首）

醉花陰

　　薄霧濃雲愁永晝，瑞腦消金獸。佳節又重陽，玉枕紗廚，半夜涼初透。　　東籬把酒黃昏後，有暗香盈袖。莫道不消魂，簾捲西風，人比黃花瘦。

　　這首詞是李清照寫了寄與她的丈夫趙明誠的。詞中抒發她的秋閨寂寞與遠念惆悵的感情。這時李清照在濟南，趙明誠在建康，關河修阻，隔得遙遠。這詞寫得細柔、婉轉、沉摯和警策。李清照深處幽閨之中，默坐焚香。首句“薄霧濃雲愁永晝”，“薄霧濃雲”指“金獸”中飄出的香煙。深閨兀坐得久了，感到簾前爐煙變幻，冉冉而生而散，時薄時濃。重陽時節，日短夜長，不能説是“永晝”；但在離人腦際，感到這日子挨不過去了。這裏點出一個“愁”字，由於“愁”思自然感到日子長了，煙也成爲“薄霧濃雲”了。次句“瑞腦消金獸”。瑞腦，香名。金獸是獸形的銅香爐。靜視爐煙消散，映襯“永晝”，即是實寫“愁”字。三、四兩句“佳節又重陽，玉枕紗廚”，點出適逢良辰。過了多少良辰，花朝月夕，現在又來一個。着一“又”字。廚，同櫥，就是帳幔。《紅樓夢》中賈母曾説：“把你林姑娘暫安置碧紗櫥裏。”“玉枕紗廚”顯示富貴人家的舒適生活。李清照遇此良辰，過着舒適生活；可是情緒如何呢？五句接着説：“半夜涼初透。”心裏並不舒暢啊。半夜還沒睡熟，只在感到“涼初透”了。從“永晝”到“半夜”一直是縈回在心頭的。這有些像《紅樓夢》中所寫林黛玉的情緒：“整日價情思睡昏昏。”自然，感情內容是並不一樣的。下半片一、二兩句：“東籬把酒黃昏後，有暗香盈袖。”暗香，幽香。值此良辰美景，對酒賞菊，幽香盈袖。一般地説，是應該高興的。陶淵明《飲酒》詩云:"采菊東籬下,悠然見南山。"這是文人雅致,賞心樂事。可是李清照何以爲懷呢?却在懷人念遠,何來情緒?最後三句結尾:"莫道不消魂,簾捲西風,人比黃花瘦。"道出悶懷。黃花已是素淡,可是人與花比,却是益見瘦損!結尾着一"瘦"字,與起句"愁"字遙接。這樣全詞的主題托出,而詞人形象,風鬟霧鬢,悵惘之情,幽思之境,宛然在人耳目。關於這詞,元伊世珍《琅嬛記》卷中引《外傳》説:"易安以重陽《醉花陰》詞函致明誠,明誠歎賞,自愧弗逮,務欲勝之。一切謝客,忘食忘寢者三日夜,得五十闋,雜易安作,以示友人陸德夫。德夫玩之再三,曰:'只三句絶佳。'明誠詰之,曰:'莫道不消魂,簾捲西風,人似黃花瘦。'政(正)易安作也。"因而,結尾這三句一向就公認爲是寫得十分警策的名句。

如夢令

常記溪亭日暮,沉醉不知歸路。興盡晚回舟,誤入藕花深處。爭渡,爭渡?驚起一灘鷗鷺。

此詞李清照攝寫伊追憶少女時的一次遊覽,《絶妙詞選》題作《酒興》。概括言之,實爲重在寫其醉後遊興,興盡而返。從"沉醉不知歸路"到"誤入藕花深處"三句,開始攝寫生活細節。"爭渡(怎渡),爭渡?驚起一灘鷗鷺。"這時小舟"誤入藕花"叢中。亭亭楚楚,鬥妝爭放,幽香襲袖,景色迷人,詩人不忍衝擊。在"爭渡,爭渡"的逆反躊躇心理中,絮語槳聲,不覺驚起了一灘安眠的鷗鷺。眼前的紅花、青溪、白鷺組成了一幅色彩鮮豔、生機蓬勃的畫面。少女的絮語,水鳥的驚起,誦之令人神往。詩人一往情深,流連、陶醉、興盡返舟。率性而行,由衷而發,文詞寫來奇妙!溪亭在濟南大明湖西北。"爭"猶言"怎",爲唐宋人口語。如白居易詩:"誠知老去風情少,見此爭無一句詩?"辛棄疾詞:"爭知我倚闌杆處,正恁凝愁!"可證。兩"爭"字都作"怎麼"解。

如夢令

　　昨夜雨疏風驟,濃睡不消殘酒。試問捲簾人,却道"海棠依舊"。"知否,知否? 應是綠肥紅瘦。"

　　此詞或題《春晚》《暮春》《春景》《春晚》《春容》,是寫惜春之情。詩人冀以沉醉、濃睡排遣情懷。然而濃睡醒來,殘酒未消,昨夜的驟風疏雨,分明都在腦際,深感春意闌珊,於是動問侍兒的感受如何。通過對話,顯示兩種不同人的心境。侍兒感受淡漠;詞人則是靈心善感,細緻入微。侍兒說:"海棠依舊。"詞人便宛轉地引導她說:"知否,知否?"經過這樣一夜風雨,該是紅花謝落,瘦了;綠葉顯得滋潤繁茂,肥了。這一問一答,寫得渾然天成,語意雋永,使人回味。黄了翁《蓼園詞選》因說:"一問極有情,答以'依舊',答得極淡,跌出'知否'二句來,而'綠肥紅瘦'無限凄婉,却又妙在含蓄。"

一剪梅

　　紅藕香殘玉簟秋,輕解羅裳,獨上蘭舟。雲中誰寄錦書來,雁字回時,月滿西樓。　　花自飄零水自流。一種相思,兩處閑愁。此情無計可消除。才下眉頭,却上心頭。

　　此詞由於《漱玉詞》傳世的版本不同,或作《別愁》《離別》《愁別》《閨思》。詞寫思念情深。上片詞人寫伊輕解羅裳,獨坐在像玉一樣光潔的竹席上,泛舟湖上,面對着紅荷香殘的秋色。涼風陣陣,浸透了詞人的寂寞心境。遥望長空,見着雁字一行,却不見人寄錦書來啊。錦書,指晉竇滔妻蘇若蘭用錦織成的《回文璇璣圖》。蘇織錦書贈竇,傳爲美談,後世遂以"錦書"爲書信之美稱。此見盼望鴻雁傳書的殷切心理。下片"花自飄零水自流",與上片首句呼應,暗寓韶華易逝,感到身處異地的情人同時憂愁。兩地相思緊連一起,進而把無形的思想具體化了。"才下眉頭,却上心頭"兩句,通過詞人的臉部表情,顯示人的內心深處的無法抑制的情緒,由表及裏、由粗及精地表達出來。范希文詞:"都來此事,眉間心上,無計相回避。"已有這樣的描繪,此詞或受啟示。全詞語意飄逸,語淡情深,明白如話;上下片開端,穿插景色,增添韻味;結句凄婉動人,感人至深。

永遇樂·元宵

落日熔金,暮雲合璧,人在何處?染柳煙濃,吹梅笛怨,春意知幾許?元宵佳節,融和天氣,次第豈無風雨?來相召,香車寶馬,謝他酒朋詩侶。　　中州盛日,閨門多暇,記得偏重三五。鋪翠冠兒,撚金雪柳,簇帶爭濟楚。如今憔悴,風鬟霜鬢,怕見夜間出去。不如向簾兒底下,聽人笑語。

此詞乃李清照晚年流寓臨安元宵節時所寫。落日如熔化的黃金一樣的光輝燦爛,傍晚的彩雲如璧玉一般聚合,第一、二兩句爲描摹傍晚景色。"人在何處?"李清照分明身在臨安,却問人在何處?故意設問,見伊流落異鄉,心情凄苦。"染柳煙濃",謂初春淡黃色的柳絲受着煙霧渲染,濃了起來。"吹梅笛怨",謂聽着吹奏《梅花落》的笛聲幽怨。四、五兩句,從詞人的視和聽兩方面的感受來寫,顯示她的情緒抑鬱。進而提問:"春意知幾許?""元宵佳節,融和天氣,次第豈無風雨?""次第"意謂:轉眼之間。在這"元宵佳節,融和天氣"裏,難道就不會有"風雨"嗎?此語說得深刻,李清照心中鬱積着憂國愛民的思想躍於紙上。"次第豈無風雨"六字需要一字一字地誦,真像千斤重的一顆橄欖,不可輕易放過。"來相召,香車寶馬,謝他酒朋詩侶。"詞人懷着這樣的心境,人來邀她玩賞,自然是謝絕了。

下片六句,追憶曩昔在汴京元宵節賞燈時的情景。"鋪翠冠兒",謂以翡翠羽毛裝飾帽子。"撚金雪柳"謂以金綫撚絲,用絹或紙做的花兒。"簇帶爭濟楚",插戴得多漂亮啊!可是現在怎麼樣呢?"如今憔悴,風鬟霜鬢",頭髮蓬亂,鬢髮霜白。"怕見夜間出去。"怕見,宋時口語,猶言"懶得"。夜間就懶得出去了。懶得出去,因此:"不如向簾兒底下,聽人笑語。"下片從回憶對比中,顯示詞人内心的苦楚。詞人的境遇今昔迥異,這是和她的憂國之情緊緊交織在一起的。所以,百年之後,南宋愛國詩人劉辰翁誦之,爲之涕下。

文如其人,詩詞創作當亦如人。言爲心聲啊!李清照詩云:"生當作人傑,死亦爲鬼雄。"誦李清照詞,亦當於此會心,不可只看字面,謂伊"凄凄慘慘戚戚"也。

題八詠樓

千古風流八詠樓,江山留與後人愁。水通南國三千里,氣壓江城十四州。

此詩李清照於紹興五年(1135)避難金華遊樓時所吟。八詠樓在今浙江省金華市,本名"元暢樓",沈約爲東陽太守時,曾題八詠詩於元暢樓頭,後人改爲此名。前句,"千古風流八詠樓",回顧歷史,不禁感慨繫之。次句觸景生情,慨歎現實。"江山留與後人愁",不曰"江山留與我曹愁",而曰"後人愁",説得含蓄,耐人尋味。三、四兩句,正言若反。"水通南國三千里,氣壓江城十四州",歌頌婺州的非凡氣勢,實是反襯詩人對南宋國事的憂愁。十四州,《宋史·地理志》謂:"兩浙路轄府二,即平江、鎮江。

州十二,即杭、越、湖、婺、明、常、溫、台、處、衢、嚴、秀。"二府十二州,故稱十四州。婺州即金華。那麼如此江山,人爲何不風流倜儻,有所作爲呢?

烏江

生當作人傑,死亦爲鬼雄。至今思項羽,不肯過江東。

此詩或題《夏日絶句》。詩人歌頌項羽不肯渡江而東,不願忍辱偷生,借以諷刺宋高宗的苟安江南、不圖北上的妥協投降。詩中顯示了李清照的愛國熱情和慷慨而歌的胸懷。首兩句自明志向氣節,後兩句借古喻今,歌頌英雄行爲,借以鞭撻時流瑣小,氣勢雄壯,感情强烈。

編者説明:本文據手稿並參打印稿録編,手稿無題,打印稿題爲《李清照作品選》。劉録稿文後署:"1992年3月8日。"

陸游（二首）

書憤

　　早歲那知世事艱？中原北望氣如山。樓船夜雪瓜洲渡，鐵馬秋風大散關。塞上長城空自許，鏡中衰鬢已先斑。《出師》一表真名世，千載誰堪伯仲間。

　　陸游（1125—1210），字務觀，別號放翁，越州山陰（今浙江紹興）人。陸游是南宋傑出的愛國詩人，在他傳世的 9300 多首詩中，洋溢着強烈的愛國家、愛人民、愛生活的激情。

　　這裏選出《書憤》一詩來談。這詩是陸游在宋孝宗淳熙十三年（1186）春天，在回山陰家鄉閒居時寫的。這時，黃河以南、淮水以北的廣大土地淪陷，南宋朝廷除了稱臣進貢，無所作爲。陸游在回憶早年豪邁的戰鬥生活和抗敵的輝煌戰績的同時，慨歎壯志難酬，朝中無人像諸葛亮那樣出兵北伐。他悲憤地唱着：我年輕的時候，哪里懂得世界上事情的複雜艱難？北望中原，懷着恢復失地的信心，豪氣像山一樣。宋朝的軍隊，一次冬天在瓜洲兵船作戰，一次秋天在大散關馬隊交鋒，都打敗過金兵。現在我白白以檀道濟的"塞上長城"自許，壯志難酬；對着銅鏡看看額邊頭髮已經花白。諸葛亮的《出師表》真是名作，可是一千年來誰比得上他堅持北伐啊！陸游的"一片丹心"，始終得不到報國的機會。這就使他常常感到壓抑、憤慨。他這種憤慨變得激揚飛越，在激昂的聲調中不禁發出了悲愴的嗚音。

　　這詩首兩句，譴責南宋政府向敵人投降求和，摧毀抗戰力量。三、四兩句，歌頌抗金戰爭，切望恢復中原。五、六兩句，慨歎壯志難酬，飽含血淚。結尾兩句，贊美諸葛亮北伐，發出感慨"誰堪伯仲"，實質是譴責南宋政府。這詩語言簡練，對仗工整，豪邁之氣,雄視一世,於激昂慷慨中,轉入哀傷,悲而見壯,雄而能渾,極盡沉鬱頓挫之妙。詩的內容是陸游篤厚的愛國思想感情形成的;而其寫作方法,則得力於杜工部詩。

(原刊《浙江日報》1979 年 2 月 18 日第 4 版"錢塘江"副刊)

臨安春雨初霽

世味年來薄似紗,誰令騎馬客京華?小樓一夜聽春雨,深巷明朝賣杏花。矮紙斜行閑作草,晴窗細乳戲分茶。素衣莫起風塵歎,猶及清明可到家!

陸游是南宋傑出的愛國詩人。他始終堅持抗金主張,但不斷受到南宋政府主和派的排斥和打擊。陸游 29 歲考進士時,答卷熱烈主張北伐。這時秦檜當權,即被排斥。中年參加張浚北伐,入蜀,在國防前綫擔任過軍中職務,出大散關,直趨長安,力圖恢復中原。以後曾上書遷都建康(今南京),改革軍政,抗敵復國,都遭主和派壓抑。離蜀返浙,參修國史。不久回鄉閑居。

陸游熱愛國家,壯志難酬,借詩寄情。他的詩風格雄奇。入蜀期間,對於軍事生活,熱情歌頌,詩歌吐出萬丈光芒,故題其生平詩作爲《劍南詩稿》。後人學習他的詩風,稱爲劍南派。這時陸游詩情熱烈、憂憤、蒼涼、慷慨、豪宕奔放。晚年趨於淡漠,壯心未泯,愴懷祖國,悵望山河,豪壯之氣,猶溢言表。這裏選《臨安春雨初霽》一詩來談。

這是陸游 62 歲晚年之作,是在宋孝宗淳熙十三年受孝宗皇帝召見,在南宋京城臨安(今杭州)寫的。他到京城來,滿懷着"爲君收復舊山河"的壯志,可是他深深地失望了。他對官場生涯,感到十分厭倦,想早擺脫,回家鄉去。陸游唱着:近年來,我在這官場裏生活,真沒味道,這是誰教我騎馬來京城作客的呢?

我在小樓上聽了一夜春雨,一清早在深巷裏(傳說這巷是杭州孩兒巷)又聽到叫賣杏花的聲音。我閒着用一小片紙歪歪斜斜地寫些草書,在晴天窗前看着杯子裏的小泡沫(古人飲茶經過煎煮,煎後泡沫浮凝,稱爲"乳霧"或"乳面")品茶消遣。啊!不要歎息自己潔白衣衫被京城裏的塵土弄髒了,我還趕得上在清明節回到家呢!

這詩陸游寫其閒散生活,出色地寫出了江南春雨初晴城市中的明媚風光,細緻貼切。三、四兩句,就是當時傳誦的名句。這詩顯示了陸游對朝廷的失望,官場的厭倦,只好回鄉閒居的寂寞無聊的心情。但筆致流轉,風格飄逸,表面上看是淡漠寧靜,與前談《書憤》詩(見 2 月 18 日本報"錢塘江"副刊)"激昂慷慨"風格不同。"素衣莫起風塵歎",實質還是顯示陸游感慨不平的心情。這是和他大半生政治上不斷受打擊分不開的。所以讀這詩,不能只從字面上看,應該結合作者生平和思想感情來理解。

(原刊《浙江日報》1979 年 4 月 8 日第 4 版"錢塘江"副刊)

編者説明:以上兩篇皆據原刊録編,前者原題《亘古男兒一放翁》,後者原題《亘古男兒一放翁(續)》。

范成大（九首）

州橋

　　州橋南北是天街，父老年年等駕回。忍淚失聲詢使者：幾時真有六軍來？

　　乾道六年（1170），范成大奉旨使金，寫了《紀行雜詩》七十二首和日記《攬轡録》一卷。此詩爲作者途經北宋舊京汴梁時作。汴梁淪陷於金已四十餘年了。州橋題下自注：“南望朱雀門，北望宣德樓，皆舊御路也。”州橋，即天漢橋，在汴京宮城南汴河上。“使屬官吏望者，皆隕涕不自勝”，詩中父老問話，可能是假託的。但遺民愛國之心，作者當還可以有所察覺與理解。“忍淚失聲”“幾時真有”，寫得沉痛！作者借父老之口説出了他的感受。此詩有問無答，正好顯示了作者無限的悲憤和感慨。20餘年後，紹熙三年（1192），陸游《夜讀范至能〈攬轡録〉，言中原父老見使者多揮涕，感其事，作絶句》：“公卿有黨排宗澤，帷幄無人用岳飛。遺老不應知此恨，亦逢漢節解沾衣。”作了回答，説了心裏話，不是太令人痛心和絶望嗎？

四時田園雜興（六十首選八）

　　淳熙丙午，沉疴少紓，復至石湖舊隱。野外即事，輒書一絶，終歲得六十篇，號《四時田園雜興》。

　　土膏欲動雨頻催，萬草千花一餉開。舍後荒畦猶綠秀，鄰家鞭筍過牆來。

　　蝴蝶雙雙入菜花，日長無客到田家。雞飛過籬犬吠竇，知有行商來買茶。

三旬蠶忌閉門中，鄰曲都無步往蹤。猶是曉晴風露下，采桑時節暫相逢。

畫出耘田夜績麻，村莊兒女各當家。童孫未解供耕織，也傍桑陰學種瓜。

黃塵行客汗如漿，少住農家漱井香。借與門前磐石坐，柳陰亭午正風涼。

采菱辛苦廢犁鋤，血指流丹鬼質枯。無力買田聊種水，近來湖面亦收租。

垂成穡事苦艱難，忌雨嫌風更怯寒。箋訴天公休掠剩，半償私債半輸官。

租船滿載候開倉，粒粒如珠白似霜。不惜兩鍾輸一斛，尚贏糠覈飽兒郎。

范成大《四時田園雜興》六十首，多方面地描繪了江南農村一年間的勞動和生活；同時，也寫了他們所受的封建剝削和命運的悲辛。

第一首寫春日雨後，土地潤澤，千花萬草開放。田園一片新綠，鄰家的鞭筍破土而出，穿過牆來，東風解凍。此詩饒有泥土氣息。

二、三兩首，寫采茶、養蠶時節。“鄉村四月閒人少”，農家都投入勞動。偶有商販前來買茶，引起一陣雞飛狗叫，暫時打破沉寂。四鄰婦女忙着飼蠶，只有清晨采桑相逢時打個照面。通過這種寂靜的攝影反映着農民的忙碌和緊張。

四首寫農家夏日勤勞，男耕女織，個個是能手。只有幼孫貪玩，捏着泥巴，看是遊戲，卻在學習種瓜。幼孫稚氣可愛，“學種瓜”，反映了農村兒童的特點和心理。

五首以“黃塵行客汗如漿”鋪墊，攝寫農村盛夏的涼爽、可愛。井水清洌，柳陰風涼，門前磐石可供行客歇息。在這一角的清涼世界，農民好客，招呼"少住儂家"喝杯茶罷。農民的性格是多麽淳樸啊！

六首寫無田的農民靠着種菱過日子，但這條生路也被卡住了。官府和地主在菱蕩也要收租了，寫出封建剝削咄咄逼人。

七、八兩首寫秋日收穫季節，對農民來説辛苦了一年却並不歡欣啊！天公作美，幸而豐收；但勞動果實究竟屬於誰呢？"半償私債半輸官"，"天公休掠剩"，結果却爲官府掠得無剩了。"不惜"看是無所謂；可是只剩些"糠籺"，能飽肚嗎？是無所謂嗎？措辭婉轉，心裏却很憤激，是辛酸語，説得沉痛。"不惜""尚贏"，讀者設身處地，須深入體會！

編者説明：本文據打印稿録編，原題《范成大》。

楊萬里(三首)

過百家渡絕句(選三)

　　園花落盡路花開,白白紅紅各自媒。莫道早行奇絕處,
四方八面野香來。

　　柳子祠前春已殘,新晴特地却春寒。疏籬不與花爲護,
只爲蛛絲作網竿。

　　一晴一雨路乾濕,半淡半濃山疊重。遠草平中見牛背,
新秧疏處有人蹤。

　　楊萬里初學江西體,要求作詩"無字無來處",後來感到這樣
詠詩"眼前有景道不得",兩眼被古人的詩書蒙住了。他在紹興
三十二年(1162)三十六歲時,把過去作的千餘首詩統統燒掉,直
接從自然界中汲取詩材、詩趣,洋溢着自己的生命樂趣,抒寫自
己的性情和胸襟,自辟蹊徑,創造了新鮮活潑、幽默詼諧的"誠齋
體"。

　　百家渡,在永州,即今湖南零陵。《過百家渡四絕句》楊萬里
作於1163年爲永州零陵丞時。"萬象畢來,獻予詩材",這幾首
詩就可顯示他的詩風新鮮活潑之趣。

　　第一首説一路上野花盛開,白白紅紅,隨處生長,清曉空氣
中飄浮着、傳送着千花百草的芳香。這些花草儘管野生野長,却
比人工精心照料的庭院之花有着蓬勃的生命力。這裏反映了作
者走出狹隘的小圈子而呼吸到大自然新鮮空氣後的感受。

　　第二首説春殘而又春寒,花事已盡。那麼,爲着保護花草的
籬笆,也就顯得無用了。這時,蜘蛛却正好利用這籬笆作爲網竿
在上面來佈絲結網了。作者在這裏想要説些什麼呢?是否在

説，天無棄物，隨遇而安，是能各得其所的？

第三首寫成兩個對句，寫來疏宕有致。上兩句寫春夏之交忽晴忽雨的天氣。斷雲零雨，飄忽無定，路上一段乾的，一段濕的。遠處連峰疊嶂，隨時在變換山色，時濃時淡。下兩句寫插秧時節的田野風光。雨水充足，不用牛來車水，牛可以安閒地行臥於草叢之中。田間新秧猶短，田水尚淺，還可清楚地看出人們插秧時留下的足跡。這些詩是寫眼前景，富於生活氣息。信手拈來，恰成好詩。這些詩的特色得力於他以直觀爲基礎的"活法"。他滿足於個人情趣，自成一家；但詩的境界不大。這與陸游的詩叱咤風雲，反映時代的心聲比，就大爲遜色了。

編者説明：本文據油印稿錄編，原題《楊萬里〈過百家渡絶句〉釋》。

陳亮(一首)

陳亮(1143—1194),字同甫,婺州永康(今浙江永康)人。著有《龍川詞》。陳亮是南宋傑出的愛國詞人。他不滿於南宋朝廷對女真統治者投降乞和,反對"隆興和議",堅持抗戰,力主恢復中原,曾向孝宗皇帝上書痛陳時事,始終没有受到重視。他的詞"精警奇肆","可作中興露布讀"。如《水調歌頭·送章德茂大卿使虜》,就是顯示了這一特點。

> 不見南師久,漫説北群空。當場隻手,畢竟還我萬夫雄。自笑堂堂漢使,得似洋洋河水,依舊只流東。且復穹廬拜,會向藁街逢。　　堯之都,舜之壤,禹之封,於中應有,一個半個耻臣戎。萬里腥膻如許,千古英靈安在,磅礴幾時通?胡運何須問,赫日自當中。

這首詞是陳亮在宋孝宗淳熙十三年(1186),即金世宗大定二十六年,章德茂大卿出使金國時寫的。從宋孝宗初年北伐失敗,對金訂立了屈辱的"隆興和議",二十年來,南宋政府對於恢復中原,早置諸腦後。大臣都懼怕金人,就連出使朝賀,也不敢擔任,章德茂卿命前去,陳亮因而給以贊美,寄以殷切的期望。

這詞上半闋説:長久不見南師北伐,金人胡説南宋没有人才,振作不起來了。章德茂大卿能夠獨立支撑,就是傑出的人才。自喜是"堂堂漢使",像浩瀚的河水一樣,總是滾滾東流,能夠忠節自守。現在暫向金主賀拜,他們總有一天會被宋朝誅滅,在藁街碰見他們。下半闋説:這中原地區是堯、舜、禹的故都、土地、疆域,這裏肯定有向金人稱臣認爲是耻辱的志士,絶不止一個半個。金人蹂躪的地區那麼遼闊,保衛祖國的英雄在哪裏呢?

這浩然正氣幾時磅礴於天地間呢？——驅逐金人，恢復中原，金國的命運用不着問，快完了；南宋的國祚自應如紅日懸掛在中天。

這首詞文筆奔放淋漓，洋溢着民族自豪感和抗敵必勝的信心；同時，一吐胸中塊壘。

陳亮詞屬辛棄疾派的詞。辛派詞多"撫時感事"之作，真實而深刻地反映了現實，有創造性，有時代精神，有生活氣息。辛是大家，成就較陳更爲傑出。辛在反對當權派主和的鬥爭中表現了其頑强性，但有時又有其軟弱性；因而辛詞在氣勢磅礴的豪放精神外，又有沉鬱、閒適的情調。調子有時趨向低沉。如《摸魚兒》詞"更能消幾番風雨"到"閑愁最苦。休去倚危欄，斜陽正在煙柳斷腸處"。想到國家前途的暗淡，不免流露"煙柳斷腸"的哀吟來。詞調愈唱愈低沉。陳亮這詞，自"不見南師久，漫説北群空"到結尾"胡運何須問，赫日自當中"，調子愈唱愈高，這點在古人中是難得的。陳廷焯《白雨齋詞話》説："陳同甫豪氣縱橫，稼軒幾爲所挫。"這是有道理的。今天，我們的時代與階級立場與陳亮不同；但陳亮的格調高亢，聲遏雲霄，仍是值得我們學習與借鑒的。

編者説明：本文據手稿録編，原題《銅肝鐵膽讀龍川詞》。

姜夔（二首）

浣溪沙

予女須家沔之山陽，左白湖，右雲夢。春水方生，浸數千里。冬寒沙露，衰草入雲。丙午之秋，予與安甥或蕩舟採菱，或舉火罝兔，或觀魚籊下。山行野吟，自適其適，憑虛悵望，因賦此闋。

著酒行行滿袂風，草枯霜鶻落晴空。銷魂都在夕陽中。
恨入四弦人欲老，夢尋千驛意難通。當時何似莫匆匆。

此詞據夏承燾《唐宋詞人年譜》的考訂，姜白石作於淳熙十三年丙午（1186），時年三十二歲。"返漢陽，寓山陽姊氏"，爲"懷合肥情人詞"。又據夏氏《白石懷人詞考》，白石"情遇"似在丙午之前。"歌曲中記人地事緣最明顯者，有卷三《鷓鴣天·元夕有所夢》'肥水東流無盡期，當初不合種相思'一首，及同卷《浣溪沙·辛亥正月二十四日發合肥》'別離滋味又今年'一首，知其遇合之地是合肥。""關涉此事者"，"有丁未作之《踏莎行》"："淮南皓月冷千山，冥冥歸去無人管。"爲"自漢陽至金陵""翹望合肥之作"云。知此爲白石客遊漢陽，懷念合肥"情遇"琵琶女作。

這詞屬於小令，分爲上、下兩片。內容是寫憶舊。上片末句："銷魂都在夕陽中"，承上啟下。爲何要消魂呢？"恨入四弦"，在懷念琵琶女，而有着恨啊！白石客遊漢陽，"山行野吟，自適其適"，看來安閒；可是往事侵襲，"憑虛悵望"，不覺離情萬種，愁緒千端。

首句："著酒行行滿袂風。""著"是"着"的本字。著酒意爲飲酒。白石喝了酒，走路不穩，有些左右搖擺，飄飄然的；兩袖生風。酒興來了，詩興也就來了。白石自道行狀，也就顯示了他的心境，可不寧靜啊。次句："草枯霜鶻落晴空。"時爲"丙午之秋"，"冬寒沙露，衰草入雲"，該是深秋。草枯霜落，野鳥飛墜，這是悲涼景象。鶻爲遊隼，高飛的鳥。杜甫《畫鶻行》云："高堂見生鶻，颯爽動秋骨。"可白石所見的，不是"颯爽"，而是落下。時已薄暮，寒風蕭瑟，不覺神傷。三句："銷魂都在夕陽中。"接寫不覺黯然銷魂！上片三句點出白石"憑虛悵望"之時、之地與之情。運實就虛，便爲下片寫恨鋪叙。此詞前有小序，白石自述客遊漢陽，寓於姊氏"沔之山陽"。時間爲"丙午之秋"。但未涉其情事，諒是不願明言，欲説還止。"悵望"自有本事，只以"憑虛"出之。

下片首句："恨入四弦人欲老。"白石所懷伊人，擅於琵琶，故云："恨入四弦。"此等語亦見於白石抒情的其他詩詞中，可以聯繫起來考慮。如他"作於辛亥之夏，即別合肥之年"的《醉吟商小品》云："一點芳心休訴，琵琶解語。"《鷓鴣天》(十六夜出)云："誰識三生杜牧之。"《琵琶仙》云："有人似舊曲桃根桃葉。"所懷可能即爲此琵琶女。旁人、後人自然説不清楚。琵琶爲詞樂主要樂器，白石深於詞律。其度曲時，輒與歌妓往來，從而繾綣，別後恨惘，自屬可能。那時年紀輕些，今説欲老，不過三十二歲，説不上老。只是自覺如水年華，倏忽消逝，冉冉將至而已。

次句："夢尋千驛意難通。"驛爲站，古時供應遞送公文的人，或來往官員暫住、換馬的處所。從漢口翹首合肥，談不上千驛，也只是形容夢尋的遙遠而已。意難通，見其情深。"恨入四弦人欲老，夢尋千驛意難通"是流水對，卻非合掌。情意遞嬗，更見深入；語不雕琢，而神韻自然。末句："當時何似莫匆匆。""莫"字釋作"暮"字，與前片夕陽、鶻落呼應。回憶分袂之際，已是黃昏，歎息別離得太匆匆了。

這詞寫得含蓄，欲語未露，是由於那時的社會思想意識制約使然。低徊往復，却見意真情深。憑虛悵望，情不能已。"恨入四弦"，恨字是眼，道出了情緒。張炎《詞源》評白石詞："古雅峭拔。""古雅"就詞的用詞言，"峭拔"言其結構。這特色顯示白石的詞深受江西詩派黃山谷、陳師道影響，由於它的內容是寫情遇，前人曾評他的詞是用江西黃、陳詩的格調來寫晚唐溫、韋之體的，從而形成其詞的自己面目。詞的句法挺異，却又讀來自然，一些生活片段，却能博得人的欣賞與回味。

次石湖《書扇》韻

　　橋西一曲水通村，岸閣浮萍綠有痕。家住石湖人不到，藕花多處別開門。

　　這首詩像一幅寫生畫，寫石湖周圍的自然風光。通過湖光水色，浮萍的反映來點綴村落的幽雅；同時，攝寫來人的流連忘返來突出顯示它的景色之美妙。

　　首句："橋西一曲水通村。"寫湖畔的村落，一曲流水繞着。橋在村西；那村就在橋東了。小橋流水，是這村的水陸交通，又顯示了江南水鄉的特有景色。次句："岸閣浮萍綠有痕。"此句奧妙，白石實是暗用劉禹錫《陋室銘》"苔痕上階綠，草色入簾青"意。"綠有痕"即是"苔痕上階綠"，精簡了"上階"兩字，化得自然，從而顯示這個村落十分幽雅。岸閣不一定指岸上的樓閣，而爲泛指房廊。浮萍綠色，反映房廊，這是襯托，也是點綴。以痕形綠，綠而見痕，這就更加形象地顯示着湖畔房廊的"上階綠"與"入簾青"了。於此可窺白石刻畫景色有"裁雲縫霧"之妙。

　　三、四句："家住石湖人不到，藕花多處別開門。"這兩句寫得活。范成大是吳縣（今蘇州）人，石湖是蘇州虎丘和吳江之間的風景區。范成大的別墅就在那裏，因號石湖居士。白石嘗由楊萬里的介紹，去訪謁他；亦嘗遊蘇松間，好以陸龜蒙自比，並在那裏小住。愛其風物，願在那裏度過一生。白石有詩云："沉思只羨天隨子，蓑笠寒江過一生。"這"家"字可釋爲范成大家，也可指爲他家。"人"可專稱，也可泛指。白石説"人不到"，不是説没有人去，而是説不常去。或説：人還未到。藕花就是荷花，滿湖盡是，東一片、西一片的。一片一片，形成多處，繞着村落。紅的白的，錯落成趣，這是石湖風光。人不很多，人家倒有不少。——"别"字有幾種解釋：分出、另外和不要，似都説得過去。别開門是説分出或是另外開門多處。這就顯示荷塘曲折，繞着許多人家，便有許多門户。他想：别開門吧！讓我逗留着多玩賞一下！這一别字，寫得多傳神啊！

　　這詩題作《次石湖〈書扇〉韻》。這一幅畫，可能畫在扇面上，詩就題在其上。兩句寫村，兩句寫湖，融成一片，寫得淡雅，耐人尋味，格調和意境都高。有些作品，直抒胸臆，説得明明白白，一覽無餘，那就乏味了。張炎《詞源》評白石詞如"野雲孤飛，去留無跡"。劉熙載《藝概》謂："姜白石幽韻冷香，令人挹之無盡。"這些評語是就它的意境風格説的，能夠體味它的妙處，是很有道理的。

　　　　（原載《姜夔詩詞賞析集》，巴蜀书社 1994 年版）

　　編者説明：以上二文皆據原載録編，前者又見《古今談》1990年第 1 期，題作《姜白石詞賞析舉例》。

宋徵輿（四首）

小重山

　　春流半繞鳳凰臺。十年花月夜，泛金杯。玉簫嗚咽畫船開，清風起，移棹上秦淮。　　客夢五更回。清砧迎塞雁，渡江來。景陽宮井斷蒼苔。無人處，秋雨落宮槐。

　　這詞上片首寫"春流半繞鳳凰臺"，點出所寫時間、地點。春流即春水，一條小溪在鳳凰臺下流過。鳳凰臺，古臺名。故址在今南京市的南面。李白有《登金陵鳳凰臺》詩："鳳凰臺上鳳凰遊，鳳去臺空江自流。""十年花月夜"是憶金陵多少年來原是花月繁華之地。"泛金杯"，人們擎着金杯飲酒。可是現在呢？"玉簫嗚咽畫船開。"畫船遊覽，人在吹簫。簫聲嗚咽，如泣如訴。不是高亢，而是低沉。再上秦淮，清風徐來，"清風起，移棹上秦淮"，牽動愁思，情緒是很不佳的。下片寫"客夢五更回"。縈繞在詞人腦際的是什麼呢？"清砧迎塞雁，渡江來。"北雁南飛，一幅秋景。這蕭瑟的氣候帶給詞人的又是什麼呢？"景陽宮井斷蒼苔。"景陽宮是指什麼宮呢？它爲南朝的宮殿名。《南齊書·武穆裴皇后傳》說："置鐘於景陽樓上，宮人聞鐘聲早起妝飾。"這說的自然不是南朝，而是詞人在借古喻今。蒼苔是春日景象，蒼苔前着一"斷"字，說明絕不見春意，宮中春夢杳然。"無人處，秋雨落宮槐。"這寥落行宮只落得一片蕭瑟景象而已。人去樓空，只聞宮槐秋雨淅瀝而已。不勝悵惘！詞中提到鳳凰臺、景陽宮、秦淮、宮槐，在這地理環境中詞人所感受的是什麼呢？"玉簫嗚咽"，"宮井""無人"，惟聞"秋雨"淅瀝而已。南明弘光帝在南京度過一段"玉樹後庭花"的生活。明朝覆亡，詞人遊覽至此，觸景生情，惹起愁思，感從中來。詞寫得委婉真切，感情細膩深摯。

啟人情思,耐人尋味。全詞一氣呵成,讀之催人淚下。

玉樓春·燕

雕梁畫棟原無數,不問主人隨意住。紅襟惹盡百花香,翠尾掃開三月雨。　　半年別我歸何處?相見如將離恨訴。海棠枝上立多時,飛向小橋西畔去。

這詞在寫燕子,實是寫人。燕子是候鳥,飛來飛去,看來是自由的,尋常得很;實際却不自由與不尋常啊。上片寫"雕梁畫棟原無數"。江南原是説不盡的繁華富庶。"不問主人隨意住",燕子飛來可以隨意居住,很自由啊。"紅襟惹盡百花香,翠尾掃開三月雨。"紅襟是寫燕子的腹部,翠尾寫它的尾巴。部分代表全體,這是抓住燕子的特徵寫的,寫得形象生動。燕子在三月雨和百花香時,啄泥展翅,穿來剪去,在雕梁畫棟裏,在大自然裏生活原是十分舒適。詞人寫燕占斷春光,實際是抒發對於過往"十年花月"的依戀與嚮往。下半片一轉,倏忽之間,換了人間。詞人因問燕子:"半年別我歸何處?"哪裏去了?這番相見,別有一番滋味在心頭。"相見如將離恨訴。"相見之時,燕子呆住了,似有許多離愁別恨要向殷勤的主人傾訴呢!却又感到難説,欲訴未訴,一"如"字寫得確切傳神。燕語喃喃,看那燕子在"海棠枝上"站了些時"飛向小橋西畔去"了。這似在寫人走掉了,又返回來。這別離却是滿懷愁緒,來了欲言未言,只是待些時間。聚會未久,又走開了。"來如春夢幾不多時,去似朝雲無覓處。"這是什麼心境啊!上片寫歡,下片寫愁,苦樂相宜,情思深曲。以燕喻人,寓情於景,益見情味益然;文思之妙,於此益顯。

浪淘沙令·秣陵秋旅

雁字起江干,紅藕花殘。月明昨夜照更闌。酒醒忽驚秋色近,回首長安。　　零落曉風寒,鄉夢須還,鳳城衰柳

305

不堪攀。木落秦淮人欲去，無限關山。

這詞上片"雁字起江干"，寫的是秋景：鴻雁來賓。秋色如何？"紅藕花殘"，蕭蕭瑟瑟，擘開秋字，便爲秋心。這樣景物，人的心境怎會舒暢？"月明昨夜照更闌"，月光之下，靜夜思之，往事湧上心頭。李煜《望江南》詞云："多少恨，昨夜夢魂中。"宋徵輿怎樣呢？"酒醒忽驚秋色近，回首長安。"近秋，忽念故都，酒也驚醒了，着一"驚"字，如何情緒？長安是指故都，並未真説長安。説長安爲的叶韻；同時，也是詩詞慣用術語。徵輿回首故都，是怎樣情緒？李煜《菩薩蠻》詞云："故國夢重歸，覺來雙淚垂。""往事已成空，還如一夢中。"徵輿無比沉痛，酒醒之時，嗟歎不已！下片"零落曉風寒，鄉夢須還"。看到殘花敗柳，一番凄涼景象；因思念家鄉。這家鄉是指他的松江華亭米市橋老宅嗎？那就小看了，當要聯繫故國來講的。故國怎樣？"鳳城衰柳不堪攀"，只是增人傷感而已。"鳳城"指帝王所居之城，這裏是指明朝故都。杜甫《夜》詩："步蟾倚杖看牛斗，銀漢遙應接鳳城。"鳳城指唐之京城。這裏所説"鄉夢"是和"鳳城"聯繫着的。"木落秦淮人欲去"，這是秋末冬初，詞人難於久待。"欲去"，能去嗎？"欲"字妙，只是想去而已。"無限關山"，都是一樣，"迷離滿眼，江南江北"，怎能去呢？李煜《浪淘沙》詞云："獨自莫憑闌，無限江山。"《虞美人》詞云："故國不堪回首月明中。"江山依舊，人物全非啊。李詞與宋詞實可聯繫起來理解。因爲，情之深處，輕重不同；却有一些相通啊。宋徵輿在那天崩地解的時代，是有這滄桑之感的，河山破碎，民生凋蔽，能無動於衷嗎？庾信《哀江南賦·序》云："年始二毛，即逢喪亂，藐是流離，至於暮齒。燕歌遠別，悲不自勝；楚老相逢，泣將何及。"徵輿弱冠，遭逢大變。雖曾應舉出仕新朝，故國之思，却未泯滅。譚獻在《篋中詞》贊歎此詞爲"縮本《哀江南賦》"，是有識見的。

陳子龍所作詩詞,感時傷事,悲憤蒼涼,徵輿仕清,不能望其項背;但是有其痛苦的。他於故國有其款款之忱。其《蝶戀花》詞云:"寶枕輕風秋夢薄,紅斂雙蛾,顛倒垂金雀。新樣羅衣渾棄却,猶尋舊日春衫着。 偏是斷腸花不落,人苦傷心,鏡裏顏非昨。曾誤當初青女約,只今霜夜思量着。"可以窺見在明清易代之隙,他的仕清思想在感情上是有予盾與痛苦的。他是借婦女棄却新羅衣而着舊日春衫來顯示的。譚獻評此詞爲"悱惻忠厚"。他的眷念故國,感情是深厚的。

綜觀所選三詞,詞人寄寓於秣陵一帶,舉目有故國山河之感。其所吟詠,基本上是一個情調,一個用意。孤懷愁悵,抒其眷念故國滄桑之感。他處清初離亂之世,官雖至都察院副都御史,值滿人仇恨、猜忌漢人之時,不會有多少權力,難於有所作爲,情動辭發,眷念故國,却爲真情。宋詞風格,採用傳統比興手法,借燕與楊花,哀楊花亦所以自哀,寫得真摯動人,婉而多諷,如春水潺湲,秋雲舒卷,發其哀思,稱心而言,讀之催人淚下。詞有境界,有味道;雖非大家,自是名作。如云:"相見如將離恨訴。""留他如夢,送他如客。"寓情於景於事,造境淒迷,托情幽怨。如云:"春雲白,迷離滿眼,江南江北。"吐屬清雅,一種迷離悵惘之情,悱惻纏綿之懷,無可奈何!反復玩誦,其味無窮,齒頰流芳。若置之宋詞當屬婉約派,寫得淡雅蘊藉,着墨不多,而靈警深折,發人遐思。如云"來時無奈珠簾隔,去時著盡東風力"中"無奈""著盡"兩詞,"鄉夢須還,鳳城衰柳不堪攀。木落秦淮人欲去,無限關山"中"須""不堪""欲去""無限"諸詞,清新自然,看來意到筆隨,實見詞人文學修養。有興而來,却被珠簾擋着,因說"無奈"。去時欲留,盡受東風緊吹,故云"著盡"。楊花去留,何曾見有一點自主,只是似夢如客。鄉夢"須"還,故國何嘗不"須"還,能還了嗎?"不堪"攀啊!"欲去",無限關山,都是如此,能"去"嗎？只有説"欲去"而已。文思深折如此；然而娓娓而談，使人毫不覺得。譚獻因評此詞"探喉而出"。妙在尤能靈警深折，否則流於浮滑。鑒賞古人作品，理當反復玩味，從而提高識別與創作能力。

（原載《全元明清詞鑒賞辭典》，南京大学出版社1989年版）

憶秦娥·楊花

黃金陌，茫茫十里春雲白。春雲白，迷離滿眼，江南江北。　來時無奈珠簾隔，去時著盡東風力。東風力，留他如夢，送他如客。

這詞寫楊花，也在寫人。三月楊花是一片白茫茫的，到處飄零，滿天飛舞，傷心人見之，別有幽懷。上片"黃金陌"，指陌上的一片菜花。三月楊花撲面時，菜花盛開。有的認爲"形容陌上柳葉如縷縷黃金"，這恐未必；因爲柳葉嫩黃是早春景象。"春雲白，迷離滿眼，江南江北。"詞人在寫楊花飛舞，觸景生情，寓情於景；實在抒發他的悵惘情緒，對現實難於分辨，不見前程。這和他的友人陳子龍（號大樽）《浣溪沙·楊花》詞云："憐他飄泊奈他飛。"又《山花子·春恨》詞云："楊柳迷離曉霧中。"李雯《虞美人·惜春》詞云："飛下一天春恨，滿皇州。"借用比興手法，抒其滿懷故國之思，有相似處。聯繫起來，也可説是這些詞顯示了"幾社"詩詞的特色。下半片："來時無奈珠簾隔，去時著盡東風力。"兩句是這詞所寫詞人心情的重點、關鍵處。楊花來時深受珠簾擋隔，楊花是進不來的。去時又被東風著盡氣力吹，把它肆意吹跑，是留不住的。外在壓力使它無可奈何！"來時"不自由，"去時"不願意。自然就楊花説，無所謂願意不願意，自由不自由。這是抒發人的感受啊。明朝傾覆，國家大局能遂人的心願，

308

獲得自由嗎？"東風力""著盡"是很大的壓力啊！詞人無能爲力，因説：留它只是個夢；匆匆離去，因説：送它却是個客。詞人的話，説來平淡，好像不着氣力；却見深情幽怨之至。知人論世，譚獻《篋中詞》因評此詞謂："身世可憐！"實際，豈僅"身世可憐"，總是江山家國之痛。李雯《菩薩蠻》詞云："薔薇未洗胭脂雨，東風不合催人去。心事兩朦朧，玉簫春夢中。"惋惜和留戀故國，不曉如何是好。花緣何落，來日茫茫。只覺心事朦朧，身入夢境。兩人心境，有相似處。陳子龍《點絳唇》詞却道："夢裏相思，故國王孫路。春無主！杜鵑啼處，淚洒胭脂雨。"《二郎神》詞云："最恨是，年年芳草，不管江山如許。""歎繡嶺宮前，野老吞聲，漫天風雨。"感念亡國之作，剛勁婉麗，悲憤沉痛之至。故三友爲人自別：兩人仕清；大樽起兵，被捕則投水殉國。

编者说明：以上四文，前三者據原載録編，略增加手稿内容，有修改；後者據手稿録編，實亦應該爲辭典而作而未獲採用者。

詩詞論叢

張煌言（一首）

入武林

國亡家破欲何之？西子湖頭有我師。日月雙懸于氏墓，乾坤半壁岳家祠。慚將赤手分三席，敢向丹心借一枝。他日素車東浙路，怒濤豈必屬鴟夷！

張煌言，號蒼水，鄞縣（今屬寧波）人。明崇禎十五年（1642）舉人。十七年，清兵入山海關，占領北京。次年進占江南，張煌言奉魯王朱以海監國，在故鄉寧波參加抗清義軍，領導浙東義師與鄭成功等聯合北伐，後來失敗。康熙三年（1664）七月十七日被俘，八月被清兵從寧波押送杭州，九月七日殉難於杭州官巷口。這詩是詩人離甬時所作。詩題《入武林》，一作《甲辰八月辭故里》。詩中顯示詩人從容就義的決心和對岳飛、于謙的崇敬，充滿着浩然正氣。

首次兩句："國亡家破欲何之？西子湖頭有我師。"詩人處於"國亡家破"之際，何以自處？他在"西子湖頭"提出：岳飛、于謙作爲他的獻身殉國的榜樣，衷心崇敬的老師！三、四兩句具體地點出："日月雙懸于氏墓，乾坤半壁岳家祠。"兩位志士仁人、漢民族英雄。明英宗朱祁鎮在土木堡（今河北懷來東）被瓦剌貴族也先俘虜；于謙升兵部尚書，擁立景帝朱祁鈺，調集重兵，在北京城外擊退瓦剌侵略軍。景帝景泰元年（1450）也先無可奈何，只得放回英宗。八年，英宗發動政變，奪回皇位，而以"謀逆"罪名誣陷于謙，遂被冤殺。後來歸葬杭州三臺山麓。于氏有《岳忠武王祠》詩抒懷，憑吊岳飛：

匹馬南來渡浙河，汴城宮闕遠嵯峨。中興諸將誰降虜，

310

負國奸臣主議和。黃葉古祠寒雨積，青山荒塚白雲多。如何一別朱仙鎮，不見將軍奏凱歌！

詩人以"日月雙懸"崇揚于氏保衛北京的浩然正氣。又以"乾坤半壁"歌頌岳飛及其將領的保存南宋半個中國的勳績。

五、六兩句："慚將赤手分三席，敢向丹心借一枝。"赤手、空手。詩人被俘，壯志未已！自慚功業未就，固爲謙辭；實亦見其思想境界，高度的熱愛國家的責任感！一枝，典出《莊子·逍遙遊》："鷦鷯巢於深林，不過一枝。"此指其殉國後的殯葬的一席之地。"敢向丹心"，詩人自知"丹心"耿耿，"敢向"岳飛、于謙結鄰。這"敢"字說得謙遜而自信。如說"却有丹心"，亦是恰當，但詩人不肯這樣說，這也見其文化修養。"借一枝"，"借"字說得有分寸。"敢""借"用字，並非詩人在咬文嚼字，只是自然流露。細細體味，令人肅然起敬。大難臨頭之際，從容不迫如此。

結尾兩句："他日素車東浙路，怒濤豈必屬鴟夷！"鴟夷，指皮製大袋。春秋時伍員忠於吳國，竭忠盡職，被吳王夫差賜劍逼殺，裝入皮囊，投之江中。子胥精魂，化爲怒濤。素車，指錢塘江濤，典出枚乘《七發》："其少進也，浩浩澄澄，如素車白馬帷蓋之張。"結尾兩句：詩人示其死後，精魂亦如子胥化爲怒濤，抗清之志，鼓蕩不息。詩人又有《憶西湖》詩云：

夢裏相逢西子湖，誰知夢醒却模糊。高墳武穆連忠肅，添得新祠一座無？

岳飛謚武穆，于謙謚忠肅。趙之謙《張忠烈公年譜》謂此詩作於詩人被捕後，足見詩人獻身殉國之志，形於夢寐。讀書明理，能不爲之感興？此實立國之本，吾願治理國家者三思之！

詩人殉難以後，至乾隆時，國家予以表彰，謚爲忠烈。其墓塋於杭州南屏山太子灣。民國章太炎倡言反滿，屬纊之際，遺言歸葬傍張司馬墓,以示仰慕。太炎先生靈柩,解放後遂遷葬於太子灣。"文革"時,張、章二氏之墓悉受搗毀。寧波蒼水街張司馬之舊居及其神位亦遭災。今太子灣,章太炎墓已修葺,其墓前建紀念館,蒼水墓亦已修葺;惟寧波蒼水街舊居,尚未恢復,聞已在議事日程中(1999年舊居經過整修,現保存完整,舊居內辟有張蒼水紀念館,是浙江省省級文物保護單位,寧波市市級愛國主義教育基地。——編者按)。"文革"之劫,於此亦可見矣!

　　編者説明:本文據手稿錄編,原無標題。

姜宸英（一首）

惜花

一春强半是春愁，淺白深紅付亂流；剩有垂楊吹不斷，絲絲縮恨上高樓。

這詩重點是寫"愁""恨"兩字。怎樣寫愁，通過"流水落花春去也"的感傷來表現。"淺白深紅"説花，花在飄零，付之亂流，十分惋惜，從而愁生。詩的表現手法，是即景生情，寓情於景。春景便是春愁，可是詩人一年之中，不問冬夏，强半却是春愁；可見他的情意纏綿，愁思之深。愁思緣何而起，詩人觸景生情，看到"花落水流紅"，緣是"閒愁萬種"，一春中强半的惆悵，悉被迸發出來。首句是點題，訴説春愁，次句是賦物詠懷，襯寫愁字。

三句寫垂楊猶在，"遊絲軟繫飄春榭"，春風吹它不斷，却似人的愁思，纏綿悱惻。細柳如今千萬條，何嘗繫得春光住！春光逝矣，愁思依然！四句寫這柳絲，宛似人的愁思縮着人的"恨"更上層樓。由愁入恨，三、四兩句，再襯一筆。如畫家三皴法，益見愁思懇摯。二句寫花落水流，人在惜花；四句寫縮恨上樓，逕自寫人。一、二兩句是一層意思，三、四兩句是又進一層意思。兩層意思有着内在聯繫，宛如雙環入扣，由表及裏，由淺及深，引人入勝。中間用一"剩"字，聯絡得妙。"流水落花春去也"，夫復何言；却是猶剩柳絲，縮着人恨，繫上高樓。愁緒轉化爲恨，把恨緊緊深鎖在高樓幽室之中。

作者姜宸英是康熙三十六年進士，官翰林院編修。詩中爲什麼寫愁與恨呢？寫得這樣懇摯！是無病呻吟嗎？看來不像。那麼，指的是哪一件具體的實事嗎？或者説緣何觸發而起興呢？這就難以猜測。作者應舉，考中進士，點了翰林，看來是願意出仕的。編修這個職務是編書的,他任編修年已七十了。"因大臣薦,食七品俸","仍艱於遇合"。浮生屢躓於有司,纂修《明史·刑法志》時,極言明詔獄、廷杖、立枷、東西廠衛、緹騎之害,辭意愷切。可知作者性格是剛強的。士生於世有正義感的,當會遇到許多不如意的事。這詩寫得柔婉,却見他的感情是很懇摯的。

編者説明:本文據尤抄稿録編,原題《姜宸英》,應作於 1989—1992 年間。

朱彝尊(六首)

觀獵

白狼堆近雪嵯峨，風卷黃雲入塞多。盡道打圍春更好，夕陽飛騎兔毛河。

這詩作者寫初春觀獵時的豪情逸興。這時詩人在山西，常縱馬遊覽晉北地區。詩中概括他的旅行生活感受，詩寫得很有情致，詩人是滿意於這生活的。白狼堆在山西應縣西北。嵯峨，這裏形容雪大。嵯峨寫山，以之喻雪，形象就很突出。黃雲指黃沙蔽天若雲。北方風沙起時，整個天空形成黃暗。搖風忽起，白日西匿。沙風從西北吹來，人的身上沾了很多。兔毛河在晉西北右玉、左雲縣境，源出山西平魯縣南。首兩句説應縣西北，冬秋之日，一時白雪嵯峨，一時黃沙蔽天，都不宜於打獵。形容冬秋景色，一用白雪，一用黃雲，景色瑰奇。通過景色，顯示時節，渲染得好。三、四兩句轉説：盡道打獵春天最好。怎麼好，從打圍飛騎的那股勁頭就可看出了。天快黑了，夕陽西墜，在兔毛河還正在你追我趕，興致真高呢。這詩思想內容，並無深意，藝術表現却有特色，鮮豔生動，幽并男兒氣概，躍然紙上。這詩是遊記詩，寫詩人遊覽所見。由於詩人心情舒暢，他對看到的人物與景象，也就能發生共鳴了。作者朱彝尊客遊許多地方，南踰五嶺，北出雲朔，東泛滄海，登之罘，經甌越。作者所詠的詩多是這個筆調。他的遊記詩是別有風味、悠然自得其樂的。

鴛鴦湖棹歌

檣燕檣烏繞楫師，樹頭樹底挽船絲。村邊處處圍桑葉，水上家家養鴨兒。

穆湖蓮葉小於錢，臥柳雖多不礙船。兩岸新苗才過雨，
夕陽溝水響溪田。

西水驛前津鼓聲，原田角角野雞鳴。薹心菜甲桃花里，
未到天明棹入城。

屋上鳩鳴穀雨開，橫塘游女蕩船回。桃花落後蠶齊浴，
竹筍抽時燕便來。

《鴛鴦湖棹歌》是一組詩，原詩一百首，這裏選錄四首。這組
詩寫於康熙十三年（1674），朱彝尊是秀水（今嘉興市）人。這組
詩是仿民歌寫其家鄉嘉興的田野和農村風光。詩人心情舒暢，
悠閒自得，益見湖光山色風物之美。鴛鴦湖一名南湖，在浙江省
嘉興市南三里。棹歌是一邊划船，一邊唱的歌，屬於民間歌謠
體。這組詩寫的是嘉興；但也顯示了江南水鄉的特色。臥柳檣
烏，水鴨野雉，景色眩人耳目，值得讀者欣賞與玩味。

第一首寫湖中水面船的檣杆上停着燕子和烏鴉，有時繞着
舟楫而飛。樹頭樹底繫着不少船隻，村邊處處圍着桑樹，水上家
家都養鴨兒。這幅畫圖顯示着南湖湖水和四周田野農村的風光
和富庶。第二首寫穆湖的蓮葉已經發芽，寬闊的河道水邊有不
少柳樹倚臥。江南水邊到處長着柳樹，有的樹幹臥水上，柳絲垂
着飄拂，並不妨礙船隻駛過。兩岸新苗雨過，夕陽下在溪田裏溝
水汩汩響着。溪水潺潺，農村經常遇見，誦之親切有味。穆湖也
稱穆溪，在嘉興東北。第三首寫交通船進城去。西水驛在嘉興
市西，是一個交通碼頭。開船時鳴鼓，今日有的是打鑼。舟行之
際，原野的田地上響起"咯咯"的野雞叫聲。桃花里爲嘉興鄉間
地名。這地民大多種菜。行舟經過盛產薹心菜甲的桃花里，沒
到天明船就搖到了城中。詩人就是在這水鄉裏生活着，信手拈
來，寫得神往。第四首寫農家屋上斑鳩叫着，穀雨後的天氣就要
開朗了。橫塘的游女蕩槳回船。桃花落後農家要浴蠶了，竹筍

抽時燕子便要飛來。這詩不僅寫了農村風光，也顯示農業生產與節令關係的特色。

這組詩淡淡幾筆，着墨不多，寫得清新自然。看來寫的是嘉興，裏邊的景色在太湖流域是隨處可以遇見的。小農經濟的農村寫來令人喜愛，自給自足，看來那時的農村還是安定與富庶的。詩人對於那時的農村生活實際可能看得並不深透；但是，他的反映當有一定的真實性的。從藝術風格看，這組詩如春水潺湲，秋雲舒卷，寫的是淡而雅的。

延平晚宿

　　兩兩浮橋趁浦斜，居人分占白鷗沙。瓜瓢豆莢迎船賣，只欠南鄉澤瀉花。

這是一首記遊詩。延平在今福建省南平市，市區在閩江邊。朱彝尊在康熙三十七年（1698）夏，自江西經分水關入閩到崇安，然後沿建溪坐船到南平。詩寫南平風物。浮橋爲船上鋪板，船用鐵索連着。中間可以放開，以利舟楫。由於交通需要，有時會搭兩座浮橋。如哈爾濱市松花江上就有兩座浮橋。延平碼頭搭着兩座浮橋，足見往來頻繁。浦指大水旁有小口別通之處。首句謂兩座浮橋在斜浦上駕着。次句謂白鷗沙兩邊居住着許多户人家。白鷗沙指水鳥翔集的水濱沙洲。三句謂船上有賣瓜瓢與豆莢的。四句詩人自注：“建寧產澤瀉花，可啖，昨過未及買。南鄉，橋名。”建寧，縣名，在福建省西北部。澤瀉，植物名，生長於沼澤地，夏開白花，根莖俱可入藥。詩人惋惜着在南鄉橋沒有買到澤瀉花，這說不上有什麼不滿。詩中未寫自己的感情，只是行雲流水，信筆寫他的所見所聞。却見詩人的心境是平靜的，不矜不躁，悠閒自得，飄然如鶴，淡然如菊。在那喧喧嚷嚷的浦口市場，寫來不見煙火氣，看來意思淺露，如白水翔鱗，恰是耐人玩味。這詩吟的是水、橋和賣東西的細小生活，是司空見慣的；却繪出了一個畫面：生活氣氛濃郁，而境界幽美。從而，使我們體會到詩人的生活情趣和淡泊的心境來。這是詩人文化涵養所致，也是這詩的所以耐人玩味的道理所在。

編者説明：以上三文皆據尤抄稿録編，原題《朱彝尊》。

梁佩蘭(一首)

粵曲

春風試上粵王臺,錦繡山河四面開。今古興亡猶在眼,大江潮去復潮來。

這詩是梁佩蘭擬廣東民歌之作,因稱粵曲。粵王臺,在廣州,"粵"亦作"越"。越王臺在廣州越秀山上,爲漢南越王趙佗所建。首兩句:"春風試上粵王臺,錦繡山河四面開。"清詞麗句,真情實感,顯示作者襟懷開朗,心情舒暢。次兩句:"今古興亡猶在眼,大江潮去復潮來。"潮水來來回回,以喻今古興亡,顯示作者感慨,這與蘇軾《念奴嬌·赤壁懷古》"大江東去,浪淘盡,千古風流人物"類似一個調子。一治一亂,似潮去來,總是這樣。詩人在江潮面前,感到奈何不得,壯志難酬,扭轉不了乾坤,只好歎息。這是詩人的感慨,但詩人性格豪爽,看到"錦繡山河四面開",在感慨中卻能解脱。

詩人還有一首《粵曲》云:"琵琶洲頭洲水清,琵琶洲尾洲水平。一聲欸乃一聲槳,共唱漁歌對月明。"琵琶洲在廣州城東南三十里。説"琵琶洲頭洲水清","洲尾洲水平",這詩也是顯示着詩人的心情平和。三句"一聲欸乃一聲槳",看來一聲歎息,一聲槳聲,詩人的感情在動蕩起伏;然而,四句説是"共唱漁歌對月明",緊接上句襯托一句:明明如月之下,留着漁歌。這就説明他的心情還是愉快而抱着希望的,情調並不低沉。詩人雖有感慨,對待問題,卻能看得開,情緒是積極而穩定的。詩人在《閣夜》詩中吟着:"群生静息鴻蒙裏,秋氣森歸耳目中。不是夜深能獨醒,海門誰見日初紅?"群生静息,秋氣蕭森,詩人深夜端坐,以致晨熹之中,他在思念着什麽呢?是否悵然淚下?不是,他在希望海門升起紅日啊！獨醒之時，誰能見呢？他却在晨熹中望見了。詩人的心情是樂觀的。在嗟老歎貧的舊社會中，詩窮而後工，我們却能誦到這樣的詩，是令人興奮的。

編者説明：本文據尤抄稿録編，原題《梁佩蘭》。

龐鳴（一首）

吳宮詞

　　屧廊移得苧蘿春，沉醉君王夜宴頻。臺畔臥薪臺上舞，可知同是不眠人？

　　這是一首諷刺詩。詩中借詠春秋史事：吳王和越王同時長夜不眠，可是一個謀求復國，臥薪嚐膽，一個沉酣宴樂，徹夜歌舞。運用對比手法，對沉酣歌舞者進行諷刺。

　　苧蘿春爲苧蘿春色，喻西施。首句寫吳王夫差把越國所獻的美女西施從越國苧蘿山移到吳國靈巖山來。吳王寵愛西施，在宮中爲築響屧廊。次句寫吳王從此日夜荒淫宴樂。三句轉寫越王勾踐臥薪嚐膽；同時，襯寫吳王在館娃宮迷戀西施的歌舞。四句詩人提出問題："可知同是不眠人？"説來婉而多諷，含蓄蘊藉，却是包涵着強烈的諷刺意味。

　　宋林升《題臨安邸》云："山外青山樓外樓，西湖歌舞幾時休？暖風熏得遊人醉，直把杭州作汴州！"林詩諷刺南宋皇帝與貴族沉醉於西湖歌舞，寫其荒淫的一面。龐詩添了一層意思，還寫了另一面——越王與吳王的對比："可知同是不眠人？"擺在同一時間裏，兩個形象對比倍覺鮮明。這是兩種不同性質的對立的人物形象。孰優孰劣，讀者自能判斷！龐詩寥寥廿八字，内容極爲豐贍。這詩矛頭所指實是飽食終日、無所用心、醉生夢死的昏君和官僚，是有深刻的教育意義的。同時，又對勵精圖治的君王予以歌頌，也是有其現實的積極意義的。龐詩素材取之於春秋史事，但是它的主題思想、教育意義是不受時代的限制的，是有它的普遍意義的。

　　這詩的思想内容，通過歷史事件、人物形象和生活細節而顯示出來，含蓄蘊藉，耐人尋味。文如其人，言爲心聲，從這詩看，作者是一位愛恨分明、具有強烈是非感和正義感的詩人。詩人須有胸襟，有抱負，不是無病呻吟，也不是附庸風雅，爲吟詩而吟詩。詩人需有拯濟天下之志，這樣的詩，才稱得上是好詩。

編者説明：本文據尤抄稿録編，原題《龎鳴》。

袁枚（三首）

謁岳王墓

歲歲君臣拜詔書，南朝可謂有人無？看燒石勒求和幣，司馬家兒是丈夫。

華表凌霄落照遲，一朝孤憤萬年知。梨花寒食燒香女，纖手都來折檜枝。

這兩首詩是從袁枚《謁岳王墓》的十五首詩中選出的兩首。岳飛在宋金戰爭中屢立奇功，大破金兵於朱仙鎮，直逼金人在中原的戰略要地、北宋的故都開封。正將長驅，直搗黃龍。岳飛的功勳，關係着趙宋王朝社稷的安危，他的才具與被害，正史、野記廣有記述，幾乎婦孺皆知。岳飛於宋高宗紹興十一年（1141）被殺，實是趙宋王朝自毀長城，後果嚴重。次年二月，《續通鑒》卷一二五載高宗奉表稱臣於金，稱“世世子孫，謹守臣節，每年皇帝生辰並正旦，遣使稱賀不絕”，還無恥地說：“伏望上國早降誓詔，庶使鄙邑永爲憑焉”。這個史實，志士仁人讀之無不痛心疾首。

袁枚第一首詩前兩句就是提出這個問題：“歲歲君臣拜詔書，南朝可謂有人無？”加以譴責、嘲笑。鞭撻“南朝”，就指南宋，責問這些媚外的賤骨頭，希冀“早降誓詔”，“謹守臣節”，這還算得人嗎？陳亮《水調歌頭》中曾說：“堯之都，舜之壤，禹之封，於中應有，一個半個恥臣戎！”袁枚也就是提出這個問題：“南朝可謂有人無？”第三、第四句是將南宋與東晉司馬氏對比。晉成帝咸和八年（333）正月，《資治通鑒》卷九五載：“趙主（石）勒遣使來修好，詔焚其幣。”東晉在歷史上可算是以孱弱著稱的，可是就從這件事來看，還是遠勝南宋的，司馬家兒還可稱爲丈夫。後兩句推進一層，顯示南宋的孱弱，歷史地位還在東晉之下，通過史實對比,作者鞭撻了南宋君臣的昏庸懦弱。

第二首詩首句:"華表凌霄落照遲。"作者憑吊岳墓,感慨萬端,因而徘徊着而不忍去。次句:"一朝孤憤萬年知。"這是作者的孤憤;但這思想感情的内涵,不僅是作者個人的,也道出了人民大衆的義憤。請看:岳飛含冤而死,杭城的纖纖女手,在寒食掃墓之時,還來攀折檜枝,洩其痛恨秦檜之情呢。這可見人民緬懷英烈義憤之廣與深了。這兩首詩寫得形象、具體,饒有感染力,是深藴着愛國主義思想的。第二句"一朝孤憤萬年知",可説是這兩首詩的警句,顯示了作者激情。但總的玩味,作者離岳飛的被害,時間隔得有些遠了。作者瞭解這些史實有些似站在第三者旁觀者的立場來歌詠這事的,所以寫來感到平淡些,動情不那麼激烈,給人的印象也就淺了。《虞書》云:"詩言志。"志就是作者世界觀的亮相。作者有着懇摯的憂國憂民之心,情動辭發,這樣才有强烈的激情。詠詩時,如杜甫説的:"窮年憂黎元,歎息腸内熱。""筆落驚風雨,詩成泣鬼神。"感情就不同了。袁枚多少還是個純粹文人,詩味因此就感到有些稍嫌其淡了。譬如讀范仲淹的《岳陽樓記》、文天祥的《正氣歌》,作者把自己沉浸在作品裏,那就大異其趣了。

澶淵

路出澶河水最清,當年照影見親征。滿朝白面三遷議,一角黃旗萬歲聲。金幣無多民已困,燕雲不取禍終生。行人立馬秋風裏,懊惱屏王早罷兵。

這首詩是袁枚在乾隆元年(1736)赴京途中,路經今河南濮陽西南的澶淵所作。

宋真宗景德元年(1004),遼蕭太后與聖宗親率大軍南下,深入宋境。宋真宗畏敵,欲從王欽若、陳堯叟等人之計,遷都南逃。

宰相寇準堅持抵抗，真宗被迫至澶州（今河南濮陽）督戰，宋軍堅守遼軍背後的城鎮，在澶州城下打了勝仗，射死了遼大將蕭撻凜（凜一作覽）。遼恐腹背受敵，提出和議。真宗素主議和，通過降遼舊將王繼忠與遼暗通關節，繼遣曹利用赴遼營談判，終於訂立和約。條約規定宋每年輸遼歲幣銀十萬兩，絹二十萬匹，史稱“澶淵之盟”。澶淵之役，若無寇準主戰，天下將分爲南北。盟後王欽若却進讒言，認爲寇準“以陛下爲孤注”，真宗惑之。景德三年春二月，遂罷寇準知陝州。袁枚對此史實，感慨萬千。這是一面歷史的鏡子，讀史者應該從而吸取教訓。袁枚賦詩詠懷，也就寄託了他的愛國主義思想。

　　首兩句：“路出澶河水最清，當年照影見親征。”交代地點、事件、題意。作者在赴京途中，“路出澶河”，看到澄水如練，回憶“澶淵之盟”，觸景傷懷，這是“照影”資治的一面鏡子。三、四兩句：“滿朝白面三遷議，一角黃旗萬歲聲。”白面指書生。《宋書·沈慶之傳》云：“欲伐國而與白面書生輩謀之，事何由濟？”具體人事，是指王欽若、陳堯叟等的主張遷都南逃。“一角”猶言一隅。局處一隅，剩水殘山，還是豎立黃旗，山呼萬歲。這事實際是對佞臣與最高統治者的嘲笑。五、六兩句：“金幣無多民已困，燕雲不取禍終生。”金幣無多，國家財政已經拮据，人民負擔不起；可是現在對待契丹還要輸銀、輸絹。這樣，民何以堪？燕雲：包括幽、薊等十六州，在今北京、河北、山西一帶。五代時，晉高祖石敬塘把這一帶割讓與契丹，宋初不曾恢復，國家遂成積弱之勢。版圖未能統一，終爲禍患，作者感時傷世，從而譴責北宋最高統治集團的庸碌與失策。結尾：“行人立馬秋風裏，懊惱屏王早罷兵。”行人，袁枚説他自己。赴京途中，他在立馬凝神。屏王，斥宋真宗的屏弱。早罷兵，惋惜他的不能自衛抗戰；而是畏懼敵人，早日收兵。“懊惱”兩字，惹人深思。不説可恨、恨煞，也不説惋惜，而說懊惱。這樣用辭，自見詩人婉而多諷。在封建社會裏，士大夫譴責最高統治者說話總是存着戒心。這是作者世界觀的局限，也是歷史時代的局限。

這首詩的結構，發議叙事，層次分明。一、二兩句，顯示作者路過澶淵，引起關於這個地域歷史上的重要事件的回憶。三、四兩句，寫出當年主和派是"滿朝"地占着上風，失去自衛能力，形成局處一隅的局面。五、六兩句指出澶淵之盟訂立後的禍殃。朝廷不自振作，累及子孫。結尾表達作者主張抵抗外來侵略，懊惱着宋真宗的孱弱，從而抒發了自己的愛國主義思想。含義深刻，感傷不已。

（原載《愛國詩詞鑒賞辭典》，南京大學出版社 1992 年版）

編者説明：以上兩文皆據原載並參手稿錄編。

林則徐（一首）

赴戍登程口占示家人

力微任重久神疲，再竭衰庸定不支。苟利國家生死以，豈因禍福避趨之。謫居正是君恩厚，養拙剛於戍卒宜。戲與山妻談故事，試吟斷送老頭皮。

道光十九年（1839），林則徐赴廣東查禁鴉片；同時，籌備海防，多次擊退英國侵略軍的挑釁。鴉片戰爭爆發後，投降派乘機對他誣害，將他革職遣戍伊犁。道光二十二年八月十一日，林則徐自西安告別妻子家人赴伊犁，時賦詩爲別。

言爲心聲，這詩林氏直抒胸臆，說的都是心裏話。五、六兩句饒有憤懣激情，妙在以談笑出之。投荒萬里，抱定死的決心，態度從容，見其胸懷寬廣，正氣凜然。全詩峭拔遒勁，表現了他的強烈的不怕死的愛國主義精神。

首兩句説："力微任重久神疲，再竭衰庸定不支。"勞瘁國事，自覺精疲力竭，再負重任，勢將力不從心。這是實話，見其勤於國事。"無恒安息，靖共爾位"，卻又爲他的自謙之語。林少穆在"次韻奉謝"程玉樵方伯詩中説："我無長策靖蠻氛，愧説樓船練水軍。"便爲自謙。又在與蒲城相國"涕泣爲別"時説："公身幸保千鈞重，寶劍還期賜尚方。"又可窺其内心深處，猛志常在，須臾造次之間，不忘抗英。三、四兩句："苟利國家生死以，豈因禍福避趨之。"自委衰庸，可是苟利國家，還是生死以之。毀煙是愛國舉動，愛國無罪；可是所獲的命運是戍邊。捫心無愧，他便甘之如飴。用"苟""豈"兩虛字緊相連接，力透紙背。這語典出《左傳·昭公四年》，春秋時鄭國大夫子産以改革軍賦，受到國人的誹謗，他便説道："何害？苟利社稷，死生以之！"這兩句林氏最爲喜愛，常常吟誦，發生共鳴。就此一事，説明中國知識分子的愛國主義思想源遠流長。這話説來容易，躬行實踐，却是很難。世上有些愛説漂亮話的，幾曾夢見祖國這種優秀文化傳統。林氏曾説："餘生豈惜投豺虎，群策當思制犬羊。"須臾不忘報國，這真是天地的正氣啊！

五、六兩句："謫居正是君恩厚，養拙剛於戍卒宜。"這聯寓意含蓄幽深，凄婉蒼凉，而感情濃郁，實爲激蕩憤懣之言。這是正話，也是反話。謫居能説君恩厚嗎？没有受到更爲嚴厲的處分，便是厚了！還不要感謝嗎？自委蠢材，唯有韜晦而已，那麼做個不帶軍隊的士兵還合適呢！這話説得隱晦。從字面看來，語殊謙抑，真是有些不得已啊！否則，他還夢寐着"寶劍還期賜尚方"嗎？内心深處，怕是充滿着憤懣之氣哩！

結尾："戲與山妻談故事，試吟斷送老頭皮。"林少穆這些憤懣之氣，他不是理直氣壯地傾吐，而是侃侃而談，以"戲談""試吟"態度出之。這可見其文化修養，婉而多諷，歷史地對待，更能博得人的同情與共鳴。林少穆於此自注："宋真宗聞隱者楊樸能詩，召對。問：'此來有人作詩送卿否？'對曰：'臣妻有一首云：更休落魄耽杯酒，且莫猖狂愛詠詩。今日捉將官裏去，這回斷送老頭皮。'上大笑，放還山。東坡赴詔獄，妻子送出門，皆哭。坡顧謂曰：'子獨不能如楊處士妻作一首送我乎？'妻子失笑，坡乃出。"他引這個故事，説得輕鬆，是"戲談"耳，心理上的分量却是很沉痛的。所謂"含蓄幽深"，"斷送老頭皮"的事還不重嗎？這有兩説：一説斷送了老頭子的皮，這話分量較輕；一説是老的頭皮斷送，指的就是殺頭，這話自然是重的。東坡赴詔獄，妻子送出門來，皆哭，爲的是吉凶未卜，這難道是尋常事？林少穆借此就是説明他的内心早已抱定決心，斷送這頭也没有什麼了不起啊！這是他可能會遇到的。可是他的情緒並不緊張，足見其態度從容。就此可以窺見他早有中國儒家傳統優秀文化成仁、取義的涵養。同時這裏也就流露了林少穆不怕死的愛國思想和精神。這點,中華兒女亟應繼承和發揚它啊!

(原載《愛國詩詞鑒賞辭典》,南京大學出版社1992年版)

編者説明:本文據原載並參手稿録編。

陳其泰(一首)

秋笳

莽莽寒雲萬里愁,橫吹蘆雪壓氈裘。風驅鐵騎邊聲遠,月黑榆關鄉夢秋。猿臂少年爭負羽,燕頷飛將快封侯。獨憐雁塞霜華白,馬上琵琶雙淚流。

這首詩選自《兩浙輶軒續錄》。鴉片戰爭時期,我國愛國將領及東南沿海地區廣大人民,對英國侵略者進行了可歌可泣的英勇鬥爭。道光二十一年(1841)八月十三日起,浙江定海總兵"葛雲飛親自開炮,擊中夷船火藥,當即焚燒",與鄭國鴻、王錫朋二總兵,協力抗敵。"血戰六晝夜,連得勝仗。"是年浙江在"四品卿銜"林則徐督率鼓舞之下,"天聲"大振。陳氏當時在巡撫劉韻珂幕府,參與抗英工作。"海氛惡,大帥歸復寧波。獲間諜,不即來,欲令爲內應,杭城間諜公行。"陳曰:"'此爲寇謀,不殺爲貽後患。'密與大府籌之。杭之間諜不得逞,而大帥卒受給債事。"(見《海寧渤海陳氏宗譜》)。

這首詩歌詠壯士的出征,涉及昭君出塞故事,不是"發思古之幽情",而是借古諷今,運用傳統的比興手法,抒發情懷,境界闊大,形象鮮明,不着議論,而意味無窮。

首兩句,寫戰士出征時"莽莽寒雲","橫吹蘆雪",蒼茫大地,盡收眼底。"萬里愁","壓氈裘",戰士擔當的任務艱巨,心情沉重。次三、四兩句:"風驅鐵騎邊聲遠,月黑榆關鄉夢秋。"風驅鐵騎寫戰鬥梟勇,月黑榆關寫生活艱苦。胡笳悲鳴,則邊聲遠;塞外草衰,成鄉夢秋。遂爲下文鋪墊。五、六兩句:"猿臂少年爭負羽,燕頷飛將快封侯。"爭負羽前一"爭"字,歌其勇於戰鬥;快封侯前一"快"字,頌其樂於衛國。兩句承上,進一步禮贊中華男兒的自衛反侵略的英勇戰鬥。結尾兩句:"獨憐雁塞霜華白,馬上琵琶雙淚流。"筆鋒陡轉,哀傷最高統治者的不支持抗戰,而是採取和親政策,讓弱女子去承擔這個歷史任務。陳氏此意,不是單純地對歷史上的昭君出塞事件予以歷史評價;而是通過對昭君出塞的同情,不滿漢昭帝的和親政策,從而曲折地表露了陳氏對清政府屈膝媚外的不滿和慨歎,顯示了他篤厚的愛國主義思想。這首詩驅使典故,清切深穩,所言所感,出自詩人肺腑,借彼之意,寫我之情,自然倍覺深厚,低徊誦之,扣人心弦。

(原載《愛國詩詞鑒賞辭典》,南京大學出版社 1992 年版)

編者說明:本文據原載並參手稿錄編。

金和(一首)

盟夷

　　城頭野風吹白旗，十丈大書中堂伊。天潢宮保飛馬至，奉旨金陵勾當事。總督太牢瘖不鳴，吳淞車債原餘生。九拜夷舟十不恥，黃侯自分已生死。十萬居民空獻芹，香花迎跽諸將軍。將軍掩淚默無語，周自請盟鄭不許。聲言架炮鍾山顚，嚴城頃刻灰飛煙。不則盡決後湖水，灌入青溪六十里。最後許以七馬頭，浙江更有羈縻州。白金二千一百萬，三年分償先削券。券書首請帝璽丹，大臣同署全權官。冒死入奏得帝命，江水汪汪和議定。

　　這是一首敘事詩，也是抒情詩，抒情寓於敘事之中。清道光二十二年(1842)，清政府與英國侵略者訂立《南京條約》，作者金和詠詩《盟夷》記事。同時，泄其憤慨。這詩對盟夷之事，鋪張揚厲，作者對之愛恨分明，洋溢著詩人愛國主義的熱情。

　　這詩可分爲三自然段，也即將詩分着三層意思來寫。自首句"城頭野風吹白旗"，至"黃侯自分已生死"爲第一段；自"十萬居民空獻芹"，至"灌入青溪六十里"爲第二段；自"最後許以七馬頭"，至"江水汪汪和議定"爲第三段。

　　第一段前四句："城頭野風吹白旗，十丈大書中堂伊。天潢宮保飛馬至，奉旨金陵勾當事。"中堂伊指協辦大學士伊里布。作者自注："前協辦大學士伊里布，在浙江時爲夷所感服，故以此緩夷。"唐代中書省設政事堂，爲宰相治事的地方。清承明制，不設宰相；但大學士和協辦大學士地位職掌略近宰相，故亦稱爲中堂。白旗爲停戰信號。伊里布爲投降派首領之一。1841年，伊任協辦大學士和兩江總督，在浙江經辦此事時，一貫與英國侵略者進行投降勾當,是英國侵略者所歡迎的人物。詩人於此,深爲不滿,婉而多諷,説他"爲夷所感服"。天潢宮保指耆英。作者自注:"太子少保宗室耆英。"皇族自稱天潢,意謂皇族支系派生,如水之導源於天池。宮保爲太子少保之稱。勾當猶言處理。1842年8月11日,欽差大臣耆英到達南京。他和伊里布以及兩江總督牛鑑三人都是負責接洽投降的全權大臣。投降派"奉旨"行事,白旗上大書"中書伊"字,迎風飄揚,飛馬而至,看來氣勢赫奕。作者張揚其事,實是貶之、痛之。此等喪權辱國行爲,大臣對此事不以爲恥,反以爲榮。這裏就充分地顯示了作者的觀點與愛憎。詩中點出"奉旨""中堂""宮保",説明這件事就是最高統治者所決策及最高統治集團中人物幹的。

次四句:"總督太牢瘖不鳴,吴淞車償原餘生。九拜夷舟十不恥,黄侯自分已生死。"總督太牢,作者自注:"牛鑑。"太牢爲古代皇帝祭祀時所用的犧牲。此句意爲:牛鑑總督爲國家辦事不力。車償指翻車。牛鑑軍在吴淞時,見英艦發炮,驚駭奔潰。黄侯,自注:"署江寧布政使黄恩彤。"黄恩彤於8月14日夜,銜耆英命,親赴英國軍艦,談妥投降事宜,接受一切條件。自分已生死,即自分已身死。此四句:斥牛鑑軍敗,黄恩彤無恥,從這活生生的事例中,作者進一步地斥責最高統治集團的禍國殃民。

第二段八句:"十萬居民空獻芹,香花迎跽諸將軍。將軍掩淚默無語,周自請盟鄭不許。聲言架炮鍾山巔,嚴城頃刻灰飛煙。不則盡決後湖水,灌入青溪六十里。"此段作者從人民與統治者兩個方面的不同表現,區別對待來説明問題。"十萬"兩句,寫人民原來是對諸位將軍的抗敵寄以無限和熱烈的希望的;可是終於落空了。白白地"香花迎跽",懇切地迎接;最後只得"掩淚默無言"了。周自請,鄭不許:典出《左傳·僖公二十四年》。周襄王十六年(前636),鄭文公伐周的屬國滑國。襄王派使者請鄭退兵，鄭國不許，反把使者囚禁起來。這裏以周比喻清王朝，以鄭比喻侵略軍。指清政府求和，而英國侵略軍認爲光投降不夠，需要割地賠款，答允其苛刻條件，所以不許。次四句："聲言架炮鍾山顛，嚴城頃刻灰飛煙。不則盡決後湖水，灌入青溪六十里。"鍾山指南京的紫金山，後湖指南京的玄武湖。青溪在南京市東北。這是誰的"聲言"呢？"聲言"兩字雙關，用得巧妙！此四句自注："皆當日奏章中語也。"聲言説是投降派的"奏章中語"，實際卻是引用了英國侵略軍的恐嚇語言：你們不接受條件，我們打過來，南京城頃刻就要灰飛煙滅！投降派被敵人嚇破了膽，做了侵略軍的代言人了。這段文字，主戰、主和，人民、敵人及其代言人的觀點與行爲，寫得層次分明。作者是站在人民一邊的。可是愛國臣民阻擋不住這股逆流，只有"掩淚"垂泣而已。執政者被主和派占了上風，做了侵略軍的代言人了。

第三段八句："最後許以七馬頭，浙江更有羈縻州。白金二千一百萬，三年分償先削券。券書首請帝璽丹，大臣同署全權官。冒死入奏得帝命，江水汪汪和議定。"最後議定作者自注："粵閩江浙許夷交市者凡七所。"《南京條約》規定開放廣州、福州、廈門、寧波、上海爲通商港口。作者言"七所"，微誤。羈縻州，自注："浙江定海縣許夷僑寓一年。"羈縻州典出《新唐書·地理志》。這裏指定海。條約把定海供給敵人，這是一種喪權辱國行爲。卻説讓英國僑民居住，以便控制他們。書面説得堂皇，這是一種阿Q精神勝利法的辭彙。條約規定賠款二千一百萬元，三年分償。券書自注："盟書首帝寶，次其國王印，次諸大臣押，次其酋長押。其酋長銜曰全權公使。"愛國臣民對這喪權辱國行爲是抵制的，希望不要簽訂這個條約；可是"冒死入奏"，終是無用。説是：這是奉帝命的。國家受盡凌辱，只是擋不住啊。眼看和議已定，作者只有指着流經南京北面的滔滔江水，一同悲憤地

淌着淚水而已。詩的結尾,蒼涼沉鬱,含義深刻,充滿了悲憤與
感傷。這詩敘事十分清晰,筆有鋒芒,充滿感情,寓諷刺於敘事
之中,情動辭發,把自己浸入詩中。重在敘事,不多廢筆墨於議
論,這是作者的戰鬥策略,也是這詩創作的藝術特點。這詩不愧
爲洋溢着愛國主義思想的名篇。

(原載《愛國詩詞鑒賞辭典》,南京大學出版社 1992 年版)

編者説明:本文據原載並參手稿録編。

周星譽(一首)

永遇樂·登丹鳳樓懷陳忠潛公

放眼東南,蒼茫萬感,奔赴欄底。斗大孤城,當年曾此,笳鼓屯千騎。劫灰飛盡,怒潮如雪,猶卷三軍痛淚。滿江頭,陣雲團黑,蛟龍敢齧殘壘。　　登臨狂客,高歌散髮,喚得英魂都起。天意倘教,欲平此虜,肯令將軍死。只今回首,笙歌依舊,一片殘山剩水。傷心處,青天無語,夕陽千里。

這是一曲饒於評論史實政治性的憑吊之作。作者登吳淞口丹鳳樓,緬懷壯烈犧牲的抗英將軍,激發了民族義憤;從而譜奏了一曲愛國主義的慷慨悲歌。

丹鳳樓原在上海城東北角的城垣上,面臨黃埔江。陳忠潛公即陳化成。福建同安人。鴉片戰爭時,他任江南提督,守吳淞口。1842年,英國軍艦進犯吳淞,陳化成領兵守西炮臺,擊沉敵艦七艘,英寇敗退。後以上海教場、東北城和東炮臺陸續失守,敵人集中兵力來攻西炮臺。陳化成重傷後,還親自燃放大炮,終以流血過多陣亡殉國。作者於1847年路過此域,登上城樓遠望吳淞口,緬懷先烈,高歌當哭,賦此哀詞。

這詞敘事、抒情、議論相間。上片緬懷先烈,充滿悲憤,寫抗英將士戰爭的壯烈與慘烈;下片問天招魂,交織着作者義憤與悲憤的複雜心理。開頭三句,提挈全詞;結尾抒其內心感傷。全詞以蒼涼沉鬱之語,抒其憂時傷世之情,緬懷先烈,軫念國事,憑欄高歌,感人至深。

上片開頭三句:"放眼東南,蒼茫萬感,奔赴欄底。"鴉片之戰,英寇先犯中國東南,繼侵天津大沽。這場反侵略的戰爭,作者胸懷全局來看問題。登上吳淞口的丹鳳樓,極目遠眺東南大地,不禁感慨萬千。次四句:"斗大孤城,當年曾此,箛鼓屯千騎。"這塊彈丸之地,實是中國作戰戰略上的咽喉之區,屯駐重兵,用"箛鼓屯千騎",點出軍陣之壯,顯示在這鴉片之戰中,中國原是有着雄厚的實力,足以背城一戰。次三句:"劫灰飛盡,怒潮如雪,猶卷三軍痛淚。"抗英將士在侵略者炮火面前"劫灰飛盡","怒潮如雪",浴血奮戰,前赴後繼。"飛"字、"怒"字,寫出戰鬥的激烈,至於身臨絕境,猶自奮不顧身,天地爲之久低昂。滔滔淞江,捲起千堆雪浪,與三軍灑下的滂沱的痛淚,融成一片。次三句:"滿江頭,陣雲團黑,蛟龍敢齧殘壘。"這時敵人氣焰囂張;"陣雲團黑",戰士堅守殘壘,更見英雄的大無畏精神。在險惡的形勢下,戰鬥形勢,從壯烈瀕於慘烈。

下片首三句:"登臨狂客,高歌散髮,喚得英魂都起。"作者慷慨抒懷,語言豪邁,境界遼闊,浩氣填膺,忠心地禮贊着英雄的悲壯行爲,可歌可泣,要在冥冥中喚起國殤的英魂。次三句:"天意倘教,欲平此虜,肯令將軍死。"宕開一筆,筆鋒一轉。問這悲劇從何而來的?是天意嗎?問天所以詰天,這個責任應由誰來承擔呢?說"天意"吧,天意真要平定寇虜,怎能讓這將軍白白地犧牲?這不僅是作者抒發對侵略的義憤填膺;同時,也是曲折地反映着作者對屈膝求和的譴責。文詞頓起波瀾,作者心理由義憤而轉入憂傷與悲憤。次三句:"只今回首,笙歌依舊,一片殘山剩水。"點出他的所以憂傷與悲憤的所在。清朝統治者與英國簽訂和約,使山河破碎,"一片殘山剩水",形成荒涼景象,同時,他們猶是聲色犬馬,笙歌作樂。這是"天意"嗎?真的不堪"回首"!結尾三句:"傷心處,青天無語,夕陽千里。"面對現實,只能傷心,看着千里夕陽,默默無語。聯繫辛棄疾詞:"斜陽正在煙柳斷腸處。"兩人感慨程度有異,情緒則同,真的千古同聲一哭,從而作者感到帝國的没落與哀傷。"青天無語,夕陽千里。"作者近視吴淞,放眼全國,産生深廣的憂憤,他的心理遂由義憤轉而爲悲憤,詞的思想内涵,也就隨着深刻和升華。

（原載《愛國詩詞鑒賞辭典》,南京大學出版社 1992 年版）

編者説明：本文據原載並參手稿録編。

許南英（二首）

奉和實甫觀察原韻

元武旗撑五丈嶢，扶桑霸氣黯然消。不甘披髮冠冠楚，猶是章身服服堯。議院廣開民主國，版圖還隸聖明朝。請看强弩三千蔟，鹿耳門前射怒潮。

這首詩許南英作於光緒二十一年(1895)，是《奉和實甫觀察原韻》六首之一。實甫即易順鼎，字實甫。他曾任廣東欽廉道，尊之故稱觀察。這年四月，清政府和日本簽訂《馬關條約》，規定臺灣及澎湖列島割讓日本。臺灣愛國人士抵制清政府的賣國行爲，建立"臺灣民主國"，以此抗禦日本帝國主義的侵占活動。這"臺灣民主國"的建立，不意味着它的脱離祖國，而是權宜之計，臺灣仍屬於祖國的版圖。詩中洋溢了濃郁的愛國主義精神。

首兩句："元武旗撑五丈嶢，扶桑霸氣黯然消。"漢旗高揚，五丈大旗，日本霸氣黯然失色。振大漢之天聲，滅扶桑之威風。三、四兩句："不甘披髮冠冠楚，猶是章身服服堯。"披髮左衽，是異國風俗。《論語·憲問》述孔子曰："微管仲，吾其被髮左衽矣。"冠楚猶言楚冠。典出《左傳·成公九年》："南冠而縶者，誰也？有司對曰：鄭人所獻楚囚也。"三句意謂不甘做亡國奴。章身即章服，古代官員的一種禮服。服堯爲堯服的倒置。四句意謂還是中華官員的威儀，顯示中華兒女不屈不撓的高貴的民族自尊性。五、六兩句："議院廣開民主國，版圖還隸聖明朝。"資産階級民主國家設上下議院。臺灣末代巡撫唐景崧説："惟是臺灣疆土，荷大清經營締造二百餘年。今須自立爲國，感念列聖舊恩，仍應恭奉正朔，遥作屏藩，氣脈相通，無異中土。"説明臺灣仍是屬於中華版圖。結尾兩句："請看强弩三千蔟，鹿耳門前射怒潮。"《北夢瑣言》和《吳越備史》俱載吳越王錢鏐造竹箭三千支，命人强弓射錢塘潮。鹿耳門在今臺南安平港北，南明永曆十五年(1661)，鄭成功率大軍由此登陸，驅逐荷蘭侵略者。結尾聯繫鄭成功驅逐荷蘭侵略者，顯示臺灣人民保臺抗日的決心與勇氣，驅逐日本侵略者，與起句遥相呼應，精神彌滿，一氣呵成。

全詩運用白描手法，爽心豁目，志盛氣鋭，揚我國威，抨擊敵人，情餘於文，是宣言，是誓師詞。這詩，不僅是作者向摯友抒發其襟懷，實是道出了廣大臺灣人民的心聲。攘夷雪恥，是春秋大義，也爲中華民族的優秀傳統，這樣的愛國主義思想與精神，應當繼承與發揚。

吊吳季籛參謀

北望彰城吊季籛，西風酸鼻哭人天。沙場白骨臣之壯，幕府青衫我獨賢。旗捲七星援卒散，山圍八卦賊氛然。豈徒一死酬知己，蘋藻春秋薦豆籩。

這首詩許南英作於光緒二十一年(1895)，歌頌獻身報國的愛國志士吳彭年。吳彭年(?—1895)，字季籛，浙江餘姚人。1895年，吳氏以縣丞至臺灣，黑旗軍將領劉永福聘爲幕僚，任文案。是年七月，他奉命守八卦山炮臺，八月率部與進攻彰化的日軍交戰數日，英勇犧牲。詩有二首，此選其一。前有小序百餘言，與詩互補，述其血戰過程與英勇犧牲的事。其《序》曰："季籛名彭年，爲劉淵帥幕客。往來公牘，多其手製。高談雄辯，動驚四筵。公餘之暇，不廢吟詠。乙未夏五月，臺北請援，劉帥遍閱諸將，無可恃者，季籛毅然請行。領兵數營，至彰化八卦山遇賊，諸軍不戰自潰，季籛獨麾七星旗隊與賊決戰，孤軍無援，困於山上，中炮而死。嗚呼壯哉！"

首兩句："北望彰城吊季籛，西風酸鼻哭人天。"彰城指彰化城。彰化在臺灣島西部，大肚溪下游，八卦山在縣城東，爲季籛與日寇血戰的地方。作者遙望北天，酸鼻痛哭，情動辭發，黯然魂銷。三、四兩句："沙場白骨臣之壯，幕府青衫我獨賢。"形象地歌頌季籛傑出的獻身精神。"臣之壯"，《序》言："季籛獨麾七星旗隊與賊決戰，孤軍無援，困於山上，中炮而死，嗚呼壯哉!"當時黑旗軍將領劉永福"遍閲諸將，無可恃者"。季籛"高談雄辯，動驚四筵"，雖任公牘，獨能馳驅沙場，奮不顧身，實爲劉淵帥幕客中的翹楚。五、六兩句："旗捲七星援卒散，山圍八卦賊氛然"，進一步揭示與歌頌季籛當寇氛囂張、援卒潰散之時，猶能指揮黑旗中的衝鋒隊，樹七星旗，與日軍決戰，情境壯烈。結尾對季籛的捐軀殉國，謂"豈徒一死酬知己，蘋藻春秋薦豆籩"。他的功勳不止於只是報答劉淵帥的知遇之感和道義之交；而是應從民族氣節的高度來看，是有其歷史上的地位的，人民應當紀念他。

　　此詩屬於誄辭。曹丕《典論·論文》云："銘誄尚實。"劉勰《文心雕龍·誄碑》云："觀風似面，聽辭如泣。"又《哀吊》云："體同而事覈，辭清而理哀。"吊誄之辭，應該具備兩個條件：一爲深情厚誼；一爲實事求是。此詩首言"西風酸鼻"慟"哭人天"，所謂"夫綴文者，情動而辭發"也。結尾評議"蘋藻春秋"，人民不可忘記他，"唯將俎豆哭先生"。中間兩聯，筆鋒精鋭，寓歌頌於敘事，以文入詩，却見筆力峭拔。此詩尚實與深情兩者虛實結合，歌頌英烈，倍覺懇摯。作者痛心臺灣被日寇的鐵蹄蹂躪，憑吊英靈，長歌當哭，軫念國事，感人至深。

（原載《愛國詩詞鑒賞辭典》，南京大學出版社 1992 年版）

編者説明：本文據原載並參手稿録編。

譚嗣同(一首)

畫蘭

雁聲吹夢下江皋,楚竹湘舲起暮濤。帝子不來山鬼哭,
一天風雨寫《離騷》。

《畫蘭》是近代資産階級改良派政治家譚嗣同所寫的一首絶
句,作者題爲"畫蘭"。它的主題思想並非單純地只説畫蘭,蘭香
芳馨,實際是寫追求芬芳,追求情操。詩詞可貴,是意内言外,有
着兩重形象。這詩特色也在這裏。這詩運用楚辭語言表現,内
容也與楚辭密切相關。屈原秋蘭爲佩,借以抒其情懷:政治品
質,好修爲常。但屈原堅欲實施美政,忠不見諒於楚王,貞却被
讒於黨人,終遭放逐,浮江下湘。後人嘉其文采,哀其不遇。譚
嗣同《畫蘭》一絶,不僅同情屈原遭遇,實是寄託他的效法屈原追
求芬芳、追求美政的情操與精神。

首句是起。雁聲嘹亮,諒在秋空白日;吹夢當在晚上;江皋
是水邊高地。《離騷》云:"步余馬於蘭皋兮。"這句是寫屈原流
放,陸路下湘。次句是承。湘舲是湘水上的小船。《九章·涉
江》:"乘舲船余上沅兮。"這句是寫屈原浮江水行。兩句反映屈
原涉江,水陸交叉而進。"起暮濤",表面看來是在寫自然景象,
王國維説:"一切景語皆情語也",實際是曲折反映屈原當時的心
境情緒,激蕩憤怨。三句是轉。屈原放逐,由於追求美政不得,
憤懣不已。帝子不來,語出《九歌·湘夫人》:"帝子降兮北渚,目
眇眇兮愁予。""帝子降兮",何以説是"不來"?"降兮"當云"喜
余",却説"愁予",是知"降兮"只是願望,"不來"却是事實。山鬼
事見《九歌·山鬼》,寫山鬼遠赴賓宴,未遇公子,憂傷哭泣。"帝
子不來山鬼哭",原爲曲折反映青年男女愛情的失意惆悵;《九

歌》經過屈原的修改潤色，從而滲透着他的思想感情，政治失意，疾痛慘怛。首、次二句起承，寫屈原被讒放逐，浮江下湘，心懷憤懣。三句陡轉，屈原追求美政不得，譬之湘夫人之不來，未遇公子而憂傷哭泣。"起暮濤"三字，推出屈原的失望怨悵情緒，使首次二句與第三句緊密聯繫，從藝術構思說，可謂潛氣內轉。四句是合，進一步顯示屈原的靈魂深處，憂愁幽思，"情動而辭發"，推動了他的創作。一天風雨，造境寓情，塑造屈原寫作《離騷》的環境氣氛，形象瑰奇而感情深痛。四句起承轉合，一氣呵成。

這首詩表面看來寫的是畫蘭，内容却説的是美政追求不得的憤懣。無一句説政治，却是句句説政治。寄託遥深，似泛而切。詩家三昧，當於此中求之。

編者説明：本文據代抄稿録編，原題《揖曹軒談藝録》。

圖書在版編目（CIP）數據

　楚辭考釋；詩詞論叢 / 劉操南著. —杭州：浙江
大學出版社，2023.5
　ISBN 978-7-308-19464-8

　Ⅰ.①楚… Ⅱ.①劉… Ⅲ.①楚辭研究②詩詞研究—
中國 Ⅳ.①I207.2

中國版本圖書館 CIP 數據核字（2019）第 181958 號

楚辭考釋　詩詞論業

劉操南　著

策劃主持	宋旭華　王榮鑫
責任編輯	宋旭華
責任校對	趙　珏
封面設計	項夢怡
出版發行	浙江大學出版社
	（杭州市天目山路 148 號　郵政編碼 310007）
	（網址：http://www.zjupress.com）
排　版	浙江時代出版服務有限公司
印　刷	紹興市越生彩印有限公司
開　本	880mm×1230mm　1/32
印　張	11
插　頁	2
字　數	276 千
版 印 次	2023 年 5 月第 1 版　2023 年 5 月第 1 次印刷
書　號	ISBN 978-7-308-19464-8
定　價	98.00 圓